HEYNE <

W0363232

Das Buch

Nell fühlt sich wohl in ihrem Leben. Wie könnte es auch anders sein, wo sie seit zehn Jahren nichts daran verändert hat. Sie führt den Blumenladen, der schon ihrer verstorbenen Mutter gehörte, und seit dem ersten Tag ihrer Studienzeit ist sie eng mit Alex, Maria und Jason befreundet. Ihre Angestellte Olive sagt oft, sie wäre in der Vergangenheit hängen geblieben und würde sich fürchten, Neues zu wagen. Doch Nell behauptet glücklich zu sein. So lange, bis Alex verkündet, Maria heiraten zu wollen – und Nells Welt stürzt über ihr zusammen. Seit sie denken kann, war sie in Alex verliebt. Nell versucht mit der Situation umzugehen, indem sie sich in neue Vorhaben stürzt – sie belegt Fotokurse, rennt von Date zu Date –, doch nichts kann sie von ihrem Kummer ablenken. Wenn es doch nur einen Weg gäbe, Alex endlich ihre Liebe gestehen zu können …

Die Autorin

Lucy Hepburn kann nie an einem Schuhladen vorbeigehen, ohne wenigstens einen kurzen Blick hineinzuwerfen. Sie schrieb unterhaltsame Kurzgeschichten, um ihre Freunde bei der Arbeit zu amüsieren, bevor sie sich entschied, dass es an der Zeit war, sie stattdessen abendfüllend zu unterhalten. Ihre Inspiration sind die Begegnungen mit Menschen und Alltagssituationen – kurz: einfach das Leben selbst. *Vom ersten Tag an und für immer* ist Lucy Hepburns fünfter Roman.

Lieferbare Titel

Kein Anschluss unter dieser Nummer
Kleider machen Bräute

LUCY HEPBURN

Vom ersten Tag an und für immer

Roman

Aus dem Englischen von Angelika Naujokat

WILHELM HEYNE VERLAG
MÜNCHEN

Titel der Originalausgabe *He loves me, he loves me not*

MIX
Papier aus verantwortungsvollen Quellen
FSC® C014496
FSC
www.fsc.org

Verlagsgruppe Random House FSC®N001967
Das für dieses Buch verwendete
FSC®-zertifizierte Papier *Holmen Book Cream*
liefert Holmen Paper Hallstavik, Schweden

Vollständige deutsche Erstausgabe10/2015
Copyright © 2014 by Lucy Hepburn
Copyright © 2015 der deutschsprachigen Ausgabe
by Wilhelm Heyne Verlag, München, in der Verlagsgruppe
Random House GmbH
Printed in Germany
Redaktion: Eva Philippon
Umschlaggestaltung: Eisele Grafik Design, München
unter Verwendung eines Fotos von Bigstock /
Conrado Oksanaok, Microvector
Satz: Christine Roithner Verlagsservice, Breitenaich
Druck und Bindung: GGP Media GmbH, Pößneck

ISBN 978-3-453-41795-3

www.heyne.de

Kapitel 1

Für Nell Marnie hatte der Valentinstag wenig mit Romantik zu tun. Wenn man einen Blumenladen besaß, dann war der 14. Februar der arbeitsreichste Tag des Jahres, und sie war seit über zwölf Stunden auf den Beinen.

Kurz nach Tagesanbruch war sie zum New Covent Garden Market gefahren, hatte sich anschließend um die zusätzlichen Lieferungen gekümmert, Bestellungen von quengelnden Kunden entgegengenommen, die auf den letzten Drücker dran waren, und zwischendurch Sträuße gebunden und Rosenstiele entdornt, bis sie vor Erschöpfung beinahe aus den Latschen gekippt wäre. Nicht etwa, dass sie sich beschweren würde! Keineswegs! Es war toll, dass es in ihrem Laden *Every Blooming Thing* so geschäftig zuging. Wenn dies doch nur jeden Tag so wäre! Dann müsste sie sich keine Sorgen um ihre Finanzen machen. Während sie sich die wunden Finger unter dem kaltem Wasserstrahl abspülte, versuchte sich Nell auf die Schnelle im Kopfrechnen – was nicht gerade ihre Stärke war –, denn sie wollte herausfinden, wie viel sie heute eingenommen hatte, bevor die Einnahmen wie immer in einem großen schwarzen Loch verschwanden.

Obwohl die Zeiger der Ladenuhr langsam Richtung sechs krochen, ließ der Strom der Kunden immer noch nicht nach. Olive, Nells Mitarbeiterin, kam in ihrem Bemühen, sämtliche Kunden zu bedienen, gar nicht mehr zum Luftholen. Nell legte ihre Blumen auf die kühle Marmorplatte des Tresens, ignorierte ihre von den Dornen zerstochenen Finger, strich sich das lockige, kastanienbraune Haar aus den Augen und eilte ihr zu Hilfe.

Sie erkannte sogleich den älteren Mann, der sie anlächelte. Es war Jacob Rubenstein, ein talentierter Musiker, der schon seit über vierzig Jahren mit Esmé verheiratet war und spannende Geschichten zu erzählen wusste. Manche waren herzzerreißend tragisch und hatten mit der Flucht aus Polen Ende der Dreißigerjahre zu tun, während andere unglaublich bezaubernd waren. Nell wusste, dass die Rubinsteins knapp bei Kasse waren, denn sie lebten von einer kleinen Rente, und Esmé war schon lange krank. Aber trotzdem kaufte Jacob seiner Frau jede Woche Blumen. Und das schon, seit sie sich in den Fünfzigerjahren zum ersten Mal in einem verrauchten Jazzclub in Soho begegnet waren, wie er Nell voller Stolz erzählt hatte, und er dachte nicht daran aufzuhören, nur weil er jetzt alt und arm war.

Nell wusste, dass Jacob nur eine einzige rote Rose für seine große Liebe kaufen würde. Dass er Esmé damit eine Riesenfreude bereiten würde, machte sie zu einem bedeutsameren Geschenk als jeder teure und protzige Strauß, egal wie umwerfend Nells Kreationen auch sein mochten.

Sie begrüßte den alten Mann mit einem Lächeln. »Eine rote Rose für Esmé, Mr. Rubinstein?«

Er nickte. »Ja bitte, Miss Marnie. Mit einer Schleife, wenn's nicht zu viel Mühe macht.«

»Aber natürlich nicht.« Nell suchte das schönste Exemplar aus, band es mit Schleierkraut, etwas Grün und einer an einem Draht befestigten Fertigschleife zusammen, wickelte das Ganze in gepunktetes Papier und band eine hübsche Schnur darum. »Ist das gut so?«

»O ja, das wird ihr gefallen, vielen Dank.« Jacob kramte in seiner Einkaufstasche herum, bis er sein Portemonnaie fand. Ein besorgter Ausdruck erschien auf seinem Gesicht. »Wie viel bin ich Ihnen schuldig?«

Normalerweise kosteten Rosen am Valentinstag fünfmal so viel wie sonst, aber da es sich um Mr. Rubinstein handelte … »Zwei Pfund für Sie«, flüsterte sie ihm zu, damit es die anderen Kunden in der Schlange nicht hören konnten.

O Gott. Kein Wunder, dass sie Mühe hatte, die Kosten für den Laden zu decken. Zu viel Großzügigkeit war nicht gerade gut fürs Geschäft, aber das Lächeln des alten Mannes machte es mehr als wieder wett, dass sie ein bisschen draufzahlte. Außerdem kaufte Jacob seine Blumen aus echter Liebe. Ging es nicht am Valentinstag genau darum?

»Also ehrlich, Nell«, sagte Olive, nachdem er gegangen war. »Du hast ein viel zu weiches Herz.«

Nell zuckte mit den Schultern. »Wie sonst hätte er sich heute die Rose leisten können?«

»Und wieso ist das unser Problem?« Olive warf ihr einen strengen Blick zu. »Du kannst keine hoffnungslose Romantikerin sein und gleichzeitig ein Geschäft führen.

Kein Wunder, dass du so gestresst bist wegen deiner Finanzen!«

Nell bewunderte Olive des Öfteren. Sie war jung, aber pragmatisch und zielstrebig.

All das, was ich nicht bin.

Olive wäre in vielerlei Hinsicht besser geeignet, den Blumenladen zu führen, als sie selbst, dachte Nell. Sie würde bestimmt nicht ihre wichtigen Belege in einer Plastiktüte aufbewahren und sie in einen Pflanztopf stopfen, aber Nell war der Ansicht, dass ihre Stärken eben mehr im künstlerischen Bereich lagen.

Seit sie das Geschäft von ihrer Mutter geerbt hatte, war es ihr zumindest gelungen, alles am Laufen zu halten.

Wenn auch nur knapp.

Kaum dass die letzten Rosen verkauft waren, stolperte ein junger Mann zur Ladentür herein. Es war Mikal, ein weiterer Stammkunde, der als Taxifahrer viel arbeitete, um seine große Familie zu ernähren. Nell nutzte regelmäßig seine Dienste, wenn sie ein Taxi benötigte. Daher gab es nur wenig, was sie nicht über seine vier Kinder, seine Frau Sacha und die betagte Mutter wusste.

»Bin ich zu spät dran?«, fragte er keuchend und warf einen Blick über seine Schulter nach draußen. »Ich stehe im absoluten Halteverbot.«

Die Politessen waren in der letzten Zeit in Hackney sehr fleißig gewesen. Nells Auslieferungsfahrer hatte genügend Strafzettel bekommen.

»Mikal, das könnte teuer werden!«

Er zuckte unter seiner Lederjacke mit den Schultern.

»Tss! Besser, als ohne Blumen bei meiner Frau aufzutauchen. Mein Leben wäre nicht mehr lebenswert.«

Nell lachte. Sie hatte Sacha zwar noch nicht persönlich kennengelernt, aber schon genug über sie gehört, um daraus zu folgern, dass sie mit eiserner Faust regierte. Meist begannen die Unterhaltungen, die sie während ihrer Taxifahrten führten, mit den Worten: »Meine Frau sagt ...«, und ständig nahm er ihre Anrufe über die Freisprechanlage entgegen. Nell konnte sich sehr gut vorstellen, dass er am Valentinstag besser nicht ohne Blumenstrauß zu Hause erschien.

»Wir wollten gerade schließen«, sagte Olive mit Nachdruck. Nell sah ihr an, dass sie es kaum erwarten konnte, Feierabend zu machen. Olive, der es nicht an Verehrern mangelte, hatte am Valentinstag gewiss irgendetwas Aufregendes vor. Anders als Nell, die Single war und nichts weiter plante, als mit einer Flasche Wein nach Hause zu gehen, ein Curry in die Mikrowelle zu schieben und sich an den rosafarbenen Rosen zu erfreuen, die sie extra für sich zurückbehalten hatte. Vielleicht würde sie auch ein heißes Bad nehmen.

»Bitte erbarmen Sie sich meiner!«, rief Mikal mit charmantem Grinsen, das andeutete, wie er seine Frau besänftigte, wenn diese wieder einmal in Rage geraten war.

Doch Olive blieb ungerührt. »Die roten Rosen sind aus.«

Der Taxifahrer machte ein langes Gesicht. »Ich bin ein toter Mann!«

Nell tat er leid. »Wie wäre es mit cremeweißen und rosaroten Rosen?«, schlug sie vor. Sie nahm den letzten

Strauß aus dem Eimer und hielt ihn ihm hin. »Ich weiß, dass es keine roten sind, aber diese sind viel eleganter, und Sie haben mir doch erzählt, dass Ihre Frau Rosa mag. Wollte sie nicht sogar, dass Sie das Taxi rosa lackieren lassen?«

»Erinnern Sie mich bloß nicht daran!«, erwiderte Mikal und grinste. »Das wäre ja ein Barbie-Taxi gewesen … Und was die Blumen betrifft, haben Sie recht, die werden ihr gefallen. Vielen Dank, Nell.«

»Ich dachte, die hättest du für dich zurückbehalten?«, sagte Olive schroff, sobald Mikal davongefahren war – nur Sekunden bevor eine Politesse auftauchte. »Ich hab's dir ja gesagt: Du hast ein zu weiches Herz.«

Nell seufzte. »Ich weiß, aber er braucht sie nötiger als ich. Und welche Frau ist schon so blöd und schenkt sich selbst Blumen am Valentinstag?«

»Eine, die mehr ausgehen und sich amüsieren sollte«, sagte Olive und klappte das GESCHLOSSEN-Schild an der Tür zur Straßenseite um.

Nell verdrehte ihre Augen so sehr, dass es ein Wunder war, dass sie ihr nicht aus dem Kopf fielen und über den Ladenboden kullerten. Wenn sie jedes Mal ein Pfund dafür kriegen würde, wenn Olive versuchte, ihr Privatleben für sie zu organisieren, müsste sie sich keine Sorgen über ihre Bilanzen machen. Sie wollte ihr gerade antworten, dass sie sich auf einen Fernsehabend mit Game of Thrones freute, als sie der Summton ihres Handys ablenkte.

Wie läuft's im Laden? Bist du heute im Pub dabei? M xxx

Als Nell die SMS ihrer besten Freundin Maria las, musste sie schmunzeln. Ja, klar! Heute war ja nicht nur Valentinstag, sondern auch Freitag! Sie traf sich seit Studienende praktisch jeden Freitagabend mit ihren Freunden im *Bell and Whistle*, daher konnte sie mit ziemlicher Sicherheit sagen, dass sie auch heute dabei sein würde. Was bedeutete, dass sie vom Mikrowellen-Hähnchen Tikka Masala verschont bliebe. Es sei denn, Ryan Gosling und Johnny Depp schauten zufällig vorbei und lieferten sich ein Duell darüber, wer sie zum Essen ausführen durfte.

»Hey, du lächelst! Wer schreibt dir da?« Olive, die damit beschäftigt war, den Haufen Stiele aus der Spüle zu fischen und in den Abfall zu befördern, warf Nell einen gespannten Blick zu. »Ich sag's ja immer: Stille Wasser sind tief! Also, wer ist er?«

Nell ignorierte sie und gab sich einen Moment lang ihrem Tagtraum hin. Hackney war ein interessantes Viertel und absolut im Kommen – zumindest behaupteten das die Lokalzeitungen –, warum also sollte nicht der eine oder andere Promi hier auftauchen? Und da böte sich ein Besuch in einem hübschen kleinen Blumenladen doch an. Ryan und Johnny sahen beide so aus, als wären sie Männer, die Blumen kauften. Ryan würde sich wohl für langstielige rosafarbene entscheiden, zusammengebunden mit einem hübschen weißen Schleifenband, Johnny hingegen würde eher auf etwas Ausgefalleneres stehen, violette Dahlien vielleicht oder auch orangefarbene und scharlachrote Gerbera. Ja, definitiv Gerbera, entschied Nell. Nach sieben Jahren Einkaufserfahrung für *Every Blooming Thing* war sie eine Expertin darin, wer was kaufte.

»O mein Gott, du hast ein Date!«, quietschte Olive. »Ein Valentins-Date. Komm schon, erzähl!«

Nell lachte. Olive war besessen von Liebe und Beziehungen. Nell vermutete, dass das Lesen von Schundromanen dafür verantwortlich war. Ganz zu schweigen von der Tatsache, dass sie seit ihrem fünfzehnten Lebensjahr Hochzeitssträuße band. Olive war eindeutig dem Untergang geweiht, was ihre romantischen Erwartungen betraf.

»Das heißeste Date, das ich heute haben werde, ist das mit meiner Umsatzsteuererklärung – dabei werde ich nämlich ganz gehörig ins Schwitzen kommen«, sagte Nell. »Um ehrlich zu sein, es ist Maria, du Schnüfflerin. Sie fragt, ob ich mich später mit der Clique treffen will.«

Olive blickte enttäuscht drein. »Schade. Für einen Augenblick dachte ich, du würdest mal was Aufregendes machen und nicht schon wieder in den Pub gehen.«

Nell seufzte. »Ich gehe gern in den Pub.«

»Aber du machst das andauernd«, gab Olive zu bedenken. »Außerdem wollen Alex und Maria den Valentinstag vielleicht allein verbringen. Ist ja nicht gerade toll, wenn ihr immer an ihnen klebt.«

»Keine Sorge, ich habe sie gefragt. Maria sagte jedoch, dass sie nun schon so lange zusammen sind, dass ihnen nichts mehr am Valentinstag liege.«

Olive runzelte die Stirn. »Das ist nicht gut. Der Valentinstag sollte immer zählen. O Mann, ich würde sofort jeden Kerl in die Wüste schicken, der mir was anderes einzureden versucht!«

Daran hegte Nell nicht den geringsten Zweifel. Olive war Anfang zwanzig und sah umwerfend aus. Die Männer standen bei ihr Schlange, aber sie war ausgesprochen anspruchsvoll. So schaute manch ein Abgewiesener im Laden vorbei, um Nell um Rat zu fragen. Sie redeten ihr oft die Ohren so voll, dass sie sich weniger wie eine Floristin und mehr wie eine Seelenklempnerin vorkam.

Olive ließ nicht locker. »Aber du bist doch jeden Freitag mit Maria, Alex und Jason im Pub!«

Nell strich sich die Locken aus dem Gesicht. »Na und?«

»Selbst die Getränke und das Essen sind immer gleich«, sagte Olive. »Chardonnay für dich und Maria, Stella-Bier für die Jungs und eine große Platte Nachos. Mach doch mal was anderes. Iss wenigstens mal Chilli Poppers!«

»Aber die Nachos sind einfach fantastisch!«, witzelte Nell, doch Olive fand das gar nicht zum Lachen. Sie sah eher besorgt aus.

»Willst du denn nie mal neue Leute kennenlernen? Ich weiß was …« Sie klatschte aufgeregt in die Hände. »Wie wär's, wenn wir zwei heute Abend zusammen ausgehen? Es gibt einen neuen R&B-Club in Balham. Der soll ganz toll sein. Meine Cousine kennt den DJ. Wir könnten sogar in den VIP-Bereich kommen! Was hältst du davon?«

Tja, was hielt sie davon? Dass es anstrengend klang und laut und dass sie, ehrlich gesagt, doch lieber ihre Steuererklärung machen würde. Wenn die eine 23 war und die andere 28, lag eine riesige Kluft zwischen ihnen, die den Grand Canyon wie einen kleinen Riss in der Erde aussehen ließ. Olive fand es toll, ein Date nach dem anderen zu haben und sich die Trommelfelle malträtieren zu lassen, aber Nell konnte sich nichts Schlimmeres vorstellen. Erstens waren solche Dates harte Arbeit, und da das frühe Aufstehen mit zu den Freuden einer Blumenladenbesitzerin gehörte, fand sie schon den bloßen Gedanken, sich aufbrezeln und Small Talk mit einem Fremden machen zu müssen, ermüdend. Zweitens mochte sie die zwanglose Kameradschaft in ihrem Freundeskreis. Sie hatten an der Uni zusammengefunden und kannten einander in- und auswendig. Wenn sie mit Maria, Alex und Jason zusammen war, musste sie sich keine Mühe geben, einen guten Eindruck zu machen oder Konversation zu betreiben. Ein Abend mit ihren Freunden war so erholsam wie ein heißes Bad. Aber viel amüsanter, da sie eben nicht allein sein würde.

Nell überging Olives mitleidigen Blick, wandte sich wieder ihrem Handy zu und schickte eine kurze Nachricht zurück.

Nach dem Valentinstag-Massaker brauche ich wirklich einen Drink. Bis gleich x x

Na also. Schon war ihr Feierabend geregelt. Allerdings sollte sie in der Zwischenzeit die Zähne zusammenbeißen und mit der Steuer anfangen. Doch dann fiel ihr plötzlich ein, dass sie die Schaufensterdekoration erneuern sollten. Die Valentinsrosen hatten sich ja jetzt erledigt. Ihr schwebte etwas frühlingshaft Frisches vor – vielleicht etwas, mit dem sie schon mal an den Muttertag anknüpfen konnten. Eventuell ein riesiger Strauß aus Ringelblumen und Sonnenblumen, die Stiele umwickelt mit grünem Schleifenband. Vielleicht konnten die Steuern ja doch noch warten?

Nell schüttelte sich, um die Gedanken wieder loszuwerden. Sie sollte sich nicht schon wieder ablenken lassen.

»Nell, du bist wirklich furchtbar!« Alex hatte depримiert die Augen zum Himmel verdreht, als er Nells »Ablagesystem« in der Plastiktüte entdeckte, das sie immer schon mal besser organisieren wollte. »Während einer Wirtschaftskrise sind Blumen und private Raketenschiffe ganz oben auf der Liste der Dinge, die der Mensch eigentlich nicht braucht. Du musst das hier unbedingt in Ordnung bringen!«

Bei dem Gedanken daran entfuhr Nell ein Seufzer.

Wochen vor der Steuererklärung mühsam die Papiere zusammenzusuchen war sicherlich nicht die beste Methode, aber sie versuchte sich einzureden, dass sie kreativ an die Sache heranging.

Ich bin nun mal ein kreativer Mensch, versuchte sie sich die Dinge schönzureden.

Aber Alex hatte recht, sie musste versuchen, praktischer zu denken. Sie konnte sich nicht einfach so treiben lassen, damit ihre Freunde etwas zu lachen hatten. Sie musste versuchen, Geschäftsgeist zu entwickeln. Die beiden letzten Jahre waren ein echter Kampf für *Every Blooming Thing* gewesen. Es gab zwar nach wie vor Hochzeiten und Begräbnisse, aber die Budgets waren merklich kleiner. Der Kaufpreis, nicht das Aussehen der Blumen gab den Ausschlag. Sie seufzte. Die Politiker mochten ja erwartungsvoll von der aufkeimenden Hoffnung auf einen Aufschwung sprechen, aber das Einzige, was Nells Ansicht nach keimte, waren ihre Pflanzensprösslinge.

Alex und Maria zogen sie deshalb immer auf. »Du läufst immer noch wie eine Studentin rum, Süße!«, sagte Maria. »Du bist jetzt Geschäftsfrau. Lass uns zusammen shoppen gehen, dann suchen wir dir ein paar tolle Kostüme aus.«

Nell entsetzte der Gedanke, jeden Tag ein Kostüm tragen zu müssen. Glücklicherweise hatte sie eine gute Ausrede: Floristen konnten sich nicht in Schale werfen. Jeans, Gummistiefel und Wollfingerhandschuhe waren die praktischste Arbeitskleidung für einen Job, der viel mit Wasser und Erde zu tun hatte und bei dem man in aller Herrgottsfrühe auf dem Blumengroßmarkt herumlatschen musste. An ihren freien Tagen trug sie klobige Boots mit dicker Sohle, schwingende Vintage-Röcke und fließende Schals.

Nells Mum hatte sich auf ähnliche Weise gekleidet, aber sie war ja auch Floristin gewesen. Mit Elsie Marnie am Ruder von *Every Blooming Thing* war aus einem Hobby, das in der heimischen Küche begonnen hatte, ein florierendes Geschäft geworden. Ihre Mutter hatte an diesem Laden gehangen, war mit Herz und Seele dabei gewesen. In Nells glücklichsten Erinnerungen saß sie auf dem Tresen neben der Spüle – derselben Spüle, an der Olive jetzt stand und ihr mitleidige Blicke zuwarf. In den Händen ihrer Mutter waren aus einem Wirrwarr von Stengeln und Blüten die wundervollsten Gestecke und Sträuße geworden. Nell hatte zugesehen und von ihr gelernt, aber sie war nicht annähernd so gut wie sie.

Solche Gedanken an die Vergangenheit passten wohl kaum zum Valentinstag, sagte sie sich. Es war an der Zeit, den Spieß umzudrehen und herauszufinden, wie es in Olives Liebesleben aussah.

»Was hast *du* denn heute Abend vor?«, fragte sie. »Wer ist denn das nächste Opfer … äh … heiße Date?«

Olive seufzte. »Eigentlich wollte ich zu Hause bleiben, Nell.«

»*Ernsthaft?*« Nell wäre wohl kaum verblüffter gewesen, wenn Olive ihr erzählt hätte, dass sie zum Mond fliegen würde. »Was ist denn mit diesem R&B-Club?«

»Ach nee, im Grunde bin ich es leid, diese Schwachköpfe zu treffen, deren Vorstellung von einem netten Abend darin besteht, in irgendeinem Schnellrestaurant zu essen und hinterher Fußball zu schauen, anstatt mit mir ins Theater zu gehen.«

»Ins Theater?« Seit wann ging Olive ins Theater?

»Ja, warum nicht? Ich habe Gary gebeten, dass wir uns Benedict Cumberbatch in *Hamlet* ansehen. Da hat er nur gelacht, weil er den Namen Cumberbatch so komisch fand.«

Nell lachte auch. Jetzt verstand sie Olives plötzliches Interesse am Theater. Sie konnte sich nicht vorstellen, dass Gary, der letzte in einer langen Reihe an Verehrern, auf den Barden versessen war. Oder gar auf Benedict!

»Lach nicht! Ich möchte neue Erfahrungen machen«, sagte Olive und blickte gekränkt drein. »Ich habe beschlossen, dass es an der Zeit ist, mir höhere Ziele zu setzen, als in Schnellrestaurants und Kinos zu gehen. Von jetzt an werde ich sehr viel wählerischer sein.«

»So weit zur Theorie, aber wie willst du das praktisch anstellen?«, fragte Nell neugierig.

Olive zog eine Zeitschrift aus ihrer Louis-Vuitton-Tasche, die natürlich ein Fake war. Sie blätterte mit ernster Miene durch die Hochglanzseiten von *Her*, bis sie den Artikel fand, den sie suchte.

»›Die Jagd nach der wahren Liebe‹«, las Nell über ihre Schulter hinweg. »›Wie Sie Ihren Traummann finden.‹ Ach komm schon, Olive! Es gibt doch noch mehr im Leben, als einen Mann aufzutreiben. Wenn Germaine Greer tot wäre, würde sie sich jetzt im Grabe umdrehen!«

»Wer?«, fragte Olive.

Nell gab auf. Sie warf in einer Geste der Verzweiflung die Arme in die Luft, schrieb vierzig Jahre Feminismus in den Wind, griff sich das Heft und las weiter.

»*Würden Sie shoppen gehen, um sich ein Paar Louboutins zu kaufen, aber stattdessen mit Dubarry-Stiefeln zurückkehren, nur weil es im Laden nichts anderes gab? Natürlich nicht! Also warum versuchen Sie auf so planlose Art und Weise einen Lebenspartner zu finden? Wenn es darum geht, sich den Mann Ihrer Träume zu angeln, sollten Sie unvoreingenommen an die Sache herangehen, sich aber auch bewusst sein, dass er gewisse Eigenschaften besitzen sollte, bei denen Sie zu keinen Kompromissen bereit sind.*«

Nell verzog das Gesicht und klappte die Zeitschrift zu. Der Artikel wählte den pragmatischen Ansatz und verglich die Suche nach dem Mann fürs Leben mit einer Shoppingtour. Frau machte eine Liste, auf der sie notierte, was sie genau wollte, und dann zog sie los, um es zu finden. Und erst wenn alle Punkte abgehakt waren, ging sie mit ihrem Einkauf zur Kasse.

Soll noch mal einer behaupten, die Romantik sei tot!

»Grins du nur«, sagte Olive beleidigt. »Ich werde dir beweisen, dass es funktioniert. Meine Liste ist fertig, und ich bin bereit, mich auf die Suche zu begeben. Ich werde nichts mehr dem Schicksal überlassen. Außerdem dachte ich, dass es beim Feminismus darum geht, Dinge selbst in die Hand zu nehmen. Genau das habe ich nämlich vor!«

Nell war trotz allem neugierig. »Und was steht so auf deiner Liste?«

»Groß, dunkelhaarig, gut aussehend, reich, mit moralisch vertretbarem Job und guten Manieren. Ein Ritter ohne Furcht und Tadel, der für mich sorgt, einen Sportwagen fährt, sich gut kleidet, Vegetarier ist und eine Wohnung in den Docklands hat.« Olive zählte die Kriterien an ihren Fingern ab. »Natürlich bin ich bereit, bei dem einen oder anderen Punkt gewisse Kompromisse einzugehen, solange ich mir im Klaren darüber bin, was am wichtigsten für mich ist.«

»Und was ist dir am wichtigsten?«, erkundigte sich Nell.

»Der Ritter«, erwiderte Olive wie aus der Pistole geschossen. Sie hatte offenbar viel darüber nachgedacht.

»Verstehe«, erwiderte Nell gedehnt. »Dann viel Glück dabei.«

»Werde ich nicht brauchen«, erklärte Olive voller Überzeugung. »Ich muss nur sicherstellen, dass ich an dem festhalte, was mir wichtig ist. Wirst schon sehen.«

Das dröhnende Röhren eines Transporters, der draußen vorfuhr, verkündete die Ankunft von Craig, dem Lieferjungen. Craig schaute andauernd unter irgendeinem Vorwand im Laden vorbei, und es war nicht schwer zu erraten, warum er dies tat. Heute hatte er sogar schon eine Valentinskarte für Olive dagelassen, die aber in einen Eimer gefallen und so durchweicht worden war, dass man kein Wort mehr entziffern konnte.

»Da ist Craig schon wieder«, bemerkte Nell.

Olive hob nicht einmal den Kopf.

Es war kein Wunder, dass sich Craig in sie verknallt hatte, denn Olive war wirklich ausgesprochen hübsch. Sie war halb Jamaikanerin und halb Britin, ihre makellose Haut hatte die Farbe von Milchkaffee, sie besaß umwerfend grüne Augen und glänzendes pechschwarzes Haar, das sich über ihren Rücken ergoss. Nell war längst daran gewöhnt, dass ihrer männlichen Kundschaft der Mund offen stehenblieb, wenn sie sie erblickten. Unglücklicherweise hatte Craig das Pech, dass seine Gefühle definitiv nicht erwidert wurden. Olive mochte romantisch veranlagt sein, aber sie war nun einmal wählerisch, und wenn der Richtige vorbeikam, dann würde der ihrer Meinung nach mit Sicherheit keinen Kleintransporter fahren und Turnschuhe von Converse tragen.

»Wenn du wirklich kein Interesse hast, solltest du den armen Kerl nicht länger auf die Folter spannen«, flüsterte Nell, bevor Craig zur Tür hereinkam. »Aber wieso gibst du ihm nicht eine Chance und gehst mit ihm aus?«, schlug sie ihr vor. »Vielleicht erlebst du sogar eine Überraschung?«

Olives perfekt gezupfte Augenbrauen schossen bis in ihren Pony hinauf. »Das müsste schon eine verdammt große Überraschung sein, denn Craig erfüllt nicht einen einzigen Punkt auf meiner Checkliste.«

Nell seufzte.

Craig kam mit sehnsüchtigem Blick in den Laden gestürmt. »Hallo Nell, ich kam gerade zufällig hier vorbei und wollte dich fragen, ob ich noch was für dich mitnehmen soll?«

Da er bereits sämtliche Bestellungen ausgeliefert hatte, wusste er ganz genau, wie ihre Antwort lauten würde.

»Tut mir leid, Craig«, sagte Nell sanft. »Für heute ist alles erledigt. Ich habe erst morgen früh wieder was für dich.«

»Oh … okay«, sagte er mit langem Gesicht. »Dann sehen wir uns morgen wieder.«

Nell nickte.

Craig zog sich wie ein begossener Pudel zurück, blieb jedoch noch für einen Moment in der Türe stehen. »Na dann, auf Wiedersehen, Nell. Wiedersehen, Olive.«

»Bis dann, Knuffi«, sagte Olive und schenkte ihm ein Lächeln.

Nell sah, wie Craigs Gesicht aufleuchtete, er förmlich aus dem Laden hüpfte und wie auf Wolken zu seinem Wagen ging. »Du musst ihm sagen, dass du kein Interesse an ihm hast«, schimpfte sie.

Olives Gesicht nahm einen leidenden Ausdruck an. »Ich will aber nicht gemein sein.«

»Aber es ist gemein, ihm etwas vorzumachen. Ihn *Knuffi* zu nennen!« Nell kam sich ihrer Kollegin gegenüber mitunter wie eine alte Frau vor. »Manchmal ist es besser, wenn man hart ist, okay?«

Olive seufzte. »Okay.«

Nell wollte sie gerade darauf festnageln, bei der Wahrheit zu bleiben, als erneut die Glocke über der Tür erklang. Im ersten Moment dachte sie, Craig sei noch einmal unter einem anderen Vorwand zurückgekehrt, doch als sie aufblickte, stellte sie erfreut fest, dass es Jason war.

»Hallo, Fremder! Was treibt dich denn in die Wildnis von Hackney?«, zog sie ihn auf. »Eigentlich haben wir schon geschlossen.«

Jason beugte sich zu ihr herunter und gab ihr einen Kuss auf die Wange. Er roch wie immer wunderbar nach *Amber and Lavender* von Jo Malone und trug einen schicken Anzug von Paul Smith. Jason, groß, dunkelhaarig und außerordentlich attraktiv, hatte einen gut bezahlten Anwaltsjob, und sein roter BMW X5 parkte draußen vor dem Laden – er erfüllte mehr als nur einen Punkt auf Olives Checkliste! Allerdings wusste er das auch, und obwohl Nell ihn zum Fressen gernhatte, gab sie sich, was ihn betraf, keinen Illusionen hin. Jason hatte einen extrem hohen Frauenverschleiß. An der Uni hatte Nell die Mädels schon gar nicht mehr zählen können, die sich bei ihr ausgeweint hatten. Sie war die ganzen drei Jahre eigentlich permanent an der Schulter klatschnass gewesen.

»Habe heute früher Schluss gemacht. Ich habe den Fall gewonnen und entschieden, den Rest des Tages zu schwänzen«, sagte er mit seinem Grübchen-Grinsen. Es war ein Grinsen, bei dem die meisten Frauen schwach wurden. Aber nicht Nell. Sie hatte ihn einmal dabei erwischt, wie er versucht hatte, diese Grübchen mit einem Buttermesser zu vertiefen, und zog ihn seither immer damit auf. »Ich wollte nur hören, ob du nachher auch im *Bell* dabei bist?«

Nell lachte und ging über Olives Grimasse hinweg.

»Klar. Freitagabend im Pub mit euch – das ist doch quasi ein Naturgesetz! Du musstest nicht extra vorbeikommen, um mich das zu fragen. Außerdem, wie könnte ich den Valentinsabend besser verbringen als mit meinen Freunden?«

Jason blickte verlegen drein. »Wo wir gerade beim Thema sind: Ich bräuchte noch Blumen.«

»Schon wieder eine neue Eroberung?«, stichelte Nell.

Jason legte die Hand auf sein Herz und machte eine gekränkte Miene.

»Autsch, Nell. Das hat gesessen.«

»Ich kenne dich doch. Also, was hättest du denn gern? Mit roten Rosen kann ich leider nicht mehr dienen, die sind ausverkauft. Rosarote übrigens auch. Wenn du richtig Eindruck machen willst, rate ich dir zu Orchideen.«

Er hatte den Anstand, beschämt dreinzublicken. Bei vergangenen Gelegenheiten hatte Jason in der Tat protzige Sträuße bestellt, um Eindruck zu schinden. Heute allerdings begnügte er sich mit den schlichten weißen Avalanche-Rosen, die Nell noch übrig hatte, und blauen Edeldisteln. Mit einer braunen Schnur gebunden war dieser Strauß von einer schlichten Eleganz und doch unbestreitbar romantisch.

»Wer ist denn die Glückliche?« Olive war auf wundersame Weise hinter der Theke erschienen und blickte durch ihre dunklen Wimpern zu Jason auf.

Der zog eine Blüte hervor, griff über die Theke hinweg und steckte sie Olive hinters Ohr.

»Sie sind für eine ganz besondere, wunderschöne Frau«, sagte er.

Tolles Ablenkungsmanöver, dachte Nell, als ihre Mitarbeiterin errötete und die Frage für den Moment vergessen war. Aber es war dennoch eine sehr romantische Geste für Jason. Da er für gewöhnlich Harry Styles von One Direction wie einen Mönch aussehen ließ, war sie überrascht und erfreut zugleich. Hinter all diesem charmanten, aalglatten Gehabe steckte ein wirklich netter Kerl. Vielleicht hatte Jason endlich eine Frau getroffen, die er wirklich gernhatte. Sie gönnte es ihm von Herzen.

»Kennst du irgendjemanden, der für ein Date mit Nell taugen würde?«, fragte Olive. »Wir sprachen gerade darüber, dass sie dringend auch mal neue Leute kennenlernen sollte.«

»Das hast du gesagt, nicht ich!«, warf Nell ein.

»Aber du bist hinreißend, Nell! Es ist so schade. Du solltest losziehen und Spaß haben. Nicht wie ein Grufti in einem Pub verfaulen. Komm schon, Jason! Du musst doch jemanden kennen!«

»Tue ich tatsächlich«, erwiderte er. »Mein Kollege David Jaffe ist ein wirklich netter Kerl. Ich glaube, Nell und er würden sich gut verstehen. Wie wäre es, wenn ich …«

Nell entschied sich, die Sache von vornherein abzuwürgen. »Hallo? Ich bin immer noch hier! Kuppelei ist streng verboten. Das ist ein Befehl! Das Schicksal wird schon dafür sorgen, dass mir der Richtige über den Weg läuft.«

»Aber wann?«, fragte Olive. »Wenn du in der Schlange stehst, um dir deinen Rentenscheck abzuholen?«

Jason lachte. »Du musst zugeben, Nell, dass sie nicht ganz unrecht hat«, sagte er.

»Jetzt reicht's! Ich höre mir das nicht mehr länger an! Noch bin ich keine alte Jungfer. Jason, du verschwindest jetzt, denn manche von uns müssen schließlich noch arbeiten. Wir sehen uns dann nachher …«

Sie schob ihn buchstäblich zur Tür hinaus und scheuchte Olive zurück an die Arbeit, damit diese den Laden aufräumte, während sie selbst die Kasse abrechnete. Die Einnahmen waren gut, aber würden sie wirklich gut genug sein?

»Wie sieht's aus?«, erkundigte sich Olive.

»Nicht so toll, wie ich gehofft hatte. Selbst mit der Hochzeit letzte Woche haben wir nur gerade noch etwas Gewinn gemacht.«

»Wieso nimmst du nicht das Angebot von Stanley Stalks an?«, fragte Olive.

Nell verzog das Gesicht. Stanley »Stengel« Stalks besaß einen lukrativen Online-Blumenlieferservice und versuchte gerade, in die reale Welt zu expandieren und einige Läden an strategischen Stellen zu eröffnen. Er hatte ihr bereits mehrmals ein Angebot gemacht, um ihr *Every Blooming Thing* abzukaufen.

»Ich werde Mums Laden auf gar keinen Fall verkaufen!«, sagte sie mit Nachdruck.

Nell hatte es nicht über sich gebracht, sich nach dem

Tod ihrer Mutter von dem Geschäft zu trennen. Das wäre so gewesen, als hätte sie sie ein zweites Mal verloren. Nur ihre Freunde und die Alltagsroutine im Laden hatten Nell über die schwere Zeit hinweggeholfen. Selbst wenn ihr dieser furchtbare Verlust schrecklich wehtat und sie ihre Trauer wieder einmal zu überwältigen drohte, mussten Blumen bestellt, Rechnungen bezahlt, Sträuße und Gestecke zusammengestellt und Auslieferungen erledigt werden. Elsie hätte es so gewollt. Nichts hätte ihr größeren Kummer bereitet, als wenn ihr geliebter Laden hätte schließen müssen. Und dies zu verhindern hatte Nell in gewisser Weise auch dabei geholfen, nicht irgendwann zusammenzubrechen.

Und sogar Olive, ihre zuverlässige Aushilfe, die ihren Berufsschulabschluss noch nicht in der Tasche hatte und deren praktische Ausbildung sie überwachen musste, war ein weiterer Grund gewesen. Elsie hätte gewollt, dass sich Nell um ihren Schützling kümmerte, und das hatte sie natürlich getan. Sie mochte Olive – sie war wie eine kleine Schwester für sie, gehörte mit zu ihrer »Blumenfamilie«, wie ihre Mutter immer so gern gesagt hatte. Und so stand Nell, obwohl sie einen – inzwischen Staub ansetzenden – Abschluss in Fotografie hatte und eigentlich nie Floristin werden wollte, nach sieben Jahren immer noch im Laden, der gerade so mit Hängen und Würgen über die Runden kam.

Und den sie nie und nimmer verkaufen würde.

»Ich weiß gar nicht, was du gegen Stanley hast«, sagte Olive. »Ich finde ihn eigentlich ganz süß.«

Ganz süß? Nell warf Olive einen irritierten Blick zu.

Dieser Lackaffe war beim besten Willen nicht süß! »Ich werde den Laden auf gar keinen Fall verkaufen«, wiederholte sie. »Und schon gar nicht an jemanden mit so einem bescheuerten Namen!«

»Den hat er sich doch nur für Marketingzwecke zugelegt«, erwiderte Olive. »Es ist ja nicht so, als würdest du dir wirklich etwas aus Floristik machen. Du tust das doch nur wegen deiner Mutter«, fuhr sie fort, gleich einem Elefanten im Porzellanladen. »Wenn du an Stanley verkaufen würdest, könntest du machen, was du wolltest. Hingehen, wohin du wolltest!«

Dieser Gedanke jagte Nell, ehrlich gesagt, eine Heidenangst ein. Ja, es stimmte schon, dass sie genug von alldem hier hatte, und obwohl sie ihrer Mutter immer gern stundenweise ausgeholfen hatte, war es doch etwas ganz anderes, das Geschäft zu führen. Ihre Begeisterung war so rasch dahingewelkt wie eine überwässerte Pflanze.

Aber was um Himmels willen sollte sie ohne den Laden anfangen? Er war doch ihre Welt! Hier kannte sie sich aus.

Sie schüttelte den Kopf. »Ich werde weitermachen. Ich bin sicher, dass es besser werden wird. Außerdem gefällt es mir hier.«

»Das muss es wohl, denn du wirst nie woanders hingehen«, sagte Olive unverblümt. »Also, ich werde jetzt mal Klartext reden. Aber vergiss nicht, dass ich es nur gut mit dir meine!«

Nell stieß ein Stöhnen aus.

»Begreif doch, dass dieser Laden genauso wie das *Bell*

in der Vergangenheit erstarrt ist. Und du bist es auch! Hör endlich auf, im Gestern zu leben! Du wirst niemals über deine Schwärmerei für Alex hinwegkommen, wenn du nicht einige größere Veränderungen vornimmst. Hak ihn endlich ab. Es bringt doch nichts, dauernd mit ihm herumzuhängen und …«

»Äh … ich stehe nicht auf Alex!«, rief Nell entgeistert. Olive war zwar unberechenbar, aber Nell war völlig geschockt, dass sie auf etwas so Verrücktes kam. »Er ist ein Freund. Und er ist mit Maria zusammen – meiner besten Freundin.«

Olive zuckte mit den Schultern. »Na und?«

»Die beiden sind seit der Uni ein Paar! Mein Gott, Olive, du hast eine blühendere Fantasie als J. K. Rowling!«

»Oder es ist an der Zeit, dass du endlich der Wahrheit ins Gesicht siehst.«

Nell schüttelte den Kopf. »Männer und Frauen können durchaus nur befreundet sein, weißt du.«

Aber das schien Olive nicht zu überzeugen. Was wohl daran lag, dass sie erst noch einem Mann begegnen musste, der sie nicht ins Bett kriegen wollte. »Und warum bittest du Jason dann nicht, dich einmal mit diesem Kollegen von ihm zusammenzubringen, diesem David? Der wäre doch vielleicht was für dich.«

So, jetzt reichte es ihr aber. Es war an der Zeit, die Chefin herauszukehren, sonst würde sich Olive, ehe sich Nell versah, ans Telefon hängen und zusammen mit Jason ihr Liebesleben organisieren. Nell durchbohrte ihre Mitarbeiterin mit einem unnachgiebigen Blick. »Sollte ich irgendwann einmal total unglücklich sein mit meinem offenbar so furchtbar langweiligen, ewig gestrigen Leben, dann werde ich es dich wissen lassen. Aber bis es so weit ist, wäre ich dir sehr dankbar, wenn du aufhören würdest, dich wie meine Großtante zu benehmen, anstatt wie meine fünf Jahre jüngere Angestellte.«

Olive hob die Hände, als würde sie sich ergeben. »Schon gut, schon gut! Ich wollte ja nur helfen. Du kennst mich ja. Von jetzt an werde ich nichts mehr sagen.«

Wenn dem nur so wäre, dachte Nell und wandte sich wieder den Geschäftsbüchern zu, während Olive mit den Blumen weitermachte. Der entschlossene Ausdruck auf deren hübschem Gesicht sagte ihr, dass diese Unterhaltung noch längst nicht beendet war.

Kapitel 2

Die Freitagabende im *Bell* verliefen meist nach dem gleichen Muster. Derjenige, der zuerst eintraf, nahm die beiden Sofas vorm Kamin mit dem niedrigen Couchtisch in der Mitte in Beschlag und bestellte schon einmal die erste Getränkerunde. Heute Abend war diese Aufgabe Alex und Maria zugefallen, und als Nell eintraf, da wartete bereits ein Glas Chardonnay nebst mehreren großen, herzförmigen Luftballons auf sie – die Standarddeko im Pub am Valentinstag.

Jason war spät dran, was vermutlich mit der geheimnisvollen neuen Frau in seinem Leben zu tun hatte, und da sie ihn so gut kannten, bestellten sie schon einmal die Nachos. Nun, mit vollem Bauch und dem Wein, der die verspannten Muskeln in Nells Schultern lockerte, die sie den schier endlosen Sträußen verdankte, die sie heute gebunden hatte, spürte sie, wie sie langsam herunterkam. Der Laden, das Finanzamt und Olives Kuppelei waren Probleme, um die sie sich zu einem anderen Zeitpunkt wieder kümmern würde.

»Und, wie war dein Tag? Voller Liebe und Romantik?«, fragte Alex, lehnte sich auf dem Sofa zurück und schenkte Nell über sein Bierglas hinweg ein warmes Lächeln.

»So wie unserer?«, mischte sich Maria ein, bevor Nell überhaupt die Chance hatte zu antworten. »Ernsthaft, Nell, lass dir eins von mir gesagt sein: Langzeitbeziehungen sind ein Killer jeglicher Romantik. Ich habe noch nicht mal eine Karte bekommen.« Sie blickte Alex mit großen, traurigen Augen an, und ihr Gesichtsausdruck war dabei so ernst, dass Nell sich Sorgen zu machen begann. »Komm schon, Alex, du musst dich nicht länger verstellen. Ich weiß, dass du mir heimlich einen Riesenblumenstrauß bestellt hast. Natürlich hast du das. Schließlich hat unsere beste Freundin einen Blumenladen. Du würdest doch keine von uns beiden enttäuschen und gar nichts in der Richtung unternehmen. Oder hast du vielleicht ein Hotelzimmer gebucht und Nell Blütenblätter auf dem Bett verstreuen lassen? Ist das der Grund, warum sie so verlegen ist?«

Doch Nell war vielmehr verlegen, weil sie sich immer noch darüber ärgerte, was Olive über ihre Freundschaft mit Alex gesagt hatte. Es war ein bisschen so, als ob man einen erotischen Traum über einen Kollegen gehabt hatte und nicht in der Lage war, ihm am nächsten Tag in die Augen zu sehen.

Es war nur eine dumme Bemerkung von ihr gewesen, aber Nell hätte gern darauf verzichtet. Sie würde nie auf die Idee kommen, ihrer besten Freundin den Mann auszuspannen.

Alex blickte beschämt drein. Offensichtlich plagte ihn die Sorge, gleich zweimal versagt und sowohl seine Lebensgefährtin als auch seine älteste Freundin aus Kindertagen enttäuscht zu haben. Er öffnete gerade den Mund, um sich vermutlich noch tiefer in die Sache hineinzureiten, als Maria zu kichern begann.

»Mist!«, rief sie lachend. »Meine Schauspielkünste sind auch nicht mehr das, was sie mal waren! Ich konnte es einfach nicht durchhalten. Du solltest mal dein Gesicht sehen, Al!« Sie lehnte sich vor und legte eine Hand auf sein Bein. »Das war nur Spaß, Schatz. Wir haben doch auf diesen ganzen Blödsinn nie Wert gelegt.«

»Puuh. Für einen Moment hab ich dir das abgenommen. Da hast du mich ja ganz schön verscheißert!« Alex sah erleichtert aus.

Maria war temperamentvoll und impulsiv und dafür bekannt, öfter mal ihre Meinung zu ändern, und für einen Augenblick hatte sich auch Nell von ihr täuschen lassen. Aber Maria war auch der loyalste und lustigste Mensch, den Nell kannte, und während ihrer gemeinsamen Studienzeit der Star der Schauspielgruppe gewesen.

»Wie wäre es, wenn ich einen dieser Ballons für dich stehle?«, bot Alex an. »Oder dir welche von meinen Nachos abgebe?«

»Du bist so großzügig, Liebling«, sagte Maria zärtlich und küsste ihn auf die Wange. »Aber ich glaube, ich verzichte auf den Ballon. Was hältst du davon, wenn wir morgen bei Selfridges vorbeischauen und du mir in der Handtaschenabteilung zeigst, wie sehr du mich liebst?«

Nell lachte. »Du hättest Blumen bestellen sollen, Al. Ich hätte dir Rabatt gegeben.« Da fiel ihr etwas ein, das sie Maria fragen wollte. »Ach, apropos … Jetzt, wo der Valentinstag vorbei ist, brauche ich ein neues Thema für mein Schaufenster. Ich dachte da an eine Deko im Stil der Zwanzigerjahre.« Sie sah ihre Freundin an und klimperte dabei mit den Wimpern. »Dürfte ich mir dafür deine Armani-Clutch ausleihen? Die ist ein echter Hingucker.«

»Ich würde sie dir ja gern geben«, erwiderte Maria und strich sich ihr langes blondes Haar hinter die Ohren. »Aber seltsamerweise kann ich sie nirgends finden. Ich wollte dich schon fragen, ob ich sie dir geliehen habe, aber das ist ja offensichtlich nicht der Fall.«

»Himmel hilf! Frauen und ihre Handtaschen. Ich hoffe, ihr wollt dieses Thema jetzt nicht vertiefen, denn dann muss ich mir definitiv was Stärkeres zu trinken besorgen.«

Nell und Maria lachten, und Maria gab ihm einen Kuss. »Entschuldige, Schatz. Das liegt nur daran, dass wir manchmal vergessen, dass du ein Mann bist.«

»Meine Freundin vergisst, dass ich ein Mann bin? Also das sind keine guten Neuigkeiten.«

Nell lachte wieder. »Wir hatten nicht vor, deine Männlichkeit zu beleidigen. Aber da wir alle so gut miteinander auskommen, vergessen Maria und ich eben manchmal, dass Frauengespräche nicht gerade deine Stärke sind.« Aber natürlich vergaßen sie nie, dass er ein Mann war. Wie sollten sie? Alex war umwerfend, Typ junger Owen Wilson mit ebensolchen funkelnden blauen Augen. Er brachte einen zum Lachen und war fast immer gut drauf. Er besaß vielleicht nicht diese offenkundige Attraktivität wie Jason, aber mit seinen lockigen blonden Haaren, den ausgeprägten Wangenknochen und dem

Lächeln um den Mund gehörte er zu der Sorte Mann, bei dem ein Mädel gern zweimal hinsah.

»Aber keine Sorge, wir haben dich trotzdem lieb«, versicherte ihm Maria.

»Auch wenn Jason damit keine Probleme zu haben scheint«, schob Nell hinterher. »Er ist ein Mann, der uns Frauen versteht.«

»Was wahrscheinlich daran liegt, dass er länger vor dem Spiegel steht als jede Frau«, sagte Maria. »Aber machen wir uns doch nichts vor, der Kerl sieht nun mal gut aus.«

»So gut wie ich?«, fragte Alex, und die Mädels lachten. »Ich werte das mal als ein ›Nein‹. Schon gut, ich kenne meine Grenzen.«

»Da bin ich mir nicht so sicher«, erwiderte Maria. »Aber die werden wir morgen ausloten. Bei Mulberry, würde ich vorschlagen.«

Alex gab ein theatralisches Stöhnen von sich, und Maria umarmte ihn überschwänglich und zauste ihm durchs Haar.

»War doch nur Spaß. Fiorelli genügt auch.«

Sie lachten alle drei, und Nell spürte die Wärme, die sich immer in ihr ausbreitete, wenn sie Zeit mit ihren besten Freunden verbrachte. Die Gruppendynamik funktionierte einfach so mühelos. Maria und sie verstanden sich wunderbar, und Alex und Jason bildeten ihren perfekten Gegenpart, auch wenn sie so unterschiedlich waren wie Tag und Nacht. Allerdings gab es Dinge, die ein Mädel nur ihrer besten Freundin anvertrauen konnte, und Nell fand, dass es längst an der Zeit war, dass Maria und sie etwas allein unternahmen, um sich mal ernsthaft zu unterhalten.

»Wir brauchen dringend mal wieder einen Frauenabend«, sagte sie zu Maria. »Das haben wir schon ewig nicht mehr gemacht. Ich hab echt Nachholbedarf.«

»Du hast recht«, stimmte ihre Freundin zu. »Wir werden die Jungs für ein paar Stunden in den Pub schicken, während wir uns *Wie ein einziger Tag* ansehen und dabei einen Riesenbecher Häagen Dazs vertilgen. Es ist wirklich schon viel zu lange her.«

Nell überlegte, wie lange es tatsächlich her war, seit sie Zeit mit Maria allein verbracht oder auch nur eine längere Unterhaltung mit ihr am Telefon geführt hatte, als Jason auftauchte.

»Tut mir echt leid«, rief er, ließ sich neben Nell auf das Sofa fallen und schenkte ihnen ein strahlendes Lächeln. »Ist was dazwischengekommen.«

»Informations-Overkill!«, stichelte Alex. »Wer ist sie denn dieses Mal?«

Jason blickte zu Boden. »Kann ich nicht sagen.«

»Ach komm schon, das ist nicht fair. Durch dich werde ich doch an die guten alten Zeiten erinnert, als ich noch Single war«, sagte Alex und setzte dabei ein trauriges Gesicht auf, zog aber gleichzeitig Maria an sich, drückte ihr einen Kuss auf den Scheitel ihres goldblonden Haars und relativierte damit seine Worte. Sie wussten alle, dass Alex Maria anbetete. Von der Sekunde an, als sie sich am ersten Tag an der Uni begegnet waren, waren sie unzertrennlich gewesen.

Aber Jason schien ausnahmsweise einmal nicht darauf erpicht, mit seiner neuesten Eroberung anzugeben. Egal, wie sehr ihn die anderen auch piesackten, er gab nichts preis. Das überraschte Nell. Ausnahmsweise ließ er sich nicht in die Karten schauen. Wer auch immer diese neue Frau sein mochte, dieses Mal schien es anders zu sein als sonst. Ob Jason vielleicht endlich die Richtige gefunden hatte?

Alex dachte offenbar in die gleiche Richtung. »Hast du dich etwa verliebt?«, witzelte er. »Hat sie es geschafft, den einsamen Wolf zu zähmen?«

Jason errötete. Nell konnte es gar nicht glauben, und Alex erging es ebenso, weshalb er es sich nicht verkneifen konnte, sich über ihn lustig zu machen.

»Jase, du wirst ja knallrot!« Er beugte sich vor und streckte seine Hände zum Gesicht seines Freundes aus, als wolle er sich daran wie an einem Feuer wärmen. »Das muss Liebe sein! O ja, Jason ist verliebt!«

»Halt die Klappe!«, fuhr Jason ihn an. Seine grauen Augen waren schwarz vor Wut.

Die Gruppe verstummte. Jason war eigentlich eher der lockere, coole Typ, der seine Freunde gern mit seinen amourösen Eskapaden unterhielt.

»Komm wieder runter«, sagte Nell zu ihm. »Alex hat dich doch nur aufgezogen.«

»Ja, tut mir echt leid, Kumpel.« Alex wirkte tatsächlich betreten. Sein sonniges Gemüt ertrug es nicht, in Ungnade zu fallen. Selbst Maria machte einen besorgten Eindruck, und Jason, der sich offensichtlich bewusst war, dass er überreagiert hatte, blickte betroffen in die Runde.

»Tut mir leid, Leute«, sagte er. »Ich hatte eine höllische

Woche. Ich musste zwei zusätzliche Fälle übernehmen, weil einer der Seniorpartner krank geworden ist, und bin vermutlich gestresster, als ich gedacht hatte.« Er fuhr sich mit den Händen durch sein dunkles Haar und lächelte. »Ich wollte nicht gleich aus der Haut fahren.«

»Ist ja keine Schande, sich Hals über Kopf zu verlieben.« Alex streckte den Arm aus und nahm Marias kleine Hand in die seine. »Niemand weiß das besser als ich.«

Jason zuckte verlegen mit den Schultern, war aber offensichtlich nicht gewillt, näher darauf einzugehen. Er versenkte seinen Blick im Bierglas.

Nell versuchte, die Stimmung ein wenig aufzuhellen. »Das war ja richtig Lysander-mäßig! Hat mich an unsere alte Schauspieltruppe erinnert.«

Schlagartig herrschte Stille am Tisch. Maria stellte ihr Glas mit einem vernehmlichen Knall ab. Keiner blickte den anderen an.

Toll, Nell. Voll ins Fettnäpfchen gelatscht.

Sie hatte mit dieser Anspielung auf ihre *Sommernachtstraum*-Studenteninszenierung gehofft, Jason an vergnügtere Zeiten erinnern zu können, aber vor ein paar Wochen war etwas in Zusammenhang mit genau diesem Stück geschehen. Maria und Alex hatten Karten für die Inszenierung im West End gehabt, aber Alex hatte in letzter Minute abgesagt, weil er angeblich zu viel Arbeit hatte. Maria war stinksauer gewesen. Sie hatten sich natürlich wieder vertragen, aber die Erinnerung an ihren Streit war immer noch sehr gegenwärtig.

»Tut mir leid«, murmelte Nell.

Alex tat ihre Entschuldigung mit einer Handbewegung ab. »Ist schon okay«, sagte er.

Sie gaben sich große Mühe zu vergessen, was sie gesagt hatte, aber die Unterhaltung danach wirkte ein wenig bemüht. Nell versuchte ihre Freunde mit Geschichten über ihre Kunden aufzuheitern, was aber nicht ganz so einfach war, da sie nur unter den zahllosen Liebenden auswählen konnte, die heute in den Laden gekommen waren, um rote Rosen zu kaufen. Sie wollte auf keinen Fall einen weiteren Ausbruch von Jason riskieren, er hatte wirklich eine eigenartige Laune. Alex erzählte einen Witz aus der Redaktion, der aber gar nicht gut ankam, und bald schon fiel auch ihm nichts mehr ein. Jason, der für gewöhnlich die Stimmungskanone war, verhielt sich ungewöhnlich ruhig, und Nell fürchtete, dass er immer noch über die geheimnisvolle Neue nachgrübelte. Wer auch immer sie sein mochte, sie hatte eine tief reichende Wirkung auf ihren Freund.

Seit dem Lysander-Kommentar war Maria nicht mehr richtig munter geworden, und Nell fühlte sich schrecklich, weil sich ihre beste Freundin womöglich über ihre unbedachte Bemerkung und die damit geweckten Erinnerungen aufgeregt hatte. Maria schien vor Selbstvertrauen nur so zu strotzen, doch Nell wusste, dass sie unter ihrer äußeren harten Schale weich wie Zuckerwatte war. Der Streit mit Alex hatte sie ganz offenbar mitgenommen.

»Alles klar, M?«, fragte Nell. Marias Weinglas war noch voll, und sie hatte die Nachos kaum angerührt. Die Handvoll, die sie sich zugeteilt hatte, lag noch immer in einer fettigen, gerinnenden Pfütze aus Käse und Bohnenmus.

Maria massierte ihre Schläfen. »Ich habe ziemliche Kopfschmerzen. Hoffentlich wird keine Migräne daraus.«

»Du Ärmste«, sagte Nell. Maria sah tatsächlich nicht gerade blendend aus.

»Du bist so blass, Schatz«, sagte Alex besorgt. »Soll ich dich nach Hause bringen?«

Maria schüttelte den Kopf. »Lasst euch nicht den Abend verderben. Ich kann mir ein Taxi nehmen.«

»Kommt gar nicht in Frage!« Alex schüttelte den Kopf. »Ich werde dich nach Hause bringen. Ich lasse dich doch am Valentinstag nicht allein.«

Seine Freundin schenkte ihm ein dünnes Lächeln. »So wie ich mich fühle, wirst du nicht viel Freude an mir haben. Ich werde zwei Kopfschmerztabletten nehmen und mich hinlegen. Bleib du nur, und amüsiere dich.«

»Ich kann dich mitnehmen«, bot Jason an. »Ich wollte mich eh gleich auf den Weg machen. Die Briefe schreiben sich nicht von selbst.«

»Aber du bist doch gerade erst gekommen.« Nell befürchtete, dass sie Jason mit ihren Sticheleien verärgert hatten. »Geh bitte nicht.«

»Ist schon okay«, erwiderte Jason. »Das mit den Briefen war geflunkert. Ich bin auf dem Weg zu meiner geheimnisvollen Schönen. Oder besser gesagt, zu einer meiner geheimnisvollen Schönen, ihr kennt mich ja! Ich habe immer mehrere Eisen im Feuer.«

Sie lachten, und die Erleichterung war zu spüren, dass Jason wieder ganz der Alte war.

»Bist du dir sicher?« Alex blickte Maria an. »Ich möchte dich nicht allein lassen, wenn du mich brauchst.«

Sie schaute mit einem gequälten Lächeln zu ihm auf. »Ganz sicher. Ich gehe ins Bett. Du bleibst hier bei Nell.«

Jason klimperte mit seinen Schlüsseln. »Bist du so weit?«

Maria stand langsam auf. »Bis dann, ihr zwei. Das mit unserem Frauenabend regeln wir bald.« Sie umarmte Nell, die den vertrauten Miss-Dior-Parfümduft ihrer Freundin einatmete. »Keine Sorge, mir geht's gut. Ich rufe dich morgen an.«

Alex gab ihr einen Kuss. »Ich werde auch nicht mehr lange bleiben.« Er schien hin- und hergerissen. »Ich weiß nicht, M. Vielleicht sollte ich doch besser mit dir heimfahren.«

»Jetzt hör auf, so einen Wirbel zu machen!«, fuhr sie ihn an. »Ich habe Kopfschmerzen, das ist alles. Tut mir leid«, fügte sie seufzend hinzu. »Ich wollte dich nicht anschnauzen, Schatz. Aber je früher ich nach Hause komme, desto eher kann ich das auskurieren.«

Alex zog sie in seine Arme und küsste sie erneut.

»Ist schon in Ordnung, Liebling. Ich verstehe das. Fahr nur nach Hause, und ruhe dich aus.«

Nachdem Jason und Maria gegangen waren, besorgte Alex noch etwas zu trinken und eine Tüte Chips. Nells Lieblingssorte: Meersalz und Essig. Da sie schon seit der Schulzeit miteinander befreundet waren, hatten Alex und Nell viel Zeit in Pubs verbracht und die Stunden bei Bier und Barsnacks in die Länge gezogen. Zehn Jahre später hatte sich nicht so viel verändert.

Hm. Vielleicht hatte Olive ja doch nicht ganz unrecht! Ob Nell mit vierzig immer noch hier sitzen und mit Alex Chips futtern würde? Immer noch Single wäre? Nell spürte, wie ihr ein Lächeln entkam. Wäre das denn so schlecht?

»Und was gibt's bei dir Neues?« Alex hatte sich zu Nell auf das Sofa gesellt und seine Beute mit diesem Lächeln, bei dem er unzählige Fältchen um die Augen bekam, auf den klebrigen Tisch gelegt. »Wie läuft der Laden?«

»Geht so.« Nell nahm sich einen Chip und ließ die Schärfe des Essigs über ihre Geschmacksknospen tanzen. »Ich habe einen Auftrag für ein großes Begräbnis im East End ergattert. Der Großvater ist verstorben, und ich habe den Eindruck, dass er das Familienoberhaupt gewesen ist. Es ist alles ziemlich Gangster-und-Aal-in-Aspik-mäßig, wie es sich fürs East End gehört. Die Mutter ist so eine auffallende Wasserstoffblondine mit riesig langen falschen Nägeln und mehr Leopardenfell als die große Katze im Londoner Zoo. Der Vater trägt einen dieser riesigen Schaffellmäntel und erzählt mir andauernd, was ich für ein Glück hätte. Und was die Kinder angeht, also die sind das Gegenteil von den Sprösslingen der Trapp-Familie! Einer von ihnen hat sogar mit seiner gerichtlichen Verfügung wegen antisozialen Verhaltens herumgewedelt, als ob es etwas wäre, auf das man stolz sein kann!«

»O Mann! Das klingt ja nach einer Bilderbuchfamilie. Wie heißen die noch gleich?«

»Kray«, erwiderte Nell und machte ein Pokerface, spielte damit auf die Londoner Unterweltkönige der

Sechzigerjahre im East End an, die legendären Kray-Zwillinge Ronnie und Reggie.

»Haha, sehr witzig! Sieh bloß zu, dass du deine Sache gut machst«, sagte Alex warnend. »Sonst landest du noch in Beton gegossen in einer Autobahnüberführung.«

»Keine Sorge«, entgegnete Nell. »Ich respektiere *die Familie*. Mir bleibt ja auch keine andere Wahl, denn es ist ein verdammt anspruchsvoller Haufen.«

Anspruchsvoll beschrieb es nicht einmal annähernd. Die McGraths bombardierten sie mit Anrufen, und ihre Wünsche waren sehr ausgefallen, um es einmal vorsichtig auszudrücken. Nell hatte noch nie ein Blumenporträt eines Verstorbenen angefertigt, und schwarze Dahlien und schwarze Stiefmütterchen waren zu dieser Jahreszeit schwer zu bekommen. Molly McGrath, die offenbar nunmehr das Familienoberhaupt darstellte, war die dickste, furchteinflößendste Frau, der Nell jemals begegnet war. Mit Händen wie Schinkenkeulen, Beinen wie gigantische Mammutbäume und einer flachsfarbenen Beehive-Frisur schien sie einem Kriminalroman von Martina Cole entsprungen zu sein. Nell mochte gar nicht daran denken, was passieren würde, wenn Molly nicht mit den Blumen für die Beerdigung zufrieden wäre. Sosehr sie auch Schuhe liebte, welche aus Beton wollte sie sich nicht verpassen lassen.

»Du siehst besorgt aus.« Alex nahm ihre Hände in die seinen. »Hey, kauen wir wieder an den Nägeln, Miss Marnie? Das sind aber keine guten Neuigkeiten.«

Nell seufzte. »Es ist im Moment nicht leicht, Al. Diese Beerdigung mag total übertrieben und lächerlich sein, aber sie bezahlt meine Rechnungen für den nächsten Monat. Und so wie die Dinge liegen, schaffe ich es mit Mühe und Not, die Kosten zu decken.«

»Du wirst deine Sache toll machen. Du bist eine ausgezeichnete Floristin«, sagte Alex mit sanfter Stimme und drückte dabei ihre Hände. »Nell, ich weiß, dass es nicht deine erste Berufswahl gewesen ist, aber deine Mum wäre so stolz auf das, was du erreicht hast.«

Nell lächelte ihn an. Alex kannte sie so gut. Und er hatte natürlich auch Elsie gekannt. Als sie krank wurde, war er für Nell der Fels in der Brandung gewesen. Sie wusste, dass Alex ganz genau verstand, warum sie den Laden behalten hatte. Das war eines der Dinge, die sie an ihrem alten Kumpel so liebte: Sie musste sich ihm gegenüber nie rechtfertigen.

»Eine Rose für Ihre Freundin zum Valentinstag, Sir?«

Einer der berüchtigten Rosenverkäufer stand auf einmal neben ihnen, rüttelte einen Eimer mit Wechselgeld und sah Alex hoffnungsvoll an. Alex und Nell blickten auf ihre ineinanderverschlungenen Finger hinab und zogen sie wie auf Kommando rasch auseinander.

»Ich bin nicht seine Freundin«, sagte Nell hastig. »Wir sind nur gute Bekannte.«

Aber selbst wenn sie Alex' Freundin gewesen wäre, hätte sie es niemals zugelassen, dass er Geld für eines dieser jämmerlichen Exemplare ausgab. Die Rosen waren welk und fünfmal so teuer wie die, die sie heute verkauft hatte.

»Oh …« Der Rosenverkäufer zog ein langes Gesicht. »Ich wollte Sie nicht in Verlegenheit bringen.«

Aber das hatte er nicht, denn dies geschah nicht zum ersten Mal. Nell und Alex waren schon ewig miteinander befreundet, und manch einer hatte ein Problem damit, das zu verstehen.

»Ist schon okay«, versicherte ihm Alex.

Das Gesicht des Rosenverkäufers hellte sich auf. »Kaufen Sie doch trotzdem eine Rose, Sir. Für Ihre wunderschöne *Bekannte*!«

Nell lachte. »Ich bin Floristin. Sie haben wirklich Pech!«

Der Rosenverkäufer zuckte mit den Schultern und zog weiter, um die Leute am nächsten Tisch zu nerven.

»Lass mich dir doch eine kaufen«, sagte Alex. »Jemand sollte dir auch mal Blumen schenken.«

»Aus Mitleid?«, erwiderte Nell. »Nein, danke. Außerdem solltest du nicht *mir* Blumen kaufen«, fügte sie hinzu. »Maria scheint immer noch ziemlich angefressen zu sein, weil du ihr den Theaterabend versaut hast.«

Alex trank sein Glas aus. »Ich glaube nicht, dass das der Grund ist. Ich glaube, dass sie wirklich schlimme Kopfschmerzen hatte. Sie hat mir gesagt, für sie sei die Sache erledigt.«

»Nun, du weißt ja, wie wir Frauen so sind. Wir meinen nicht immer unbedingt das, was wir sagen«, gab Nell zu bedenken.

»Auch wieder wahr. Aber in dem Fall ist es so. Maria hat wirklich Kopfschmerzen. Und das mit unserem Shakespeare-Abend haben wir geklärt.«

»Es ist also alles wieder beim Alten?«

»Ja, klar«, erwiderte Alex. »Auch wenn ich mir nicht

so sicher bin, ob ich das überhaupt möchte ...« Er verstummte.

Nell wusste, dass etwas im Gange war. »Al, was bedrückt dich?«

Er lehnte sich nach vorn. »Eigentlich ist es gar nichts, was Anlass zur Sorge sein sollte, aber es ist eine große Sache. Ich habe es bisher noch niemandem erzählt, aber du bist meine älteste Freundin. Ich muss es dir einfach sagen.« Er holte tief Luft. »Nell«, sagte er und blickte ihr tief in die Augen, »ich will Maria fragen, ob sie mich heiratet.«

Nell hatte mit allem Möglichen gerechnet, aber nicht damit. Im ersten Moment fehlten ihr die Worte. Maria und Alex waren schon seit Jahren ein Paar, aber das hatte sie nicht erwartet.

Aber was hatte sie denn geglaubt? Dass alles so weiterlaufen würde wie bisher? Dass Alex immer ihr bester Freund sein und sich nichts ändern würde?

Alex schaute sie erwartungsvoll an. Sie musste etwas sagen, irgendetwas, mit dem sie nicht preisgab, wie zutiefst schockiert sie war.

»Toll! Das sind ja umwerfende Neuigkeiten! Freut mich für dich!« Nell war erstaunt, wie normal ihre Stimme klang. »Das ist ... klasse. Einfach nur klasse.«

»Danke. Jetzt muss ich nur noch den Mut aufbringen, sie zu fragen«, entgegnete Alex mit rosigen Wangen. »Ich habe schon alles geplant – unser Lieblingsrestaurant, die richtige Musik. Und ich habe auch schon den Ring ausgesucht. Ein Solitär im Prinzessschliff. Meinst du, das würde ihr gefallen?«

»Ganz bestimmt.« Nell war überrascht, dass sie all die richtigen Laute von sich gab, während alles in ihr *Nein! Nein! Nein!* schrie. Da war ein seltsames Rauschen in ihren Ohren, so als würde die Rushhour auf der North Circular Road in ihrem Kopf stattfinden.

»Der Zeitpunkt fühlt sich einfach richtig an, verstehst du?«, sagte Alex. »Außerdem …«

Er verstummte, als Nell aufstand. »Tut mir leid, Alex«, sagte sie. »Ich fühle mich plötzlich nicht gut.«

Alex erhob sich ebenfalls und nahm wieder ihre Hand.

Nell blickte verlegen zu ihm auf. »Ich muss mich wohl bei Maria angesteckt haben.«

Nell entschuldigte sich und stolperte durch den vollen Pub in die Damentoilette. Dort schloss sie sich in einer Kabine ein, lehnte den Kopf an die Tür und unterdrückte ein Schluchzen.

Es ist alles gut, mahnte sie sich. *Es hat nichts zu bedeuten, dass mich das so getroffen hat.*

Aber damit änderte sich schließlich alles in ihrer Clique, also war es ganz normal, dass sie das aus dem Gleichgewicht brachte. Ansonsten ging es ihr gut. Es war alles in Ordnung. Sie hatte nur etwas aus der Fassung gebracht, als ihr bewusst wurde, dass sie keine langen Unterhaltungen mehr mit Alex führen oder Zeit mit ihm allein verbringen könnte, wenn er erst einmal verheiratet war. Ihre Dienstagstreffen, wenn Maria an ihrem Salsakurs teilnahm, gehörten damit der Vergangenheit an. Alles würde sich verändern, und das war ganz normal.

Aber warum drehte sich dann alles in ihrem Kopf?

Und da waren Tränen in ihren Augen. Und etwas schnürte ihr die Kehle zu. Sie hatte das Gefühl …

Ein lautes Klopfen an der Tür zur Damentoilette ließ sie zusammenzucken.

»Nell!« Es war Alex. »Alles okay bei dir?«

Er durfte sie auf keinen Fall so sehen.

Sie schluckte den Kloß in ihrem Hals hinunter und rief: »Alles bestens!«

»Meinst du das jetzt wirklich, oder sagst du es nur so?«

Obwohl sie dem Schluchzen nahe war, musste Nell lachen.

»Mach dir keine Sorgen, mir geht's gut. Fahr nach Hause, und kümmere dich um Maria. Ich brauche noch einen Moment.« Dann kam ihr ein Geistesblitz, und sie fügte hinzu: »Mädchenkram.«

»Oh, alles klar!« Wie bei den meisten Männern reichte auch bei Alex der kleinste Hinweis auf etwas aus, das auch nur im Entferntesten mit den Mysterien der Menstruation zu tun hatte, um ihn die Flucht ergreifen zu lassen.

Nell gab ihm fünf Minuten, in denen sie sich die Hände wusch, ihr Haar in Ordnung brachte und sich in die Wangen kniff, damit sie wieder etwas Farbe bekamen. Das Gesicht, das ihr aus dem verschmierten Spiegel entgegenstarrte, wirkte gelassen. Sie sah große braune Augen, eine Stupsnase, langes, gelocktes kastanienbraunes Haar, aber kein Anzeichen dafür, wie ihr Herz raste.

Als sie zum Sofa zurückkehrte, war Alex fort. Neben ihrem halb vollen Glas lag eine welke rote Rose, die Nell lächelnd aufhob. Darunter befand sich ein Zettel.

Sie war 'ne böse Sieben in der Schule …

Alles Liebe zum Valentinstag xx

Was um alles in der Welt sollte das denn bedeuten? Nell hatte keine Ahnung. Da sie zusammen zur Schule gegangen waren, wusste Alex doch ganz genau, dass sie sehr still und strebsam gewesen war, sich nur ganz selten gemeldet und meistens darauf gehofft hatte, unbemerkt zu bleiben.

Falls dies ein verschlüsselter Hinweis sein sollte, so ging er wohl über ihren Verstand hinaus. Aber Nell hatte auch noch nie von sich behauptet, Männer zu verstehen.

Kapitel 3

»Wird aber auch langsam Zeit, Craig! Ich fing schon an, in Panik zu geraten. Wir müssen diese Blumen auf der Stelle nach Stepney schaffen!« Nell konnte es einfach nicht glauben. Craig tauchte andauernd bei ihnen auf und stand im Weg herum, doch wenn sie ihn ausnahmsweise einmal dringend brauchte, kam er zwanzig Minuten zu spät. Sie blickte auf ihre Armbanduhr. Genau genommen zweiundzwanzig Minuten.

»Tut mir leid, Nell, aber der Verkehr war furchtbar!« Erwartungsvoll blickte er sich im Laden um. »Ist Olive heute nicht da?«

Nell, die knietief in Blumen stand, seit halb sechs auf den Beinen war und noch den Schlafsand in den Augen hatte, war nicht in der Stimmung für romantische Gefühle, zumal diese auch noch unerwidert blieben. Sie hatte außerdem letzte Nacht stundenlang wachgelegen und über ihre Unterhaltung mit Alex nachgegrübelt. Die eine Hälfte von ihr freute sich wahnsinnig, dass ihre beiden besten Freunde heirateten, doch die andere Hälfte hatte entsetzliche Angst, dass sich dadurch die Dynamik ihrer Freundschaft für immer verändern würde.

Aber vielleicht würde Alex Maria ja gar keinen Antrag

machen. Die beiden waren schließlich auch so glücklich und benötigten nicht irgendeinen Wisch, um das zu beweisen. Zumindest hatte Alex das immer behauptet, und Nell sah nicht ein, warum sich das nun ändern sollte. Nach der Hochzeit kamen Haus und Kinder, und Nell war klar, dass sich Alex und Maria ohne sie oder Jason im Schlepptau auf diese Reise begeben würden.

»Nell? Alles in Ordnung?« Craigs Stimme unterbrach ihre Gedanken und holte sie wieder in die Gegenwart zurück.

Nell ignorierte seine Frage und zeigte auf die Lieferungen an der Tür.

»Craig, würdest du die ganze Fuhre bitte so schnell wie möglich in den Wagen laden? Wir sind spät dran.«

Craig nickte. »Klar, wird erledigt. Wo ist denn Olive?«

Nell gab nach. »Du hast Glück, sie wird dich begleiten.«

»Werde ich das?« Olive kam gerade mit den Armen voller schwarzer Dahlien aus dem Hinterzimmer. Sie sah wie immer umwerfend aus, und als Craig sie in ihrem marineblauen Bodycon-Kleid und den eleganten Kitten-Heel-Pumps erblickte, klappte sein Unterkiefer förmlich bis auf den Boden herab.

Nell seufzte. Sie hatten bereits besprochen, was heute alles auf dem Programm stand, aber Olive war wieder einmal viel zu sehr damit beschäftigt gewesen zu twittern und ihre Facebook-Nachrichten zu lesen.

Großer Gott, manchmal könnte sie sie wirklich umbringen!

»Ihr müsst die Sargblumen zum Bestattungsinstitut

fahren und dann den Rest zur Kirche bringen«, erklärte sie noch einmal. »Craig, du kennst die Orte, nicht wahr?«

»Na logo!« Craig sah sie beleidigt an. »Ich mache das hier beruflich, Nell. Ich bin Profi.«

Ein Profi, dessen Hirn jedes Mal zu Brei wurde, wenn er Olive sah.

»Dann sag mir doch noch mal, wo die Kirche ist«, hakte sie nach.

Craigs Stirn legte sich in Falten. »Äh …«

Eine unangenehme Stille machte sich breit.

»Vielleicht sagst du es mir vorsichtshalber noch mal«, schlug er kleinlaut vor.

Das war ja im Kopf nicht auszuhalten! Nell wiederholte seufzend die Ortsangaben und notierte dann zur Sicherheit noch eine kurze Wegbeschreibung. Sie durfte heute auf keinen Fall riskieren, dass etwas schiefging. Alex mochte sich über Betonschuhe und Autobahnüberführungen lustig machen, aber Nell war ihren Kunden persönlich begegnet, und sie hatte nicht vor, ein Risiko einzugehen.

Sie warf einen Blick auf die Ladenuhr, und ihr wurde bange ums Herz. »Die Zeit ist wirklich knapp. Ich weiß nicht, wie wir das rechtzeitig schaffen sollen.«

Olive schnipste sich das Haar über die Schulter. »Craig muss mich nur am Pfarrbüro absetzen.«

Nell war irritiert. »Wie soll das funktionieren? Ich muss für die Kirchenschlüssel unterschreiben. Sie werden sie nur mir aushändigen.«

»Dann bin ich eben du«, schlug Olive vor.

Als Nell begriff, was sie vorhatte, breitete sich ein Lächeln auf ihrem Gesicht aus.

»Das verschafft dir hier etwas Zeit, und du kannst direkt zum Bestattungsinstitut fahren und dich um die Gestecke kümmern.«

»Olive, du bist ein Genie«, lobte Nell sie. »Danke. Du bringst die Blumen direkt zum Bestattungsinstitut, fährst dann ins Pfarrbüro, nimmst die Schlüssel entgegen, unterschreibst mit meinem Namen und fängst dann schon mal mit den Blumen in der Kirche an.«

Schon seit sie fünfzehn war, fälschte Olive Nells Unterschrift, und sie machte ihre Sache sehr gut. Diese Fähigkeit hatte sich bereits bei verschiedenen Gelegenheiten als hilfreich erwiesen, wenn Nell abwesend war und Lieferungen quittiert werden mussten. Es war ein fragwürdiges Talent, aber dennoch ein sehr nützliches.

»Und jetzt macht euch endlich auf den Weg«, sagte Nell.

Craig sah aus, als hätte er im Lotto gewonnen, als er Olive dabei half, den Lieferwagen zu beladen, während Nell letzte Hand an die Kränze legte.

Je schneller dieser Auftrag erledigt ist, desto besser, dachte sie. Es lag nicht daran, dass ihr der Gedanke an Beerdigungen Angst machte – die lebenden Kunden bereiteten ihr meist mehr Scherereien als die toten –, aber die McGraths waren so verdammt anspruchsvoll. Als sie den Laden abschloss und auf Mikals Taxi wartete, hoffte Nell inständig, dass Craig wirklich der Profi war, der er zu sein vorgab. Sie mochte sich gar nicht vorstellen, was passieren würde, wenn die Blumen nicht pünktlich eintrafen.

Das Bestattungsinstitut war ein kleiner Familienbetrieb in Stepney und lag ein ganzes Stück von der Hauptstraße entfernt. Man erreichte es nur über eine schmale Gasse, durch die der Wind den Abfall jagte, und Nell hatte Mühe, nicht mit ihren Absätzen in den Rillen des holperigen Kopfsteinpflasters stecken zu bleiben. Es war ein kalter Tag, der tückische Wind schnappte nach ihrem Schal und zwickte sie in die Wangen, und Nell war erleichtert, als sie endlich die Geschäftsräume von *Bestattungen Romby und Sohn* betrat.

Brrrrr. Hier drinnen war es nicht viel wärmer. Der Empfangsbereich war dunkel, der Boden schwarz-weiß gefliest, sodass sie sich wie auf einem überdimensionierten Schachbrett vorkam. Hinten im Raum stand ein kleiner Schreibtisch, an dem ein älterer Mann saß, der seine ausgestreckten Beine an einem asthmatisch klingenden Heizlüfter wärmte.

Nell fragte sich, ob dies Romby oder sein Sohn war. Aber es musste der Ältere der beiden Bestatter sein, oder etwa nicht? Sie war noch nie hier gewesen und musste zugeben, dass sie eine gewisse Überraschtheit nicht verhehlen konnte. Die McGraths mochten mehr Ähnlichkeiten mit einem typischen East Ender haben als eine Figur aus einem Guy-Ritchie-Film, aber bei den Gelegenheiten, bei denen Nell sie getroffen hatte, hatten sie stets größte Bereitschaft signalisiert, ihr Geld unter die Leute zu bringen. Mr. McGrath trug eine Rolex zur Schau, die die Größe des Zifferblattes von Big Ben hatte, und seine Frau lief mit der halben Angebotspalette von Harrods am Leib durch die Gegend. Nell kam nicht umhin sich zu fragen, warum sie ausgerechnet dieses Unternehmen beauftragt hatten, um die Beerdigung des verstorbenen Großvaters zu übernehmen.

»Hallo, ich bin Nell Marnie«, sagte sie, streckte ihre Hand aus und schenkte dem alten Mann ein Lächeln. »Ich bin Floristin und für die Bestattung von Tommy McGrath zuständig.«

»Lennie Romby.« Er schaute zu ihr auf, und Nell musste sich beherrschen, um nicht zurückzuweichen, denn mit seinem ausgemergelten Gesicht und den tief in den Höhlen liegenden Augen hätte der Bestattungsunternehmer selbst gut und gern eine der Leichen in der Aufbahrungshalle sein können. »Sind Sie hier, um Tommy zu sehen?«

Nell nickte, denn in gewisser Weise stimmte das ja. Lennie Romby stemmte sich mit knarrenden Gelenken aus seinem Schreibtischsessel und schlurfte einen schmalen Gang entlang, in dem es so düster war, dass Nells Augen ein oder zwei Minuten benötigten, um sich daran zu gewöhnen, während sie hinter ihm herstolperte. Glücklicherweise bewegte er sich nicht schnell, sodass Nell mit ihm Schritt halten konnte. Sie war nicht scharf darauf, allein hier im Dunkeln zurückzubleiben. Das Ganze kam ihr wie eine Szene aus einem Bram-Stoker-Roman vor.

»Mein Sohn ist bereits in der Kirche«, sagte Lennie. Seine Stimme war so brüchig und trocken wie Herbstlaub, und Nell musste die Ohren spitzen, um ihn zu verstehen. »Er hat mir gesagt, dass er alles für Sie vorbereitet hat. Und ich soll Ihnen ausrichten, dass es eine hübsche Note ist, Constance-Spry-Rosen zu verwenden.«

»Oh, das war eine Forderung ... äh, ein ausdrücklicher Wunsch der Familie.« Sie sagte nicht, dass sie sehr schwer zu beschaffen waren. Und verdammt teuer.

Lennie nickte. »Das macht Sinn. Sie waren Tommys Visitenkarte. Er trug immer eine Rose im Knopfloch – auch an seinem Todestag.«

»Oh! Sie haben ihn gekannt?«

Der alte Mann nickte. »Jeder hier in der Gegend kennt die McGraths. Man kann nicht über siebzig Jahre hier leben, ohne ein paar Geschichten über sie gehört zu haben.«

Die Art, wie er es sagte, hatte etwas Unheilvolles an sich.

»Sie sind ihm persönlich begegnet?«, erkundigte sich Nell und wurde sich sogleich bewusst, was für eine dämliche Frage dies war. Romby und sein Sohn hatten gerade die letzten zehn Tage damit verbracht, sein Begräbnis zu organisieren und den Verstorbenen einzubalsamieren. »Als er noch am Leben war, meine ich natürlich.«

»Ich bin mit ihm zur Schule gegangen«, erwiderte Lennie gedehnt. »Er hatte damals schon den Teufel im Leib. Hat dem Lehrer nicht eine einzige ruhige Minute gelassen. Hat Mr. Foleys Stock fast ganz allein verschlissen.«

»Sie waren also Schulfreunde?«

»Wir sind zusammen aufgewachsen, meine Liebe. Die Rombys hatten immer mit den McGraths zu tun. Mein Vater hat sich um das Begräbnis von Tommys Vater gekümmert, und nun bin ich an der Reihe, um sicherzustellen, dass Tommy einen anständigen Abschied bekommt. Er war ein Original. Ich weiß noch, wie Reggie und Ronnie …« Er verstummte abrupt. »Ach, was soll's. Ist alles schon so lange her.«

Nell war ganz Ohr. Reggie und Ronnie? Tatsächlich? Hatte Romby senior da eben etwa kurz davorgestanden, ihr zu verraten, dass die MacGraths mit den berühmt-berüchtigten Kray-Zwillingen unter einer Decke gesteckt hatten? Sie konnte es kaum erwarten, Alex davon zu erzählen! Er war ja Journalist und würde ausflippen, wenn er hörte, dass sie gerade von einem Mann, der diese Leute persönlich gekannt hatte, East-End-Geschichte hautnah erfuhr!

Nell schluckte. Alex' Witzeleien über Gangster waren mit einem Mal gar nicht mehr so amüsant. Sie sollte lieber dafür sorgen, dass sie ihre Sache hier gut machte!

Inzwischen hatten sie die Tür zur Leichenhalle erreicht, der Familienpatriarch würde in einem offenen Sarg aufgebahrt sein. Das wusste Nell, weil Molly McGrath erpicht darauf gewesen war, allen Verwandten und Freunden ihres Schwiegervaters die Gelegenheit zu geben, ihm die letzte Ehre zu erweisen. Nell war, um ehrlich zu sein, ziemlich nervös deswegen. So gern sie sich auch *Inspector Barnaby* und die *CSI*-Serien im Fernsehen anschaute, so hatte sie doch im wirklichen Leben noch nie eine Leiche gesehen. Aber jetzt war es zu spät, um einen Rückzieher zu machen, denn Lennie Romby hatte die Tür geöffnet und Nell hineingeschoben.

Gedämpftes Licht erhellte die große Leichenhalle, in dessen Mitte Tommy McGraths Sarg auf einem Tisch stand, mit einer Kerze an jeder Ecke. Im Hintergrund liefen leise Kirchenlieder, und auf dem Fensterbrett stand ein Kreuz. Nell fand, dass es sich fast so anfühlte, als wäre man in einer Kirche. Sie fasste sich ein Herz und näherte sich dem offenen Sarg. Zu ihrer Überraschung stellte sie fest, dass Tommy so wirkte, als halte er ein Mittagsschläfchen nach dem Sonntagsbraten. Seine Augen waren geschlossen, seine Lippen zu einem Lächeln verzogen, und sein schneeweißes Haar war sauber und ordentlich gekämmt. Er trug einen sehr eleganten Anzug mit Weste, und die hellrote Fliege harmonierte perfekt mit dem roten Gebetbuch, das er in seinen manikürten Händen hielt. Das Einzige, was fehlte, war eine Ausgabe der Sonntagszeitung, und in diesem Aufzug hätte er jedermanns schnarchender Großvater sein können. Dennoch hatte Nell aus Rombys Erzählungen den Eindruck gewonnen, dass Tommy McGrath zeitlebens furchteinflößender gewesen sein musste, als er hier den Anschein gab.

»Er sieht so friedlich aus«, flüsterte sie.

Das Gesicht des Bestatters blieb ausdruckslos. »Nun, meine Liebe, jetzt müssen Sie sich nur noch um das Knopfloch kümmern und das Blumengesteck fertig machen. Der Leichenzug startet in einer Stunde.«

»Da habe ich ja noch genug Zeit«, erwiderte Nell, und ihre Anspannung verflog. Die Leiche war nicht halb so beängstigend, wie sie befürchtet hatte, und sie war zuversichtlich, dass sie gute Arbeit leisten würde.

Doch fünf Minuten später stand Nell kurz vor einem Nervenzusammenbruch, weil sie die Constance-Spry-Rosen nirgendwo finden konnte, um die die Familie so ausdrücklich gebeten hatte.

Wo waren sie nur? Nell hatte sämtliche Schachteln durchsucht, die Craig vorhin gebracht hatte, und auch die anderen Lieferungen, aber nirgendwo war eine Spur der bestellten floralen Visitenkarte dieser East-End-Legende zu entdecken.

Als wäre sie nicht schon gestresst genug, weil sie ein Blumenporträt des Verstorbenen nach einem Foto gestalten musste, das ihn strahlend bei irgendeiner Familienfeier zeigte, waren die verdammten unauffindbaren Rosen nun der Tropfen, der das Fass zum Überlaufen brachte.

Wo zum Teufel steckten sie nur? Nell durchsuchte alles noch einmal, warf sogar einen Blick in mehrere Särge, aber die Rosen blieben verschwunden.

O Gott! Die Betonschuhe kamen ihr wieder in den Sinn. Das hier war eine Katastrophe!

Nell fischte ihr iPhone aus der Handtasche, rief den Blumenlieferanten an, der ihr diese speziellen Rosen beschaffen sollte, und machte sich bereit, den Leuten dort gehörig die Meinung zu geigen.

»*Beautiful Blooms* … Wie kann ich Ihnen helfen?«, begrüßte sie eine freundliche Frauenstimme am anderen Ende der Leitung.

»Indem Sie mir meine Blumen liefern!«, rief Nell. Die Zeit verstrich unerbittlich, und sie war sich nur allzu bewusst, dass ihr nicht mehr viel Zeit blieb, um das Blumenarrangement zu vollenden. Da man ja in einer Leichenhalle eigentlich nicht herumschreien sollte, schickte sie eine Entschuldigung in Richtung Sarg, ehe sie sich in eine Schimpftirade über Professionalität stürzte.

»Ich benötige diese Rosen für eine Beerdigung … Eine

sehr wichtige Beerdigung, und ich brauche dazu unbedingt Constance-Spry-Rosen! Etwas anderes kommt nicht in Frage. Ihre Firma hatte mir zugesagt, dass die Rosen pünktlich geliefert würden!«

»Es tut mir unendlich leid, Miss Marnie!«

»Das hilft mir auch nicht! Es geht um Leben und Tod!«, rief Nell. »Wie schnell können Sie sie liefern?«

Die Frau am anderen Ende schwieg.

»Hallo?«, fragte Nell, um zu überprüfen, ob sie etwa aufgelegt hatte.

»Die Rosen wurden definitiv heute Morgen an Ihren Laden geliefert, Miss Marnie«, beharrte die Dame.

»Nein, wurden sie nicht«, sagte Nell. »Ich würde es doch wissen, wenn …«

»Äh … *Every Blooming Thing*?«, versuchte es die Frau erneut.

»Ja, das ist mein Laden, aber wir haben sie nicht erhalten.«

»Ich habe die Empfangsquittung vorliegen. Sie trägt Ihre Unterschrift.« Sie verstummte für einen Moment und setzte dann mit leicht besorgtem Unterton hinzu: »Sie erinnern sich doch noch daran, sie unterschrieben zu haben, oder?«

Ehrlich gesagt, tat Nell das nicht. Sie holte gerade Luft zu einer Schimpfkanonade über die Bedeutung von Zuverlässigkeit, als sie die Rosen im hinteren Teil der Leichenhalle hinter ein paar leeren Särgen erspähte.

O je! Nell begriff, was geschehen war. Eine Mitarbeiterin zu haben, die imstande war, ihre Unterschrift zu fälschen und Nell damit in die Lage versetzte, an zwei

Orten gleichzeitig zu sein, war nicht immer eine gute Sache. Kein Wunder, dass sie so oft das Gefühl hatte durchzudrehen. Das ließ sie doch total desorganisiert aussehen, nein, schlimmer noch, das ließ sie wie eine Verrückte wirken, die sich nicht einmal daran erinnerte, etwas unterschrieben zu haben. Nell wurde ganz flau vor Erleichterung, als sie die Rosen erblickte, auch wenn sie sich nun niemals wieder trauen würde, etwas bei *Beautiful Blooms* zu bestellen.

»Aber natürlich tue ich das! Wie dumm von mir. Entschuldigen Sie vielmals«, sagte sie. »Es ging heute Morgen so hektisch zu, deshalb bin ich ein wenig durcheinander. Tut mir leid, dass ich Ihre Zeit in Anspruch genommen habe.«

Nell nahm sich vor, Olive zu sagen, dass sie nur noch etwas unterschreiben sollte, wenn sie es miteinander abgesprochen hatten. Geschäftig machte sie sich an die Arbeit, buchstäblich bis zur letzten Sekunde drapierte sie die Blumen. Gerade als sie die letzte Rose an ihren Platz gesteckt hatte, kam Lennie Romby, gefolgt von Mitgliedern der Familie Grath, in den Raum. Nell trat respektvoll ein paar Schritte zurück, damit sie sich um den Sarg versammeln und Abschied nehmen konnten, bevor sich Tommy auf seine letzte Reise begab.

Was für eine furchteinflößende Sippschaft. Devin McGrath, Tommys ältester Sohn, war ein Schlägertyp mit rasiertem Schädel und so vielen Tattoos, dass er aussah, als wäre er über einem Comic eingenickt. Selbst in einen Anzug gezwängt und in offensichtlicher Trauer, war sein Anblick beängstigend. Er ließ Arnold Schwarzenegger wie einen Schlappschwanz aussehen. Als Devin am Sarg stehen blieb, schossen seine struppigen Augenbrauen bis zu seinem Haaransatz hoch – wenn er denn noch einen gehabt hätte.

»Verflucht, Lennie! Was hast du mit dem alten Herrn angestellt? Der sieht aus, als wäre er einem Scheiß-Disneycartoon entsprungen!«

Seine Frau, Molly, die ein paar Tattoos weniger mit sich herumtrug und anstelle ihrer üblichen Samt-Jogginghose ein enges schwarzes Kostüm und einen schräg sitzenden Pillbox-Hut trug, stieß Devin den Ellenbogen in die Rippen.

»Ich finde, er sieht großartig aus«, sagte sie in einem Tonfall, der keinen Widerspruch zuließ. »Total friedlich.«

»Eben!«, brüllte Devin. »Dad ist in seinem ganzen Leben nicht einen einzigen Tag friedlich gewesen!«

Das glaubte Nell nur allzu gern.

»Genau. Und jetzt ist er mausetot, stimmt's? Er muss doch friedlich aussehen, wenn er tot ist. Wolltest du ihn etwa mit seinen Schlagringen beerdigen?«

Devin machte den Eindruck, als wollte er die Frage seiner Frau bejahen, überlegte es sich aber noch einmal anders, als er Mollys durchdringenden Blick auf sich gerichtet sah.

»Du hast ihm alle Ehre erwiesen, Len«, sagte sie und bekreuzigte sich. »Er sieht wunderbar aus.«

Hinter ihnen trottete der Nachwuchs unterschiedlichen Alters heran und versammelte sich respektvoll um den Sarg – oder zumindest so respektvoll, wie man eben zwischen Gezanke und heimlichem Simsen sein konnte.

Nell fragte sich, ob wohl Bilder von Tommy in seinem Sarg auf Facebook und Twitter auftauchen würden. Falls ja, so hätte er zumindest wie üblich seine Rose im Knopfloch.

Sie kam sich vor, als wäre sie in einen Gangsterfilm der Fünfzigerjahre geraten, und hielt sich im Hintergrund, damit alle ungestört den Anblick bewundern und Abschied nehmen konnten. Doch falls Nell gehofft hatte, unbemerkt zu bleiben, wurde sie eines Besseren belehrt. Molly McGrath starrte das Blumengebilde an und stieß ein entsetztes Kreischen aus.

»Wo ist die Blumentante?«

Nell rutschte das Herz in die Hose. »Gibt es ein Problem?«, fragte sie mit zittriger Stimme und trat vor.

»Tommy sieht glücklich aus!«

Nell lächelte. »Ja, friedlich und glücklich.« Das war doch gut, oder etwa nicht?

»Ein bisschen *zu* glücklich«, fuhr Molly fort. »Willst du uns verarschen?«

Nell wäre beinahe aus ihren modischen Pumps gekippt. Sie hatte sich zwar daran gewöhnt, beharrlich geduzt zu werden, aber wieso sah Molly McGrath sie nur so finster an? »O nein, natürlich nicht!«

»Aber du hast doch dieses Blumendings gemacht, oder?« schnauzte Molly sie an. »Soll das etwa ein Witz sein?«

Nell war verwirrt. »Was stimmt denn nicht damit?«

»Warum zum Teufel lächelt Tommy darauf?«

Nell schluckte. Und dabei hatte sie geglaubt, dass ihr das Porträt so lebensecht gelungen war! Sie hatte sich anfangs nur Sorgen gemacht, das Ganze könne aussehen, als würde er die Zähne fletschen – ein bisschen so wie Tommys geliebter Pitbull Terrier, der sein Herrchen noch auf seinem letzten Gang begleitet hatte. Aber diese Befürchtung war offenbar unberechtigt gewesen.

»Genau«, stimmte Devin Molly zu, und sein rundes Gesicht nahm einen finsteren Ausdruck an. »Mein Dad hat nie gelächelt.«

»Außer das eine Mal, als Millwall abgestiegen ist«, sagte Molly, woraufhin eine hitzige Debatte inklusive zahlreicher Kraftausdrücke und Gebrüll darüber entbrannte, in welcher Spielzeit das gewesen war und wer das Siegtor geschossen hatte. Dabei handelten sich einige der jüngeren McGraths einen energischen Klaps auf den Kopf ein, bis alle schließlich ihrer Mutter zustimmten.

Nell war irritiert. Auf dem Foto von 1962, das sie als getreue Vorlage für ihre Arbeit benutzt hatte, lächelte die East-End-Legende Tommy McGrath eindeutig – vielleicht hatte er ja einen besonders guten Tag gehabt und gleich mehreren Leuten die Beine gebrochen?

»Äh, also auf dem Foto hat er jedenfalls gelächelt«, wagte sie zu bemerken, aber die McGraths waren noch immer viel zu sehr damit beschäftigt, sich zu zanken, und niemand schenkte ihr Gehör.

»Es ist ein Blumenbild«, sagte sie nervös, als sich das Durcheinander etwas gelegt hatte und ihre Stimme zu den Anwesenden durchdrang. »Ich weiß wirklich nicht, wie realistisch so etwas sein soll.«

Molly richtete ihren durchdringenden Blick auf sie. »Ich dachte, du wärst vom Fach.«

»Ich bin Floristin, das ist richtig.« *Aber ich kann keine Wunder vollbringen,* fügte Nell im Stillen hinzu.

»Na, dann tu doch was Floristisches!«, forderte sie Devin auf. »Mein alter Herr würde sich in seinem zukünftigen Grab umdrehen, wenn er wüsste, dass wir ihn wie ein Honigkuchenpferd grinsend in Erinnerung behalten.«

Nell biss die Zähne zusammen und nickte. Sie brauchte das Geld für diesen Auftrag wirklich und hatte gehofft, durch ein Begräbnis, das so im Fokus der Öffentlichkeit stand, neue Kunden gewinnen zu können. Wenn die McGraths wollten, dass er grimmig dreinblickte, dann würde sie dafür sorgen, dass er es tat. Während sie sich untereinander stritten, wer in welchen Wagen steigen sollte, stopfte sie rasch noch ein paar Blumen rund um die Mundpartie in das Gesteck, in der Hoffnung, ihn dadurch richtig finster dreinblicken zu lassen, und dann mussten sie sich auch schon auf den Weg machen. Der Sarg samt Blumen wurde in einen von einem Pferd gezogenen Leichenwagen verfrachtet, die Familie drängte sich in die bereitstehenden Limousinen, und Nell folgte ihnen in einem Taxi. Unterwegs schickte sie Alex eine kurze SMS:

Hilfe! Fürchte, sie werden mich erledigen! SOS!

Sie konnte es kaum erwarten, ihm von ihrem albtraumhaften Zusammentreffen zu erzählen. Hoffentlich war ihm ihr plötzliches Unwohlsein gestern nicht allzu seltsam vorgekommen, oder schlimmer noch, hoffentlich hatte er es nicht in Verbindung mit seiner frohen Botschaft gebracht. Der Trauerzug hielt an, sie wartete noch ein oder zwei Minuten für den Fall, dass er ihr zurücksimste, doch Alex antwortete nicht gleich, was ungewöhnlich für ihn war. Nell stellte ihr Handy enttäuscht auf Vibration und machte sich daran, der Familie in die Kirche zu folgen.

Wenn Alex wirklich heiratete, sollte sie sich vermutlich an verzögerte Reaktionen oder gar an Stillschweigen gewöhnen.

Sie hatte allerdings keinen Schimmer, wie sie das anstellen sollte.

Kapitel 4

Das Begräbnis neigte sich dem Ende zu, und die letzten Gebete wurden von einem gelegentlichen Schniefen begleitet. Devin hielt gerade eine bewegende Rede darüber, wie sich Tommy einmal einen so starken Sonnenbrand auf seinem Hintern zugezogen hatte, dass er eine Woche lang nicht sitzen konnte, und als das Geraune verstummte, gab Nells Handy einen leisen Brummton von sich. Zweihundert Gesichter drehten sich nach ihr um, und Nell spürte, wie ihr Gesicht unter den missbilligenden Blicken vor Verlegenheit heiß wurde.

»Entschuldigung«, flüsterte sie und schaltete das Handy rasch aus.

Selbst das Blumengesicht des Verstorbenen schien sie strafend anzustarren, woraufhin sich Nell irgendwie besser fühlte, da er zumindest nicht mehr lächelte. Sie schwor sich auf der Stelle, niemals wieder einen solchen Auftrag anzunehmen. Sie hatte ihm wahrscheinlich ihre ersten grauen Haare zu verdanken.

Als sich später alle am Grab versammelten und der Sarg langsam in die Grube gelassen wurde, fragte sich Nell, wie zum Teufel es passieren konnte, dass sie an der gesamten Beerdigung teilnahm. Normalerweise blieb sie nur lange genug, um sicherzustellen, dass alles in geregelten Bahnen verlief, aber heute war sie länger geblieben. Was wohl zum einen damit zu tun hatte, dass die McGraths dies als gegeben voraussetzten, und zum anderen, weil man ihr versprochen hatte, sie erst am Ende der Zeremonie zu bezahlen. Und da Nell das Geld dringend brauchte – die Ladenmiete war Ende der Woche fällig –, wollte sie nicht gehen, bevor sie den Scheck in der Hand hielt.

Sobald der Verstorbene der Erde übergeben worden war und die Trauergäste sich auf den Weg zum Leichenschmaus machten, holte Nell verstohlen ihr Handy aus der Tasche, schaltete es ein und schaute nach, wer versucht hatte, sie zu erreichen. Als sie sah, dass sie vier entgangene Anrufe von Maria hatte, stutzte sie. Hoffentlich war nichts passiert. Ein einzelner Anruf war eine Sache, aber gleich *vier*?

Und nun, da Nell darüber nachdachte, fiel ihr auf, dass sie Maria schon seit einer Ewigkeit nicht mehr einfach so angerufen hatte. Wann hatten sie eigentlich das letzte Mal ausführlich miteinander gequatscht? Das war schon so lange her, dass Nell sich gar nicht mehr daran erinnern konnte. Sie hatten zuletzt nur noch wenig Zeit miteinander verbracht, und in den vergangenen Monaten war Nell bewusst geworden, dass sie langsam auseinanderdrifteten. Sie vermochte nicht genau auszumachen, woran es lag, konnte nichts Konkretes benennen, zumal sie sich ja auch nach wie vor freitagabends mit den Jungs trafen, aber diese Nähe, dieses Gefühl von Verbundenheit, das sie immer als selbstverständlich erachtet hatte, schwand dahin wie Nebel im Sonnenschein. Vielleicht würden die Dinge nach ihrem Frauenabend wieder so werden, wie sie es einmal gewesen waren.

Noch während sie den Friedhof durchquerte und den anderen Trauergästen, die sich zumeist herausgeputzt hatten, als wollten sie zum Pferderennen in Aintree und nicht zu einem Leichenschmaus, zum Ausgang hin folgte, dachte Nell über die Planung ihres Frauenabends nach. Vielleicht sollten sie sogar einen ganzen Tag daraus machen. Eine kleine Auszeit in einem Spa nehmen. Nach ein paar Wellnessbehandlungen und zwei Gläsern Wein wären sie beide wunderbar entspannt. Und wenn es ihnen gelingen würde, eine Anlage zu finden, die nur Damen vorbehalten war, dann könnten sie auch reichlich Frauengespräche führen, ohne irgendwelche Unterbrechungen fürchten zu müssen. Das war die perfekte Lösung!

Während die engsten Familienmitglieder einander trösteten, gesellte sich Nell im *Dog and Duck* zur restlichen Trauergesellschaft. Eigentlich wäre sie viel lieber in ihren Laden zurückgekehrt und hätte sich an den Papierkram gemacht, aber Molly hatte sie immer noch nicht bezahlt.

»Was will denn die Blumentante hier?«, fragte eine betagte Frau und sah Nell argwöhnisch an. »Ich würd's den Bullen glatt zutrauen, dass sie jemanden schicken, der hier rumschnüffelt. Die lassen Tommy doch nicht mal im Tod in Ruhe!«

Mehrere Frauen durchbohrten Nell mit ihren Blicken. Die schluckte angespannt.

»He, was guckst du denn so?«, wollte eine wissen, als sich ihre Blicke begegneten. Die Oberarme der Frau waren so dick wie Nells Schenkel.

»Wieso bist du immer noch hier?«, fragte eine andere.

Nell stotterte: »Ich … ich warte, weil … weil ich noch nicht …« Sie holte tief Luft. »Also, Molly hat gesagt, sie würde mir das Geld nach der Beerdigung geben.«

Eine der Frauen lachte. »Ja, das klingt nach unserer Moll. Bloß nie was im Voraus zahlen. Tja, da wirst du vermutlich lange warten. Begräbnisse im East End können nämlich dauern!«

Nell lächelte höflich und bestellte sich einen Kaffee. Dann musste sie die Sache eben aussitzen. Sie hockte sich an die Theke, während die Leute um sie herum in Erinnerungen an den Verstorbenen schwelgten.

»Tommy hatte ja wirklich Sinn für Humor!«, sagte ein alter Mann mit dröhnender Stimme. Er trug einen Filzhut und kippte einen Whiskey nach dem anderen in sich hinein, als wäre es Limonade. »Erinnert ihr euch noch daran, als er Fingers Finnegan weisgemacht hat, dass er ihn von der Hammersmith Bridge werfen würde?«

Lachsalven ertönten.

»Was ist eigentlich aus Fingers geworden?«, fragte jemand.

»Keine Ahnung. Hab ihn zuletzt 1993 gesehen.« Der Mann hielt für einen Moment inne. »Ungefähr zu der Zeit, als sie das neue Einkaufszentrum betoniert haben!«

Wieder Gelächter. Nell bekam feuchte Hände. Sie starrte auf das orangefarbene Wirbelmuster des Teppichs hinab und hoffte, dass Molly sie bald bezahlte. Gangsterfilme waren nicht ihr Ding – *Wilde Hunde* hatte sie sich auch noch nicht angesehen –, und es war entsetzlich für sie, tatsächlich in so ein Umfeld hineinkatapultiert zu werden.

»Und wisst ihr noch, wie er das Geld im Schornstein versteckt und seine Alte ein Feuer im Ofen angemacht hat? Er wäre bei dem Versuch, es zu retten, beinahe bei lebendigem Leib verbrannt!«, ertönte eine andere dröhnende Stimme, und wie aufs Stichwort erklang erneut lautes Lachen.

Eine Anekdote folgte der anderen, und Nell wurde immer nervöser. Das hier war das wirkliche Leben, nicht etwa *Der Pate!* Sie trank ihren Kaffee aus und redete sich insgeheim Mut zu. Wieso verlangte sie nicht einfach ihr Geld?

Kurzentschlossen stand sie auf und ging zu Molly und Devin hinüber, die damit beschäftigt waren, sich einen hinter die Binde zu kippen.

»Sieh mal einer an, da ist ja die Blumentante, die meinem alten Herrn einen Schmollmund verpasst hat!«, rief Devin mit lauter Stimme, als er Nell erblickte. »Du kannst froh sein, dass er tot ist!«

»Tommy wäre durchgedreht«, sagte Molly finster. »Der und lächeln? Von wegen! Der war der härteste Kerl im ganzen East End und nicht etwa der Papst!«

Es lag Nell auf der Zunge zu fragen, warum sie unter diesen Umständen geglaubt hatten, dass ein Blumenporträt einen passenden Abschiedsgruß darstellte. Hätte nicht eine abgesägte Schrotflinte ein besseres Motiv abgegeben? Aber da sie es mit zwei intakten Kniescheiben nach Hause schaffen wollte, verkniff sie sich die Bemerkung und murmelte nur etwas in der Art, dass es die Arbeit mit Blumen manchmal in sich hatte.

Was auch auf manche Kunden zutraf …

»Na ja, sei's drum, jetzt ist er tot, Gott hab ihn selig, da hat's keinen Zweck, sich deshalb die Köpfe heiß zu reden.« Molly grinste. »Geschähe ihm eigentlich ganz recht, wenn die Erinnerung an den elenden alten Mistkerl einzig in diesem Lächeln besteht!«

Sie lachte lauthals, und Nell war sich nicht ganz sicher, wie sie reagieren sollte, also blickte sie nur höflich drein.

»Vielleicht solltest du in Zukunft lieber bei Sträußen bleiben, Schätzchen«, riet ihr Molly, als sie sich von ihrem Heiterkeitsausbruch erholt hatte, und wischte sich über die Augen.

Nell nickte. »Ich glaube, das werde ich auch.«

Molly griff in ihre riesige Handtasche. »Du hast alles in allem gute Arbeit geleistet und willst jetzt sicher bezahlt werden.«

Das war die Untertreibung des Jahres, dachte Nell. Sie konnte es kaum erwarten, von hier wegzukommen!

Molly McGrath holte ein Bündel Fünfzigpfundscheine hervor, das sie Nell in die Hand drückte.

»Hier, bitte schön. Wir haben ein bisschen was draufgelegt. Soll keiner behaupten, die McGraths seien Geizhälse.«

Nell starrte auf die Geldscheine. Sie bekam selten Fünfziger zu Gesicht, geschweige denn einen solchen Haufen auf einmal. Es kam ihr ein bisschen viel vor, und plötzlich war sie ein wenig nervös, was die kurze Wegstrecke vom Pub bis zum Taxi anging.

»Wäre ein Scheck nicht einfacher?«, erlaubte sie sich zu fragen.

Molly stemmte ihre fleischigen Hände in die Hüften. »Ist Cash auf die Kralle nicht gut genug für dich?«

»Doch, doch, das ist wunderbar«, versicherte ihr Nell. »Es ist nur … Ich laufe ungern mit so viel Bargeld durch die Gegend. Man weiß ja nie, ob man nicht ausgeraubt wird.«

»Das hier ist unser Territorium. Da musst du dir keine Sorgen machen.« Devin kreuzte die Arme vor seiner breiten Brust. »Hier legt sich keiner mit den McGraths an. Oder mit ihrer Blumentante.«

Sie war jetzt also die offizielle Blumentante der McGraths? Nell war sich nicht sicher, ob sie die Stelle wollte, entschied sich aber, es für sich zu behalten. Zumindest so lange sie sich auf Devlins *Territorium* befand.

»Meine Frau kann verdammt anstrengend sein, das weiß ich sehr wohl«, setzte er hinzu und lehnte sich verschwörerisch zu ihr hinüber, woraufhin Molly ihm einen Schlag auf den Arm verpasste, »und dafür geben wir dir auch einen aus.«

Nell hob abwehrend eine Hand. »Nein, danke. Ich muss wirklich …«

Aber Devin drückte ihr ein Whiskeyglas in die Hand.

»Ich bestehe darauf«, sagte er.

Das war ein Angebot, das sie nicht ablehnen konnte. »Ähh, also gut … Aber wirklich nur einen.«

Der Drink war viel zu stark, um ihn einfach so runterzukippen und das Weite zu suchen, was ursprünglich ihr Plan gewesen war, und als Chardonnay-Verköstigerin brachte es Nell nur über sich, daran zu nippen. O Gott, bei diesem Tempo säße sie noch heute Abend hier.

»Trink aus, nur keine Hemmungen!« Molly versetzte Nell einen Schlag auf den Rücken. »Das geht auf uns!«

Als sich einer der Trauergäste an einer Version von *Danny Boy* versuchte, entschied Nell, dass sie ihr Handy nun wieder einschalten konnte. Das Telefon begann augenblicklich zu vibrieren. Vielleicht eine SMS von Alex? Er hatte sich immer noch nicht auf die Nachricht gemeldet, die sie ihm geschickt hatte, was wirklich ungewöhnlich war. Nell hoffte, dass bei ihm alles in Ordnung war. Nein, vielmehr bei Maria. Sie hatte sich gestern so elend gefühlt. Mit einem Mal machte Nell sich Sorgen.

Ihr pochte das Herz bis zum Hals, als sie das Smartphone entsperrte und die Nachricht las, die ihre Freundin ihr hinterlassen hatte:

Wollte es dir eigentlich persönlich sagen, aber du gehst ja nicht ran! Wo bist du? Alex hat mir einen Antrag gemacht!!! Wir heiraten in zwei Monaten! OMG! Treffen wir uns im Bell, um zu feiern?

Nell starrte auf das Display. Mit einem Mal war ihr furchtbar heiß, und ein Schwindel ergriff sie. Sie hielt sich mit ihrer freien Hand am Tresen fest.

Alex hatte es also wirklich getan. Er hatte Maria einen Heiratsantrag gemacht, genau wie er es ihr angekündigt hatte. Es war nicht bloß so eine Idee gewesen, es würde tatsächlich passieren. Kein Wunder, dass er nicht auf ihre SMS geantwortet hatte. Wieso sollte er?

Für ihn gab es jetzt wichtigere Dinge, über die er nachdenken musste.

Nell kippte den Whiskey hinunter. Dann bat sie den Barkeeper um einen weiteren. Den sie ebenfalls hinunterkippte.

Sie wusste nicht, ob es an dem emotionalen Balladengesang lag, der ihr den Rest gab, oder an dem schmerzhaften Gefühl des Verlusts, das sie überkommen hatte, aber plötzlich brach Nell in Tränen aus.

»Was ist denn los?«, erkundigte sich Molly, tauchte ihre Hand in die Tasche und reichte Nell ein Taschentuch. »Ist es wegen 'nem Kerl?«

Nell musste trotz ihrer Tränen lachen. »Ist es das nicht immer?«

»Brauchst du jemanden, der sich den Typen mal vorknöpft?«, fragte Molly, und ihre rot angemalten, zu einer grimmigen Linie verzogenen Lippen sagten Nell, dass das kein Witz war. »Wenn ja, kennen wir da ein paar Leute.«

Nell zweifelte keine Sekunde daran, dass es so war. »Nein, nein. Ist schon in Ordnung. Danke. Es ist nur, dass …«

»Tommys Beerdigung hat dich ganz schön mitgenommen, was?«, fragte sie.

Das konnte man wohl sagen, dachte Nell. Sie würde wahrscheinlich ein paar Monate Therapie benötigen, um sich davon zu erholen. Aber wahrscheinlich wäre es besser, diesen Gedanken nicht mit den McGraths zu teilen, die sie nun der Reihe nach wie ein längst verloren geglaubtes Familienmitglied herzten. Nell war noch nie in ihrem Leben so nahe an so viel tätowierte Haut herangekommen.

»Trink noch ’nen Whiskey, Kleine, du siehst aus, als könntest du’s brauchen«, sagte Devin, schrie dem Barkeeper zu: »He, Del! Noch ’n Whiskey!«, und es dauerte nicht lange, ehe Nell ein weiteres Glas in die Hand gedrückt wurde.

Vielleicht würde sie nach diesem Drink nicht mehr daran denken, dass Alex und Maria vorhatten zu heiraten. Sie konnte die Vorstellung einfach nicht ertragen, wollte aber nicht mehr länger darüber nachdenken, warum das so war.

Sie wollte nur noch eins: sich nach Strich und Faden betrinken.

Kapitel 5

Was ist dir wichtiger: a) Geld, b) die Meinung der Leute, c) etwas zu bewirken?« Olive blickte in Erwartung einer Antwort mit dem Stift im Anschlag von ihrer Zeitschrift auf.

Nell hielt sich den Kopf. Wenn man einen solch grausamen Kater hatte wie sie, war es schon eine Herausforderung, sich an den eigenen Namen zu erinnern, geschweige denn durch einen Lesertest gezerrt zu werden, der einem angeblich zum Traummann verhalf. Im Augenblick wäre Nells Traummann definitiv jeder Kerl, der mit ein paar Alka-Seltzer und einem Schinkensandwich im Laden vorbeischaute.

»Jetzt mach schon, Nell«, sagte Olive viel zu munter, »am besten noch in diesem Jahr. Es ist doch nur ein Test und nicht etwa höhere Mathematik.«

»Können wir das nicht ein anderes Mal machen?«, flehte Nell, als abrupt ein Schlagzeugsolo in ihrem Schädel einsetzte. »Ich fühle mich furchtbar.«

Olive knallte ihre Zeitschrift auf den Tisch und fixierte ihre Chefin und Freundin mit eiskaltem Blick.

»Nicht so furchtbar, wie du dich in fünfzehn Jahren fühlen wirst, wenn du eine verrückte, einsame, alte

Schachtel bist, die nur ihre Katzen um sich herum hat. Und davon mal abgesehen, was erwartest du denn, wenn du dich mit einem Haufen Gangster aus dem East End volllaufen lässt? Craig hat sich beinahe einen Bruch gehoben, als er dich da rausgetragen hat! Stimmt doch, Craig?«

Craig blickte von der Sonntagszeitung auf, die er zu lesen vorgab, obwohl sie alle wussten, dass er in Wahrheit nur gekommen war, um Olive aus der Entfernung anzuhimmeln. Sonntags mussten keine Lieferungen zugestellt werden, und daher gab es absolut keinen Grund für ihn, sich im Laden aufzuhalten. Aber da er sie gestern Nacht in ihrem alkoholisierten Zustand gerettet hatte, konnte Nell ihn nun schlecht bitten, sich zu verziehen, und außerdem schmerzte ihr Kopf so sehr, dass selbst das Sprechen wehtat.

Was um Himmels willen war nur in sie gefahren, dass sie den gestrigen Nachtmittag damit zugebracht hatte, Whiskey mit den McGraths zu trinken? Es war schließlich Abend geworden, und beim Leichenschmaus war es mit jeder Stunde, die verging, immer ausgelassener zugegangen. Als Craig Nell schließlich irgendwann nach Mitternacht herausholte, war das Karaoke in vollem Gange.

Nell war heute Morgen zum Laden getaumelt, um die Gestecke für die Veranstaltung des Rotary Clubs am Montag vorzubereiten. Zumindest wollte sie es versuchen. Olive war wie immer vorbeigekommen, um ihr zu helfen. Craig tauchte in letzter Zeit ständig im Laden auf, schien wie der marmorne Tresen, das Rattansofa und der Wasserkocher mit zum Inventar zu gehören. Olive machte immer noch keine Anstalten, ihm den Wind aus den Segeln zu nehmen, und Nell nahm sich vor, deswegen noch einmal ein Wörtchen mit ihr zu reden. Allerdings erst, wenn sich ihr Kater verzogen hatte.

»Also, beantworte die Frage«, sagte Olive, die Unerbittliche. »Was darf es sein, a, b oder c?«

Da sie bereits den größten Teil der Fragen beantwortet hatte, wusste Nell, dass es kein Entkommen für sie gab.

»C, etwas zu bewirken«, sagte sie mit matter Stimme. »Es sei denn, es gibt die Möglichkeit d? Kaffee zu machen?«

»Ich erledige das!« Craig war schon auf den Beinen. »Wie hättest du ihn denn gern?«

»In einem Schnapsglas mit zwanzig Stück Zucker«, erwiderte Nell. »Es sei denn, du hast einen intravenösen Koffeintropf zur Hand.«

»Siehst du, was passiert, wenn Gruftis trinken?«, sagte Olive mitleidig. »Nun denn, lasst uns mal einen Blick auf Nells Ergebnis werfen, ja? Also, hier kommt's …«

Sie veranstaltete mit ihren Händen einen Trommelwirbel auf dem Tresen, der höllisch in Nells Kopf widerhallte.

»Er ist nett, humorvoll, findet Sie witzig, ohne Witze auf Ihre Kosten zu machen. Er befürwortet Ihre Unabhängigkeit, ist aber auch für Sie da, wenn Sie ihn brauchen. Er ist eher ein lockerer Typ, besitzt aber eine gewisse Reife. Er teilt Ihre Interessen und tut immer das Richtige … Äh, ich spul nochmal zurück.« Olive gab ein übertriebenes Lachen von sich. »*Er teilt Ihre Interessen*? Was für Interessen sollen das denn bitte schön sein? Du hast doch gar keine!«

»Und ob!« Jetzt war Nell beleidigt. »Ich habe jede Menge Interessen, zum Beispiel … hm …«

Oh.

»*Zum Beispiel?*« Olive blieb hartnäckig. »Ich denke, es wäre von Vorteil, wenn wir herausfinden würden, welche Interessen du hast, nicht wahr?«

Nell nickte, so gut es eben mit einem Kopf ging, der sich anfühlte, als würde er jeden Moment explodieren. Als Jugendliche hatte sie sich für Floristik interessiert, aber seit sie den Laden übernommen hatte, zählte das ja wohl kaum mehr als Hobby. Dann waren da noch die Arthausfilme, die sie sich so gern gemeinsam mit Alex angeschaut hatte. Aber das hatten sie seit dem Abi nicht mehr getan …

»Zählt das Zusammensein mit Freunden auch?«, fragte sie hoffnungsvoll, aber Olive schüttelte den Kopf. »Wie ist es mit Fotografie? Die habe ich immer geliebt.«

»Fotografie? Nun mach mal halblang! Du hast doch seit der Uni keinen Fotoapparat mehr angefasst« Olive packte Nell bei den Schultern und führte sie in den hinteren Teil des Ladens. »Stell dich mal mit dem Gesicht zu mir da an die Wand. Gerade und Schultern zurück.« Dann zog sie ihr Handy aus der Tasche, machte ein Foto, und ehe Nell richtig realisierte, was hier vor sich ging, rollte sie ein Maßband aus.

»Eins achtundfünfzig«, sagte sie.

Was hatte das denn zu bedeuten? Nell mochte einen Kater haben, aber sie war durchaus noch im Vollbesitz ihrer geistigen Kräfte, und so war es ihr nicht entgangen, dass Olive zwischen dem Ausfüllen des Tests auf ihrem iPad herumgetippt hatte.

»Was ist das?« Sie spähte ihrer Mitarbeiterin über die Schulter, um einen Blick auf den Bildschirm zu erhaschen. »*Mysinglemate.com?* Hast du sie noch alle?«

»Du wirst mir noch dafür danken, wenn du die Liebe deines Lebens triffst«, sagte Olive leichthin. »Was du nämlich tun wirst, weil ich dir ein Wahnsinnsprofil erstellt habe. Die Typen werden Schlange stehen, um mit dir auszugehen.«

»Das kannst du gleich wieder löschen«, sagte Nell wütend. Nicht dass sie etwas gegen Onlinedating hatte – sie war ja durchaus gewillt, es irgendwann zu versuchen –, aber den Zeitpunkt wollte sie bitte schön selbst und ohne Olives Zutun bestimmen. »Hatten wir das Thema nicht schon mal? Du kannst gern eingreifen, wenn ich mit meinem Liebesleben unglücklich bin, aber nicht vorher, kapiert?«

Olive wollte etwas darauf antworten, aber glücklicherweise erklang in diesem Augenblick die Türglocke, und Stanley Stalks kam hereingeschneit.

Er war Ende fünfzig, und die eine oder andere Frau mochte ihn mit seinem silbergrauen Haar attraktiv finden – zumal er auch noch maßgeschneiderte Anzüge trug und einen schicken Sportwagen fuhr –, aber Nell war er zu schleimig. Er hatte einfach etwas an sich, das ihr im wahrsten Sinne des Wortes Gänsehaut verursachte.

»Guten Morgen, die Damen, wie geht es uns denn heute?«, fragte er in einem Ton, der glatter war als Brazilian Waxing.

Nell gab ein Stöhnen von sich. Das Letzte, was sie jetzt gebrauchen konnte, war ein Besuch von Stanley.

Der Mann war verhalten aggressiv und versuchte garantiert wieder, ihr Kontakte und geschäftliche Informationen aus dem Kreuz zu leiern, bevor die Tür überhaupt ins Schloss gefallen war. Sie wusste, dass Stanley *Every Blooming Thing* unbedingt kaufen wollte und so, wie sie heute drauf war, würde sie ihm den Laden wahrscheinlich für ein Alka-Seltzer verhökern.

»Prima, danke!«, trällerte Olive und klimperte derartig mit den Wimpern, dass sich sämtliche Blüten in der Brise wiegten.

»Und Ihnen, Nell?« Stanley richtete seine grünen Augen auf sie. Zumindest glaubte sie das. Sie hatte heute Morgen ein bisschen Schwierigkeiten mit ihrer Konzentration.

»Ich dachte, ich schau mal kurz rein«, sagte er und blickte sich dabei im Laden um, als wolle er ihn einer Prüfung unterziehen. »Ich kam gerade auf meinem Nachhauseweg vorbei und habe gesehen, dass Licht brennt.«

Das war so offensichtlich geflunkert, dass Nell lächeln musste. Da Stanley im vornehmen Teil von Clapham wohnte, war es sehr unwahrscheinlich, dass er auf dem Weg dorthin durch Hackney kam.

»Wir machen was für morgen fertig«, erwiderte sie. »Hier in vorderster Front wird eben noch richtig gearbeitet. Da können Leute wie Sie mit Ihrem Internetgeschäft gar nicht mitreden.«

»Ich beneide Sie«, sagte Stanley. »Es ist eine so kreative Arbeit! Es gibt nichts Schöneres. Ich vermisse es, ehrlich gesagt. Das Schneiden der Stiele! Das spritzende Wasser! Der wunderbare Blütenduft!«

Nell und Olive starrten ihn an, als wäre er verrückt geworden. Da sie beide seit den frühen Morgenstunden auf den Beinen waren, ihre Hände in eiskaltes Wasser gehalten und sich die Finger an Dornen zerstochen hatten, war dieses romantisierte Bild für sie so weit von der Realität entfernt, als spiele es sich auf dem Mars ab.

»Ich trage mich eigentlich mit dem Gedanken, das Internetgeschäft aufzugeben und zu meinen Wurzeln zurückzukehren – entschuldigen Sie bitte das Wortspiel«, sagte Stanley, und seine Augen huschten im Laden umher, während er sprach. Aber anstatt verklärt dreinzuschauen, war sein Blick scharf und abschätzend. »Ich möchte ein Geschäft mit Blumen, die die Menschen sehen und riechen können. Geschenke, die sie anfassen können. Ein Laden wie dieser hier wäre perfekt …« Er hielt hoffnungsvoll inne, aber Nell war heute zu verkatert, um bei Stanleys Spielchen mitzumachen. »Wenn Sie doch nur verkaufen würden.«

»Der Laden ist nicht zu verkaufen«, sagte sie.

»Alles hat seinen Preis, Nell«, erwiderte Stanley. »Und wenn der stimmt, lässt sich alles kaufen. Und ich würde einen guten Preis zahlen.«

»Danke, aber ich bin nicht interessiert.« Nell war wirklich nicht danach zumute, sich mit Stanley geschäftlich auseinanderzusetzen. Sie hatte ja kaum die Kraft, ihm zu antworten. Sie würde sich lieber irgendwo hinlegen, wo es dunkel war. »Das hier war der Laden meiner Mutter, und er ist unverkäuflich. Mehr habe ich dazu nicht zu sagen.«

Stanley zuckte mit den Schultern. »Die Entscheidung

liegt natürlich ganz bei Ihnen. Aber tun Sie diese Idee nicht einfach so ab. Ich weiß, die Zeiten sind hart.«

Woher wusste er das? Es stimmte, sie hatte zu kämpfen, aber das war nicht gerade etwas, womit sie hausieren ging.

»Denken Sie einfach noch einmal darüber nach«, sagte er.

O Mann, dieser Kerl wollte es einfach nicht kapieren! Nell setzte gerade an, um Stanley Stalks zu erklären, wohin er sich sein Angebot stecken konnte, als ein wütender Schrei von der anderen Seite des Ladens sie ablenkte.

»Tut mir leid!« Olive blickte von dem alten PC auf, mit dem sie im Laden arbeiteten. »Ich hatte gerade sämtliche Bestellungen für die Woche eingegeben, als das blöde Ding einfach abgestürzt ist.« Sie versetzte dem Bildschirm einen Schlag. »Jetzt komm schon!«

»Aber nicht doch.« Stanley durchquerte den Raum mit zwei langen Schritten und trat zu ihr an den Computer. »Draufschlagen hilft nicht.«

»Dadurch fühle ich mich aber besser«, brummte Olive. »Die ganze Arbeit war umsonst!«

»Nein, das war sie nicht.« Stanley beugte sich vor, ließ seine Finger über die Tastatur fliegen, und der Computer schnurrte förmlich. »Man muss nur sicherstellen, dass … ah, voilà, da ist er wieder.«

»O mein Gott! Und es ist alles noch da!« Olive strahlte über das ganze Gesicht. »Nell, der Mann ist ein Genie! Mein Held! Mein Ritter ohne Furcht und Tadel!«

Nell verdrehte die Augen, während Craig so tat, als sei

er in seine Zeitungslektüre vertieft. *Ritter ohne Furcht und Tadel?* War das nicht etwas übertrieben? Armleuchter traf es wohl eher!

Stanley hingegen brüstete sich mit stolzgeschwellter Brust. »Vielen Dank. Ich bin wirklich so etwas wie ein kleines Computergenie.«

Als wäre es Nell nicht ohnehin schon übel! Sie ließ die beiden allein und ging in den Keller hinunter. Hier war es schön kühl und dunkel dazu, perfekte Umstände für ihren Kopf, in dem gerade eine Thrash-Metal-Band probte. Nell ließ sich in den brüchigen, von Motten zerfressenen Rattansessel sinken und schloss die Augen …

Sie wurde wach, weil ihr so warm war. Die Hitze drückte an ihre Wange, schlängelte sich um Nase und Mund wie ein heißer Schal. Als Nell die Augen öffnete, stellte sie im Dämmerlicht entsetzt fest, dass all die kostbaren Blüten so schlapp waren, wie sie sich vorhin noch gefühlt hatte. Sie sprang auf und fragte sich, was hier los war.

Da Blumen stets bei kühlen Temperaturen aufbewahrt werden müssen, um zu gewährleisten, dass sie sich so lange wie möglich halten, hatte Elsie Marnie darauf bestanden, ein hochmodernes Klimatisierungssystem im Keller installieren zu lassen. Nell oder Olive überprüften mehrmals am Tag die Temperaturregelung, die Anlage konnte von oben im Laden gesteuert werden. Nell war fuchsteufelswild, als sie das Licht einschaltete und die Blüten in dem sehr warmen Raum vor sich hin welken sah. Olive musste wieder einmal am Regler herumgespielt haben. Die Temperatur in dem gewöhnlich kühlen

Keller war subtropisch. Warum zum Teufel hatte Olive den Thermostat nicht bei konstanten zwölf Grad stehen lassen? Sie kämpfte gerade gegen eine aufsteigende Panik an – wie viel es wohl kosten mochte, diese große Menge zu ersetzen? –, als ihr Handy vibrierte und eine weitere SMS von Maria eintraf:

Kümmerst du dich um den Blumenschmuck bei unserer Hochzeit? Niemand ist so gut wie du! Außerdem bist du unsere Lieblingsfloristin. M & A xxx

Nell starrte für einen Moment auf das Display. O Gott, es war tatsächlich wahr, Alex und Maria würden heiraten. Und sie würde sich um die Blumen kümmern. Sie sah die eleganten Gestecke schon vor sich, die Maria im Sinn haben würde, und wie die Braut den Gang in einer wunderschönen mittelalterlichen Kirche entlangwandelte und dabei herzzerreißend schön aussah in einem langen, weißen fließenden Kleid, während Alex am Altar auf sie wartete und ihr bewundernd entgegensah. Nell würde in seiner Nähe sein, ihm eine Blume ans Revers stecken und dann zurücktreten, um zuzusehen, wie er eine andere heiratete.

Jemand, der nicht sie war …

Nell sank wieder in den Sessel und schlug schluchzend die Hände vors Gesicht. Hier unten konnte sie niemand hören, und so weinte sie lange und hemmungslos. Es war ihr einfach alles zu viel: die Verantwortung für den Laden, Alex' und Marias Heiratspläne und nun auch noch der Verlust von Ware im Wert von Hunderten von Pfund. Sie konnte so nicht weitermachen. Was wäre, wenn Olive kurz vor einer Hochzeit am Regler herumspielte oder, schlimmer noch, vor Alex' und Marias Trauung? Und was wäre, wenn Nells Unvermögen, ein paar Blumen taufrisch am Leben zu erhalten, eine Metapher darstellte in Bezug auf ihre Chancen bei zukünftigen romantischen Abenteuern? Es war ja gut und schön, sich über Tests und *mysinglemate.com* zu amüsieren, aber im Endeffekt lauerte unter alldem eine Wahrheit, der Nell nicht ins Gesicht sehen wollte.

Olive hatte recht.

Ich bin nicht glücklich.

Das konnte sich Nell beim Anblick ihres roten, verschwollenen Gesichts eingestehen, das ihr aus einer großen Glasvase entgegenstarrte. Sie war einsam, voller Angst und hatte keine Lust mehr, ein Geschäft zu führen, bei dem sie nicht wirklich mit dem Herzen dabei war.

Eigentlich bin ich nicht gern Floristin. Sie führte den Laden nur, weil er der ganze Stolz ihrer Mutter gewesen war. Nells Traum war es gewesen, Fotografin zu werden. Ein Traum, der zusammen mit ihrer lange vernachlässigten Nikon Staub angesetzt hatte. Auch wenn ihr die kreative Seite Spaß machte, hatte sie doch nie danach gestrebt, in dem Blumenladen zu arbeiten.

Sie wischte sich die Tränen mit dem Handballen weg und tat einen tiefen, zittrigen Atemzug. Vielleicht hatte die Hochzeit von Alex und Maria wenigstens ein Gutes: sie wachzurütteln. Alle anderen lebten ihr Leben, freuten sich auf Neuanfänge, während sie sich immer noch an die Vergangenheit klammerte. Elsie war tot. An dem Laden festzuhalten würde sie auch nicht zurückbringen.

Aber jetzt wurde ihr klar, was ihr wirklich zusetzte.

Wovor sie sich seit dem Valentinstag versteckte, wovor sie sich schon seit Jahren versteckte.

Es lag nicht daran, welche Folgen es für die Clique haben würde, wenn einer beziehungsweise zwei von ihnen heirateten. Es ging einzig und allein darum, dass *Alex* heiraten wollte. Ihr Alex. Ihr Freund seit Kindertagen. Der einzige Mensch, auf den sie sich immer verlassen konnte. Der einzige Mensch, der sie wirklich verstand. Nell konnte ihre Gefühle so zudecken, wie sie wollte, aber die enthüllte Wahrheit traf sie wie ein Schlag in die Magengrube: Sie liebte Alex.

Aber warum zum Teufel war ihr das nicht schon früher klar geworden? Jetzt würde er Maria heiraten, und es war zu spät! Sie war wie immer unentschlossen gewesen und hatte Zeit verschwendet. Wenn sie nicht aufpasste, würde das einmal auf ihrem Grabstein stehen.

Sie war in Alex verliebt und das seit vielen Jahren. Bis über beide Ohren, hielt aber immer den nötigen Abstand zu ihm. Was ihr nicht viel gebracht hatte. Er war mit Maria zusammen, ihrer besten Freundin. Er liebte Maria. Und würde sie heiraten.

Mit einem verzweifelten Aufstöhnen wandte Nell den welken Blumen den Rücken zu. Sie wollte – konnte – jetzt nicht über den Schaden nachdenken! Nicht wenn es so viele andere drängende Probleme gab, um die sie sich kümmern musste. Ihr verpfuschtes Leben musste warten. Sie schleppte sich mit schwerem Herzen die kleine steile Treppe hinauf in den Laden, wo Craig immer noch die Nase in die Zeitung steckte und Olive mit Stanley herumalberte.

Mit einem Mal war ihr sonnenklar, was sie tun würde. Es war an der Zeit, Entscheidungen zu treffen und nach vorn zu schauen. Und hier war ein Mann, der ihren Laden kaufen wollte. Wenn man an Schicksal glaubte, konnte es wohl kaum ein größeres Zeichen geben.

»Stanley«, sagte Nell, »wollen Sie den Laden wirklich kaufen?«

Stanley kam auf sie zu. »Natürlich. Das hier ist genau das, wonach ich suche. Wieso? Haben Sie es sich etwa anders überlegt?«

Hatte sie das? Mit einem Mal schien sich die Zeit zu verlangsamen. Was auch immer sie als Nächstes sagte, hatte große Konsequenzen, und wenn die Entscheidung einmal ausgesprochen war, gab es kein Zurück mehr.

Da brummte wieder ihr Handy. Vermutlich Maria mit einer weiteren hochzeitsspezifischen Ankündigung. Nell wappnete sich, bat mit einer Geste um einen Augenblick und öffnete die SMS.

OMG! Wir flittern in der Karibik! Alex hat schon gebucht. Er ist so ein toller Mann. Was habe ich für ein Glück! Ruf mich an!! Hab dir so viel zu erzählen! xMx

Als sie die Worte las, hatte Nell das Gefühl, als würde jemand einen Stacheldraht mitten durch ihr Herz ziehen. Wie war es nur möglich, sich so zerrissen zu fühlen? Sie wollte sich ja für ihre beste Freundin freuen, fühlte sich jedoch ganz furchtbar, dass sie sich nicht sofort ans Telefon klemmte und sich alles haarklein von Maria erzählen ließ. Sie biss sich auf die Unterlippe. Wie sie das anstellen sollte, wo doch ihr eigenes Herz gerade zersprang, weil sie die Liebe ihres Lebens verlor, blieb dahingestellt.

Nells Entschluss stand fest. Die Dinge um sie herum veränderten sich, und sie würde sich dem auch nicht verschließen.

»Ja, das habe ich«, sagte sie entschlossen.

Stanley lächelte. Es war ein breites Lächeln, das seine grünen Augen zum Leuchten brachte und Bände darüber sprach, wie wichtig es ihm war, den Blumenladen in seine Finger zu bekommen.

»Großartig«, sagte er und streckte ihr die Hand hin. »Ich werde mich um den Papierkram kümmern, ja?«

»Vorausgesetzt, der Preis stimmt«, sagte Nell rasch. Sie hatte Gerüchte gehört, wonach Stanley Stalks ein skrupelloser Geschäftsmann war, und nicht vor, sich betrügen zu lassen.

Er blinzelte und nannte ihr dann eine Zahl, die Nell beinahe nicht glauben konnte. »Nun?«, fragte er, die Hand immer noch erwartungsvoll ausgestreckt. »Sind wir uns einig?«

Jetzt, da eine solch große Veränderung zum Greifen nahe war, zögerte Nell für einen kurzen Moment, dann nickte sie und ergriff seine Hand.

»Jawohl, Mr. Stalks«, sagte sie. »Wir sind uns einig.«

Kapitel 6

Die Blumen waren ruiniert. Es machte keinen Sinn, den Versuch zu starten, ein paar vereinzelte zu retten. Und während Nell sich unten im Keller einen Überblick verschaffte, was ihr noch geblieben war, kam sie nicht umhin, sich an ihren Zusammenbruch am Tag zuvor zu erinnern. Es musste wohl an all dem Alkohol gelegen haben, der noch durch ihren Körper kursiert war, denn es passte gar nicht zu ihr, sich so gehen zu lassen.

Es passt auch nicht zu dir, in den Verlobten deiner besten Freundin verliebt zu sein, flüsterte eine kleine Stimme.

Die kleine Stimme war ziemlich beharrlich und hatte seit ihrer schmerzlichen Offenbarung, dass sie in Alex verliebt war, schon eine ganze Menge von sich gegeben. Als sie abends im Bett gelegen hatte, spielten ihre Gedanken Pingpong, und es war diese Stimme gewesen, die sie darauf hinwies, dass Maria ihre beste Freundin war und dass beste Freundinnen einander nicht den Mann wegnahmen. Es gab Dinge, die waren einfach in Stein gemeißelt.

Vergiss ihn!, hatte die Stimme gezischt, und Nell hatte vor Verzweiflung den Kopf im Kissen vergraben. Egal wie falsch es auch sein mochte, etwas für Alex zu empfinden, so glaubte sie dennoch nicht, dass sie etwas dagegen tun konnte. Sie hatte ihn schon immer geliebt, es hatte nur des Schocks seiner Verlobung bedurft, um ihr dies begreiflich zu machen.

Nun, beinahe vierundzwanzig Stunden später kam Nell zu dem Schluss, dass es ihr wesentlich schlechter ginge, wenn nicht Stanley im richtigen Moment mit seinem Kaufangebot zur Stelle gewesen wäre. Es war schlimm genug, teure Blumen in den Müll werfen zu müssen, aber es wäre weitaus schlimmer gewesen, wenn sie das Gefühl gehabt hätte, keine andere Wahl zu haben, als den Laden dichtzumachen. Auf diese Weise würde das Geschäft ihrer Mutter wenigstens weitergeführt. Nell war endlich frei, um neue Wege zu beschreiten.

Welche das auch immer sein mochten.

Sie wusste nur, dass diese sie weit weg von Alex führen mussten.

Das Einzige, was Nell beim Verkauf des Ladens Kopfzerbrechen bereitete, war Olive. Sie arbeitete hier von Beginn an, und Nell war sich sicher, dass Olive am Boden zerstört war, auch wenn sie die Neuigkeit scheinbar gut aufgenommen hatte. Schließlich hatte sie nie einen anderen Arbeitsplatz gekannt. Nells schlechtes Gewissen war der einzige Grund, warum sie Olive nicht wegen des Debakels mit der Klimaanlage gründlich zur Schnecke gemacht hatte.

»Ich schwöre, dass ich den Regler nicht angefasst habe«, setzte sich Olive zum x-ten Mal zur Wehr.

Nell seufzte. »Ist schon in Ordnung, ich glaube dir.«

»Ist es nicht, weil du es ganz offensichtlich nicht tust.« Olive schien deshalb wirklich aufgebracht zu sein. Das Problem war nur, dass Nell hundertprozentig wusste, dass sie selbst nichts am System verändert hatte, und da Craig dort gar nichts zu schaffen hatte, kam eben nur Olive in Verdacht.

»Vielleicht ist es einfach so passiert«, sagte Nell seufzend. »Vielleicht hat sich eine von uns aus Versehen dagegengelehnt? Wir werden es wohl nie erfahren. Aber ich werde von jetzt an ein noch wachsameres Auge darauf haben, auch wenn es schon bald nicht mehr mein Problem sein wird, falls denn Stanley den Laden wirklich kaufen sollte.«

»Klar wird er das«, beharrte Olive. »Er hat dir ja beim Händeschütteln beinahe den Arm ausgekugelt.« Ihre sorgfältig gezupften Augenbrauen zogen sich zusammen. »Auch wenn ich keine Ahnung habe, was er mit einem Laden in Hackney anfangen will.«

Was das anging, hatte Nell so ihre eigenen Theorien. Während sie einen Kaffee als Friedensangebot zubereitete, dachte Nell darüber nach, wie sich das Viertel verändert hatte. In den letzten Jahren waren die Billigläden, die Imbissbuden und die Waschsalons allmählich durch Maklerbüros, Biocafés und Antiquitätenläden ersetzt worden. Das Straßenbild wurde nicht mehr von Jugendgangs geprägt, die an Straßenecken herumhingen, sondern von schicken, attraktiven Müttern, die Bugaboo-Kinderwagen durch die Gegend schoben. Hackney war im Kommen, und ein so helles Köpfchen wie Stanley Stalks hatte das schon längst erkannt. Es gab eine wachsende Klientel, die von Hand gebundene Blumensträuße und ausgewählte Topfpflanzen in einer Blumenboutique kaufen wollte. Der Unterschied war, dass er das nötige Kapital besaß, um das Geschenke- und Dekoartikelangebot des Geschäfts auszubauen, während Nell nichts anderes übrig blieb, als hinter Hochzeits- und Bestattungsaufträgen herzujagen.

»Bist du dir auch ganz sicher, dass es für dich in Ordnung ist, wenn ich verkaufe?«, erkundigte sie sich bei Olive. Nell konnte einfach nicht begreifen, wie gefasst sie nach all den Jahren der Zusammenarbeit war. Aber möglicherweise war dies ein klassischer Fall von Nicht-wahrhaben-Wollen?

Olive, die damit beschäftigt war, einige gehäufte Teelöffel Zucker in ihren angeschlagenen Emma-Bridgewater-Becher zu kippen, zuckte nur mit den Schultern. »Mach dir wegen mir keine Sorgen, Nell. Ich werde schon was finden.«

Komisch, dachte Nell.

Every Blooming Thing war Olives Leben, und falls sie deshalb aufgebracht war, so ließ sie es sich nicht anmerken.

Genauso wie Nell sich ihre wahren Gefühle Alex gegenüber niemals hatte anmerken lassen …

Craig, der sich wieder mal länger als notwendig im Laden herumtrieb, sagte hoffnungsvoll: »Du könntest vielleicht mit mir zusammenarbeiten, Olive.«

»Das ist wirklich lieb von dir«, erwiderte Olive mit einem Lächeln. »Aber wie schon gesagt, ich mache mir deshalb keinen Kopf. Das wird schon. Eigentlich bin ich froh, dass du dich entschieden hast, den Laden zu verkaufen, Nell. Eine Veränderung wird dir guttun. Ich weiß, dass ich dich deswegen ein bisschen aufgezogen habe …«

»Ein *bisschen*?«

Olive hielt die Hände in die Höhe. »Schon gut, ich bin dir damit ziemlich auf den Wecker gegangen! Aber ich sehe doch, dass du nicht glücklich bist, und ich finde es toll, dass du dich entschieden hast, etwas dagegen zu unternehmen.«

Nell seufzte. »Ich sollte wirklich etwas in meinem Leben verändern und vielleicht mal die ausgefahrenen Gleise verlassen. Deshalb dachte ich … » Schon bevor die Worte aus ihrem Mund heraus waren, wusste Nell, dass sie sie bedauern würde.

»Was dachtest du?«, fragte Olive mit funkelnden Augen.

Nell wand sich ein wenig. »Na ja, dass ich vielleicht … Also dass ich für eine Weile meine Lebensplanung dir überlassen könnte.«

Olive starrte sie an. »Tatsache? Ist das dein Ernst? Hattest du mir nicht erst gesagt, ich solle mich aus deinem Privatleben raushalten?«

Der gestrige Weinkrampf und die dunklen Momente der letzten Nacht waren Nell noch in allzu frischer Erinnerung. Schuldgefühle schlichen sich Zaunwinden gleich in die versteckten Winkel ihres Gehirns und warteten darauf, ihre Gedanken zu verwirren und sie außerstande zu setzen, irgendetwas anderes zu tun, als zu weinen. Sie musste etwas unternehmen, um sich abzulenken, selbst wenn das ihr letzter Ausweg war!

Nell zuckte mit den Schultern. »Tut mir leid, wenn ich

dir undankbar vorgekommen bin. Vermutlich hast du einen Nerv getroffen.«

Olive starrte sie an. »Willst du damit etwa sagen, dass ich recht hatte?«

»Ja!« Als Nell dies eine Wort sagte, hatte sie das Gefühl, als springe sie vom Zehnmeterbrett – und es war zu spät, um es sich jetzt noch anders zu überlegen. »Tut mir leid, dass ich deinen Vorschlägen gegenüber so ablehnend war. Ich weiß, dass du es gut gemeint hast.«

»Also, um das jetzt mal klarzustellen«, sagte Olive gedehnt, »und mit Craig hier als Zeugen: Du bittest mich tatsächlich darum, dein jämmerliches, armseliges, nicht vorhandenes Liebesleben in Schwung zu bringen?«

»Jetzt fasst du sie aber etwas hart an«, versuchte sich Craig für Nell einzusetzen, aber ein einziger Blick von Olive reichte aus, dass er den Mut zur Gegenrede verlor.

»Das ist liebevolle Strenge, Craig. Du kannst Oprah glauben! Mit Zurückhaltung kommt man nicht weit«, sagte Olive. »Stimmt's, Nell?«

»Äh …« Einen Moment lang war Nell sich nicht sicher, ob es wirklich eine so gute Idee war, Olive freie Hand bei der Organisation ihres Liebeslebens zu lassen. Andererseits leistete sie selbst ja nicht gerade gute Arbeit dabei, oder? Sie holte tief Luft. »Olive, mach, was du willst!«

Das Gesicht ihrer jungen Mitarbeiterin leuchtete auf wie ein Weihnachtsbaum, und genau das jagte Nell eine Heidenangst ein.

»O mein Gott!«, kreischte sie. »Ich werde dein Leben total umkrempeln! Vertrau mir, Nell, du wirst es nicht bereuen, mich um Hilfe gebeten zu haben.«

Olive federte vor Aufregung wie ein Flummi.

»Ich frage mich, ob wir dich bei *Take Me Out* unterbringen können? Oder wie wär's mit *Big Brother?* Die machen da doch auch dauernd miteinander rum! Oder was hältst du von Speeddating? Eine Freundin von mir hat's mal versucht und kam auf sechzehn Verabredungen!«

Nell musste lachen. »Jetzt komm mal wieder runter! Mit Reality-TV will ich nichts zu tun haben, und sechzehn Verabredungen brauche ich wirklich nicht! Eine würde mir ja schon mal reichen.«

»Spielverderberin … Stehst du auf Uniformen? Wie wär's mit *Uniformdating.com*? Ich könnte dir einen sexy Soldaten oder einen scharfen Arzt im Kittel besorgen!«

Wenn Olive ihr dabei helfen sollte, ihr Leben neu zu ordnen, dann musste Nell offensichtlich zuerst mal ein paar Grundregeln aufstellen.

»Kein Onlinedating«, sagte sie mit Nachdruck. »Das ist meine einzige Bedingung.«

»Du Langweilerin! Heutzutage lernen sich doch eine Menge Leute übers Internet kennen. Du solltest ein bisschen aufgeschlossener sein.«

Nells Gesichtsausdruck wurde wütend.

»Also schön«, brummte Olive. »Kein Onlinedating.«

»Was hast du denn mit Nell vor?«, fragte Craig.

Olive grinste. »Jede Menge aufregenden Kram! Aber ich schätze, ich sollte wohl erst mal sachte an die Sache rangehen. Die Ärmste steckt schließlich seit 2005 im *Bell* fest. Sobald der Laden verkauft ist und sie etwas Geld auf der Bank hat, sollte sie eine Weltreise machen und ein ›*Around the world*‹-Ticket ohne vorgegebene Route buchen, einfach sehen, wohin der Wind sie trägt.«

Nell war sich bei dieser Idee nicht ganz sicher. Sie hatte bisher nur einmal eine Pauschalreise nach Mallorca gemacht, da sie den Laden nicht lange allein lassen konnte, aber vor allem lag es daran, dass es sie nie gereizt hatte, in die Ferne zu fahren. Wieso sollte sie das tun, wo doch all ihre Freunde hier waren? Die Vorstellung, einfach so verschwinden und herumreisen zu können, war erschreckend und berauschend zugleich. Ob sie tatsächlich den Mut aufbringen würde, es zu tun?

Olive knallte ihren Becher auf den Tisch und fuhr den Computer hoch.

»Du hast doch nicht etwa vor, mir ein Flugticket zu buchen?« Nell warf ihr einen nervösen Blick zu. Bei Olive konnte man nie wissen. Wenn es nach ihr ginge, wäre sie heute Nachmittag vermutlich schon auf dem Weg in die Äußere Mongolei.

»Nein. Was viel Besseres.« Ihre Finger flogen über die Tastatur, bis sie mit entschlossenem Blick verkündete: »Ich melde dich für einen Fotokurs an der Volkshochschule an. Du redest doch immer davon, wie gut dir dein Studium gefallen hat und wie sehr du die Fotografie liebst. Das ist deine Chance, deine Kenntnisse aufzupolieren, rauszukommen und obendrein noch neue Leute kennenzulernen. Sieht so aus, als würde es schon morgen Abend losgehen.«

»Morgen kann ich nicht. Ich treffe mich mit Alex.« Nell liebte Dienstage. Maria ging zu ihrem Salsakurs, und Alex, der nichts mit sich anzufangen wusste, kam zu

Nell in die Wohnung. Das war die einzige Zeit, in der sie ihren alten Freund ganz für sich allein hatte, und soviel sie auch für Fotografie übrighatte, so wollte sie diese Stunden doch um nichts in der Welt missen.

»Du würdest also lieber einen Abend mit Alex verbringen, um mit ihm über die Hochzeit zu reden, als neue Leute in einem Fotokurs kennenzulernen?« Olive sah sie ungläubig an.

Auch wenn Nell ihr dankbar war für das, was sie für sie in die Wege zu leiten versuchte, wünschte sie sich dennoch, dass sie es mit der »liebevollen Strenge« nicht ganz so ernst nahm. Natürlich würde Alex mit ihr über seine Hochzeit reden wollen. Und er würde erwarten, dass sie sich für ihn freute. Und ja, sie hatte keine Ahnung, wie sie den ganzen Abend über damit zubringen sollte, so zu tun, als ob sie begeistert wäre, wenn doch alles in ihr schrie, *das hätte ich sein sollen.*

»Also schön, melde mich an«, sagte sie, bevor sie es sich anders überlegen konnte. »Ich werde Alex sagen, dass ich anderweitig beschäftigt bin.«

»Eine kluge Entscheidung!«, erklärte Olive triumphierend. Während Nell die SMS schrieb, machte sich Olive eine Weile am Computer zu schaffen, um dann aufzublicken und aus dem Blauen heraus hinzuzufügen: »Ich weiß, dass es schwer sein muss für dich, dass der Mann, den du zu lieben glaubst, eine andere heiratet, aber ich finde ohnehin nicht, dass Alex wirklich der Richtige für dich ist, Nell.«

»Wie bitte?« Nell spürte, dass sie rot wurde. Sie war sich gerade erst selbst ihrer Gefühle für Alex bewusst geworden, wie hatte Olive da schon vor ihr mitbekommen, was los war? »Wie kommst du denn …«

»Bei ihm lässt sich doch kaum irgendein Häkchen auf deiner Checkliste machen.« Olive hatte wohl gerade einen Lauf. »Er ist zwar nett, aber nicht wirklich witzig. Und obwohl er dich für witzig hält, habe ich immer den Eindruck, als würde er eher über dich lachen als mit dir.«

Nell öffnete den Mund, um zu protestieren, aber Olive kam gerade erst richtig in Schwung.

»Und ich finde ihn auch ein bisschen oberflächlich. Allein schon die Tatsache, dass er auf Maria steht, die vielleicht rein äußerlich einiges hermacht, anstatt deine versteckten Reize zu sehen, sagt doch schon alles.«

»Versteckt? Vielen Dank, Olive!«

Sie machte eine abwertende Bewegung, wobei die Ringe an ihrer Hand nur so blitzten. »Du weißt schon, was ich meine. Typisch Mann, sucht sich eine klapperdürre Blondine mit hübschem Gesicht aus. Die Kerle müssen irgendwie genetisch darauf programmiert sein.«

Maria war sehr viel mehr als eine klapperdürre Blondine mit hübschem Gesicht. Sie war lieb und witzig, und es gab wohl keinen Mann auf dieser Welt, der sie nicht haben wollte. Daher wusste Nell, dass es hoffnungslos war. Und eigentlich hatte sie es schon von dem Moment an gewusst, als sie Maria gemeinsam begegnet waren, dass sie Alex an sie verloren hatte.

Olive kam zu ihr herüber und hielt ihr das iPad hin. »Du musst dich an die Liste halten, klar? Das ist meine einzige Bedingung. Und du darfst nichts übergehen oder verändern oder gar weglassen.«

Nell verzog das Gesicht, nickte aber.

»Hier, siehst du, gemeinsame Interessen. Du und Alex habt nicht viele davon. Und bevor du es schon wieder zur Sprache bringst: in den Pub gehen zählt nicht!«

Olive hatte prompt ihren Gedanken erraten. »Herrgott nochmal! Ich bin nicht in Alex verliebt!«

Wie aufs Stichwort läutete in dem Moment ihr Handy und Alex' Foto erschien auf dem Display.

Olive schaute Nell mit hochgezogenen Augenbrauen an. »Ignoriere den Anruf. Komm über ihn hinweg«, sagte sie.

Alex rief bestimmt an, um sie zu überreden, es sich wegen Dienstagabend noch einmal anders zu überlegen. Und Nell wusste, dass sie nachgeben würde, wenn sie mit ihm sprach. Für Alex ließ sie immer alles stehen und liegen, aber vielleicht war es tatsächlich an der Zeit, das zu ändern. Sie drückte auf »Nicht annehmen«, und Olive nickte zustimmend.

Das hatte Nell noch nie getan. Sie nahm sich vor, ihm später noch eine SMS zu schicken, um ihn wissen zu lassen, dass sie ihre Pläne nicht ändern konnte. Sie würde von jetzt an öfter Termine haben.

In weniger als zwei Monaten wäre Alex ein verheirateter Mann, und ihre Freundschaft hätte sich für immer verändert. Da konnte sie auch gleich damit beginnen, sich an die Tatsache zu gewöhnen, dass es nie wieder wie früher sein würde.

Sie hätte sich nur gewünscht, dass es nicht so plötzlich gekommen wäre.

Kapitel 7

Nells Dating-Checkliste

Gemeinsame Interessen ☑
Lockerer Typ ☑

Das Licht schwand am Himmel über den Dächern von London, als Nell nach Luft schnappend die Kingsway hinuntereilte, den Blick verzweifelt auf Google Maps gerichtet. Welcher Teufel hatte sie nur geritten, sich auf Olives Wegbeschreibung zu verlassen? Das Mädel verlief sich doch schon auf dem Weg zum Wasserkocher! Als Olive ihr versichert hatte, dass sich die Volkshochschule in Covent Garden befand, hätte es Nell eigentlich besser wissen müssen. Anstatt mit Muße über den Platz zu bummeln, den Straßenkünstlern zuzusehen und noch einen Blick in die Markthallen zu werfen, war Nell eine Ewigkeit auf der Suche nach ihrem Ziel umhergestreift, ehe ihr klar wurde, dass ihr Fotografiekurs eigentlich ein paar Straßenblöcke weiter entfernt in Holborn stattfand.

Sie fluchte in sich hinein, während sie sich durch die Horden der abendlichen Pendler hindurchschlängelte, ihr dabei die Tasche gegen die Hüfte schlug und ihre unbestreitbar flippigen Plateaustiefel drohten, sie jede Sekunde auf dem Pflaster zu Fall zu bringen. So viel zu einem gemütlichen Spaziergang vor Beginn des Kurses, um ihre Nerven zu beruhigen.

Als die Lichter des sich stauenden Verkehrs Rubine und Diamanten in der Dämmerung verstreuten, bog Nell endlich in die Keeley Street ein. Da war es! Das Gebäude, in dem sich die Volkshochschule befand. Welch eine Erleichterung! Mit etwas Glück war der Dozent ein älterer Herr, der der Klasse einen hübschen langen Vortrag über die Geschichte der Fotografie hielt, bei dem sie erst einmal verschnaufen konnte, bevor es richtig losging.

Unten an der Rezeption klebte ein handgeschriebener Zettel, auf dem zu lesen stand: *Fotografiekurs in Raum 124*. Bei ihrem Glück war das wahrscheinlich im fünften Stock. Nell erhaschte einen Blick auf ihr Spiegelbild in der Glastür und gab ein Stöhnen von sich. Ihr Sprint durch halb London und dazu der typisch englische Nieselregen hatten ihre Frisur völlig ruiniert – dabei hatte sie sich am Morgen so viel Mühe gegeben, ihr Haar zu glätten. Doch nun ringelten sich ihre kastanienbraunen Haare wieder zu einem einzigen Wirrwarr um ihren Kopf. Nell fühlte sich für einen schrecklichen Moment in ihre Schulzeit zurückversetzt, als sie jeden Morgen damit verbracht hatte, ihr widerspenstiges Haar zu glätten, das ihr aber spätestens am Schultor schon wieder trotzig in Ringellöckchen ins Gesicht fiel. Wieso sollte es da anders sein, wenn sie einen Abendkurs besuchte?

Auf dem Weg die Treppe hinauf zerrte sie eine Bürste

durch ihre Locken, kramte ein Gummiband aus ihrer Tasche und band sich die Mähne damit zurück. Sie fand den Raum 124 und wollte gerade anklopfen, als die Tür aufschwang und sie ein Mann anstrahlte.

Nell blinzelte. Es war unmöglich, es nicht zu tun, denn dieses Lächeln war wie ein Sonnenstrahl mitten im düsteren Winter.

»Hereinspaziert!«, sagte der Fremde und hielt ihr die Tür auf. »Hier ist es mollig warm, eine Wohltat bei dem nasskalten Wetter.«

Als Nell den Raum betrat, streifte sie ihn. Die unerwartete Berührung ließ sie erröten. Nun ja, das und die Tatsache, dass er ausgesprochen attraktiv war. Anfang dreißig, mit markanten Gesichtszügen und einem blonden Strubbelkopf. Er erinnerte sie an einen weniger weltverdrossenen Liam Neeson. Dazu noch ein paar Bartstoppeln, ein muskulöser Körper, der in alten, ausgebleichten Levi's und einem weichen Flanellhemd steckte – da konnte einem schon mal anders werden.

Als Nell sein Lächeln schüchtern erwiderte, musste sie sich eingestehen, dass Olive recht hatte: Es war höchste Zeit, dass sie loszog, um neue Leute – das heißt Männer – kennenzulernen.

»Bin ich hier richtig beim Fotografiekurs?«, fragte sie und hoffte, dass er die Röte in ihren Wangen auf ihre Terminhetze schob.

Der Mann nickte. »Das sind Sie.« Er hielt für einen Moment inne und grinste. Es war ein träges, sexy Grinsen, bei dem Nells Herzschlag für einen Moment aussetzte. »Und Sie sind das Aktmodell, richtig?«

Nell errötete noch heftiger und kicherte. Äh … kicherte sie wirklich? Mit achtundzwanzig? *Reiß dich zusammen*, ermahnte sie sich.

»Eigentlich wollte ich am Kurs teilnehmen«, erwiderte sie. Du liebe Güte, waren seine Augen blau. So blau wie … O Gott, sämtliche kitschigen Klischees über die Vergleiche mit Himmel und Meer kamen ihr in den Sinn. Ihr gefielen auch die Sommersprossen, die seine Nase sprenkelten, als wäre sie mit Zimt bestreut. Mit einem Mal wurde Nell bewusst, dass sie ihn anstarrte, und sie schaute schnell weg.

»Tut mir leid, war nur Spaß«, sagte der Mann. Er hielt ihr die Hand hin. »Die Modelle, die wir bekommen, sind für gewöhnlich über siebzig. Nie so jung und zauberhaft wie Sie.«

Nell war inzwischen so heiß geworden, dass ihre regenfeuchte Kleidung zu trocknen begann.

»Ich bin Tim, der Kursleiter.«

»Dann bin ich wohl Ihre Schülerin. Ich heiße Nell. Tut mir leid, dass ich mich verspätet habe.«

»Was soll's, Zeit ist doch nur ein kapitalistisches Konstrukt«, entgegnete Tim großzügig. »Freut mich, dass Sie's noch geschafft haben.«

Sie schüttelten einander die Hände und lächelten sich an. Seine Finger waren kühl und fest und ein wenig rauh, die Hände eines Künstlers, dachte sie und spürte, wie sie ein wundervoller kleiner Schauer überlief. Und hatte Tim nicht gerade gesagt, dass sie zauberhaft war? Nell, die eben erst ihr Spiegelbild gesehen hatte, wusste, dass dies ganz und gar nicht der Wahrheit entsprach, doch als sie in seine blauen Augen blickte, da glaubte sie es beinahe.

Sie setzte sich auf den freien Platz neben einer älteren Frau und blickte sich um. Sie zählte zehn Leute. Die weiblichen Kursteilnehmer waren gefesselt von ihrem Lehrer, der, als er seine Ausrüstung aufbaute, ihre bewundernden Blicke und all die nach hinten geworfenen Haare gar nicht zu bemerken schien.

»Der ist süß, finden Sie nicht auch?«, flüsterte Nells Nachbarin. Doch bevor sie ihr antworten konnte, seufzte sie und fügte hinzu: »Ich bin alt genug, um seine Mutter zu sein – nein, streichen Sie das –, um seine *Groß*mutter zu sein, aber man darf ja noch träumen, oder?« Sie hielt Nell die Hand hin. »Ich bin übrigens Susannah.«

Nell lachte und schüttelte ihr die Hand. Wie es schien, hatte Tim bereits einen Fanclub, und sie sollte sich wohl besser hinten anstellen.

»Ich bin Nell«, flüsterte sie zurück. »Und ältere Frauen, die auf jüngere Männer stehen, sind doch total in!«

Susannah verzog das Gesicht. »Ich fürchte, das wäre mir viel zu anstrengend. Ich bin hier angemeldet, weil ich mir sagen lassen musste, dass es gut für mich wäre, unter Leute zu kommen!«

Nell nickte. »Das kenne ich. Ging mir genauso. Wahrscheinlich werden wir am Ende des Kurses alle gemeinsam durch die Clubs ziehen.«

»Falls man mir nicht nahelegt, auf eine Teilnahme zu verzichten«, sagte Susannah mit gerunzelter Stirn. »Ehrlich gesagt habe ich Bedenken, dass ich mich ein wenig übernommen habe. Das hier scheint mir eher etwas für Fortgeschrittene zu sein. Ich mache wirklich gern Schnappschüsse, aber hier kommen mir alle wie Profis vor.«

Susannah machte einen wirklich besorgten Eindruck. Sie hatte etwas an sich, das Nell an ihre Mutter erinnerte, und es weckte ihren Beschützerinstinkt. Elsie hatte einen Computerkurs belegt und sich damit herumgequält. Nell hatte viel Zeit damit verbracht, die Hausaufgaben für sie zu erledigen und ihrer Mutter zu versichern, dass sie wirklich nur wissen musste, wie man mit Excel umgeht und den Scheck für den Webdesigner ausstellt. Etwas sagte ihr, dass es mit Susannah und ihr ähnlich laufen würde.

»Keine Sorge, ich kenne mich ein bisschen damit aus«, flüsterte sie zurück und verschwieg dabei die Tatsache, dass sie einen Hochschulabschluss in Fotografie besaß. »Falls es kompliziert wird, was ich nicht glaube, werde ich Ihnen helfen.«

Susannah tat so, als würde sie sich die Stirn abwischen, dann trat Tim vor die Klasse.

»Tut mir leid, Leute!«, sagte er und strahlte sie an. »Ich hatte eigentlich gehofft, dass unser Modell noch auftauchen würde, damit wir loslegen können, um die wundervolle Welt der Fotografie zu erforschen.«

Aufregung machte sich breit, doch inwieweit dies mit der Vorstellung zu tun hatte, in die Kunst der Fotografie einzusteigen oder mit Tims Lächeln, das seine Grübchen zur Geltung brachte, blieb dahingestellt.

»Aber da dies nicht der Fall ist« – an dieser Stelle runzelte Tim die Stirn, Zeit war offenbar nicht mehr länger ein kapitalistisches Konstrukt, und die ganze Klasse teilte seufzend seine Enttäuschung –, »werden wir uns eben etwas anderes einfallen lassen. Doch bevor wir loslegen, schlage ich vor, dass wir einander duzen. Ich bin wie gesagt Tim. Eure Namen werde ich dann im Laufe der heutigen Stunde kennenlernen. Also, lasst uns heute Abend über Form und Gestalt nachdenken und darüber, dass Schönheit auch den alltäglichsten Gegenständen innewohnt. Ob Papierkorb oder Staubsauger, ja sogar ein simpler Stuhl, sie alle besitzen eigene poetische Linien und Anmut.«

»Ich werde mein Bügelbrett nie wieder mit denselben Augen sehen«, murmelte Susannah.

Nell unterdrückte ein Kichern. Doch Tim hörte es nicht. Er war viel zu sehr in seiner eigenen künstlerischen Welt aus Licht und Schatten und Perspektiven versunken. Während er eine verstellbare Schreibtischleuchte neben einen kupfernen Wasserkessel stellte, wies er die Klasse an, ihre Fotoapparate herauszuholen und mit Nahaufnahmen und leitenden Linien zu experimentieren. Nell meinte sich an all das aus ihrem Studium zu erinnern. Es war irgendwo in ihrem Gehirn gespeichert, zusammen mit der Erfahrung, wie man mit einem Zehner in der Woche beim Essen auskommt und wie man beschwipst Fahrrad fährt. Nells Leidenschaft waren schon immer Porträts und weniger Stillleben gewesen. Sie liebte es über alles, das Wesen eines Menschen einzufangen, jenen Ausdruck für die Ewigkeit festzuhalten, der nur für den Bruchteil einer Sekunde zu sehen war oder die flüchtigen Gedanken, die über ein

Gesicht wie Sonnenschein und Schatten über eine Landschaft hinweghuschten. Verstellbare Schreibtischleuchten und Wasserkessel waren nicht gerade ihr Ding, aber sie verstand, dass es Tim dabei um die technischen Fertigkeiten ging.

»Ich hatte wirklich gehofft, dass wir ein Aktmodell hätten«, brummte Susannah und zog ihren Fotoapparat aus einer riesigen Tasche hervor.

Nell stand der Mund offen, als sie Susannahs Kamera erblickte. *Wow*! Das war ein verdammt anspruchsvolles Teil. Es musste ein kleines Vermögen wert sein. Mit einem Mal war sich Nell überaus bewusst, dass ihre eigene Kamera – die damals, als sie zur Uni ging, auf dem neuesten Stand der Technik gewesen war – ziemlich antiquiert wirkte. Es war zwar keine kastenförmige Boxkamera, aber angesichts der verständnislosen Blicke, die ihr einige der jüngeren Kursteilnehmer zuwarfen, kam dieses Modell dem ihren schon ziemlich nahe.

»Meine Kinder haben sie mir geschenkt«, erklärte Susannah, als sie Nells Gesichtsausdruck sah. »Sie wünschen sich sehnlichst, dass ihre alte Mutter sich ein neues Hobby sucht. Dann hätten sie einen Grund weniger, sich Sorgen zu machen.«

Während sie dies sagte, montierte Susannah mit spielerischer Leichtigkeit das Objektiv und schoss ein paar Probefotos. Nell wurde klar, dass sie diese Kamera bereits benutzt hatte. Vielleicht würde es ja anders herum laufen, und sie müsste Susannah um Hilfe bitten! Ihre eigene Nikon war ihr so vertraut wie das Atmen, aber wenn es um besondere Filter und die neueste digitale

Software ging, war sie völlig aufgeschmissen. Zu allem Überfluss war auch noch die Batterie leer. Nell stieß ein Stöhnen aus. Wenn das mal kein Zeichen war, dass sie das Fotografieren lieber hätte sein lassen sollen …

Zwei Mädchen im Teenageralter kicherten, und Nell wurde rot. Das hier fühlte sich immer mehr wie der erste Schultag an.

»Wir können uns doch zusammentun«, schlug Susannah vor. »Dann zeigst du mir, was ich wirklich mit dem Ding anfangen kann. Ich mache damit zwar gern Schnappschüsse von meiner Familie, aber ich habe keine Ahnung von Kunst. Eigentlich halte ich nur drauf und knipse los.«

»Wenn ich mich noch daran erinnern kann«, erwiderte Nell. Aber sobald sie Susannahs Kamera in der Hand hielt, fielen ihr viele der Dinge wieder ein, die sie während des Studiums gelernt hatte, und schon bald zeigte sie ihrer neuen Freundin, wie man einen Gegenstand fokussierte.

Tim wanderte im Raum umher, blieb bei jedem Einzelnen stehen, um Hilfe anzubieten oder aufzuzeigen, worauf ihr Augenmerk gerichtet werden sollte. Von Zeit zu Zeit rief er allgemeine Ratschläge wie »Bei der Fotografie geht's immer ums Licht! Konzentriert euch auf die Bildeinstellung!«, woran sich Nell definitiv noch erinnerte, und »Ihr nehmt nicht den Wasserkessel auf, sondern die Bedeutung dahinter«, woran sie sich allerdings nicht erinnerte und was sie zum Kichern brachte. Tim war auf jeden Fall mit Feuer und Flamme dabei und liebte ganz offenbar sein Handwerk. An der Uni waren ihr viele dieser leidenschaftlichen Pseudokünstler über den Weg gelaufen, und sie hatte gemeinsam mit Alex immer darüber gelacht, mit was für leeren Worthülsen sie daherkamen.

Alex. Wieso nur tauchte er immer wieder in ihren Gedanken auf? Egal, wo sie war und was sie tat, er war nie weit weg, war beinahe so sehr ein Teil von ihr wie ihr Herzschlag oder das Luftholen. Ob es immer so sein würde? Sie hoffte es nicht, denn das wäre unerträglich.

Gerade als Tim bei ihnen ankam, piepte Nells Handy. Sie öffnete die SMS und lächelte, als sie ein unscharfes Selfie erblickte, das sie an einem Abend im *Bell* von sich und ihren Freunden gemacht hatte.

Annie Leibovitz kann einpacken :), hatte Maria es kommentiert.

»Könntest du dein Handy bitte lautlos stellen?«, bat Tim sie stirnrunzelnd. Er schien das mit der Fotografie ja wirklich ernst zu nehmen. Nell kämpfte gegen den Drang an, ihn darauf hinzuweisen, dass sie mit ihren fast neunundzwanzig Jahren schon zu den reiferen Schülern gehörte und kein Teenie aus der Mittelstufe mehr war, als ihr Handy erneut piepte. Dieses Mal war es eine SMS von Alex mit einem weiteren von Nells verwackelten Pub-Fotos, und seine Nachricht lautete:

Toll in Szene gesetzt!

Es war witzig, aber ein bisschen verletzte es sie schon, dass ihre Freunde sie so aufzogen. Olive hatte recht – sie lachten *über* sie, nicht mit ihr. Wieso nahmen sie sie nur nicht ernst?

Vielleicht, sagte die kleine Stimme, *weil du dich selbst nie wirklich ernst genommen hast*?

»Du kannst dein Handy gern benutzen, aber bitte draußen, damit die anderen nicht abgelenkt werden«, sagte Tim freundlich, aber bestimmt. »Und dann solltest du vielleicht deine eigenen Fotos in Angriff nehmen.«

Nell errötete aufs Neue. Die Unterrichtszeit damit zu verschwenden, Alex und Maria zu simsen, war wohl kaum förderlich, wenn man sich selbst ernst nehmen wollte. Sie stellte das Handy stumm und schob es tief in ihre Tasche. Von jetzt an musste sie selbst in den Fokus ihrer Aufmerksamkeit rücken. War das nicht genau das, was ihre Freunde auch taten? Jason mit seiner äußerst erfolgreichen Karriere und den Legionen von ihn anbetenden Frauen, Alex und Maria mit ihrer Verlobung?

»Tut mir leid, Tim«, sagte sie. »Die Batterie in meiner Kamera ist leer. Susannah war so nett und hat mir erlaubt, ihre mitzubenutzen.«

»Batterie?« Tim lächelte mit seinem etwas knittrigen Lächeln auf Nell herab, und die konnte nicht anderes, als es zu erwidern. »Weißt du was, ich habe eine Extrakamera dabei, die kann ich dir heute leihen. Du kannst sie meinetwegen auch mit nach Hause nehmen. Es ist wichtig, zwischen den Unterrichtsstunden zu üben.« Er ging mit großen Schritten zum Schreibtisch hinüber, griff in seine Tasche und kehrte mit einer brandneuen Kamera zurück.

»O nein, die kann ich mir auf gar keinen Fall ausleihen! Die ist viel zu teuer!«, stieß Nell hervor.

Tim zuckte mit den Schultern. »Ich weiß, dass du gut darauf aufpassen wirst. Außerdem sehe ich ja, dass du nicht ganz auf dem neuesten Stand bist.«

Nell nickte. »Stimmt. Ich muss wohl etwas nachrüsten.«

»Keine Sorge, ich habe so ein Gefühl, dass sich das bei dir lohnen wird.«

Bei so viel Bewunderung wurde ihr ganz warm ums Herz. »Wirklich?«

Er nickte. »Wirklich. Investiere nur in eine neue Kamera. Du wirst nicht ewig Anfängerin sein.«

Es lag Nell auf der Zunge, ihm zu gestehen, dass sie überhaupt keine Anfängerin war, doch dann fiel ihr der Grund ein, warum sie an diesem Kurs teilnahm. Laut Olive war dies eine großartige Möglichkeit, um aussichtsreiche Kandidaten für ein Date zu treffen, und auch wenn es sie schmerzte, dies zuzugeben, so hatte ihre Freundin doch recht gehabt. Schließlich erfüllte Tim einige Kriterien, um so manchen Punkt auf ihrer Checkliste abzuhaken. Wie viele Punkte es genau waren, würde sie gern herausfinden. Es war an der Zeit, sich etwas aus der Reserve zu trauen.

Sie holte tief Luft. »Ich werde die Kamera gar nicht die ganze Woche brauchen«, sagte sie. »Wie wäre es, wenn du in meinem Laden in Hackney vorbeikommst, um sie abzuholen? Er heißt *Every Blooming Thing*. Wir könnten ja einen Kaffee zusammen trinken, und ich hätte die Gelegenheit, mir ein paar Tipps fürs Fotografieren bei dir zu holen.«

Sobald die Worte aus ihrem Mund waren, waren sie ihr sogleich furchtbar peinlich. O Gott. Wie lahm war das denn? Und eindeutiger ging's ja wohl wirklich nicht! Dieses Mal wurde sie vor lauter Verlegenheit rot.

Doch Tim schien das Ganze anders zu empfinden. Sein Lächeln wurde sogar noch breiter.

»Prima Idee. Ich komme gern vorbei«, sagte er.

Nell fühlte sich ganz schlapp vor Erleichterung. Sie hatte einen Mann um eine Verabredung gebeten und war nicht in der Luft zerrissen worden! Applaus für Olive und ihre Checkliste!

»Gut gemacht, Liebes«, flüsterte Susannah, als Tim weitergegangen war.

Und Nell war in der Tat stolz auf sich. Als sie sich dem Kupferkessel und der Schreibtischleuchte zuwandte, drängte sich ihr der Gedanke auf, dass das Leben vielleicht – nur vielleicht – von nun an etwas aufregender werden würde.

Kapitel 8

Nells Dating-Checkliste

Gemeinsame Interessen ☑

Nell hatte es sich gerade mit einer Tasse Tee und zwei Schokoplätzchen auf dem Sofa gemütlich gemacht, als ihr Handy klingelte. Da es auf elf Uhr zuging, musste sie gar nicht erst schauen, wer sie da anrief. Wer sonst als Alex kam auf die Idee, so spät am Abend noch anzurufen? Einen Moment lang überlegte sie, ob sie überhaupt drangehen sollte. Doch sie hatte Olive nur zugesagt, dass sie den einen Anruf ignorieren würde und nicht, dass das von nun an für immer galt.

Außerdem hatte sie ein Hühnchen mit ihm zu rupfen.

»Und was hast du zu deiner Verteidigung zu sagen?«, fragte sie mit strenger Stimme.

»Wie bitte?« Alex tat so, als wüsste er von nichts, aber so leicht kam er Nell nicht davon.

»Wie konntest du mir mitten in meinem Fotokurs diese grottenschlechten Schnappschüsse schicken und mich damit in meinem kreativen Fluss unterbrechen?«

»Von wegen grottenschlecht, das waren Meisterwerke,

und ich hoffe, du hast bei deinem Lehrer damit angegeben!«

»Warte nur ab, demnächst werde ich dich blamieren!«, erwiderte Nell warnend. »Vielleicht würden deine Kollegen ja gern einmal dieses Foto sehen, auf dem du auf dem Klo eingenickt bist, weil du zu tief ins Glas geschaut hattest?«

»O Gott, bitte erinnere mich nicht daran! Ich hoffe seit Jahren, dass irgendwann mal Gras über die Sache gewachsen ist.« Er verstummte für einen Moment und fügte dann hinzu: »Tut mir leid, Nell. Wir wollten dich nicht in Verlegenheit bringen. Du hast vielleicht in deinem Leben schon einige miese Fotos gemacht, aber es waren auch ziemlich viele großartige darunter.«

»Stimmt.« Nell klemmte sich das Handy unters Kinn, hievte sich vom Sofa und ging zu der Anrichte hinüber, in der sie ihre Fotoalben aufbewahrte. Ganz unten im Stapel befand sich ein Fotosammelbuch mit sämtlichen Aufnahmen und Erinnerungen aus ihrer Studienzeit: ein eingeklebter Handzettel für die Orientierungswoche, eine getrocknete rote Rose von einem längst vergessenen Bewunderer, ihre Eintrittskarte mit abgerissener Ecke für den Abschlussball.

»Du hast die Unifotos rausgeholt, stimmt's?« Es war manchmal schon erschreckend, wie gut Alex sie kannte, dachte Nell.

Sie blätterte durch das Sammelbuch, lächelte über die verblassten Bilder, die sie mit Jason, Maria und Alex zeigten. Du meine Güte, wie jung und naiv sie darauf aussahen, ein bisschen so wie strahlendere, hoffnungsvollere Versionen ihrer selbst. Und wieso nur hatte sie geglaubt, dass es eine gute Idee war, ihr lockiges Haar so zu tragen? Sie sah aus wie ein Pudel!

»Ja, ich sehe sie mir gerade an«, sagte sie. »Jason und du als Transvestiten, ihr seht toll aus!«

»Das war auf dieser Andersrum-Party! Ich erinnere mich noch gut an euren Auftritt als Männer. Sehr sexy!«

»Ich finde, ihr beide habt eure Verkleidung ein bisschen zu sehr genossen. Und wie kommt es, dass Jason sogar in so einem Fummel gut aussieht? Er hat schönere Beine als ich.«

»Das stimmt nicht«, erwiderte Alex, ganz ihr loyaler Freund. »Seine sind haariger!«

»Da ist auch eins von unserer Sauftour nach Cherbourg. Du siehst ziemlich grün im Gesicht aus.« Nell kniff die Augen ein wenig zusammen, um das Foto genauer zu betrachten. »Ehrlich gesagt haben wir alle eine komische Gesichtsfarbe.«

»Kein Wunder, wir haben die gesamte Überfahrt nur gereihert. Ich habe mich danach nie wieder auf eine Fähre getraut.«

Auch Nell erinnerte sich noch gut daran. Sie hatte seitdem keinen Cinzano mehr angerührt. Vier Achtzehnjährige, billiger Alkohol und eine rauhe See waren keine gute Mischung. Sie wollte ihm gerade in Erinnerung rufen, dass der Grund für die Übelkeit wohl weniger die unruhige Kanalüberfahrt und mehr der Billigwein gewesen war, den sie in sich hineingeschüttet hatten, als sie einen Schnappschuss entdeckte, der sie zu viert auf den durchgesessenen Sofas im *Bell* zeigte. Du meine Güte, sie saßen sogar auf denselben Plätzen wie letztes Wochenende!

»Hast du das Bild vom Einführungstag der Erstsemester gefunden?«, erkundigte sich Alex.

»Warte mal …« Nell blätterte zur ersten Seite, wo sich tatsächlich ein vergrößertes Foto von Jason, Alex und Maria in Kostümen aus der Shakespeare-Zeit befand. »Ja, hier ist es. Und Jasons Beine sehen auch in Strumpfhosen gut aus.«

»Erinnerst du dich noch an den Tag?«, fragte Alex.

Um ehrlich zu sein, musste Nell gar nicht in die drei lachenden Gesichter blicken, um sich in die Zeit zurückversetzt zu fühlen. Dieser sonnige Herbstmorgen war ihr so gut im Gedächtnis geblieben, als wäre es erst gestern gewesen. Es war fast so etwas wie ein Schock, als ihr klar wurde, dass dieser Tag zehn Jahre zurücklag …

Die Sporthalle war bis zum Bersten gefüllt mit Tischen, Transparenten und Horden aufgeregter Studenten, die sich unbedingt für irgendwelche Clubs und Vereinigungen anmelden wollten. Dieser Einführungstag war genauso, wie Nell es sich erhofft hatte. Ein geschäftiger, pulsierender Schmelztiegel von Talenten und Möglichkeiten, der ihr erlaubte, Leute zu treffen und Freundschaften zu schließen, die sie für den Rest ihres Lebens begleiten würden. Sie konnte es kaum erwarten loszulegen.

»Mein lieber Schwan, ist das voll hier.« Alex, der Nell dicht auf den Fersen folgte, blickte sich nervös um. Andere Studienanfänger rempelten sie in ihrer Hast an, sich rechtzeitig für den Weinclub oder den angesehenen Debat-

tierclub anzumelden – oder auch für den Ruderclub, sofern man denn ein sportlicher Typ war.

»Ich werde dem Fotoclub beitreten.« Nell lockerte den neuen gestreiften Schal und reckte den Hals. Wenn sie doch nur größer wäre! Es war manchmal wirklich nervig, nur knapp einen Meter sechzig zu messen. »Das heißt, wenn ich ihn jemals finde.«

»Das ist doch Schwachsinn«, sagte Alex. »Schließlich machst du schon einen Abschluss in Fotografie! Wäre es da nicht sinnvoller, etwas anderes auszuprobieren, wie zum Beispiel …« Alex schaute sich um und grinste, als sein Blick auf einen verwaisten Stand fiel, der mit zwei bedauernswerten Gestalten – Typ Computerfreak – besetzt war. »… den Dungeons&Dragons-Club? Die sehen so aus, als könnten sie Unterstützung gebrauchen! Den Comic hast du jedenfalls als Kind geliebt.«

Das war das Problem, wenn man mit seinen Freunden aus Kindertagen an derselben Uni landete: Sie wussten viel zu viel über die Person, die man einmal gewesen war. Wenn sie nicht aufpasste, würde Alex jedem erzählen, wie sie einmal zu Weihnachten ihren Text beim Krippenspiel vergessen hatte oder – was noch schlimmer wäre – wie ihr einmal bei der Schuldisco in der elften Klasse die hautenge Jeans aufgeplatzt war.

»Lass dich nicht aufhalten! Aber ich eher nicht«, erwiderte Nell. »Außerdem geht es hier um das Rollenspiel und nicht um den Comic.«

»Rollenspiel?« Alex wackelte mit den Augenbrauen. »Wie pervers!«

Nell schüttelte in gespielter Verzweiflung den Kopf.

»Wie wäre es mit der Theatergruppe?« Er stupste sie mit dem Ellenbogen an. »Du könntest auf deiner umwerfenden Darbietung des Krippenschafs aufbauen, das vergessen hat, ein ›Mäh‹ von sich zu geben!«

Genau das war es, was Nell meinte. Alex konnte manchmal so ein Quälgeist sein! Sie ignorierte ihn, ging zum Stand des Fotoclubs hinüber, schenkte dem gut aussehenden Studenten im zweiten Jahr ein Lächeln mit einem gelungenen Augenaufschlag und setzte schwungvoll Namen und E-Mail mit ihrem neuen lilafarbenen Füllfederhalter auf die Liste. Ja, diese lilafarbene Tinte hatte etwas sehr Künstlerisches an sich, und Nell hoffte, dass das bei ihr in ihren jadegrünen Schlaghosen und der rosa geblümten Tunika auch der Fall war.

»Toll, dich an Bord zu haben, Nell!«, sagte der Student aus dem Fotokurs strahlend.

Alex beugte sich vor und setzte seinen Namen gleich unter ihren.

Nell sah ihn mit hochgezogenen Augenbrauen an. Alex studierte Journalistik und hatte bis vor zehn Sekunden niemals auch nur das geringste Interesse an Fotografie gezeigt. War er etwa eifersüchtig?

»Könnte Spaß machen«, sagte er schulterzuckend. »Und da du die Expertin bist, kannst du mir ja ein paar Tipps geben.«

Der Student am Stand sah ein bisschen enttäuscht aus. Er glaubte jetzt natürlich, dass Alex und sie ein Paar waren, dabei hätte nichts der Wahrheit ferner sein können. Nell warf ihm einen verstohlenen Blick zu. Wusste Alex eigentlich, wie schnuckelig er aussah? Sie war nun schon so lange mit ihm befreundet, aber sie staunte immer noch über diese umwerfende Kombination aus indigoblauen Augen über Wangenknochen, auf denen man Skispringen veranstalten konnte. Von dem Moment an, als sie auf dem Campus angekommen waren, hatte Nell bemerkt, wie die anderen Mädels Alex ansahen und ihm bewundernde Blicke zuwarfen.

»Was ist?«, fragte Alex.

»Was soll sein?«, erwiderte Nell.

»Du siehst mich gerade so komisch an.«

Tat sie das? Nell war erleichtert, dass Alex keine Gedanken lesen konnte. Seit Kurzem erwischte sie sich immer wieder dabei, dass sie ihn ansah, wenn sie glaubte, dass er es nicht bemerkte. Die geschwungenen Lippen, die Art, wie seine dichten, dunklen Wimpern seine blauen Augen einrahmten, und sein Haar, das so hell war wie ein Getreidefeld im Sommer … Sie fragte sich, ob sich die Dinge zwischen ihnen nun, da sie studierten, vielleicht ändern würden. Alex hätte eigentlich an die Uni von Exeter gehen sollen, aber seine Noten waren nicht gut genug gewesen. Vielleicht war es ja Schicksal, dass sie gemeinsam hier gelandet waren.

Sie würde ihm gestehen, was sie für ihn empfand, würde die Karten offen auf den Tisch legen, kein Blatt vor den Mund nehmen, es ihm klipp und klar sagen! Das war es. Sie spürte es. Sie musste handeln.

Heute Abend würde sie es tun.

Mit einem Mal war da ein Rascheln von Samt. Ein tiefer Seufzer. Und bevor sie sich versah, lag eine ohnmächtig werdende Dame in Alex' Armen.

Nell war fassungslos, und Alex schien es seinem Gesichtsausdruck nach zu urteilen ebenso zu gehen.

Die junge Frau war von Kopf bis Fuß in ein scharlachrotes Kostüm aus Shakespeares Zeiten gekleidet – Kopfschmuck inklusive. Ihre Augen waren geschlossen.

»Mein Held«, stieß sie keuchend hervor und öffnete ihre flatternden Lider.

Nell musste lachen. Vielleicht sollte sie diese Taktik selbst einmal anwenden. Es war eine schauspielerische Glanzleistung. Wer auch immer dies war, Nell mochte sie sofort.

»Geht's dir gut?«, erkundigte sich Alex, die Stirn sorgenvoll in Falten gelegt. »Soll ich dir etwas Wasser holen?«

Er hielt die Kostümierte immer noch mit seinen Armen umfangen, und die schien keine Eile zu haben, sich von ihm zu lösen. Stattdessen stieß sie ein glockenhelles Lachen aus. »Das ist wirklich lieb, aber nicht nötig. Es geht mir gut! Offenbar bin ich doch eine bessere Schauspielerin, als ich gedacht hatte.« Sie sprang auf und strich sich ihre goldblonde Mähne aus dem Gesicht. »Mein Name ist Maria, und ich leite die Schauspielgruppe. Ich dachte, ich versuch's mal mit etwas Dramatik, um die Leute dazu zu bringen beizutreten.« Maria sah Nell an und zuckte mit den Schultern. »Aber vielleicht war das des Guten zu viel.«

»Nein!«, erwiderte Nell lachend. »Alex ist daran gewöhnt, dass ihm die Mädels zu Füßen liegen, stimmt's, Alex?«

Sie lächelte, und als sie einander sich vorstellten, dachte Nell bei sich, dass Maria einer der schönsten Menschen war, den sie jemals gesehen hatte. Es war beinahe so, als würde sie eine Kreatur aus einer Rasse von Superwesen sein, mit perfektem Haar, perfekter Haut, perfekter Figur und perfekter Persönlichkeit. Maria in ihrem Kostüm aus der Tudor-Epoche, aus dessen Mieder ihre vollen Brüste hervorquollen und deren blondes Haar sich bis hinunter zu ihrem Kreuz ergoss, war eine lebendig gewordene Julia oder Rosalie oder Viola. Mit einem Mal fühlten sich Nells Klamotten gar nicht mehr so bohemehaft an, sondern geschmacklos und ganz und gar nicht feminin.

»Schauspielgruppe?« Alex zwinkerte Nell zu. »Wir hatten gerade darüber gesprochen, dass Nell beitreten sollte!«

Nell wollte soeben erwidern, dass das so wahrscheinlich war, als wenn Frosty, der Schneemann, in der Hölle Urlaub machte, als Maria schon vor Freude in die Hände klatschte.

»Das ist toll! Ich hätte es schon vor einer Ewigkeit mit Ohnmachtsanfällen versuchen sollen, wenn man dabei so nette Pärchen wie euch dazu bringt, bei uns mitzumachen!«

»Wir sind kein Paar, wir sind nur Freunde und kennen uns aus der Schule«, sagte Alex rasch. Zu rasch.

Marias Augen weiteten sich. »Wirklich?«

»Wirklich«, bestätigte Nell mit Nachdruck. Zumindest wusste sie jetzt, wo sie bei Alex dran war. Da hatte sie wohl etwas total falsch gedeutet. Gott sei Dank hatte sie sich nicht zum Affen gemacht. Das wäre wirklich ätzend gewesen.

»Nun, egal, bitte tretet doch beide der Schauspielgruppe bei!«, drängte Maria. Sie hakte sich bei Nell und Alex

unter und zog sie mit sich zum Theaterstand. »Ihr werdet eine Menge Spaß haben, das weiß ich! Wir bereiten gerade unsere Inszenierung für den Herbst vor. Ein Sommernachtstraum. *Ihr zwei werdet großartig sein.«*

»Ohne mich!« So nett Maria auch zu sein schien, Nell hatte nicht vor, sich auf die Bühne zwingen zu lassen. »Ich werde auf gar keinen Fall Theater spielen. Das wäre eine Katastrophe für alle Beteiligten.«

Alex nickte. »Sie ist hölzerner als Pinocchio«, sagte er an Maria gewandt.

»Oh, vielen Dank, Alex!« Nell zog ein Gesicht, und Maria tat es ihr aus Solidarität gleich.

»Mit solchen Freunden braucht man keine Feinde mehr!«, sagte sie lachend. »Aber mach dir mal keinen Kopf wegen der Schauspielerei. Du hast bestimmt jede Menge anderer Talente.« Sie verstummte für einen Moment, als ihr Blick auf die Kamera fiel, die an Nells Hals baumelte. »Ich wette, du bist eine großartige Fotografin. Du scheinst mehr der empfindsame, kreative Typ zu sein!«

Nell blickte auf ihre Kamera herab. Sie war ihr ganzer Stolz, und sie hatte sie sich extra für die Uni gekauft. Sie nahm sie überall hin mit und wollte die erste Woche ihres Studiums festhalten, damit sie sich eines Tages einmal beim Betrachten der Fotos lachend daran zurückerinnern konnte. Maria hatte sie als »empfindsam und kreativ« wahrgenommen, und mit einem Mal war Nell selbst davon überzeugt, dass das stimmte. Also, was spielte es schon für eine Rolle, dass sie ums Verrecken nicht schauspielern konnte?

Nell lächelte, sie sonnte sich im Kompliment ihrer Kommilitonin. »Danke, ich werde mein Bestes geben!« Und mit einem Zwinkern fügte sie hinzu: »Wie sieht's mit dir aus, Al? Du würdest sicher toll aussehen in Strumpfhosen!«

Maria wandte sich an Alex. »Nun, wie wär's? Ich glaube, du wärst genial als Demetrius.«

Alex reagierte entsetzt. »Das glaube ich nicht. Ich bin kein Schauspieler. Ich würde allerdings gern hinter der Bühne arbeiten. Als Technikroadie tauge ich bestimmt mehr!«

Maria nickte zustimmend. »Das wäre auch nicht schlecht.« Sie kehrte ihnen den Rücken zu und blickte sich in der vollen Sporthalle um. »Jason, Jason! Komm mal einen Moment rüber! Ich habe zwei neue Mitglieder verpflichtet!«

Ein großgewachsener und wahnsinnig gut aussehender Typ kam durch die Halle zu ihnen herüber. Selbst in Strumpfhosen und mit einem Federhut auf dem Kopf ließ er Brad Pitt blass aussehen. In der Schauspielgruppe schienen ganz offensichtlich die Schönen abzuhängen.

»Das hier ist Jason Chambers. Er spielt den Lysander«, erklärte Maria. »Zwischen der Büffelei für seine Juraprüfungen paukt er auch noch Blankverse, nicht wahr, Jase?«

Jason lachte. »Als ob ich eine Wahl hätte! Wenn diese Frau sich was vornimmt, gibt es kein Entrinnen. Für welche Rolle hat sie euch zwei denn gekrallt?«

»Ich habe sie mir gar nicht gekrallt!«, protestierte Maria. »Alex hat angeboten, hinter der Bühne mit anzupacken,

und Nell ist unsere offizielle Fotografin. Wenn das für dich in Ordnung geht, Nell?«

Maria hatte etwas an sich, das einen einfach mitriss, dachte Nell. Sie war so herzlich und freundlich und unternehmenslustig, dass man gern in ihrer Nähe war.

»Das wäre bestimmt lustig«, sagte Nell lächelnd. Sie griff nach ihrer Kamera. »Dann lasst uns doch gleich mal ein Foto als Andenken an eure Rekrutierungskampagne machen.«

»Klasse!« Maria schnappte sich Jasons Hut und stülpte ihn Alex über den Kopf. »Bitte lächeln!«

Die Kamera klickte, und der Augenblick, in dem Jason, Alex und Maria in ihren albernen Kostümen enthusiastisch in die Kamera lächelten, war für die Nachwelt festgehalten wie eine Libelle in Bernstein.

»Prima! Jetzt muss ich aber wieder los, um mir noch ein paar neue Mitglieder zu angeln«, sagte Maria. »Sieh zu, dass sich diese beiden hier eintragen, Jase. Lass sie nur nicht wieder entwischen.«

Und damit war sie verschwunden – ein samtener Wirbelwind, der durch das Gedränge fegte. Alex und Nell starrten ihr hinterher.

»Sie ist wirklich etwas Besonderes!«, sagte Alex zu Jason. »Wie kommst du nur jeden Tag mit so viel geballter Energie klar?«

»Wir sind nicht zusammen! O Mann, dann wäre ich regelmäßig fix und alle. M könnte das gesamte öffentliche Stromnetz mit Energie versorgen!«

»Ach so …« Etwas an dieser gezwungenen Lässigkeit in Alex' Stimme ließ Nell aufhorchen. Und sie spürte,

wie sich etwas in ihrem Inneren vor Angst zusammenzog.

»Sie hat mich letztes Jahr dazu gebracht, der Theatergruppe beizutreten, und ich hab's nicht bereut. Aber wir sind kein Paar. Ich suche nichts Festes. Ich will doch meinen Spaß haben!«

Sogar während er sich mit ihnen unterhielt, scannte Jasons Blick den Raum auf der Suche nach frischen Talenten. Nell war davon überzeugt, dass er sich dabei strikt auf den weiblichen Nachwuchs konzentrierte.

»Ich lasse euch jetzt mal allein weitermachen«, sagte sie. »Ich bin kein Freund der Schauspielerei. Ich werde mich umschauen, was es sonst noch so gibt.«

»O nein, bitte tu das nicht! Maria wird mich umbringen!« Jason sah wirklich entsetzt aus. »Und außerdem willst du dir doch bestimmt nicht unsere legendären Trinkgelage entgehen lassen! Die Theatergruppe ist berühmt dafür. Heute Abend findet übrigens gleich eins statt. Also, falls ihr Interesse haben solltet …«

»Klingt verlockend«, sagte Alex. »Ist Maria auch da?«

»Das will ich stark hoffen! Sie ist eine echte Stimmungskanone.« Jason grinste, und als ein langbeiniges, braunhaariges Mädel vorbeischlenderte, rief er: »Oh, da ist Polly. Ich muss hören, ob sie dieses Jahr wieder mitmacht. Polly! Polly!«

Jason machte sich davon, ohne ihnen noch einmal einen Blick zu schenken, und Nell entschied, dass dies auch ihr Stichwort war.

»Das hier ist wirklich nicht mein Ding, Al. Ich lass dich jetzt mal allein.«

»Echt jetzt?« Er sah so enttäuscht aus, dass Nells Entschluss beinahe wieder ins Wanken geriet. »Willst du nicht wenigstens beitreten, um mir Gesellschaft zu leisten? Wir könnten bestimmt eine Menge Spaß haben mit diesem Haufen.«

Du meinst, du könntest eine Menge Spaß mit Maria haben, dachte Nell düster. Nun, wenn Alex vorhatte, ihr nachzustellen, dann würde sie ganz bestimmt nicht dableiben und dabei zusehen.

»Tu's für mich«, flehte er sie an.

»Nein, Al, tut mir leid, aber ich habe kein Interesse.« Sie steckte ihre Kamera wieder ins Etui zurück und setzte ein Lächeln auf. »Bis später dann.«

»Okay«, sagte Alex, aber sein Tonfall ließ darauf schließen, dass es alles andere als okay für ihn war. Doch Nell ignorierte den Unterton. Wenn Alex mit seinen neuen Freunden zusammen sein wollte, dann sollte er das tun. Das war schließlich seine Entscheidung. Und es war ohnehin an der Zeit, dass sie neue Leute kennenlernte.

Zehn Jahre später betrachtete Nell das verblasste Foto und hätte am liebsten ihr dickköpfiges achtzehnjähriges Selbst gepackt und geschüttelt, bis ihm die Zähne klapperten. Wenn es wirklich einen Augenblick gab, von dem die ganze Zukunft abhing, eine einzige vorschnelle Entscheidung, die den Verlauf des restlichen Lebens veränderte, dann war das für Nell ihre Weigerung, der Schauspielgruppe beizutreten.

Die Party an jenem Abend war in der Tat legendär gewesen. Nicht dass Nell diese aus erster Hand miterlebt hätte, denn sie war nicht hingegangen. Alex allerdings schon, und das war der Abend, an dem er und Maria zusammengekommen waren.

Und der Rest war Geschichte, wie es so schön heißt.

»Das war der Abend, an dem du mit Maria rumgemacht hast«, rief sie ihm in Erinnerung.

»Während du dir in der Bar der Studentenvereinigung einen angesoffen hast«, entgegnete Alex. »Du sahst am nächsten Tag furchtbar aus und bist kaum aus dem Bett gekommen.«

Das hatte aber eigentlich mehr an dem Schock gelegen, Maria am nächsten Morgen in ihrer Studentenbude vorzufinden, und weniger an ihrem Kater – was Alex allerdings nicht erfahren musste.

»Bereust du es, dass ich dich trotzdem für die Schauspielgruppe angemeldet habe?«, erkundigte sich Alex.

Nell lächelte. »Wie sollte ich? Dadurch habe ich die beste Freundin gefunden, die man sich wünschen kann – ganz zu schweigen von all den legendären Abenden im *Bell.*«

»Und all den kunstvollen Fotos«, fügte er hinzu. »Ich muss M unbedingt bitten, noch ein paar mehr auszugraben. Vielleicht würde sie dein Lehrer vom Fotokurs ja gern einmal sehen. Dann bekäme er eine Vorstellung davon, wie talentiert du wirklich bist!«

»Nein, vielen Dank. Ich will ihn doch nicht vergraulen. Ich …« Sie holte tief Luft. Der Moment war gekommen. Es war an der Zeit, die Geschehnisse vor zehn Jahren endlich hinter sich zu lassen und zu versuchen, über das, was sie für Alex empfand, hinwegzukommen. »Ich habe ihn heute Abend eingeladen.«

Alex stieß einen Pfiff aus. »Ich bin beeindruckt. Das nenn ich Frauenpower! Er ist ein Glückskerl. Kommt er?«

»He, jetzt sei mal nicht so frech! Natürlich kommt er!«

»Klar. Er wäre ja auch verrückt, es nicht zu tun«, sagte Alex, wieder ganz der loyale Freund. »Viel Spaß, Nell, du hast ein bisschen Romantik in deinem Leben verdient.«

Als Alex aufgelegt hatte, saß Nell allein in ihrem stillen Wohnzimmer, das Kinn auf den Knien, die Arme fest um ihre Beine geschlungen. Während sie dem Dröhnen eines Busses und dem entfernten Stimmengewirr lauschte, das von der Straße unten heraufdrang, fühlte sie sich mit einem Mal schrecklich einsam, und Tränen schossen ihr in die Augen.

Nein, Nell bereute es nicht, dass Alex sie für die Schauspielgruppe angemeldet hatte. Aber was sie zutiefst bereute, war die Tatsache, dass sie damals nicht zu dieser Party gegangen war.

Kapitel 9

Nells Dating-Checkliste

Humorvoll ☑
Findet mich witzig ☑
Besitzt eine gewisse Reife ☑

Nell biss sich auf die Unterlippe, als sie sich im Spiegel betrachtete.

Ich hasse es, mich schick zu machen!

Dabei sah sie gar nicht mal schlecht aus. Natürlich war ihre elegante schwarze Kostümjacke nun schon einige Jahre alt, aber sie hatte sie kaum getragen. Darunter schaute eine schlichte blaue Bluse hervor, und sie widerstand dem Drang, eine ihrer flippigen, klotzigen Halsketten hinzuzufügen. Ihr ausgefallener, schwarzer Chiffonrock hatte ein winziges Loch in Saumnähe, doch um das zu sehen, musste man schon ganz nahe dran sein. Und wieso sollte überhaupt irgendjemand bei einem geschäftlichen Treffen auf ihre Kniekehlen starren?

Sie hatte heute einen Termin bei einem Anwalt, um mit ihm die rechtliche Seites des Ladenverkaufs durchzugehen. Stanley Stalks war ganz versessen darauf, die

Sache über die Bühne bringen, und rief sie praktisch jeden Tag an, sodass Nell schließlich dieses Treffen mit einem von Jason empfohlenen Anwalt vereinbart hatte, der sich mit Eigentumsübertragungen auskannte.

Da sie ihren Freund nicht blamieren wollte, hatte Nell aus der kleinen Auswahl von schicken, eleganten Klamotten, die sie besaß, diese Kombination ausgesucht. Um den Look zu vervollständigen, schlüpfte sie noch in ein Paar schwarze Mary-Janes-Pumps, die sie am Vorabend mit Schuhwichse bearbeitet hatte, damit man nicht sah, wie abgewetzt sie schon waren.

Sie benötigte zehn Minuten, um ihr Haar zu bändigen, das von der Vorstellung eines Haarknotens ganz und gar nicht begeistert war. Dann kramte Nell in ihrer abgenutzten alten Kosmetiktasche herum und holte eine mindestens ein Jahr alte Grundierung hervor, dazu noch Wimperntusche, die einmal kostenlose Beilage einer Zeitschrift gewesen war, und ihren treuen roten Lippenstift.

Als sie fertig war, fand sie, dass sie haargenau wie eine junge Geschäftsfrau aussah.

Bevor sie ihre Wohnung verließ, vollführte sie noch eine kleine Pirouette vor dem Spiegel und streckte beide Daumen in die Höhe. Sie sah selbstbewusst und elegant aus, bereit, die Sache durchzuziehen. Stanley Stalks sollte sich besser vorsehen, denn sie würde mit harten Bandagen kämpfen!

Als sie an der schicken Adresse in Bayswater ankam, war Nell überdrehter als Big Ben und hatte das Gefühl, jeden Moment die Stunde zu schlagen. *Reiß dich zusammen*, mahnte sie sich eindringlich, das ist doch lächerlich! Du hast gar keinen Grund, nervös zu sein. Du bist die Klientin, schon vergessen?

Das Problem war, dass die imposante Sandsteintreppe und das prachtvolle georgianische Gebäude Nell das Gefühl gaben, selbst in ihrem elegantesten Outfit zu einfach gekleidet zu sein. Sie schritt die Stufen hinauf, die zu einer königsblauen Eingangstür samt Türklopfer in der Form eines Löwenkopfs führten. Ein glänzendes Messingschild über einer Gegensprechanlage verkündete, dass dies die Kanzlei von Smyth und Söhnen und den Partnern Luke Davis und David Jaffe war.

Moment mal.

David Jaffe?

Der Name kam ihr irgendwie bekannt vor.

Nell zermarterte sich für einen Augenblick das Hirn, bevor sie zu lachen begann. Aber natürlich! Kein Wunder, dass ihr der Name etwas sagte. David Jaffe war der Anwalt, den Jase vor ein paar Tagen auf Olives Nachfrage hin als potenziellen Kuppelkandiaten erwähnt hatte. Nell schickte kopfschüttelnd eine kurze SMS an Jason, um ihm zu seinem Übergriff zu gratulieren.

Sekunden später erhielt sie eine Antwort:

Sorry, aber DJ ist der Beste, den es gibt.

Nell schaltete ihr Handy stumm, betätigte die Klingel und saß schon bald in dem stinkvornehmen Wartezimmer, von dem zwei geschlossene Türen abgingen. Eine Kaffeemaschine gab leise Geräusche von sich, und auf einem niedrigen Tisch lag ein Stapel mit Hochglanzmagazinen. Während eine überaus bezaubernde Empfangssekretärin auf einem Apple Mac vor sich hintippte, holte

Nell ihr Handy hervor, um ein paar markige Sätze an Jason zu verfassen.

»Haben Sie denn das Schild nicht gesehen? Hier drin ist die Benutzung von Mobiltelefonen untersagt!«

Nell war derart beschäftigt, dass sie gar nicht bemerkt hatte, wie ein Mann den Kopf aus einer der Türen streckte.

»Hier werden vertrauliche Dinge besprochen. Die Leute benötigen Ungestörtheit und Ruhe«, schimpfte er. »Sie könnten durch Ihr Verhalten ein Gerichtsverfahren gefährden!«

»Du meine Güte, das tut mir leid! Ich habe nicht aufgepasst.« Nell wollte ihr Handy gerade beschämt in die Tiefen ihrer Handtasche befördern, als sie sah, dass der Mann sie angrinste.

»Tut mir leid, das war nur ein Scherz! Ich konnte einfach nicht widerstehen. Wir befassen uns hier mit Eigentumsübertragungsverfahren, nicht mit Strafrecht.«

Nell verzog den Mund. Er besaß Humor und war auf eine streberische Art und Weise sogar attraktiv. Er hatte kurz geschnittenes mokkafarbenes Haar und dunkle Augen, deren Farbe an Sherry erinnerten und hinter einer trendigen Drahtgestellbrille hervorblitzten. »Da wäre ich Ihnen fast auf den Leim gegangen!«

»Jason hat gesagt, Sie seien immer für einen Spaß zu haben.« Der Mann hielt ihr die Hand hin. »Ich bin David Jaffe. Und Sie müssen Nell Marnie sein. Sie sind so hübsch, wie Jase gesagt hat! Was halten Sie davon, wenn wir uns duzen – wo wir schon gemeinsame Bekannte haben!«

»Gern«, erwiderte sie, zog eine Augenbraue auf eine Weise in die Höhe, von der sie hoffte, dass es sexy aussah. »Aber deine Schmeichelei hilft dir jetzt auch nicht weiter, nachdem du mich da eben so mies ausgetrickst hast.« Sie schüttelten einander die Hände. Insgeheim jedoch war Nell von Jasons Wahl beeindruckt, insbesondere, als ihr David auch noch wie ein Gentleman die Tür aufhielt.

»Daran sind vermutlich all die Streiche schuld, die ich als Kind gespielt habe.« Er schwieg für einen Augenblick und schenkte ihr ein Lächeln. »Vielleicht nicht nur als Kind – tief in meinem Inneren bin ich wohl immer noch zwölf Jahre alt!«

Nell lachte. »Wie die meisten Männer.«

»Aber bevor ich dir jetzt meine Autorennbann zeige, um dich so richtig zu beeindrucken«, sagte er und führte sie in sein Büro, »sollten wir uns vielleicht lieber auf den Anlass deines Kommens konzentrieren. Bitte, nimm doch Platz.«

Sein Büro war ein elegantes Zimmer mit hohen Decken, Stucksimsen und langen Schiebefenstern, durch die sich der morgendliche Sonnenschein wie goldener Sirup auf einen glänzenden Boden ergoss. Die Wände waren gesäumt mit juristischer Fachliteratur – Bücher und Zeitschriften –, ein großer Tisch, der von zwei großen Ledersesseln flankiert war, dominierte die Fensterseite. Als Nell gegenüber von David Platz nahm, musste sie gegen einen Kicheranfall ankämpfen, denn sie kam sich vor wie in der Realityshow *The Apprentice* und rechnete fast damit, dass jeden Augenblick der Moderator

Alan Sugar auftauchen, seinen Zeigefinger auf sie richten und »Sie sind gefeuert« schmettern würde.

Das musste wohl an ihrem schwachen Nervenkostüm liegen. Um dieses Bild schnellstmöglich aus dem Kopf zu bekommen, stürzte sie sich in eine gekürzte Fassung der Geschichte von *Every Blooming Thing*.

»Es kommt mir irgendwie komisch vor, den Laden zu verkaufen, und ich muss wirklich einen guten Preis dafür bekommen, der ihm gerecht wird. Das ist nicht etwa, weil ich geldgierig bin, aber der Laden hat meiner Mutter gehört, weißt du, und sie hat ihn aus dem Nichts aufgebaut. Er war ihre ganze Leidenschaft. Jeder hat gesagt, dass sie verrückt sei, ein Blumengeschäft in Hackney aufzumachen – es war wohl kaum die gefragteste Lage dafür, und ich glaube, mein Großvater hat ihr prophezeit, dass sie in einem halben Jahr dort Aalpastete mit Kartoffelpüree verkaufen würde, die traditionelle ›Delikatesse‹ des East Ends! Aber er hat sich getäuscht. Mum hatte sich einen sehr guten Ruf aufgebaut, und alle im Viertel kamen zu ihr und …«

»Nell«, David bedachte sie mit einem strengen Blick. »Bevor du mir all das erzählst, müssen wir uns erst noch mit einigen wirklich ernsten Angelegenheiten beschäftigen.«

»Was meinst du damit?«

»Zum Beispiel: Wie trinkst du deinen Kaffee?«

War das ein Augenzwinkern? Ja, das war es. Nell lächelte ihn an und fühlte sich gleich viel wohler. Sie würde es Jason niemals eingestehen, weil dann seine Brust derart anschwellen würde, dass er nicht mehr in seinen

Anwaltstalar passte, aber bei David Jaffe konnte sie durchaus ein paar Häkchen auf ihrer Liste machen. Als er für einen Moment verschwand, um ihr einen koffeinfreien schwarzen Kaffee zu holen, fragte sich Nell, ob es mit Olives Test nicht doch vielleicht etwas auf sich hatte.

»Wie ist es gelaufen?«, erkundigte sich ihre Mitarbeiterin einige Stunden später, als Nell in den Laden zurückkehrte.

Nell ließ sich nicht eine Nanosekunde von ihren großen, naiv dreinblickenden Augen zum Narren halten. Wenn es darum ging, Komplotte zu schmieden, war Olive erfindungsreicher als Shakespeare.

»Sieh mich nicht so an«, sagte sie.

»Wie sehe ich dich denn an?«

»Du weißt schon wie.« Nell ging zum Küchenbereich nach hinten, stellte ihre Handtasche auf die Arbeitsplatte und schaltete den Wasserkocher ein. »So als ob du kein Wässerchen trüben könntest! Ich spreche von dir und Jason und wie ihr es geschafft habt, ein Treffen zwischen mir und David Jaffe zu arrangieren.«

»Ach das«, sagte Olive.

»Ja, das.« Nell wählte zwei Becher aus und ließ die Teebeutel hineinplumpsen.

»Also ehrlich, Olive, das war wirklich peinlich.«

»Soooo peinlich kann's dir gar nicht gewesen sein, denn du strahlst wie ein Honigkuchenpferd«, bemerkte Olive.

Tatsache? Nell spürte, wie ihr die Hitze in die Wangen stieg. Ein Blick auf ihr glänzendes Spiegelbild im Wasserkocher sagte ihr, dass ihre Augen tatsächlich funkelten. Sie konzentrierte sich auf das siedende Wasser. Wenn sie sich in Gedanken darüber verlor, wie viel Spaß sie bei dem Termin mit David gehabt hatte und wie sehr ihr die Wangen vom vielen Lachen immer noch wehtaten, würde Olive weiterbohren. Sie setzte ein Pokerface auf.

»Du magst ihn, stimmt's?« Olive klatschte vor Entzücken in die Hände, und Nell stöhnte. Das war's dann wohl mit ihrer Karriere als Pokerprofi. »Ich wusste es! Jason hat es prophezeit …«

»Also schön, ich gebe zu, dass er nett ist«, gestand Nell. »Aber das war trotzdem ein gemeiner Trick von euch!«

Olive warf ihr seidiges schwarzes Haar zurück. »Nicht wenn du dadurch die Liebe deines Lebens gefunden hast.«

»Das wohl kaum!«, sagte Nell verächtlich. Sie fischte die Teebeutel heraus und legte sie zum Trocknen auf die Spüle. »Aber ich muss zugeben, dass er schon ein paar meiner Kriterien erfüllt.«

»Dann lade ihn doch zu einem Date ein«, riet ihr Olive.

»Ich habe bereits ein Date, schon vergessen?«

Olive zuckte mit den Schultern. »Na und? Du musst dich doch nicht nur auf Tim beschränken, oder?«

»Was ist das hier? Eine Folge von *Sex and the City*?«

»Ich will damit nur sagen, dass du vielleicht erst ein paar Frösche küssen musst, bevor du deinen Prinzen findest«, sagte Olive. Sie nahm die Milch aus dem winzigen Kühlschrank und schüttete sie in die Becher. »Ich versuche ja bloß, dir zu helfen.«

»Das weiß ich ja.« Nell öffnete die Keksdose und hielt sie Olive hin. Es gab sehr wenige Dinge im Leben, die sich nicht durch ein Schokoplätzchen regeln ließen. »Ich würde sie nur gern der Reihe nach küssen, das ist alles, okay?«

»Na gut«, erwiderte Olive. Sie kauten für einen Moment schweigend vor sich hin und nippten an ihrem Tee, ehe Olive beiläufig sagte: »Ich habe heute Abend auch ein Date.«

Aus dem Laden ertönte ein Krachen. Craig, der gerade dabei war, eine Lieferung auszupacken, hatte einen Haufen Kisten zu Boden fallen lassen.

Nell verdrehte die Augen. »Diese Schwärmerei für dich ist langsam nicht mehr witzig, Ol.«

»Ja, ich weiß, aber er kapiert's einfach nicht. Vielleicht tut er's ja, wenn sich meine Verabredung heute Abend als ein Ritter ohne Furcht und Tadel erweisen sollte.«

»Hmm.« Nell war sich da nicht so sicher. Craig würde die Hoffnung nie aufgeben, wenn's um Olive ging.

Während sie die Becher ausspülte, gab sich Nell alle Mühe herauszubekommen, wer Olives Date war, doch diese gab sich ungewöhnlich zugeknöpft. Da sie normalerweise förmlich übersprudelte, wenn es um potenzielle Traummänner ging, wurde Nell misstrauisch.

Moment mal! War da nicht noch jemand, der ein Geheimnis daraus machte, was die Person betraf, mit der er ausging?

Olive und Jason hatten unter einer Decke gesteckt, um Nell und David zusammenzubringen. Wer wusste denn schon, was noch unter dieser Decke passiert war? Jason hatte Olive diese Blume überreicht, und es schien ihr gefallen zu haben.

In Anbetracht seines blendenden Aussehens, seines Playboy-Images und der Tatsache, dass er gern mal ein Auge riskierte, hatte Jason auf keinen Fall vor, sesshaft zu werden. Andererseits war Olive resolut und anstrengend und würde Jason mit Sicherheit auf Trab halten. Wenn er glaubte, dass sie leicht rumzukriegen war, dann hatte er sich allerdings getäuscht. Was wäre, wenn es sich bei der mysteriösen Frau tatsächlich um Olive handelte? Warum auch nicht? Da waren schon ganz andere Dinge passiert!

Aber sollte Olives Date heute Abend wirklich Jason sein – was sie stark vermutete –, dann machte sich Nell keine allzu große Hoffnung auf ein Happy End. Sie schüttelte den Kopf. Jason und Olive – das wäre entweder eine himmlische oder eine höllische Liebe!

Kapitel 10

Nells Dating-Checkliste

Humorvoll ☑

Am Mittwoch wartete Nell im Laden auf Tim. Sie hatte lange darüber nachgedacht, was sie zu einer nachmittäglichen Verabredung zum Kaffee anziehen sollte, und sich schließlich für ihre Röhrenjeans von 7, abgefahrene Stiefeletten im Biker-Look und ein hübsches Chiffon-Top entschieden. Mit anderen Worten: Sie hatte sich Mühe gegeben, hübsch auszusehen, aber nicht *zu viel* Mühe. Man stelle sich vor, sie hätte sich so richtig aufgebrezelt, und Tim würde nur vorbeikommen, um sich seine Kamera zu schnappen, und gleich wieder verschwinden. Wie blöd wäre das denn? Nein, da war es schon besser, auf Nummer sicher zu gehen.

»Jetzt guck doch nicht so besorgt«, mahnte Olive sie. »Du siehst toll aus! Nicht zu schick, aber auch nicht so, als hättest du dir keine Gedanken gemacht. Entspann dich, und versuch, dich zu amüsieren.«

Nell sah sie an, als wäre sie verrückt geworden. Sich amüsieren? Auf welchem Planeten lebte Olive eigentlich?

Das hier war ein Date! Wie könnte so etwas entspannend sein? Kam das nicht später, wenn man sich schon richtig gut kannte und sich erlauben konnte, zu Hause rumzugammeln und Pizza mampfend zusammen DVDs anzusehen, ohne sich dabei den Kopf darüber zerbrechen zu müssen, wie man aussah, und nicht unter dem Druck stand, eine geistreiche Unterhaltung zu führen, an der auch Oscar Wilde Gefallen gefunden hätte?

Ganz so, als wenn sie mit Alex zusammen war …

Stopp! Ich muss aufhören, so zu denken!

»Wenn er kommt, dann gib ihm auf jeden Fall einen Kuss auf die Wange«, riet Olive ihr und kritzelte dabei in einer Zeitschrift herum. »Er soll schließlich wissen, dass das hier ein Date ist und du ihn magst, aber du gibst nicht zu viel preis. Ein Kuss auf die Wange in Lippennähe wäre perfekt, um ihm zu verstehen zu geben, was später passieren könnte, wenn er seine Karten richtig spielt. Ungefähr hierhin …« Sie hielt die Zeitschrift in die Höhe und zeigte auf einen Artikel über David Beckham. Die Wange des gut aussehenden Fußballstars zierte ein X.

»Also, falls ich jemals einen Kaffee mit Beckham trinken werde, weiß ich jetzt genau, was zu tun ist«, erwiderte Nell trocken.

»Ich versuche ja nur zu helfen.« Olive gab sich ein wenig verschnupft. »Aber achte unbedingt darauf, dass du …«

Nell erfuhr nie, worauf sie unbedingt achten sollte, denn in diesem Moment bimmelte die Türglocke, und Tim betrat lächelnd mit einer eingetopften Grünlilie den Laden.

»Hallo Nell! Ich wusste nicht genau, was ich beim ersten Date mitbringen sollte, und habe mich für dieses Grünzeug hier entschieden.«

Uff! Also hatte er schon mal kapiert, dass es sich um ein Date handelte. Nell, der augenblicklich ein Stein vom Herzen fiel, gab ihm einen Kuss auf die Wange. Aus dem Augenwinkel heraus sah sie, wie Olive beide Daumen in die Höhe reckte.

»Ich liebe Grünlilien.« Sie ignorierte ihre nicht gerade subtil agierende Freundin und nahm die Pflanze entgegen. Es war eine ziemlich schrullige Geste, aber auch irgendwie rührend. Einer der Nachteile Floristin zu sein war – abgesehen von den aufgesprungenen Händen und den unsozialen Arbeitszeiten –, dass man selten Blumen geschenkt bekam. Trotzdem fragte sie sich, was für ein Mann auf die Idee kam, eine Grünlilie zu verschenken, die auch spöttisch Beamtengras oder Sekretärinnenblume genannt wurde, weil sie so oft in Büroräumen anzutreffen war. Eine seltsame Entscheidung für eine amouröse Verabredung!

Tim blickte sich im Laden um. »Oh, mir war nicht klar, dass dies ein Blumengeschäft ist.«

»Ist der Name nicht ein klitzekleiner Hinweis?«, erkundigte sich Olive, Gott sei Dank ohne ihren für solche Fälle reservierten Unterton, in dem ein »Du Idiot« mitschwang, wofür Nell ihr dankbar war.

Tim grinste. »Hey, ich bin nur ein Mann! Ich dachte, es wäre ein Geschenkeladen.« Er zog die Nase kraus. »Ich steh nicht so auf Blumengeschäfte.«

Nell war in all den Jahren, die sie den Laden nun

schon besaß, Leuten begegnet, die ethische Einwände dagegen vorbrachten, dass Blumen nur verkauft wurden, damit sie verwelkten und starben. Außerdem gab es die Frage der Nachhaltigkeit, und sie achtete darauf, dass Blumen und Pflanzen von ökologisch unbedenklichen Erzeugern stammten. Und dann war da noch das Thema »Verpackung«. Sie kannte Tim nicht näher, und er konnte durchaus ein Umweltaktivist sein.

»Alles hier ist aus nachhaltigen Quellen«, versicherte sie ihm für alle Fälle rasch.

Seine Nase zuckte, und er unterdrückte ein Niesen. »Keine Sorge, Nell, ich habe keine ideologischen Einwände gegen Blumengeschäfte.«

»Und was hast du sonst dagegen?«, fragte Nell. »Ist das so ein Männerding?«

Tim wollte gerade antworten, doch ein mächtiger Nieser erschütterte seinen Körper, und er verbrachte die nächsten Minuten damit, sich ausgiebig die Nase zu schnäuzen, was eine Themavertiefung seinerseits verhinderte.

»Tut mir leid«, entschuldigte er sich schließlich, als seine Augen aufgehört hatten zu tränen. »Sollen wir uns auf den Weg machen und uns ein nettes Café suchen?«

»Gern. Aber ich hatte eigentlich gehofft, dass du mir vorher noch ein paar Fototipps geben würdest. Ich habe im Keller ein bisschen was vorbereitet.« Nell hoffte, dass Tim nichts dagegen einzuwenden hatte, denn es schien ihr die richtige Gelegenheit zu sein, ihm zu gestehen, dass sie schon so manches vom Fach wusste. Sie hatte unten einen großen Rosenstrauß in einer Vase und mehrere Leuchten aufgestellt, damit sie mit dem Licht experimentieren konnten.

Sie nahm seine Hand und führte ihn die Treppe hinunter.

»O Mann, das mit den Tipps scheint dir ja wirklich ernst zu sein«, sagte er, nachdem er sich im Raum umgesehen hatte.

Nells Herz hüpfte vor Freude. Ganz offensichtlich hielt er an ihrem Date fest und war ebenso nervös wie sie. Sie hoffte nur, dass er nicht schlecht von ihr denken würde, weil sie nicht ganz ehrlich gewesen war.

»Wir gehen gleich unseren Kaffee trinken«, versprach sie ihm. »Aber zuvor muss ich dir erst noch ein Geständnis machen. Ich bin keine Anfängerin, Tim. Ich habe einen Abschluss in Fotografie.«

»Du kamst mir schon von Anfang an außergewöhnlich begabt vor!« Er schüttelte den Kopf. »Es hat also gar nichts damit zu tun, dass ich so ein hervorragender Lehrer bin?«

Sie hatte ihn nicht absichtlich in die Irre geführt, aber sie wollte auch nicht, dass er sich veralbert vorkam. Nell ließ den Kopf hängen. »Ich habe dich hierher eingeladen, weil ich dachte, dass es Spaß machen würde, ein bisschen zusammen zu fotografieren, und weil ich gern etwas Zeit mit dir verbringen wollte. Bist du jetzt sauer?« Sie war beunruhigt. Was wäre, wenn auf Tims Checkliste *Sollte immer die Wahrheit sagen* stand?

»Sauer? Natürlich nicht. Wenn überhaupt, dann fühle ich mich geschmeichelt und ich … ha-ha-hatschiiiiii!«

Ein weiterer gigantischer Nieser riss ihn beinahe von den Füßen. Bekam er eine Erkältung?

»Tut mir leid«, sagte er und putzte sich erneut die Nase.

»Aber ehrlich gesagt wäre mir bei dieser Kamera eher an Einzelunterricht gelegen. Meine ist uralt, und ich weiß nicht so recht, was ich mit diesem unglaublichen Teil anfangen soll, das du mir geliehen hast.«

Tim lächelte. »Dann lass uns mal loslegen! Je früher du dich mit der Kamera zurechtfindest, desto eher kriege ich meinen Kaffee!«

Super! Nell hätte am liebsten triumphierend die Faust gereckt. Das lief ja wirklich alles perfekt! Hier im kühlen Keller war es ruhig und still, und sie waren für sich – der perfekte Ort, um etwas Zeit miteinander zu verbringen.

Tim war auch im Einzelunterricht wirklich ein guter Lehrer – kompetent, geduldig und in der Lage, die Funktionsweise seiner anspruchsvollen Kamera unkompliziert erscheinen zu lassen, und es dauerte nicht lange, bis sie eine Reihe von Aufnahmen von dem Rosenstrauß gemacht hatten.

»Schau mal, wenn du die Kamera aus diesem Blickwinkel so hältst, nur ein bisschen tiefer ...« Tim legte seine Hand sanft um die ihre und half Nell dabei, die Kamera nur einen Bruchteil zu senken, um ein perfektes Foto zu knipsen. Eine Gänsehaut lief ihr über die Arme. Bildete sie sich das nur ein, oder war er ihr etwas näher gekommen als absolut nötig?

»Lass uns ein paar Nahaufnahmen machen«, schlug er vor und zog Nell dabei behutsam zu sich herüber, bis ihre Lippen nur einen Kuss weit voneinander entfernt waren. Tim stellte das Objektiv ein.

»Jetzt versuch's mal«, sagte er leise.

Nell vermochte kaum einen klaren Gedanken zu fassen. Tim roch so gut. Nach irgendetwas Moschusartigem. Sehr maskulin! Sie hätte am liebsten ganz tief eingeatmet. Gute Körperpflege stand definitiv auch auf ihrer Checkliste.

»Nell?«

»Oh, tut mir leid!« Sie bemühte sich, ihre Aufmerksamkeit – wenn auch ungern – wieder auf die Kamera zu richten, und knipste drauflos.

»Was meinst du?« Sie zeigte ihm die Fotos auf dem Display. Ihrer Meinung nach sahen sie gut aus, was sie wirklich wunderte, da sie sich kaum in der Lage fühlte, klar zu denken, jede einzelne Zelle ihres Körpers war in höchster Alarmbereitschaft.

»Sieht toll aus«, sagte Tim, schaute dabei aber nicht die Fotos an, sondern Nell. Sie spürte, wie sie rot wurde.

Er schniefte, was Nell nicht besonders anziehend fand, auch wenn er es vor ihr zu verbergen versuchte. »Sollen wir etwas mit Schatten experimentieren?«, fragte sie rasch.

Tim nickte zwischen einigen Niesern und bereitete die nächste Aufnahme vor. Während sie verschiedene Einstellungen ausprobierten, dabei immer wieder die Lampen verrückten und die Blumen anders drapierten, berührten sich manchmal ihre Hände, und ihre Körper streiften sich. Nells Puls jagte, und sie erwischte Tim einige Male dabei, wie er sie von der Seite anstarrte. Es wäre wohl einer der erotischsten Momente ihres Lebens gewesen, wenn nicht …

»Hatschiii! Hatschiii!«

Nun, wenn nicht diese verdammte Nieserei und das Geschniefe gewesen wären.

Tim schien es wirklich nicht gut zu gehen, dachte Nell. »Sollen wir aufhören?«, fragte sie. »Du bist es vermutlich leid, immer den Lehrer spielen zu müssen.«

Er schenkte ihr ein träges Lächeln, und Nells Innereien schlugen Purzelbäume wie nach dem traditionellen Pfannkuchenessen am Karnevalsdienstag. »Dich zu unterrichten macht mir Spaß, das kannst du mir glauben.«

Ein wenig unsicher und mit glühenden Wangen sagte sie: »Aber du stellst deine eigenen Arbeiten doch aus, oder?«

Sie wusste ganz genau, dass er dies tat. Susannah hatte es ihr erzählt. Und sie wollte einmal in der Galerie vorbeischauen, die seine Fotografien zeigte.

Nell warf Tim einen Blick zu und dachte, wie verdammt gut er doch aussah. Sogar wenn er nieste!

»Ja, meine Arbeiten sind meine Leidenschaft.« Er wischte sich mit dem Taschentuch die Nase ab.

Es war leicht, mit ihm ins Gespräch zu kommen, und sie unterhielten sich angeregt, während sie mit den Aufnahmen weitermachten. Nell erfuhr, dass Tim neben seiner Lehrtätigkeit auch seine eigenen Werke verkaufte und dass eine Fotoserie im letzten Monat den Schwerpunkt einer Ausstellung in einer Londoner Galerie gebildet hatten.

»Aber es ist nicht leicht, weißt du. Solange man noch nicht den Durchbruch geschafft hat, kann man sich leider auch nicht den Luxus gönnen, sich voll und ganz auf seine Kunst zu konzentrieren, und dabei hast du eigentlich keine Chance, groß rauszukommen. Hatschiii! Hatschiii!«

Er machte einen so niedergeschlagenen Eindruck, dass Nell ihn am liebsten in den Arm genommen hätte.

»Aber das Unterrichten macht dir doch Spaß, oder?«

Tim warf ihr einen glühenden Blick zu. »Heute schon.«

Nell kicherte.

»Ich nehme auch Aufträge an, um über die Runden zu kommen. Spiele den Hochzeitsfotografen«, erklärte Tim. »Hatschiii! Hatschiii! Tut mir leid!«

Er putzte sich geräuschvoll die Nase und betupfte seine tränenden Augen. »Apropos … Nächstes Wochenende spiele ich mal wieder den Hochzeitsfotografen, und die Braut ist eine echte Plage. Es vergeht kein Tag, an dem sie nicht einen Kontrollanruf macht oder eine Veränderung durchgibt.«

Nell konnte gut nachvollziehen, wie er sich fühlte. »Ein Brautmonster! Damit kenne ich mich aus. Eine meiner Bräute ist einmal wenige Tage vor der Hochzeit auf die glorreiche Idee gekommen, die Farbauswahl des gesamten Blumenschmucks über den Haufen zu werfen. Das war ein Albtraum!«

Er stöhnte. »Klingt vertraut. Dabei fällt mir gerade ein, dass ich sie eigentlich vorhin zurückrufen sollte. Aber mein Handy hat keinen Saft mehr. Leihst du mir deins?«

»Das liegt oben. Aber am besten benutzt du einfach das Ladentelefon.«

Tim lächelte sie mit seinen blauen Augen an, und Nell hatte plötzlich Pudding in den Beinen. »Danke, dass du mich daran erinnert hast, sonst hätte ich bestimmt wieder einen Riesenanschiss von ihr bekommen! Ich weiß sogar die verfluchte Telefonnummer dieser Kratzbürste auswendig. Das sagt ja wohl schon alles!«

Während Tim sich auf den Weg nach oben machte, um mit der neurotischen Braut zu telefonieren, fertigte Nell weitere Fotos an. Gelegentlich hörte sie von oben ein heftiges Niesen.

Als Tim zurückkam, tupfte er sich die Nase mit einem Taschentuch ab und wandte seine Aufmerksamkeit wieder der Fotografie zu. Nell lauschte ihm nur zu gern. Tim war ein bisschen schrullig, aber es machte Spaß mit ihm zusammen zu sein, und er sah verdammt gut aus, wenn er auch mit jedem Niesen und Schniefen immer gereizter wurde.

»Haaaatschiii! Verdammt noch mal!« Der letzte in einer langen Reihe heftiger Nieser war ganz offensichtlich der, der das Fass für ihn zum Überlaufen brachte, und er ließ wutentbrannt seine Hand auf den Tisch niedersausen.

»Du Ärmster.« Nell gab sich wirklich alle Mühe, Mitleid mit ihm zu haben, aber leider fiel ihr das gar nicht so leicht, denn schließlich handelte es sich ja nur um eine akute Erkältung. Wieso machte er deshalb einen solchen Aufstand? Typisch Mann! »Hast du dich erkältet?«

»Natürlich nicht«, erwiderte er – oder zumindest glaubte sie das, denn er hatte das Gesicht in Küchenrollenpapier vergraben. »Ist es nicht offensichtlich? Ich habe eine furchtbare Heuschnupfenattacke. Dieser Laden ist die Hölle für mich! Ha-ha-haaatschiiiii!«

Heuschnupfen? Dieser Gedanke war Nell nie gekommen!

»O nein«, sagte sie und reichte ihm noch ein Bündel von dem Papier. »Das tut mir ja so leid! Wie schrecklich. Du leidest an Heuschnupfen, und ich bringe dich dazu, in einem Blumenladen Fotos zu machen!«

Nun ergab sein Verhalten einen Sinn. Kein Wunder, dass der Arme so litt. Nell hatte ein schlechtes Gewissen, vermochte dem Ganzen aber auch eine komische Seite abzugewinnen und begann zu lachen. »O Tim, das ist so schräg, das kann sich keiner ausdenken!«

Aber Tim stimmte nicht in ihr Lachen ein. Offenbar fand er es ganz und gar nicht lustig.

Er schnäuzte sich vernehmlich. »Ich wollte dich ja hier weglocken und einen Kaffee trinken, aber du warst so versessen darauf, Fotos zu machen.«

»Das ist mir jetzt auch klar. Dann lass uns endlich hier verschwinden, damit du von all den Pollen wegkommst. Ich spendiere dir auch einen Kaffee und ein Stück Kuchen dazu!«

Aber Tim schüttelte den Kopf. »Nicht nötig, Nell. Ehrlich gesagt will ich nur noch von hier weg und mich hinlegen.«

Vorbei war es mit den Neckereien und dem Flirten. In der Hoffnung, das Geplänkel noch einmal aufleben zu lassen, sagte Nell: »Ganz sicher? Wenn du schon keinen Kuchen willst, wie wäre es dann wenigstens mit einer Heuschnupfentablette?«

Sie hatte sich ausgemalt, dass Tim über seine Misere lachen würde. Dann hätten sie sich einen Jux daraus machen können, Antihistaminika für ihn aus der Apotheke besorgt, und sie hätte ihm bei einer Tasse Kaffee erzählt, dass sie ihren Laden schon bald verkaufen und so etwas also nicht noch einmal passieren würde. Und dann hätten sie sich bei einem leckeren Stück Möhrenkuchen weiter unterhalten. Aber Tim machte nicht den Eindruck, als fände er irgendetwas amüsant. Er griff in seine Tasche und zog ein Asthmaspray heraus, das er sich mit einer theatralischen Geste in den Hals sprühte.

»Ich muss hier weg«, keuchte er. »Ich kann hier keine Minute länger bleiben, Nell. Sonst bekomme ich einen Anfall.«

»Es tut mir ja so …« Aber Tim blieb gar nicht mehr lange genug da, um sich eine weitere Entschuldigung anzuhören. Nell konnte nur kläglich hinter ihm nach oben gehen und mitverfolgen, wie er niesend und keuchend den Laden verließ.

Unter einem heißen Date hatte sie sich beileibe etwas anderes vorgestellt. Zumindest weniger Rotz.

»Er ist allergisch gegen Blumen«, erklärte Nell der überrascht dreinblickenden Olive.

»O verdammt«, sagte Craig, der mal wieder auf dem Hochsitz am Tresen saß. »Wie blöd von ihm hierherzukommen. Was hat er sich nur dabei gedacht?«

»Er wusste nicht, dass sich hinter der Adresse ein Blumenladen verbirgt«, sagte Nell. Sie erhaschte einen letzten Blick auf Tim, wie er in der Menschenmenge auf der Straße verschwand. »Ich bezweifele, dass er ansonsten hier aufgekreuzt wäre, und er wird sicherlich auch nicht wiederkommen.«

Olive griff nach Nells Handy und hielt es ihr hin. »Sein Pech ... Ruf doch mal diesen David Jaffe an, der scheint ohnehin eher dein Typ zu sein.«

»Olive! Das ist Tim gegenüber wirklich nicht fair. Er kann doch nichts dafür, dass er Heuschnupfen hat.«

Olive zuckte mit den Schultern. »Also, wenn er nichts für dich ist, dann kann es doch nicht schaden, wenn du dich nach Alternativen umsiehst! Oder gehörte Heuschnupfen mit zu den gewünschten Anforderungen auf deiner Checkliste?«

Nell lachte. »Nein, mit Sicherheit nicht! Denn das wäre nicht gerade ideal für den Freund einer Floristin.«

»Dann ruf David an! Was hast du schon zu verlieren?«

Olive hatte recht. Was hatte sie zu verlieren? Alex und Maria hatten vor zu heiraten, Jason und Olive waren vermutlich auch ein Paar. Falls sie also nicht vorhatte, Craig nachzueifern und sich falsche Hoffnungen zu machen, sollte sie die Sache selbst in die Hand nehmen.

»Okay«, sagte Nell und umschloss ihr Handy mit den Fingern. »Ich mach's. Ich werde David anrufen.«

Kapitel 11

»Bitte schön! Zweimal ›Croque-Monsieur‹, eine Cola Light und ein Orangensaft für dich.« Nell stellte die Ausbeute ihres Büfettgangs auf den Tisch und lächelte Maria an. »Wir beide essen immer das Gleiche! Bedeutet das jetzt, dass wir langweilig sind und in unseren Gewohnheiten festgefahren?«

Maria gab ein Stöhnen von sich. »Lass dich doch von Olive nicht so verrückt machen! Natürlich bedeutet es das nicht. Wir mögen es einfach, das ist alles. Wir sind erwachsen und wissen eben, was wir wollen.«

»Hmm«, brummte Nell nicht ganz überzeugt. Sie traf sich regelmäßig mit ihrer Freundin zum Mittagessen im *Gino's*, seit Maria bei dieser PR-Firma arbeitete, die sich nur ein Stück weiter die Straße hinunter befand. *Gino's* war ein kleiner italienischer Delikatessenladen mit einer Handvoll Tischen und Stühlen, und man bekam hier die besten Antipasti diesseits des Schiefen Turms von Pisa und außerdem würzige Salami, bei der einem das Wasser im Munde zusammenlief, und fette Oliven, die vor Knoblauchöl nur so trieften.

Gino selbst bediente nur seine treue Gaggia-Espressomaschine und ließ sich ansonsten selten blicken. Nell hatte in all den Jahren noch nicht ein einziges Mal seine Beine gesehen.

»Du machst dir zu viele Gedanken, Nelly«, sagte Maria und strahlte sie an. Nell liebte es, wenn Maria sie so anlächelte, es kam ihr jedes Mal so vor, als würde sie in Sonnenlicht getaucht, und sie spürte, wie ihre Mundwinkel nach oben wanderten.

»Das mag sein«, gestand Nell. »Aber fairerweise muss man sagen, dass mir Olive im Nacken sitzt, weil ich ihrer Ansicht nach nicht mehr aus meinem Trott herauskomme und dringend mein Leben ändern sollte. Ihre neueste Idee ist, mich mit dem Rucksack durch Australien zu schicken!«

Maria erschauderte. »Sind wir dafür nicht ein bisschen zu alt? Wenn ich verreise, will ich ein großes Bett und ein riesiges Bad haben.«

»Also nicht wie bei unserem Trip nach Glastonbury?«, fragte Nell. Sie waren in einem der niederschlagreichsten Sommer seit Beginn der Wetteraufzeichnungen zu viert zu dem berühmten Festival dort gefahren. Der Ort war ein einziger Sumpf gewesen, und Nell hatte immer noch Albträume wegen des Zustands der Toiletten. Sie hatte sich die ganze Zeit über durchnässt und schmuddelig gefühlt und sich nach einer heißen Dusche gesehnt. Maria dagegen war es trotz des Regens irgendwie gelungen, mit ihrem welligen blonden Haar und ihren geblümten Gummistiefeln hippiemäßig cool auszusehen.

»*Nicht annähernd*! Alex hat sich danach verdammt anstrengen müssen, um das wieder wettzumachen, das kannst du mir glauben«, sagte Maria, aber das Funkeln in ihren Augen nahm ihren Worten den Stachel. Sie schenkte Nell ein weiteres herzliches Lächeln. »Wir haben gute Zeiten gehabt, nicht wahr? Was haben wir doch für ein Glück, dass wir immer noch so gute Freunde sind.«

»Großes Glück«, stimmte ihr Nell zu. Aber da war ein Kloß in ihrem Hals. Wie konnte sie Maria nur so hintergehen, weil sie an Alex dachte – ganz zu schweigen davon, in ihn verliebt zu sein? Maria war ihre beste Freundin. Der großzügigste, liebenswürdigste und warmherzigste Mensch, den Nell kannte. Am liebsten würde sie sich in ihrer Cola Light ertränken.

»Und als deine beste Freundin empfehle ich dir, Olives Rat mit Vorsicht zu genießen. Sie meint es gut, aber ich glaube nicht, dass sie die Richtige ist, um dir Ratschläge zu geben.« Maria sah besorgt drein. »Du bist perfekt, so wie du bist, Nell. Du musst nichts verändern.«

Wenn Maria wüsste, welche Gedanken ihr kamen, wenn sie an ihren Verlobten dachte, dann hätte sie ihre Meinung wahrscheinlich noch einmal hinterfragt, dachte Nell. O Gott, mit diesen Schuldgefühlen könnte sie die Katholische Kirche jahrelang in Schwung halten!

»Da das hier das erste Mal seit Monaten ist, dass wir Frauen mal wieder unter uns sind, finde ich, dass wir ein Recht darauf haben, einem unserer Lieblingslokale einen Besuch abzustatten, egal was dein Amateur-Life-Coach dazu zu sagen hat«, befand Maria. »Und im Übrigen feiern wir meine Verlobung, und als angehendes Brautmonster bestimme ich, wo's langgeht. Das ist Gesetz!«

Da ließ sich nichts dagegen einwenden. Nells schlechtes Gewissen begann sich zu regen, da sie ihre besten Freunde anlässlich ihrer Verlobung bisher noch nicht hatte hochleben lassen.

»Ich werde uns eine Flasche Champagner bestellen!«, bot sie an. Neben Kaffee und Antipasti gab es bei *Gino's* auch einen gut bestückten Kühlschrank mit verschiedenen feinen Schaumweinchen. Der Laden mochte nicht groß sein, aber er war ein Lieblingslokal der Sorte reicher Stadtmenschen, die sich Moët praktisch intravenös spritzten.

»Champagner zu Mittag? Auf gar keinen Fall! Ich würde bloß nachher im Büro herumtorkeln!«, sagte Maria lachend.

»Na und? Ich dachte, das müsste bei euch PR-Leutchen so sein. Komm schon, ich habe mir oft genug *Absolutely Fabulous* angesehen, Süße!« stichelte Nell. Normalerweise war Maria die Erste, die dreist für sie beide ein Glas Wein zum Mittagessen orderte.

»Das ist eine Comedy, keine Dokumentation.« Maria schüttelte den Kopf. »Ich kann wirklich nicht, Nell. Das ist eine nette Geste, aber bei mir liegt heute noch so viel an. Ein anderes Mal.«

»Spielverderberin!« Nell zog am Ring der Coladose und lauschte zufrieden dem Zischen. Das Knallen eines Korkens wäre zwar besser gewesen, aber vielleicht sollten sie sich das Vergnügen wirklich bis Freitag aufheben.

»Ich kann es kaum glauben, dass wir verlobt sind!« Marias Augen funkelten ebenso hell wie der wunderschöne Diamantring, den sie Nell unter die Nase hielt, damit diese ihn bewundern konnte. »Sieh dir nur meinen Ring an! Alex hat ihn ausgesucht. Ist er nicht perfekt?«

Mit einem Mal war Nells Kehle wie wund. Es war ein wunderschöner Ring. Alex war ein erstaunlich einfühlsamer Verlobter, und Marias Freude darüber war offenkundig. Nell hätte niemals geglaubt, dass es möglich war, einen solchen Schmerz und eine solche Trauer zu empfinden, wie sie es gerade tat. Während ihre Freundin aufgeregt über Kleider und Blumen und Einladungen plauderte, gab sich Nell alle Mühe, sich von Marias Glück mitreißen zu lassen, was ihr einerseits leichtfiel, weil ihre Begeisterung so ansteckend war, aber andererseits auch verdammt schwer, weil ihr wieder einmal mit aller Macht bewusst wurde, dass dieses Glück für sie selbst bedeutete, Alex ein für alle Mal zu verlieren. Wie war es nur möglich, gefühlsmäßig so im Clinch zu liegen?

»Ich finde, dass Rosa nicht so toll wäre, weil es etwas so Klischeehaftes hat, und deshalb habe ich zu Mum gesagt, dass wir uns für Lila entscheiden sollten«, sprudelte es aus Maria hervor. »Was hältst du davon?«

Was sie davon hielt? Nell war völlig verdattert, weil sie keine Ahnung hatte, wovon ihre Freundin da gerade redete. Nell hatte zwar zu alldem genickt und gelächelt und die richtigen Geräusche von sich gegeben, war aber mit ihren Gedanken ganz woanders gewesen, genauer gesagt, beim Einführungstag für die Erstsemester, der vor zehn Jahren in einer Universitätsstadt im Norden stattgefunden und sie zusammengeführt hatte. Was wäre geschehen, wenn Maria sich an jenem Tag nicht in Alex' Arme geworfen hätte? Hätte er dann möglicherweise etwas mit Nell angefangen, weil sie sich ihm offenbart hätte? Würde sie dann heute hier mit Maria sitzen und ihr den eigenen glitzernden Verlobungsring im Schein der Cafélampen zeigen? Vielleicht geschah genau das gerade in irgendeinem Paralleluniversum.

Nur blöd, dass sie in diesem hier lebte!

»Aber dann fiel mir ein, dass ich keine Ahnung habe, welche Blumen eigentlich lila sind. Mal abgesehen von Flieder«, sagte Maria lächelnd. »Und Alex meinte, wie gut es sei, dass unsere beste Freundin Floristin ist. Denn schließlich können wir ja dich fragen!«

Unsere beste Freundin. Die Worte trafen Nell wie ein Faustschlag in die Magengrube, und sie waren auch gleichzeitig ein Weckruf für sie. Sie war Alex' und Marias beste Freundin. Sie hatte kein Recht, diese widersprüchlichen Gefühle zu hegen oder sich solch verlockenden, trügerischen Fantasien hinzugeben. Heftige Schuldgefühle überkamen sie.

»Überlass das nur mir. Ich kümmere mich um die Hochzeitsblumen – natürlich gratis », sagte sie. »Ich glaube, dass Blau und Lavendel wunderbar zu deinen Augen und deinem Haar passen würden.«

Maria klatschte entzückt in die Hände. »Ich liebe Blau! Nell, du bist ein Genie, und ich würde mich riesig freuen, wenn du dich um den Blumenschmuck kümmern würdest, aber wir wollen natürlich nicht, dass du es umsonst tust!«

»Das möchte ich aber. Wenn du dich dabei besser fühlst, dann nennen wir es einfach mein Hochzeitsgeschenk für euch.«

»Danke, Nell.« Maria kramte in ihrer Tasche herum und zog ein Notizbuch und einen Stift hervor. In Windeseile blätterte sie zu einer langen Liste vor und setzte ein ordentliches Häkchen neben das Wort *Blumen*. »Lach nicht«, bat sie, als sie Nells Gesichtsausdruck sah. »Du hast ja keine Ahnung, was alles zu erledigen ist …«

Als Floristin hatte Nell bereits ein wenig von dem mitbekommen, was eine Hochzeitsplanung so alles umfasste, und es war wirklich erschreckend!

»Was mich zu einem weiteren Punkt auf meiner Liste bringt«, fuhr Maria fort und tippte sich dabei mit dem Stift gegen die Zähne. »Meine Trauzeugin … Nell, ich würde mich freuen, wenn du das sein würdest. Was sagst du dazu?«

Nell brachte kein Wort heraus. Sie war im wahrsten Sinne des Wortes sprachlos. Damit hatte sie nicht gerechnet, denn Maria hatte eine Zwillingsschwester, Lindsay, und es lag eigentlich auf der Hand, sie dafür auszuwählen.

»Was ist mit Lindsay?«, brachte sie schließlich hervor.

Maria seufzte. »Sie ist doch Lehrerin, und ihre Schule gibt ihr dafür niemals frei. Außerdem ist Kanada ein bisschen zu weit weg, um mal eben für ein Wochenende rüberzuhüpfen. Das geht auf keinen Fall. Was aber nicht heißen soll, dass du für mich nur zweite Wahl bist, Süße!«

Nells entsetztes Hirn stellte Hals über Kopf einige derart komplizierte Berechnungen an, dass selbst Stephen Hawking davon beeindruckt gewesen wäre. Sie musste unbedingt einen Weg finden, aus dieser Sache herauszukommen.

»Wieso wartet ihr nicht bis zu den Ferien? Dann wäre es doch für Lindsay kein Problem«, schlug sie vor. »Ihr seid doch schließlich schon zehn Jahre zusammen. Wozu die Eile?«

Maria war mit ihrem Toast beschäftigt und blickte glücklicherweise nicht auf, sonst hätte sie den furchterfüllten Ausdruck gesehen, der mit Sicherheit in Nells Gesichtszüge geätzt war. »Es fühlt sich einfach so an, als wäre jetzt der richtige Zeitpunkt. Warum sollen wir warten, wenn wir bereit sind, den Bund fürs Leben zu schließen?«

»Aber was für einen Unterschied würden ein paar Monate schon machen?«, fragte Nell, und ihre Verzweiflung klang an.

Maria wandte sich ihr mit verwirrtem Gesichtsausdruck zu. »Was ist denn los, Nell? Du benimmst dich irgendwie eigenartig. Hast du was?«

Nell ließ den Kopf hängen. Sie konnte ihr unmöglich den Grund für ihr Verhalten nennen. Aber sie war nicht schnell genug, um sich eine überzeugende Lüge einfallen zu lassen.

»Sag es doch einfach, wenn du nicht willst.« Der Ausdruck von Schmerz und Fassungslosigkeit, der sich auf Marias Gesicht widerspiegelte, traf Nell mitten ins Herz.

Wie konnte sie ihre beste Freundin nur so enttäuschen? Nell bekam es mit der Angst zu tun, aber sie beschloss, sich ihrem Schicksal zu ergeben. Sie hätte sich zwar lieber selbst die Zähne mit einer Zange gezogen, als zu bezeugen, dass eine andere Frau – selbst eine, die sie wirklich gern hatte – Alex heiratete, aber der verletzte Ausdruck auf Marias Gesicht war einfach unerträglich.

»Aber natürlich will ich«, schwindelte sie. »Ich mache mir nur Gedanken darüber, dass ich womöglich Knallrosa tragen muss und eine Schleife am Hintern trage, das ist alles.«

»Rosa nein, Schleife vielleicht«, zog Maria sie auf. »Dann kann ich also auf dich zählen?«

Nell nickte wie ein Wackeldackel, der auf der Hutablage über Kopfsteinpflaster fuhr. »Aber ja! Natürlich!«

Während Maria ihre Aufmerksamkeit wieder dem Notizbuch zuwandte, starrte Nell auf ihr eigenes Essen hinab. Der Appetit war ihr vergangen. Wenn das so weiterging, dann wäre sie bald ein Hungerhaken.

»Du scheinst dich gar nicht richtig für uns zu freuen«, bemerkte Maria mit einem Mal. Sie lehnte sich auf ihrem Stuhl zurück und verschränkte die Arme. »Was ist los?«

Nell fühlte sich furchtbar. Sie benahm sich total egoistisch.

»Gar nichts, wirklich! Ich bin nur ein bisschen gestresst, da ich doch den Verkauf des Ladens jetzt wirklich durchziehe«, sagte sie aus dem Stegreif. O Gott, noch mehr Schwindeleien. Nell hoffte bloß, dass ihr nicht eine so lange Nase wie Pinocchio wachsen würde.

Um ihren mangelnden Enthusiasmus von vorhin auszugleichen, ließ sie sich zu einem völlig übertriebenen Wortschwall hinreißen, mit dem sie Maria versicherte, dass sie es gar nicht erwarten konnte, ihre Trauzeugin zu sein, und dass ihr Junggesellinnenabschied der beste aller Zeiten werden würde und wie toll es wäre, dabei zu sein, wenn ihre besten Freunde heirateten.

Aber Maria blickte nur noch besorgter drein. »Glaubst du, dass sich dadurch etwas zwischen uns vier ändern wird?«, fragte sie verunsichert. »Wir werden doch immer Freunde bleiben, oder? Du und ich und Alex und Jason? Selbst wenn wir Kinder haben und alt und grau und stinklangweilig sind?«

Nell griff über den Tisch hinweg und drückte die Hand ihrer Freundin. »Aber natürlich werden wir das. Außerdem wirst du niemals langweilig sein. Du bist einmalig und klug und originell.« Hierbei musste sie nicht lügen. »Wo wir gerade von einmalig reden – hast du eigentlich deine Armani-Clutch wiedergefunden?«

Maria schüttelte den Kopf. »Nein, tut mir leid. Kannst du nicht etwas anderes für deine Schaufensterdekoration benutzen?«

Nell sah sie verlegen an. »Ehrlich gesagt wollte ich sie mir aus einem anderen Grund leihen. Ich habe morgen ein Date.«

Maria stieß ein kleines Keuchen aus. »O mein Gott, wieso sagst du mir das denn erst jetzt? Wer ist er? Wie, wann und wo habt ihr euch kennengelernt?«

Nell lächelte angesichts der freudigen Erregung ihrer Freundin. Sie wünschte nur, sie hätte auch nur halb so viel Begeisterung für Marias Hochzeit aufbringen können, wie diese für ein einziges Date zeigte.

»Er heißt David, ist Anwalt und ein Freund von Jason.«

O scheiße, jetzt, wo sie es laut ausgesprochen hatte,

wurde ihr klar, dass es wirklich passieren würde. Sie würde sich tatsächlich mit David Jaffe treffen. Als Nell ihn unter dem Vorwand, das Vorankommen des Verkaufs besprechen zu wollen, angerufen hatte, schien David erfreut, und ehe sie sich versah, hatten sie sich verplaudert. Als Nell das Gespräch schließlich beendete, war sie mit ihm verabredet gewesen. Sie wollten morgen schon ein neues italienisches Restaurant in Chiswick ausprobieren, das im Pendlerblatt *The Metro* Bestnoten bekommen hatte. Nell war aufgeregt, aber gleichzeitig graute es ihr auch davor, denn dies war ein seriöses Date mit einem ausgesprochen begehrten Beziehungskandidaten und dazu noch in einem sehr exklusiven Restaurant. Ob David sie wohl einladen würde? Oder wäre es besser, sich die Rechnung zu teilen? Würde sie ihn am Ende womöglich beleidigen, wenn sie ihm vorschlug, selbst zu zahlen? Es war schon so lange her, dass sie eine Verabredung mit einem Mann gehabt hatte, dass Nell ganz vergessen hatte, welche Regeln dabei galten. Verflucht, wenn heutzutage getrennte Kasse angesagt war, dann sollte sie besser versuchen, diese Woche ein paar Blumen mehr zu verkaufen.

Wie auch immer. Zunächst galt es ohnehin, sich einer anderen großen Sorge anzunehmen, denn abgesehen von den Benimmregeln beim Bezahlen quälte Nell die Frage, was sie anziehen sollte. Marias kleine Armani-Clutch wäre genau das Richtige, um jedem Outfit den nötigen Glamour zu verleihen. Und Nell war davon überzeugt, dass sie in ihrem Wickelkleid von DvF – das natürlich ein Fake war, denn das Original konnte sie sich gar nicht leisten – damit sehr stilvoll rüberkommen würde.

»Genial! Ich hoffe, dass er supersexy ist«, sagte Maria grinsend.

War er das? Nell war sich nicht sicher. David war schon ziemlich schnuckelig, aber nicht auf die Weise, dass man gleich weiche Knie bekam. »Er ist süß«, sagte sie.

»Süß? Was soll das denn heißen? Ich brauche Details! Tratsch! Begeisterung!«

Nell lachte. »Also schön. Er ist gepflegt, witzig und hat niedliche Grübchen. Mehr kann ich noch nicht sagen. Den Rest werde ich dir nach dem morgigen Abend erzählen, wenn du damit einverstanden bist.«

»Muss ich ja dann wohl«, brummte ihre Freundin. »Aber ich fürchte, dass ich dir mit der Clutch wirklich nicht helfen kann. Sie ist immer noch nicht wieder aufgetaucht. Wenn ich mich doch nur daran erinnern könnte, wann ich sie das letztes Mal dabeihatte … Ich werde zum Heiligen Antonius beten. Ist das nicht der Schutzheilige für verlorenen Krempel?«

»Keine Ahnung. Aber an deiner Stelle würde ich zum Schutzheiligen der zu spät Kommenden beten«, zog Nell sie auf und zeigte auf die Uhr. »Solltest du nicht schon längst wieder im Büro sein?«

»Mist! Du hast recht!« Maria sprang auf. »Ich habe heute Nachmittag ein Meeting und sollte mich jetzt wirklich besser auf den Weg machen. Begleitest du mich noch ein Stück?«

»Damit du mich weiter ausfragen kannst?«, erwiderte Nell.

Maria hob beide Hände in einer Geste gespielter Kapitulation und gab damit zu, dass dies eigentlich ihre Intention gewesen war. »Es sei allerdings dahingestellt, wie viele Fragen ich auf diesen wenigen Metern zu meinem Büro überhaupt zu stellen vermag«, sagte sie grinsend.

»So wie ich dich kenne, würdest du dich auf Augenhöhe mit der Spanischen Inquisition bewegen«, entgegnete Nell und seufzte. »Aber ich muss ohnehin noch aufs Klo.«

»Von wegen! Dir geht's doch nur darum, die Seife auszuprobieren!«, sagte Maria.

Dieses Mal war es Nell, die die Hände hob. »Schuldig im Sinne der Anklage! Wie soll ich als arme Floristin denn sonst an Pflegeprodukte von Designern wie Jo Malone kommen?«

»Vielleicht hat Olive doch nicht ganz unrecht, wenn sie versucht, dich mit einem reichen Kerl zu verkuppeln«, sagte Maria und legte die Stirn in Falten. »Hmm … Wie wär's mit meinem Chef, Jonny? Er ist Single, stinkreich und scharf auf dich.«

»Igitt, M! Das ist eklig!« Angewidert drosch Nell mit ihrer Handtasche auf ihre beste Freundin ein. Jonny war mindestens sechzig, zog sich aber an, als wäre er Mitte zwanzig, und sein Atem hätte einen Tyrannosaurus Rex umgehauen. Nell war ihm für ihren Geschmack schon bei zu vielen gesellschaftlichen Anlässen begegnet, und er steuerte immer gleich geradewegs auf sie zu.

»Er mag dich wirklich. Soll ich ein gutes Wort für dich einlegen?«, zog Maria sie auf.

Sie setzten ihr scherzhaftes Gerede auf dem Weg zum Büro fort, was Nell daran erinnerte, wie viel Spaß es ihr machte, mit Maria zusammen zu sein, und wie sehr sie sie vermisst hatte. Sie würde auf gar keinen Fall irgendetwas tun, um diese Freundschaft zu gefährden. Sie war entschlossen, alles in ihrer Macht Stehende zu tun, um jeglichen Gedanken an Alex aus ihrem Bewusstsein zu verbannen.

Als Nell sich mit einem Kuss von Maria verabschiedete, blieb ihr das Versprechen, bald wieder ein paar schöne Stunden miteinander zu verbringen, im Hals stecken, denn sie erblickte einen Rosenstrauß auf dem Aktenschrank. Und nicht etwa irgendwelche Rosen, sondern Rosen, die eingeschlagen waren in grünem und pink Seidenpapier, den unverwechselbaren Firmenfarben des Stalks-Blumenlieferservice.

Nell war außer sich. »Hat Alex dir etwa Blumen von der Konkurrenz gekauft?«

»Was? Quatsch, natürlich nicht«, erwiderte Maria, deren Wangen den gleichen Farbton angenommen hatten wie die zartrosa Blumen, was darauf hindeutete, dass sie nicht ganz die Wahrheit sagte. »Die sind von einem Klienten.«

»Hübsch«, sagte Nell, die sich auf die Zehenspitzen stellte, um vorgeblich an den Blüten zu riechen, während sie in Wahrheit einen Blick auf die Karte werfen wollte. Sie war nicht unterschrieben, aber mit einer kunstvollen Schriftart wie von Hand geschrieben bedruckt.

Rann nie der Strom der treuen Liebe sanft.

Nell runzelte die Stirn. »Ist das nicht aus *Ein Sommernachtstraum?*«, fragte sie.

»Hmm? Was?« Maria warf einen Blick darauf und

wandte ihn rasch wieder ab. »Keine Ahnung, ist mir gar nicht aufgefallen.«

Jetzt war sich Nell sicher, dass sie log. Dies war das Theaterstück, das Alex und Maria zusammengebracht hatte, und ihre Freundin hatte einmal Zeile für Zeile auswendig gewusst. Nell war zwar nur die Fotografin gewesen, aber selbst sie erkannte sie wieder.

»Das Zitat stammt von Lysander«, sagte sie.

»Wenn du das sagst, Süße.« Maria hatte sich an ihren Schreibtisch gesetzt und machte sich an ihrem Computer zu schaffen. Sie log. Nell sah es an der Art und Weise, wie ihre beste Freundin an ihrem Haar herumspielte und vorgab, nicht im Mindesten an dem Gespräch interessiert zu sein.

Nell war furchtbar enttäuscht. Sie und Maria hatten nie Geheimnisse voreinander gehabt. Abgesehen von dieser Sache mit Alex, von der Nell glaubte, dass es sich dabei weniger darum handelte, ein Geheimnis zu bewahren, sondern vielmehr, eine Katastrophe zu verhindern, erzählten sie sich alles. So war es schon immer gewesen.

Rann nie der Strom der treuen Liebe sanft.

Das war wohl kaum eine Zeile, die ein Klient oder Geschäftskunde zitieren würde. Also hatte Alex ihr doch Blumen von Stanley Stalks gekauft. Wieso tat er so etwas? Weil er Nell oder ihr Geschäft nicht respektierte? Oder glaubte er vielleicht, dass Stanley Stalks sein Unternehmen fachmännischer leitete? Oder – und das wäre noch viel schlimmer – weil er nun, da er verlobt war, Nell nicht mehr in sein Privatleben einbeziehen wollte?

Es hatte keinen Sinn, diese Fragen Maria gegenüber

laut zu äußern – schließlich hatte sie bereits einmal gelogen –, daher verkniff sich Nell jeglichen Kommentar. Sie wünschte sich nur, dass sich ihre empfundene Niedergedrücktheit ebenso leicht verdrängen ließ. Als sie Marias Büro verließ, fragte sie sich, was sie wohl anstellen musste, damit sie ihre Freunde ernst nahmen.

Kapitel 12

Nells Dating-Checkliste

Humorvoll ☑
Besitzt eine gewisse Reife ☑
Lockerer Typ ☑

Das Taxi kroch durch die feucht glänzenden Straßen, der Feierabendverkehr staute sich auf der Chiswick High Road. Die Regentropfen auf der Windschutzscheibe erinnerten an glitzernde Diamanten und Rubine. Passanten eilten wegen des schlechten Wetters mit gebeugten Köpfen dahin oder drängten sich unter Schirmen zusammen, die Busse rumpelten auf den Busspuren vorbei. Weiter vorne wechselten die Ampeln ihre Farben, aber die Wagen rührten sich nicht von der Stelle.

»Jetzt mach doch nicht so ein besorgtes Gesicht«, sagte David und lächelte Nell an. »Wir haben noch gut zehn Minuten, und falls nötig kann ich immer noch anrufen und die Reservierung verschieben.«

Es war wirklich nett von ihm, dass er versuchte, sie zu beruhigen, dachte Nell. David war auf jeden Fall sehr rücksichtsvoll. Von dem Moment an, als er sie mit einem

Blumenstrauß von *Waitrose* in der Hand abgeholt hatte (*Ich traue mich nicht, bei Stalks zu kaufen, bis der Deal unter Dach und Fach ist,* hatte er lachend gesagt), war David sehr bemüht gewesen sicherzustellen, dass ihr Date reibungslos über die Bühne ging.

Ihr Date.

Nell erwiderte sein Lächeln und versuchte die Piranhas zu ignorieren, die an ihrem Magen knabberten. Es wäre eine glatte Untertreibung zu behaupten, dass sie die Aussicht auf das Essen mit David Jaffe nervös machte. Sie zerbrach sich den Kopf, aber ihrer Ansicht nach war sie noch niemals zuvor mit einem Mann zu einem echten Date verabredet gewesen. Natürlich hatte sie sich in der Vergangenheit mit Männern getroffen, aber es waren entweder mittellose Studenten gewesen, oder die Typen standen auf Pubs und Bars. Sie konnte sich nicht daran erinnern, jemals zu einem guten Abendessen eingeladen worden zu sein.

»Du siehst übrigens bezaubernd aus«, sagte David. Seine Augen waren so voller Aufrichtigkeit, dass Nell errötete. Sie hatte sich für den heutigen Abend wirklich Mühe gegeben und den letzten Rest ihres nunmehr geplünderten Sparkontos für ein hinreißendes Samtkleid von Monsoon und ein Paar reizende scharlachrote Mary Janes ausgegeben. Sie trug ihr lockiges Haar aufgesteckt und hatte sich nur ganz dezent geschminkt in der Hoffnung, damit den nötigen Chic zu treffen, der in ein solches Edelrestaurant passte. Marias Armani-Clutch wäre natürlich noch das i-Tüpfelchen gewesen, aber da sie nun einmal spurlos verschwunden war, hatte sich Nell mit einer schwarzen, perlenbesetzten Tasche begnügen müssen, die sie an einem Stand auf dem Petticoat Lane Market gefunden hatte. David sah selbst umwerfend aus in seinem gut geschnittenen dunklen Anzug, zu dem er ein zinnfarbenes Hemd und eine marineblaue Krawatte trug, was das Umbrabraun seiner Augen gut zur Geltung brachte. Dazu besaß er die ungezwungenen Manieren von jemandem, der an die schönen Dinge des Lebens gewöhnt ist.

»Danke«, sagte sie. »Du siehst auch nicht schlecht aus. Dein Hemd gefällt mir.«

David grinste und warf sich sogleich übertrieben stolz in die Brust. »Was? Dieser alte Fetzen? Hab ich mir nur schnell übergeworfen!«

Nell kicherte. Man musste ihn einfach dafür mögen, dass er sich selbst nicht allzu ernst nahm. Er war offensichtlich ein sehr erfolgreicher Mann, aber dabei auf dem Boden geblieben. Und er besaß Humor. Mit einem Mal wurde ihr ganz leicht ums Herz. Vielleicht war der heutige Abend der Beginn von etwas wirklich Gutem.

Das Taxi hielt vor dem *Luca*, dem Edelitaliener, den sie sich für ihr Date ausgesucht hatten. Jedes Mal, wenn die schwere Glastür aufschwang und wunderschön gekleidete Paare hindurchtraten, ergoss sich warmes Licht in die abendliche Dunkelheit, und als David die Tür des Taxis aufmachte, da duftete die Luft so köstlich nach Knoblauch, dass Nell das Wasser im Mund zusammenlief. Wenn das Essen auch nur halb so gut war, wie die Kritiker behaupteten, dann konnten sie sich auf einen besonderen Genuss freuen.

»Wie viel macht das?«, fragte sie den Taxifahrer und zog ihr Portemonnaie hervor.

»Hey, steck das wieder weg«, sagte David stirnrunzelnd. »Ein Gentleman lässt doch seine reizende Begleitung nicht für das Taxi zahlen!« Er beugte sich vor und reichte dem Fahrer einen Zwanziger. »Behalten Sie den Rest«, sagte er.

»Danke.« Nell war das Ganze ein wenig peinlich, und es wurde noch schlimmer, als David darauf bestand, ihr aus dem Wagen zu helfen. Darauf war sie nicht vorbereitet, aber vielleicht war sie einfach nicht an romantische Männer und gute Manieren gewöhnt.

»Ich komme mir etwas albern vor«, sagte sie, als er eine Hand unter ihren Ellenbogen legte und sie mit sanftem Griff zum *Luca* geleitete. »Ich bin doch noch nicht achtzig!«

»Ich gebe nur auf dich acht, solange du mit mir ausgehst«, sagte er. »Lass mir doch meinen Willen. Ich wurde dazu erzogen, Frauen mit Respekt zu behandeln. Ich bin ein absoluter Verfechter des Feminismus, aber es spricht doch nichts gegen gutes Benehmen, oder?« Er lächelte auf sie herab und fügte hinzu: »Was nicht bedeutet, dass ich dich davon abhalten würde, wenn du das Bedürfnis hättest, dich von deinem BH zu befreien und ihn zu verbrennen!«

Nell musste wider Willen lachen. »Bevor wir uns über meine Unterwäsche unterhalten, könntest du mir erst einmal etwas zu essen spendieren!«

»Das habe ich auch vor – das heißt, dir etwas zu essen zu spendieren, nicht etwa, mich über deine Unterwäsche zu unterhalten ... O Gott«, stöhnte er und wurde knallrot. »Können wir noch mal neu anfangen?«

»Siehst du, in welche Schwierigkeiten einen gute Manieren bringen können?«, stichelte sie, während sie auf das Restaurant zuschritten und David sie so manövrierte, dass er es war, der an der Bordsteinkante entlangging. »Aber damit eins klar ist: Ich glaube, ich könnte mich durchaus daran gewöhnen, so behandelt zu werden.«

Er blickte auf sie herab, und sein Gesicht nahm plötzlich einen ernsten Ausdruck an. »Das will ich doch sehr hoffen«, sagte er leise.

Nell blieb keine Zeit, darüber nachzudenken, was das zu bedeuten haben könnte, denn David hielt ihr nun die Tür zum Restaurant auf, und der Oberkellner begrüßte sie wie längst verloren geglaubte Freunde. Zumindest war das ihr Eindruck, auch wenn es ihr schwerfiel, seinen Worten zu folgen, da er irgendetwas in seiner Muttersprache herunterratterte. David dagegen antwortete ihm sogleich in fließendem Italienisch, was Nell tief beeindruckte. Wow. Welche verborgenen Talente mochte er wohl noch haben?

»Oh, là, là! Sehr imponierend!«, flüsterte sie ihm zu, als sie zu ihrem Tisch geführt wurden.

»Du meinst wohl *mamma mia*«, erwiderte David lachend. »Oh, là, là ist Französisch.«

Nell stimmte in sein Lachen ein. »Da hast du's! Das ist der Beweis, dass du dich weder mit einer Französin noch mit einer Italienerin, sondern mit einer Banausin zum Essen verabredet hast!«

»So gut bin ich gar nicht«, sagte er, als der Kellner einen

Stuhl für Nell hervorzog und ihr dann mit einer schwungvollen Bewegung eine weiße Serviette über den Schoß legte. »Ich bin bloß zwei Jahre in Europa herumgereist, das ist alles. Es gibt nur wenige Sprachen, in denen ich keine Pizza bestellen kann!«

»Gut zu wissen, dass ich also niemals verhungern werde, wenn du bei mir bist!«, bemerkte Nell.

»Ich kann auch Wein bestellen«, sagte er grinsend.

Nell zog eine Augenbraue in die Höhe. »Gibt es irgendetwas, was du nicht kannst? Ein Gentleman, der auch noch Pizza und Wein in verschiedenen Sprachen bestellen kann? Jetzt sag bloß noch, dass du nicht zu denen gehörst, die die Fernbedienung in Beschlag nehmen, denn dann wäre ich versucht zu glauben, dass ich den Abend mit dem idealen Mann verbringe!«

Sie fühlte sich wohl in Davids Gesellschaft, denn es ging ungezwungen und locker zu, und sie mochte seinen Humor. Dazu machte er sich definitiv nicht über sie lustig, so wie es ihre Freunde oft taten. Ihre Unterhaltung floss so leicht dahin wie der sehr gute Prosecco, den David ausgesucht hatte, und bald schon war ihre Nervosität verschwunden. Sie war derart entspannt, dass sie sogar Linguine mit Meeresfrüchten bestellte, ohne sich auch nur im Mindesten Gedanken darüber zu machen, ob sie David aus Versehen mit Tomatensoße bespritzte, wenn sie die Nudeln um ihre Gabel wickelte, oder etwas davon auf ihrem eigenen Kinn landen könnte. Sie fühlte sich einfach wohl, und so wie er bei den Bruschetta mit extra viel Knoblauch zulangte, hatte er heute Abend wirklich nur vor, sich ein gutes Essen schmecken zu lassen.

»Wie hast du Jason eigentlich kennengelernt?«, fragte Nell, nachdem sie ihm dabei geholfen hatte, das köstliche Brot zu vertilgen.

Sie hatte die Hoffnung, dass David ihr möglicherweise Aufschluss darüber geben könnte, wer diese geheimnisvolle Frau in Jasons Leben war. Sie wusste, dass die beiden Männer gut miteinander befreundet waren, und möglicherweise hatte Jase sich ihm anvertraut. Es sah ihm gar nicht ähnlich, sich derart bedeckt zu halten. Es war so, als hätte Tigger aus Winnie Puuh aufgehört herumzuhüpfen. Überaus beunruhigend.

»Wir haben beide zusammen bei Lyle und Colyte angefangen«, sagte David, während wie aus dem Nichts eine ganze Schar hilfsbereiter Kellner auftauchte, um ihre Gläser neu zu füllen und Krümel wegzubürsten. »Wir haben viel zusammen gelacht. Jason hat immer Lust auszugehen, stimmt's?«

Nell nickte nachdenklich. »Eigentlich schon. Aber in letzter Zeit nicht mehr so sehr«, sagte sie, um die Unterhaltung in die Richtung zu lenken, die ihr vorschwebte.

»Tja, wir werden wohl alle älter und ruhiger«, bemerkte David. »Es gibt nichts Besseres, als sich Abend für Abend durch irgendwelche Schriftsätze arbeiten zu müssen, um das gesellschaftliche Leben eines Mannes zu ruinieren.«

Sie bezweifelte, dass das der Grund für Jasons Verhalten war. Bis vor Kurzem hatte ihn nichts davon abgehalten, das Nachtleben der Stadt zu genießen und irgendwelche Frauen abzuschleppen. Da steckte mehr dahinter als die Arbeit. Nell kannte Jason seit zehn Jahren und hatte ihn als überzeugten Playboy abgeschrieben, der so viele Freundinnen hatte, dass Hugh Hefner im Vergleich zu ihm monogam lebte. Falls er nun einer Frau begegnet war, die all dies geändert hatte, dann musste die schon etwas ganz Besonderes sein.

»Ich glaube, Jason hat jemanden getroffen, mit dem es ihm ernst ist.«

Davids Augenbrauen schossen in die Höhe. »Tut mir leid, ich habe dich wohl nicht richtig verstanden, aber es klang so, als hättest du gesagt, dass Jason eine Beziehung hat. Also, das stellt die Weltordnung auf den Kopf. Gleich werden Riesenechsen an uns vorbeispazieren!«

Nell schüttelte den Kopf. »Ich weiß, dass es wie Science-Fiction klingt, aber ich bin davon überzeugt. Als wir ihn neulich gefragt haben, wer sie ist, da hat er total gereizt reagiert.«

»Hmm, das ist seltsam, das muss ich zugeben. Weißt du was, ich werde meinen besten Privatdetektiv auf ihn ansetzen.«

Nell starrte ihn an. »Du hast einen Privatdetektiv? Tatsache?«

David tippte sich gegen die Nase und nickte. Er verzog einige Sekunden lang keine Miene, doch dann begannen seine Mundwinkel zu zucken. »Nein, tut mir leid, nicht wirklich. Aber ich habe eine sehr neugierige Sekretärin. Sie weiß über alles Bescheid, was in den Anwaltskanzleien Londons vor sich geht. Ich werde Alice auf den Fall ansetzen. Jasons unter Verschluss gehaltenes Leben gehört der Vergangenheit an!«

Nell lachte. Als die Kellner mit ihren Tellern, auf denen sich die köstlichsten Nudeln türmten, die sie jemals essen würde, eintrafen, kam sie zu dem Schluss, dass sie sich durchaus an diesen Dating-Kram gewöhnen könnte. Mit David schien alles so leicht zu sein.

»Das war ein wunderschöner Abend«, sagte David ein paar Stunden später mit sanfter Stimme, als das Taxi vor ihrem Haus hielt. Er streckte die Hand aus und strich ihr behutsam eine Locke aus dem Gesicht. »Darf ich dir einen Gutenachtkuss geben?«

Nell schmolz dahin wie Häagen Dazs. Das war so ziemlich das Süßeste und Romantischste, was sie jemals gehört hatte! Es war das erste Mal überhaupt, dass sie ein Mann fragte, ob er sie küssen durfte. Normalerweise legten die Kerle einfach los, und ehe sie sich versah, hatte sie das Gefühl, als ob eine Saugglocke an ihren Mund angesetzt worden wäre. Sie machte sich im Geiste eine Notiz, nur noch mit echten Gentleman auszugehen.

Oder, flüsterte eine zarte, hoffnungsvolle Stimme aus ihrem tiefsten Inneren, *vielleicht war David ja der Richtige*? Es war zwar noch zu früh, um das zu beurteilen, aber bisher schien er ziemlich perfekt zu sein …

»Das wäre schön«, flüsterte sie. »Sonst hätte ich den vielen Knoblauch umsonst gegessen!«

Obwohl es im Taxi dunkel war, sah sie im orangefarbenen Licht der Straßenlaterne, wie er lächelte. Ihr Herz begann zu rasen, als er sich zu ihr hinüberlehnte und seine Lippen ganz leicht und sanft die ihren berührten. Es war ein so süßer und verheißungsvoller Kuss, dass Nell für einen Moment versucht war, alle Bedenken über

Bord zu werfen und ihn noch auf einen Kaffee zu sich einzuladen. Nur Olives strenge Warnung, nicht gleich beim ersten Date zu viel zu geben, hielt sie davon ab. Ernsthaft! Es war fast so, als würde ihre junge Mitarbeiterin einem Gewissen gleich auf ihrer Schulter hocken!

Nell bestand darauf, die Taxifahrt zu bezahlen, um zumindest einen kleinen Beitrag zu dem Abend geleistet zu haben. Vor der Haustür winkte sie ihm noch einmal zu. Als sie mit einer Tasse starken Kaffees in ihrer Wohnung auf dem Sofa saß, spielte sie den Kuss in Gedanken immer und immer wieder durch, und ihr Herz flatterte dabei in ihrem Brustkorb wie ein nervöses Vögelchen.

Vielleicht hatte sie es der Tatsache zu verdanken, dass sie ein wenig beschwipst war, aber sie fühlte sich mutig genug, nach ihrem iPhone zu greifen und David eine SMS zu schreiben.

Ich dachte, die Gattung »Gentleman« sei ausgestorben. Du hast mich eines besseren belehrt. Danke für den tollen Abend!

Mit diesen Worten konnte sie doch nichts falsch machen, oder? Er war ein wirklich netter Mann, hatte sich großzügig gezeigt, und sie wollte ihn einfach wissen lassen, dass sie das zu schätzen wusste. Das war ja wohl ein völlig angemessenes Verhalten, ohne jemanden damit zu bedrängen, richtig? Für den Bruchteil einer Sekunde verharrte ihr Finger noch über der SENDEN-Taste, aber dann drückte sie darauf.

Na also. Erledigt. Die SMS sauste durch den Äther, und bevor sich Nell zu viele Gedanken darüber machen konnte, was Olive wohl dazu sagen würde und ob sie besser mit einem Kuss unterschrieben hätte, meldete ihr Handy, dass sie selbst eine SMS erhalten hatte.

Wow! David hatte ihr sofort zurückgesimst. Das ging ja schnell! Scheinbar hielt er nichts davon, einen auf cool zu machen. Er musste sie wirklich mögen … Aufgeregt öffnete sie die Nachricht und las zu ihrer Verwunderung:

Du hast mich eines Besseren belehrt.

Hä? Nell runzelte die Stirn. Was hatte das denn zu bedeuten? War das wieder einer von Davids Witzen? Vielleicht funktionierte sein Humor im Cyberspace nicht so gut? Sie überlegte noch einen Moment und antwortete ihm dann:

??????:)

Noch während sie ihren Kaffee austrank, meldete ihr Handy eine neue SMS, und sie stürzte sich darauf, gespannt, was er dazu sagte. Hatte er ihr vielleicht ein Funny geschickt? Oder ein Emoticon? Oder die Erklärung für einen geistreichen Witz unter Juristen, den sie als Floristin nicht kapierte?

Es heißt »eines Besseren belehren«, nicht »eines besseren belehren«.

Von einem Smiley oder einem Kuss weit und breit keine Spur. Nell starrte ungläubig auf die Worte herab. Er besaß tatsächlich die Frechheit, sie auf einen Rechtschreibfehler hinzuweisen, während sie ihm gerade eine Dankes-SMS geschickt hatte. Was für ein Pedant! So viel also zu seinem kultivierten Auftreten und seinem respektvollen Verhalten. David war einfach nur altmodisch und ganz offensichtlich doch nicht so perfekt.

Sie stellte das Handy aus und schüttelte den Kopf. Er mochte ja ein Häkchen bei »humorvoll« und »locker« und »besitzt eine gewisse Reife« bekommen, aber »Grammatikfanatiker« stand nicht auf ihrer Checkliste. Und auch nicht ein Mann, der ihr das Gefühl gab, dumm zu sein. David Jaffe gehörte wie diese erbärmliche SMS hundertprozentig in den Spam-Ordner ihres Liebeslebens.

Kapitel 13

Eigentlich gehörte das Dekorieren des Schaufensters zu Nells Lieblingsbeschäftigungen, aber selbst dabei schäumte sie immer noch vor Wut über Davids Fauxpas.

»Na schön, vielleicht bin ich nicht so gut in Rechtschreibung«, sagte sie. »Aber dafür gibt's ja schließlich die Autokorrektur. Und in neun von zehn Fällen funktioniert das auch wunderbar. Was für ein …«

»Ach, hör endlich auf darüber nachzugrübeln«, sagte Olive und setzte sich auf ihre Fersen zurück, um ihr Werk zu bewundern. »Das Schaufenster wird cool aussehen …«

Nell hatte sich für das Thema *Frühlingserwachen* entschieden, das sie zwischen all den Fantasien, in denen sie David vernichtende, grammatikalisch korrekte Abfuhren erteilte, mit viel Spaß umsetzten. Sie experimentierten mit gepunkteten Bändern, alten Bettfedern, die Nell auf einem Trödelmarkt gefunden und in Pastelltönen gestrichen hatte, und einer Auswahl von Weidenkörben. Der Frühling mochte ja das Motto sein, aber so eisig wie es im Laden war, wäre *Mitten im kalten Winter* wohl passender gewesen. Sie hatten die Heizung heruntergedreht, um die Blumen frisch zu halten, und Nell zitterte vor Kälte.

Zumindest glaubte sie, dass es an der Temperatur lag, obwohl möglicherweise auch ihre Wut auf David sie herunterkühlte. Wie konnte er es nur wagen, ihre Rechtschreibung zu verbessern? Für wen hielt sich der Kerl eigentlich?

»Aber jetzt mal im Ernst …«, Nell war mit ihrer Grübelei noch nicht durch. »Wer verbessert denn bei einer ersten Verabredung die Rechtschreibung seines Dates?«

»Einer, der Wert legt auf korrekte Grammatik?«, erwiderte Olive und handelte sich damit einen missbilligenden Blick ein.

»Vielleicht steht die Beherrschung der Grammatik ja ganz oben auf *seiner* Checkliste«, gab Craig zu bedenken, der gerade einen eingetopften Lorbeerbaum quer durch den Laden schleppte. »Und wenn du in Rechtschreibung schlecht bist, dann ist es wohl besser, wenn er es gleich am Anfang herausfindet.«

Nell drohte ihm mit dem Zeigefinger. »Fang du nicht auch noch an! Vielleicht ist es ja ein Zeichen. Tim hat sich als totale Enttäuschung entpuppt, und bei David war es auch nicht anders. Vielleicht sollte ich mit diesem ganzen Dating-Kram aufhören.«

»Willst du etwa als alte Jungfer enden?«, fragte Olive und fügte kopfschüttelnd hinzu: »Sei nicht so wählerisch, Nell. Vielleicht dachte David ja, seine SMS sei witzig.«

»Ach ja? Also, ich konnte nicht darüber lachen«, brummte sie.

Olive ignorierte ihren Kommentar. »Und dem armen Tim ging es furchtbar schlecht wegen seines Heuschnupfens. Das war bestimmt kein Vergnügen für ihn. Verdammt, Nell, gib dem armen Mann 'ne Chance!«

»Man kann ja nie wissen, vielleicht ist dir das Schicksal ja behilflich, und dein Traummann wartet gleich um die Ecke? Oft ist der perfekte Mann der, an den du gar nicht denkst«, sagte Craig, und obwohl er seine Worte an Nell richtete, waren sie ganz offensichtlich für Olive bestimmt. Er blickte dabei so hoffnungsvoll drein, dass er Nell furchtbar leidtat. Craig hätte angesichts der Aufmerksamkeit, die Olive ihm jemals wirklich schenken würde, genauso gut Harry Potters Unsichtbarkeitsumhang tragen können.

Olive ging mit jemandem aus, und dieses Mal schien es sie tatsächlich erwischt zu haben, denn Nell war aufgefallen, wie oft sie ihr Handy kontrollierte, wie sie lächelte, wenn sie eine SMS öffnete. Nell hätte so gern herausgefunden, ob es Jason war, aber wie sollte sie das anstellen, wenn die beiden derart geheimnisvoll taten? Wie schade, dass sich David als solch ein Trottel entpuppt hatte – er sollte sie ja eigentlich darüber ins Bild setzen.

»Der Traummann?«, spottete Olive und rammte mit Vehemenz eine Gerbera in eine Vase. »Ist er etwa ein Freund der Zahnfee und des Weihnachtsmannes? Komm schon, Craig, das hier ist das wirkliche Leben. Nell muss sich endlich eingestehen, dass wir alle nur Menschen sind.«

»Damit hast du natürlich recht«, erwiderte er. »Niemand ist perfekt.« Doch sein Gesichtsausdruck sagte, dass er Olive für ziemlich perfekt hielt.

Nell setzte ein strahlendes Lächeln auf – das gleiche Lächeln, das sie der Welt präsentierte, seit Alex und Maria ihre Verlobung verkündet hatten – und sagte betont fröhlich: »Wie auch immer! Ich habe sowieso keine Zeit, mir Gedanken über Männer zu machen. Ich habe mit dem Verkauf des Ladens schon genug um die Ohren. Das Letzte, was ich jetzt gebrauchen kann, sind irgendwelche Komplikationen.«

Olive gab ein Schnauben von sich, und Nell war sich sicher, dass sie gerade ein Gegenargument vorbringen wollte, als das Telefon läutete.

»*Every Blooming Thing*, wie kann ich Ihnen helfen?«, säuselte Olive. »Ja. Ja, das machen wir. Wirklich? Ach, Sie Ärmste. Ich bin sicher, dass wir das schaffen. Ich reiche Sie mal weiter an die Besitzerin, Nell Marnie. Nicht weinen! Hier ist sie schon.«

»*Brautmonster*«, formte Olive unhörbar mit ihren Lippen, als sie den Hörer des Ladentelefons an Nell weiterreichte und dabei die Augen verdrehte und so tat, als würde sie sich die Kehle aufschlitzen. Nell verdrehte ebenfalls die Augen. Sie konnte die lauten, panischen Töne schon hören, bevor sie den Hörer überhaupt ans Ohr gepresst hatte. Also wirklich, wie viele Beweise benötigte sie denn noch, dass Beziehungen nichts als Kummer bereiteten?

Sie hatte mittlerweile schon den Überblick darüber verloren, von wie vielen gestressten Bräuten sie im Laufe der Jahre am Telefon angeschrien/angeschluchzt/angefleht worden war.

»Sie müssen mir helfen«, sagte die fordernde Stimme

einer jungen Frau am anderen Ende der Leitung. »Mein Name ist Katerina, und ich werde am Samstag heiraten, aber mein verdammter Florist hat in letzter Sekunde einen Rückzieher gemacht. Es ist eine Katastrophe. Jetzt versuche ich händeringend einen anständigen Ersatz zu finden, und jeder, mit dem ich gesprochen habe, hat mir gesagt, dass Ihr Laden großartig ist.«

»Sie Ärmste«, sagte Nell mitfühlend. »Wie schrecklich.« Während Katerina ihr in aller Ausführlichkeit ihre Leidensgeschichte erzählte, blätterte Nell durch ihren Terminplaner, um nachzuschauen, ob sie am nächsten Wochenende Zeit hatten. Es gab tatsächlich eine Lücke.

»Wir haben die Möglichkeit, Sie einzuschieben«, sagte sie, als die verzweifelte Braut endlich einmal Luft holte.

»Wirklich? Gott sei Dank! Allerdings habe ich kein sehr großes Budget mehr zur Verfügung.«

»Kein Problem. Atmen Sie erst einmal ganz tief durch«, beruhigte Nell sie. Ernsthaft, was sie neben ihrer Arbeit mit den Blumen noch so alles an psychologischer Betreuung leistete, war einfach lächerlich. Da hätte sie gleich Therapeutin werden können. »Ich habe Angebote für jeden Geldbeutel. Also, kein Grund zur Panik.«

»Fantastisch! Vielen Dank auch!«, sprudelte es aus Katerina heraus. Nell sah zu Olive hinüber und reckte den Daumen gen Decke. Es war toll, einen weiteren Auftrag zu bekommen, wo die Lage im Moment doch so angespannt war.

Olive erwiderte die Geste.

»Ich gebe Ihnen meine Assistentin, die die Kosten und die Details mit Ihnen durchgehen wird«, erklärte sie der potenziellen Kundin. Kaum hatte sie das Telefon übergeben, bekam sie einen weiteren Anruf auf der zweiten Leitung.

Es war Molly McGrath, die einen Floristen für den einundzwanzigsten Geburtstag ihres Sohnes suchte. Aus irgendeinem Grund schienen die McGraths von Nell angetan gewesen zu sein, was wohl vermutlich daran lag, dass sie bei der Beerdigung ihres Großvaters wie sie ein paar Gläser zu viel getrunken und ein paar Tränchen vergossen hatte, und als Molly auflegte, da hatte Nell einen Auftrag im Wert von ein paar tausend Pfund in der Tasche.

Auf einmal schien David Jaffe und sein Grammatiktick keine so große Rolle mehr zu spielen. Der Laden hatte zwei große Aufträge innerhalb von zehn Minuten erhalten! Langsam entwickelte sich das hier zu einem tollen Tag. Sie könnte es sich wahrscheinlich sogar leisten, Nachhilfe in Rechtschreibung zu nehmen …

»Gut gemacht!« Olive klatschte Nell ab. »Vielleicht rückt diese Weltreise nun doch in den Bereich des Möglichen!«

Nell wich einen Schritt zurück. Olive wirkte für jemanden, der sich eine Menge dazuverdienen würde, ziemlich kühl, ja eigentlich nicht im Geringsten überrascht …

»Hast du etwa irgendetwas damit zu tun?«, fragte sie.

Olives hübsches Gesicht stellte mit seinen arglosen Kulleraugen ein Bild der Unschuld dar.

»Natürlich nicht. Diese Leute lieben dich eben. Sie wollen dich vermutlich zu ihrer Hoflieferantin machen.«

»Hmm …« Nell war nicht ganz überzeugt. »Und was ist mit Katerina? Das kam mir doch alles ziemlich dramatisch vor. Welcher Florist, der etwas auf sich hält, lässt eine Kundin fünf Tage vor der Hochzeit einfach hängen? Ich hätte sie fragen sollen, wer das gewesen ist. Hast du eine Anzahlung vereinbart?«

»Gott, es muss wirklich die Hölle sein, in deinem misstrauischen Kopf zu leben«, bemerkte Olive. »Akzeptiere es doch bitte einfach, dass wir ausnahmsweise mal Glück haben! Wir haben es verdient. Und was ist schon dabei, wenn das Schicksal manchmal eine helfende Hand benötigt?«

Nell war kurz davor, Olive zu bitten, ihr zu erklären, was sie mit dieser kryptischen Bemerkung meinte, als sie etwas davon abhielt. Vielleicht war es an der Zeit, ihre Skepsis hintenanzustellen und es einfach zu akzeptieren, dass die Dinge ausnahmsweise einmal gut liefen. Dass sie besseren Zeiten entgegensah. Der niesende Tim und dieser Grammatikfreak David konnten sie mal gernhaben! Sie würde ihr Leben ab sofort in die eigene Hand nehmen. Nicht mehr länger herumsitzen und abwarten, was sich ergab. Sie wollte nachhelfen, damit sie etwas erreichte.

Sie hatte das komische Gefühl, dass dies der Beginn von etwas wirklich Wunderbarem war!

Kapitel 14

Nell tippte die letzten Zahlen in ihr Laptop und drückte mit einem Stoßgebet zum Mathegott die Ergebnistaste. Rechnen war nie ihre Stärke gewesen, und sie hatte mehrere Stunden und eine halbe XXL-Tafel Schokolade benötigt, um sich durch das Zahlenwerk zu kämpfen, das Stanley Stalks ihr zugeschickt hatte. Als das Ergebnis erschien, runzelte Nell die Stirn. Das konnte ja wohl nicht stimmen. Das war viel zu hoch. Da musste wohl ein Komma verrutscht sein. Sie stieß frustriert den Atem aus, betätigte die Löschtaste und gab die Zahlen noch einmal ein, bloß um wieder auf dieselbe Summe zu kommen.

Nell lehnte sich auf ihrem Stuhl zurück und holte tief Luft. Es schien so, als würde sie nach dem Verkauf des Ladens nicht nur in der Lage sein, ihre Schulden abzuzahlen und auf Reisen zu gehen, sondern es bliebe auch noch eine beachtliche Summe übrig, die sie investieren könnte. Sie hatte die ganze Zeit auf einer Goldmine gegessen. All die harte Arbeit ihrer Mutter und die Opfer, die sie gebracht hatte, hatten sich mehr als bezahlt gemacht. Nell wünschte nur, dass Elsie Marnie es noch miterlebt hätte.

Nell war ein bisschen wackelig auf den Beinen, als sie vom Küchentisch aufstand, um sich ein Glas Weißwein randvoll einzugießen. Während sie in kleinen Schlucken trank, dachte sie darüber nach, dass sie zum ersten Mal in ihrem Leben Geld auf der hohen Kante haben würde und eigenmächtig über ihr Schicksal bestimmen könnte. Sie musste nicht mehr abwechselnd mit *Barclaycard* und *Visa* jonglieren – was sie inzwischen so meisterhaft beherrschte, dass sie sich fragte, warum sie nicht schon längst ein Zirkus angeworben hatte – und definitiv nicht mehr jedes Mal den Atem anhalten, wenn sie ihre Karte in den Einführschlitz steckte. Sobald der Papierkram unterzeichnet war und Stanley Stalks die Schlüssel für *Every Blooming Thing* in seinen sorgfältig manikürten Händen hielt, wäre sie frei und könnte tun und lassen, was sie wollte.

Also warum hüpfte sie nicht vor Begeisterung in der Gegend herum?

Es war genau das, wovon Nell seit einer Ewigkeit träumte. Zwar raste ihr Herz und ihre Knie zitterten, aber das lag eher an ihrer Panik als an der freudigen Erwartung. *Komm schon*, mahnte sie sich streng, *da draußen wartet die ganze Welt nur darauf, von dir entdeckt zu werden! Du kannst gehen, wohin du willst!*

Das Problem war nur, dass sie keine Ahnung hatte, wohin sie gehen sollte. *So weit weg von Alex und Maria wie nur eben möglich*, dachte Nell traurig. Irgendwohin, wo sie einen Neuanfang machen konnte und nicht jeden Tag mitansehen musste, wie der Mann, den sie liebte, glücklich mit ihrer besten Freundin verheiratet war. Nell trank ihren Wein aus. Sie musste sich eingestehen, dass sie im Leben immer nur mitgeschwommen war, zugelassen hatte, dass ihr Dinge passierten, anstatt nachzuhelfen, dass sie passierten. Dies war das erste Mal, dass sie selbst die Initiative ergriff, und dieser Schritt jagte ihr furchtbare Angst ein.

Maria schien gespürt zu haben, dass sie an sie dachte, denn Nells iPhone erwachte zum Leben, und das lächelnde Gesicht ihrer Freundin erschien auf dem Display.

»O mein Gott, hast du schon auf *mylonelymate.com* nachgesehen?«, fragte ihre Freundin sie atemlos.

Nell klemmte sich das Handy unters Kinn und griff nach der Weinflasche. Etwas sagte ihr, dass sie ein weiteres Glas benötigen würde.

»Nein, auf dieser Seite war ich noch nie«, erwiderte sie. »Allerdings beschleicht mich gerade das ungute Gefühl, dass sich dies bald ändern könnte.«

»Na ja, entweder hast du wie ich eine Zwillingsschwester, von der wir beide nichts wissen«, sagte Maria gedehnt, »oder du tischst mir gerade Lügen auf. Eleanor Marnie – verheimlichst du mir etwas?«

Nells Herz begann schneller zu schlagen und zwar in einem Tempo, das man für gewöhnlich eher mit der Formel 1 assoziierte. Natürlich verheimlichte sie Maria etwas – die Tatsache, dass sie über beide Ohren in ihren Verlobten verliebt war. Einen furchtbaren Moment lang befürchtete Nell schon, Maria könnte ihre Gedanken lesen, doch dann hörte sie, wie ihre Freundin lachte.

All die Angst und Schuldgefühle und Verzweiflung mit sich herumzuschleppen tat ihr wirklich nicht gut. Sie kam sich vor wie eine tragische Heldin in einem Shakespeare-Stück.

»Jonny war hin und weg«, sagte Maria amüsiert. »Er hat mich sogar mitten in einem Meeting unterbrochen, um mich zu fragen, ob du das wirklich bist. Er war derartig begeistert, dass ich schon Angst hatte, er könne explodieren.«

»Ich habe keine Ahnung, wovon du da redest.«

»Also, wenn du gern ein Date mit Jonny gehabt hättest, hätte ich das für dich arrangiert. Er wäre so glücklich gewesen, dass er mich wahrscheinlich zur Abteilungsleiterin ernannt hätte. Ehrlich gesagt verletzt es mich ein bisschen, dass du mich nicht eingeweiht hast, Nell. Ist dir meine Karriere denn völlig egal?«

»Jetzt willst du mich also für eine Beförderung mit deinem Boss verkuppeln?«, konterte Nell.

»Die Zeiten sind hart! Und ich muss eine Riesenhochzeit bezahlen«, sagte Maria lachend.

»Ich weiß wirklich nicht, wovon du redest …« Aber Nell hatte einen Verdacht. Olive musste sie, obwohl sie es ihr ausdrücklich verboten hatte, auf dieser Dating-Website angemeldet haben.

»Dann sieh mal besser selbst nach. Jemand hat dir ein Profil auf *mylonelymate.com* erstellt und …« Maria zögerte.

Nell spürte, wie sich ihr Magen verkrampfte. »Und was?«

»Und … äh … es ist nicht gerade das schmeichelhafteste Profil aller Zeiten«, sagte Maria taktvoll.

Diese verdammte Olive! Ein *Nein* drang einfach nicht

zu ihr durch. Nell setzte sich wieder an den Küchentisch, öffnete ihr Laptop und rief die Seite auf, während Maria am anderen Ende der Leitung wartete.

»Das Foto ist eine interessante Wahl«, fügte ihre Freundin vorsichtig hinzu. »Ich vermute mal, dass sie das von deiner Facebook-Seite geklaut hat?«

Nell stieß ein Keuchen aus. Ihr Profilfoto war ein Schnappschuss, der Nell im Bikini zeigte und während der außergewöhnlichen Hitzewelle im letzten Sommer am Strand von Brighton aufgenommen worden war. Sie waren zu viert in Jasons BMW zur Küste gefahren und hatten den Tag am Strand verbracht, Softeis gegessen und sich ins kalte Meer gestürzt. Olive musste es in einem unbeobachteten Moment aus der Photothek im Ladencomputer abfotografiert und Alex und Maria herausgeschnitten haben.

»Ich werde sie umbringen«, sagte Nell grimmig. »Wie verzweifelt muss jemand sein, der auf einer Dating-Website im Bikini posiert? Jetzt wird doch jeder Perversling und Spinner versuchen, mir eine Nachricht zu schicken.«

»Wenn ich deine Titten hätte, würde ich jeden Tag einen Bikini tragen!«

»Vielen Dank auch«, sagte ich. »Aber sieh dir nur an, was sie geschrieben hat! ›Meine Freundin Nell braucht dringend einen Mann, der sie aus ihrem Trott herausholt. Sie ist keine Langweilerin, lebt aber routinemäßig ihren Alltag und ist in der Vergangenheit verhaftet. Sie kommt mir manchmal vor, als sei sie schon 50 und keine 28! Bist du der Mann, der sie retten kann?‹«

Nell spürte, wie sie rot wurde, und das in ihren eigenen vier Wänden. »Was hat sie sich nur dabei gedacht?«, brummte sie.

»Nachdenken gehört nicht gerade zu Olives Stärken«, gab Maria zu bedenken. »Sie gehört eher zu der Kategorie ›Erst handeln, dann denken‹.«

»Ich brauche einen Mann, der mich aus meinem Trott herausholt?« Nell war empört. »Und ich soll in der Vergangenheit verhaftet sein? Das stimmt doch gar nicht!«

Maria blieb stumm.

»Das bin ich *nicht*! Vielen Dank auch, jetzt fühle ich mich so richtig schlecht!« Tränen schossen Nell in die Augen, und sie blinzelte sie wütend fort. Die würden sich noch wundern, wenn sie loszog und um die Welt reiste. Dann würden sie alle sehen, dass sie ganz und gar nicht in der Vergangenheit verhaftet war.

»Bist du natürlich nicht, Süße«, sagte Maria rasch. »Du … verlässt halt nur ungern deinen Wohlfühlbereich.«

»Und das muss ich mir von der Frau sagen lassen, die ihren Freund aus Uni-Zeiten heiratet«, hielt ihr Nell entgegen.

»Touché«, sagte Maria. Eine verlegene Pause entstand. Dann sagte sie: »Wir müssen uns doch alle an die eigene Nase fassen, wenn es um unser Bestreben geht, bis zu einem gewissen Grad Vertrautheit und Sicherheit vorzuziehen. Ich wusste, dass ich ein Risiko einging, als …« Sie verstummte abrupt, ganz so, als hätte sie bereits zu viel gesagt, und weckte damit sogleich Nells Interesse.

»Als was?«

»Als ich etwas anderes im Büro hätte tun können.« Maria schien aus der Fassung gebracht, was selten vorkam. Es war ihr offenbar daran gelegen, das Thema zu wechseln, und sie fügte rasch hinzu: »Auf jeden Fall solltest du dir, bevor du Olive den Kopf abreißt, all die anderen Dinge ansehen, die sie über dich geschrieben hat. Die sind wirklich nett.«

Nell wartete. Sie war sich nicht sicher, ob ihr das, was nun kam, gefallen würde. Sie scrollte nach unten und las mit.

»Unter ›Fünf Worte, mit denen ich meine Freundin beschreiben würde‹, steht Folgendes: *Hübsch. Witzig. Relaxt. Treu. Verlässlich.*«

»*Treu und verlässlich*? Das klingt ja, als wäre ich ein Schoßhund! Welcher Typ will schon mit einem Mädel ausgehen, das *treu und verlässlich* ist? Das schreit ja förmlich nach todlangweilig. Ist es wirklich das, was alle von mir denken?«

»Lass es uns doch mal herausfinden«, schlug Maria vor. »Alex, Schatz?«

Nell vernahm eine geknurrte Reaktion im Hintergrund.

»Beschreib doch mal unsere Nell in fünf Worten.«

Sie fragte Alex? Wenn der jetzt *zuverlässig* und *nett* sagte, würde sie aus dem Fenster springen. Nell bemerkte plötzlich, dass sie den Atem anhielt.

»*Liebenswürdig*«, sagte er.

Okay. Damit konnte sie leben.

»*Witzig*.«

Er findet mich witzig! Das war auf Nells Checkliste!

»*Schön*.«

Nell entfuhr ein Keuchen, das sie rasch mit einem Räuspern zu verbergen versuchte. Alex fand sie schön.

»Sexy!«, rief Alex.

Nell blieb der Mund offen stehen. Alex fand sie sexy? Wirklich? Sie wusste nicht, ob sie lachen oder weinen sollte. Was wohl Maria von dem hielt, was Alex sagte?

»Oh … eins noch.« Er dachte einen Moment lang nach. *»Gutgläubig!«*

Alex und Maria brachen am anderen Ende der Leitung in schallendes Gelächter aus.

»Haha, sehr witzig! Vielleicht sollten wir noch hinzufügen: *Beweist miesen Geschmack bei der Freundeswahl!*«

»Ach Nell, nimm es nicht so ernst«, sagte Maria. »Du bist echt ein Hingucker.«

»Hm«, schmollte sie.

»Am Ende ist es doch egal, was *wir* denken. Es kommt darauf an, wie du dich selbst findest.«

Nell war nicht in Stimmung für Küchenpsychologie, und sie wollte jetzt partout nicht analysieren, warum es ihr so viel bedeutete, dass Alex sie sexy fand. Um das Thema zu wechseln, sagte sie: »Wie läuft es eigentlich bei euch, seit ihr euch wegen dieses Theaterabends gestritten habt?«

»Ach prima«, erwiderte Maria leichthin. »Wir sind doch verlobt, oder? Jedes Paar hat mal Höhen und Tiefen.«

»Rann nie der Strom der treuen Liebe sanft«, zitierte Nell von der Karte.

Maria verstummte, und Nell wollte gerade fragen, ob sie noch da war, als ihre Freundin seufzte. Irgendetwas stimmte nicht, das spürte Nell. Und vorhin war sie sich sicher gewesen, dass Maria ihr etwas sagen wollte.

»Ist alles in Ordnung?«, fragte sie.

»Klar«, versicherte Maria ihr. »Tut mir leid, Süße, aber ich muss Schluss machen. Alex zieht schon ein Gesicht, weil wir gleich loswollen. Ich rufe dich wieder an, okay? Und versuch, Olive bis dahin nicht umzubringen. Sie ist eine Nervensäge, aber sie meint es gut.«

Nachdem sie Maria versichert hatte, dass Olives Leben nicht in Gefahr war (wobei sie dabei hinter ihrem Rücken die Finger gekreuzt hatte), beendeten sie das Gespräch, und Nell starrte nachdenklich auf den Bildschirm. Würde ein netter Mann die Frau, die Olive dort beschrieb, gern kennenlernen?

Ein Klopfen an der Tür riss Nell aus ihren Gedanken. Sie spähte hinaus und erblickte zu ihrer Verblüffung David Jaffe mit einer Flasche Wein und einem Blumenstrauß. Na toll. Ein Besuch von diesem Grammatikfetischisten hatte ihr gerade noch gefehlt.

»Einen Moment«, rief sie. »Bin gleich da.«

Nell flitzte wie der Tasmanische Teufel in ihrer Wohnung herum, verfrachtete das ungewaschene Geschirr unter die Spüle, schlug die Schlafzimmertür zu, damit er nicht den Haufen Bügelwäsche zu sehen bekam, und fuhr sich dann mit den Fingern durchs Haar. Mit dieser kleinen Aufräumaktion wollte sie nicht etwa David beeindrucken – diese Chance hatte sie sich ohnehin bereits entgehen lassen –, sondern es war ihr ein instinktives Bedürfnis, um sich nicht nachsagen zu lassen, neben einer potenziellen Rechtschreibschwäche auch noch einen schluderig geführten Haushalt zu haben. Ein kleiner Abstecher ins Badezimmer, wo sie sich etwas Zahnpasta auf die Zunge drückte, um den Geruch des Alkohols zu überdecken – sie wollte nicht, dass er sie für eine Trinkerin *und* eine Analphabetin hielt –, und schon war Nell startklar.

Als sie die Tür öffnete und er sie mit diesem niedlichen Grübchen-Grinsen begrüßte, da fiel ihr sofort wieder ihr Abschiedskuss ein, was sie erröten ließ und ihren Puls in die Höhe jagte. Offensichtlich war ihre Libido nicht nachtragend.

»Hallo David«, sagte sie mit ruhiger Stimme. »Was machst du denn hier?«

»Äh …« Er schien verwirrt. »Du hast mir doch vorhin eine SMS geschickt und mich gebeten vorbeizukommen. Weil du noch Fragen zu den Verkaufsunterlagen hättest.«

»Hab ich nicht. Und wenn ich Fragen hätte, dann würde ich …«, hob Nell protestierend an, verkniff sich dann aber, den Satz zu beenden, als der Groschen fiel.

Nell musste widerstrebend eingestehen, dass sie so etwas wie Bewunderung empfand. Olive hatte ganz offensichtlich einen sehr produktiven Morgen gehabt und sich wieder einmal eingemischt. Sie musste wohl heimlich Nells Handy stibitzt und David hinter ihrem Rücken eine Nachricht gesimst haben.

Dann kam Nell mit einem Mal ein Gedanke. Das hier war ihre Chance, sich an David zu rächen.

»Stimmt, ich hätte da eine Frage«, gab sie zu, als er ihr in die Diele folgte. »Wenn ich den Vertrag herhole, könntest du mir dann vielleicht etwas erklären?«

»Mit Vergnügen«, erwiderte David.

Nell bat ihn, auf dem Sofa Platz zu nehmen, und holte die Unterlagen aus der Küche.

»Hier, sieh mal …« Sie reichte sie ihm und deutete an verschiedene Stellen auf der aufgeschlagenen Seite.

»Also, wahrscheinlich bin ich einfach zu blöd, um es zu kapieren, aber könntest du mir vielleicht die Bedeutung dieser Worte erklären, damit sie auch ein Idiot mit Rechtschreibschwäche versteht?«

»O Gott.« David wurde rot. »War wohl nicht so toll, dass ich deine SMS verbessert habe, was?«

Nell schüttelte den Kopf. »Ganz und gar nicht toll.«

Er stieß einen langen Seufzer aus. »Entschuldige. Es liegt daran, dass ich meine Tage damit verbringe, Verträge durchzulesen. Die Fehler springen mir einfach sofort ins Auge. Es war eine automatische Reaktion.« Er ließ den Kopf hängen. »Es tut mir wirklich sehr leid. Hab ich's vermasselt?«

Hatte er das? Nell war davon überzeugt gewesen, aber nun, da sie ihn so beschämt vor sich sitzen sah und er mit seinen geröteten Wangen und diesem verlorenen Ausdruck auf dem Gesicht wie ein kleiner Junge wirkte, fand sie das irgendwie süß und war sich nicht mehr so sicher. Außerdem hatte er sich entschuldigt. Wie Olive schon sagte, niemand ist perfekt, und bis zu dieser SMS war das Date mit ihm das beste gewesen, das sie seit einer Ewigkeit gehabt hatte.

»Hmm … Entschuldigung angenommen«, sagte Nell. »Aber ich warne dich, solltest du anfangen, meine Nachrichten auf Facebook zu verbessern, kann ich für mein Handeln nicht mehr verantwortlich gemacht werden.«

»Das würde ich doch nie wagen!«, erwiderte David grinsend. »Hättest du Lust, dir diese Flasche Wein mit mir zu teilen?«

»Ein anderes Mal gern.« Nell wollte ihn nicht so einfach davonkommen lassen. Sie hatte David zwar die ungebetene Rechtschreibnachhilfe vergeben, aber es konnte nicht schaden, ihn ein wenig zappeln zu lassen.

»Ich werde dich beim Wort nehmen«, sagte er, als Nell ihn aus dem Zimmer führte. »Unser Abendessen neulich hat mir nämlich wirklich gut gefallen.«

»Mir auch.« Sie waren an der Wohnungstür angekommen, und er lächelte sie an. Sein Mund war nur einen Kuss weit entfernt, und für einen Augenblick geriet Nells Entschluss ins Wanken. Doch dann erinnerte sie sich, wie entschieden Olive darauf beharrt hatte, dass sie erst einmal sparsam mit dem umgehen sollte, was sie zu bieten hatte, und da sich Olive berufen fühlte, als Nells Dating-Guru zu fungieren, konnte es vielleicht nicht schaden, auf sie zu hören.

»Ach ja, noch was«, sagte David. »Ich wollte dich noch fragen, ob du Interesse daran hast, dich um den Blumenschmuck für die Feier zur Silberhochzeit meiner Eltern zu kümmern? Ich wollte sie mit etwas Besonderem überraschen. Was hältst du davon?«

Was sie davon hielt? Dass das ja nun wirklich der schlechteste Vorwand war, den jemals ein Typ vorgebracht hatte, um Zeit mit ihr verbringen zu können! Aber wenn David sein Geld unbedingt in ihrem Laden ausgeben wollte, um sie zurückzugewinnen – warum nicht?

»Solche Feiern mag ich«, sagte sie. »Wenn ich Zeit habe, mache ich es gern.«

Davids Lächeln erleuchtete praktisch die ganze Straße.

»Klasse! Ich melde mich bei dir, und dann können wir uns ja treffen, um die Details zu besprechen.«

»Prima.« Nells Herz machte einen kleinen Freudensprung, und einen Moment lang glaubte sie, er würde sich vorbeugen und sie auf den Mund küssen, doch stattdessen gab er ihr nur ein Küsschen auf die Wange und wünschte ihr eine gute Nacht. Als sie die Tür hinter ihm geschlossen hatte und er davongefahren war, wartete sie darauf, dass sich ihr Pulsschlag wieder normalisierte. Vielleicht mochte sie David Jaffe doch mehr, als sie sich bisher eingestanden hatte.

Ob sich Olives Engagement vielleicht doch auszahlte?

Kapitel 15

Nells Dating-Checkliste

Lockerer Typ ☐

Es war früher Abend, und Nell war mit einem kleinen nervösen Flattern im Bauch unterwegs zur Volkshochschule. Sie hatte Tim seit dem peinlichen Niesattacken-Date nicht mehr gesehen. Hoffentlich führte dies nicht zu unangenehmen Situationen im Kurs, weil sie sich nun beide in der Gegenwart des anderen ein wenig unwohl fühlten. Sie hatten sich zwar ein paar halbherzige SMS geschickt, aber keiner hatte vorgeschlagen, sich noch einmal zu treffen. Nell war enttäuscht. Es wäre wirklich eine Schande, wenn sie den Kurs abbrechen müsste, weil sie sich unbehaglich fühlte.

Sie war wieder einmal spät dran, weil ihr in der letzten Minute noch eine Bestellung dazwischengekommen war, und so schlich sie sich in den Klassenraum. Tim schien bereits richtig in Fahrt zu sein. Sie ließ sich auf den leeren Stuhl neben Susanna gleiten, und als er zu ihr herüberblickte, lächelte sie ihn an. Tim erwiderte ihr Lächeln schüchtern, und Nell begriff, dass er ebenso verlegen war wie sie, weshalb sie sich gleich viel besser fühlte.

»Auch wenn die digitale Fotografie in der heutigen Zeit für die Mehrheit der Fotografen zum dominierenden Medium geworden ist, gibt es immer noch viele von uns, die der Ansicht sind, dass sich ein wahrheitsgetreues Ergebnis nur dann erzielen lässt, wenn man mit Film arbeitet. Für diejenigen unter euch, die einmal gern sehen würden, wie die Dinge früher gemacht wurden, habe ich heute Abend eine Dunkelkammer vorbereitet.«

War das jetzt nur Einbildung, oder waren die letzten Worte an sie gerichtet? Nell stellte sich vor, im Dunklen mit ihm allein zu sein – vorzugsweise ohne Blumen –, und ein kleiner Schauer überlief sie.

»Wie geht's dir?«, flüsterte Susannah. »Hast du daran gedacht, die Batterien aufzuladen?«

»O ja. Und ich habe für alle Fälle sogar noch Ersatz dabei.«

Susannah lachte.

»Ihr zwei scheint ja eine Menge Spaß zu haben!« Tim setzte sich mit seinem ansehnlichen, in Jeans gehüllten Hinterteil auf ihren Tisch und grinste sie von oben an.

»Und ob!«, bestätigte Susannah, die ihre Kamera überprüfte und ihm dabei lächelnd zuzwinkerte.

»Und du, Nell? Hast du immer noch Freude an dem Kurs?«, erkundigte er sich leise. Die unterschwellige Botschaft war eindeutig.

»Absolut«, erwiderte sie.

»Gut.« Tim zögerte einen Moment, schien noch etwas sagen zu wollen, doch er konnte wegen der anderen Teilnehmer – nicht zuletzt Susannah, die ihn amüsiert mit zusammengekniffenen Augen beobachtete – nicht weiter ins Detail gehen. »Wir werden heute mit einem männlichen Aktmodell arbeiten. Sein Name ist Darius. Das sollte euch eine Hilfe dabei sein, den Umgang mit Licht und Bildeinstellungen zu üben.«

»Klingt gut.«

Tim rutschte ein wenig auf dem Tisch hin und her. »Bis später dann?«, sagte er mit einem hoffnungsvollen Fragezeichen versehen zu Nell.

»Ja, bis später«, erwiderte Nell zustimmend, die irgendwie Mitleid mit ihm hatte. Schließlich war es nicht Tims Schuld, dass ihn Allergien plagten.

»Prima!«, sagte er und schenkte ihr ein so süßes Lächeln, dass sie beinahe dahingeschmolzen wäre und ihn auf der Stelle gefragt hätte, ob er Lust hatte, hinterher noch einen mit ihr trinken zu gehen. Eine andere Teilnehmerin hielt sie jedoch davon ab.

»Tim, würdest du mir bitte mal helfen?«

Er eilte davon, und Nell starrte ihm hinterher. Er war eigentlich gar nicht so übel. Sie würde ihn schon gern wiedersehen.

»Raus damit! Was läuft da zwischen euch beiden?«, zischte Susannah, sobald Tim außer Hörweite war. »Und komm mir nicht mit ›gar nichts‹, denn ich hab Augen im Kopf!«

Nell lachte. »Aber eigentlich trifft es ›gar nichts‹ am besten. Wir haben uns einmal getroffen, aber das war ein Desaster. Ich glaube nicht, dass noch irgendwas draus wird.«

»Schade, er ist verdammt sexy für so einen Jungspund!«, stellte ihre neue Freundin fest. »Aber was soll's, andere Mütter haben auch schöne Söhne. Es bringt ja nichts, wenn du deine Zeit verschwendest. Du wirst es sofort merken, wenn dir die wahre Liebe begegnet.«

»Glaubst du?« Das war das genaue Gegenteil von dem, was Olive ihr riet.

Susannah nickte. »Ich weiß es, Nell. Als ich meinen Mann getroffen habe, da wusste ich innerhalb von Minuten, dass ich ihn heiraten würde. Wenn dir der Richtige über den Weg läuft, dann weißt du es einfach.«

Wem sollte Nell nun glauben – einem Mädel Anfang zwanzig, das seine Tipps aus Zeitschriftenartikeln bezog, oder dieser erfahrenen älteren Frau?

»Du weißt sofort, ob ihr füreinander bestimmt seid und er der Mann ist, mit dem du den Rest deines Lebens verbringen willst«, fuhr Susannah fort. »Niemand sonst wird ihm auch nur im Entferntesten das Wasser reichen können.«

Eine kalte Hand legte sich um Nells Herz. Wenn das stimmte, dann war sie aufgeschmissen. Alex war der einzige Mann, mit dem sie sich vorstellen konnte, den Rest ihres Lebens zu verbringen. Alex, der ihre beste Freundin liebte und mit ihr verlobt war. Sie fühlte sich mit einem Mal wie ausgelaugt, wenn sie nur daran dachte, was dies für die Zukunft ihrer Freundschaft bedeutete.

»Also gab es für dich immer nur deinen Ehemann?«, fragte sie. »Niemals einen anderen?«

Susannah schüttelte den Kopf. »Ich habe Richard mit

sechzehn kennengelernt. Wir waren quasi dreißig Jahre lang unzertrennlich, und es vergeht kein einziger Tag, an dem ich ihn nicht furchtbar vermisse.«

Nell nahm ihre Hand. »Tut mir leid.«

»Das muss es nicht«, erwiderte Susannah lächelnd. »Es war ein Segen, dieses Glück erfahren zu dürfen. Wir sollten Freude an unserem Leben haben, Nell. Es gibt immer neue Abenteuer, die gleich um die Ecke auf uns warten. Und hier kommt so eins!« Sie stupste Nell mit dem Ellenbogen, denn der war entgangen, dass ein junger Mann in einem Bademantel zur Tür hereingekommen war. Im selben Moment, als Nell sich ihm zuwandte, entledigte er sich des Bademantels. Und er war darunter bis auf ein kleines Handtuch, das er sich um die Hüften geschlungen hatte, völlig nackt!

Das musste Darius sein, ihr Aktmodell. Er war ein Traum von einem Mann mit breiten Schultern, schmalen Hüften, langen Beinen und schulterlangem tiefschwarzem Haar. Darius nahm mit einer anmutigen, fließenden Bewegung auf dem Stuhl Platz, wobei er das Handtuch über seinen Schoß drapierte, um sein bestes Stück vor allzu neugierigen Blicken zu schützen.

»Siehst du, was ich meine?«, flüsterte Susannah. »Sieh ihn dir nur an! Wer denkt da noch an Tim, wenn Adonis persönlich auftaucht?! Ich habe dir ja gesagt, dass ich an Liebe auf den ersten Blick glaube!«

Nell kicherte. Susannah war wirklich unverbesserlich: Adonis war vermutlich gerade mal neunzehn!

»Und wir haben die nächsten beiden Stunden Zeit, ihn unter die Lupe zu nehmen!« Susannah fächelte sich theatralisch Luft zu. »Ich bin ja so froh, dass meine Kinder mich zu diesem Kurs überredet haben.«

Der Raum war mit einem aufgeregten Getuschel erfüllt, und sämtliche Kursteilnehmerinnen zeigten ein plötzliches Interesse daran, so viele Fotos wie nur möglich zu machen. Tim versuchte sein Bestes, um ihr Engagement in künstlerische Bahnen zu lenken, doch trotz all seiner Bemühungen war die Mehrzahl seiner Schülerinnen einfach nur begeistert, auf ein solch prachtvolles Exemplar von einem Mann losgelassen zu werden. Mit seiner Haut in der Farbe von Sahnekaramell, seinem Waschbrettbauch und dem durchtrainierten Körper wirkte Darius wie aus einer Calvin-Klein-Werbung entsprungen. Nun fehlte nur noch eine italienische Meereslandschaft und eine riesige Flasche mit einem Duftwässerchen, und der Look wäre komplett. »Hört mal alle her!«, rief Tim und klatschte in die Hände wie ein Grundschullehrer, der es mit einer besonders aufsässigen Klasse zu tun hatte. »Versucht euch auf die Körpersprache des Modells zu konzentrieren. Findet eine künstlerische Aussage in der Prosa der Gliedmaßen oder in der Poesie der Sehnen.«

»Ich hätte da noch eine ganz andere Idee, was man mit seinen Gliedmaßen so alles anstellen könnte!«, flüsterte Susannah.

Nell kicherte.

Zwanzig Minuten später blickte Darius ein wenig gequält drein. »Kann ich eine kurze Pause machen?«, fragte er.

»Ja, klar«, antwortete Tim. »Leute, wir unterbrechen für fünf Minuten.«

Darius schlüpfte in seinen Bademantel und streckte sich ausgiebig. Dann kam er auf Nell und Susannah zu.

»Was redet euer Lehrer denn da für einen Schwachsinn?«, flüsterte er Nell zu und zwinkerte vergnügt. »Diese Künstlertypen, also ehrlich! Ich will ihn ja nicht seiner Illusionen berauben, aber mit Poesie habe ich nichts am Hut. Ich mache das hier nur, um mir was nebenher zu verdienen. Ich mache eine Ausbildung zum Installateur und bin fast fertig damit.«

»Installateur?«, fragte Nell überrascht. Sie hätte eher gedacht, dass ein Typ wie Darius das Modeln als Türöffner in die Welt der Schauspielerei betrachtet. Man sollte Menschen zwar nie in eine Schublade stecken, aber Rohrzange und Reinigungsspirale wären ihr im Zusammenhang mit ihm auch in ihrer ausgeprägtesten Fantasie wirklich nicht eingefallen.

»Ja, man kann in London als Installateur ein Vermögen machen!«

»Das glaube ich gern«, sagte Nell, die als Ladenbesitzerin bereits ein Vermögen bezahlt hatte, um die launischen Rohrleitungen von *Every Blooming Thing* wieder funktionstüchtig machen zu lassen. »Ich habe ständig Probleme mit der Spüle in meinem Blumenladen.«

»Wenn du willst, werfe ich mal einen Blick drauf«, bot Darius an.

»Wie könnte sie das nur wieder gutmachen?«, fragte Susannah betont arglos und klimperte dabei mit ihren Wimpern.

Nell warf ihr einen kurzen Blick zu. Susannah benahm sich eher wie siebzehn und nicht wie siebzig.

»Vielleicht indem sie mit mir essen geht?«, schlug Darius vor, woraufhin Nell in Gelächter ausbrach.

»Was ist?«, fragte er gekränkt. »Was ist daran so lustig?«

»Tut mir leid, gar nichts! Aber bisher hat mich noch nie ein weitgehend nackter Mann um eine Verabredung gebeten.«

Darius verzog das Gesicht. »Schreckt dich etwa meine Nacktheit ab?«

»Ach was, damit können wir leben«, versicherte Susannah ihm rasch.

»Ich bin schon so daran gewöhnt, dass ich es kaum noch bemerke«, sagte Darius.

Wer konnte ihm das verdenken?, dachte Nell. Wenn sie selbst einen so perfekten Körper hätte, würde sie auch keine Klamotten tragen. Sie maß das Licht und machte ein weiteres Foto aus nächster Nähe, dieses Mal nur von seinen Zehen, deren Nägel so perfekt waren wie winzige rosafarbene Muscheln.

»Ist bei den Damen alles in Ordnung?«, ertönte Tims Stimme. Zwar arbeitete er mit der ganzen Gruppe und bemühte sich dabei, allen Studenten Ratschläge zu geben, allerdings schien er Susannah und Nell mehr Aufmerksamkeit zukommen zu lassen, als ihnen im Verhältnis zustand. »Soll ich mal einen Blick auf das werfen, was ihr bisher habt?«

Er war so entschieden dazwischengegangen, dass Nell sich fragte, ob er möglicherweise eifersüchtig war. Sollte dies der Fall sein, wäre das wirklich süß von ihm. So hinreißend Darius auch sein mochte, er war noch sehr jung und eigentlich gar nicht ihr Typ.

»Alles prima!«, versicherte Susannah ihm. »Wir amüsieren uns nur gerade blendend mit Darius.«

Tim schien nicht gerade begeistert, das zu hören. »Versucht, euch auf eure Fotos zu konzentrieren. Reden lenkt dabei nur ab.«

Susannah zog die Stirn in Falten. »Aber um die Botschaft meiner Fotos deutlich zu machen, muss ich doch in das … äh … *Herz* meines Modells schauen. Das ist doch hilfreich, oder?«

Nell verdrehte die Augen. Wenn ihre Biologielehrerin nicht völlig falsch informiert gewesen war, so handelte es sich nicht um Darius' Herz, das sich Susannah näher anzuschauen versuchte.

»Also, wenn du nicht als Aktmodell arbeitest, was machst du dann in deiner Freizeit? Welche Hobbys hast du? Nell hier mag Blumen und fotografiert gern …« Susannah knipste eifrig weiter, obwohl Darius gar nicht posierte. Ganz offenbar fühlte sie sich dazu berufen, vorübergehend Olives Platz einzunehmen – auch wenn sie diese gar nicht kannte – und Nell an den Mann zu bringen.

»Ich halte mich gern fit – das gehört einfach dazu –, mag aber Kampfsport und Tai-Chi lieber, als Gewichte zu stemmen.«

»Ich stehe mehr auf Meditation«, brachte Tim sich hastig ein. »Und Pilates hilft mir, konzentriert zu bleiben.«

»Pilates ist sehr gut für die Wirbelsäule«, sagte Darius und lächelte ihn freundlich an. »Ich bevorzuge allerdings Power-Yoga.«

»Power-Yoga? Wow. Hut ab! Ich habe selbst ein bisschen Yoga gemacht, als ich noch an der Uni war«, sagte Nell. Na ja, sie war genau dreimal hingegangen. Aber das zählte doch irgendwie auch, oder? »Dieser ganze Entspannungskram hat schon was für sich. Ich bin beim Kurs immer eingeschlafen.«

Darius nickte verständnisvoll. »Das solltest du auch. Es bedeutet, dass deine Chakren wieder ausgerichtet sind.«

»Ein spiritueller Mann, der auch noch die Waschmaschine reparieren kann.« Susannah zwinkerte Nell zu.

Tim beugte sich vor und flüsterte ihr ins Ohr: »Ich mag vielleicht nicht viel über Rohrleitungen wissen, dafür aber über Fotografie. Und ich werde mich in der Apotheke mit so viel Heuschnupfenmitteln eindecken, dass es einen Ackergaul umhaut. Ich würde unheimlich gern einmal richtig mit dir ausgehen. Was hältst du von diesem Wochenende?«

»Ja, du solltest wirklich mit mir ausgehen, Nell«, sagte Darius, der Tims Vorstoß gar nicht bemerkt hatte. »Ich kenne einen total coolen mexikanischen Laden in der Nähe vom Russell Square. Da sitzt man auf Kissen und rollt sich die Fajitas selbst. Es ist wirklich klasse da.«

»Nell will aber nicht auf dem Boden sitzen!«, fuhr Tim ihn an.

Es wurde schlagartig still zwischen ihnen. Alle sahen Tim an. Nell biss sich auf die Lippe. Sie war ein wenig verlegen, verspürte aber gleichzeitig auch den Drang, laut zu lachen.

Tim wandte sich wieder an die Kursteilnehmer. »Zeit

weiterzumachen, Leute. Darius, setzt du dich wieder hin? Bitte ladet jetzt eure Fotos auf die Laptops. Ich werde die Dunkelkammer vorbereiten.«

Von wegen lockerer Typ, dachte Nell und nahm ihre Kamera auf. Es war ja wirklich reizend von Tim, dass er bereit war, um sie zu kämpfen, aber sie mochte ihn entspannt lieber.

»Tim war ja nicht gerade begeistert, als Darius sagte, er würde gern einmal mit dir ausgehen«, bemerkte Susannah, als sie die Speicherkarten aus ihren Fotoapparaten holten. »Er explodierte ja fast! Warst du versucht, seine Einladung anzunehmen?«

»Natürlich war ich das! Er sieht verdammt gut aus«, erwiderte Nell lachend. »Welche Frau würde sich da nicht geschmeichelt fühlen? Aber er ist zu jung für mich.«

»Dann werde ich ihn mir mal ausleihen!«, sagte Susannah. »Ich bin nicht auf der Suche nach dem Mann fürs Leben, mir reicht einer für den Moment völlig aus!«

»Tim sagte, er wolle mal richtig mit mir ausgehen, aber er hat mir gar keine Gelegenheit gegeben, darauf zu antworten«, sagte Nell.

»Verschwende deine Zeit nicht mit Tim. Du weißt, dass du ihn nicht liebst und dass du es auch niemals tun wirst«, riet Susannah ihr. Mit einem Mausklick füllte Darius' perfekter Körper den Bildschirm. Auf einmal vernahm Nell Olives Stimme in ihrem Kopf. *Vielleicht musst du erst einige Frösche küssen, bevor du deinen Prinzen findest.* Und Darius war wirklich ein sehr ansehnlicher Frosch …

Nell seufzte. Wieso war das nur alles so schwer? Sollte es nicht das Leichteste auf der Welt sein, sich zu verlieben? Was stand noch einmal auf der Karte von Marias Blumenstrauß? *Rann nie der Strom der treuen Liebe sanft.*

Wie wahr. Was sollte sie tun? Auf Susannah hören und auf ihre einzige wahre Liebe warten? Aber das war doch sinnlos, weil sie ihr bereits begegnet war und er eine andere liebte. Also vielleicht sollte sie alle Bedenken über Bord werfen und einfach mit Tim ausgehen …

Nell wandte ihre Aufmerksamkeit wieder den Fotos zu und konzentrierte sich nun auf das Licht statt auf das Motiv des jungen Mannes. Sobald ihr Verstand erst einmal beschäftigt war, gewann ihre Liebe zur Fotografie die Oberhand, und die nächsten zwei Stunden vergingen wie im Fluge. Sie war völlig überrascht, als sie von der Bildbearbeitung aufblickte und feststellte, dass Tim schon am Aufräumen und Darius bereits verschwunden war – und mit ihm etliche Kursteilnehmerinnen. Sie verabschiedete sich von Susannah und fuhr den Laptop herunter.

Als sie Tim das Gerät aushändigte, lächelte sie ihn an. »Danke für den Unterricht heute. Es hat wirklich Spaß gemacht.«

»So wie's aussieht, warst du nicht die Einzige, der es so ergangen ist«, entgegnete er und erwiderte ihr Lächeln. Er war groß und hatte starke, muskulöse Arme. Sie schluckte, war sich mit einem Mal bewusst, wie eng sie beieinanderstanden. Er roch auch gut, irgendwie würzig und sehr maskulin. Sie verspürte einen beinahe übermächtigen Drang, sich weiter vorzulehnen, die Augen zu schließen und tief einzuatmen …

Konzentriere dich, Nell, lass dich nicht ablenken!

»Wir haben alle eine Menge gelernt«, erwiderte sie ausweichend.

Tim grinste, ließ sich nicht täuschen. »Ich glaube, Darius ist riesig gut angekommen!«

Riesig war in der Tat ein Wort, das ihr in Zusammenhang mit Darius einfiel, dachte Nell und hoffte nur, dass ihre Gesichtszüge nichts verrieten. Nicht etwa, dass Darius sich allzu viel daraus gemacht hätte, als sein Handtuch zu Boden fiel. Vielmehr hatte er nur gelacht und es wieder aufgehoben, während die Frauen erröteten und nervös kicherten. Beim nächsten Mal sollte er wirklich ein größeres Handtuch mitnehmen …

»Ich würde sagen, er hat die nötigen Voraussetzungen für den Job«, erwiderte sie taktvoll. Tim warf den Kopf in den Nacken und lachte. Es war ein wundervolles Lachen, so warm und ansteckend, und ehe sie sich versah, stimmte sie mit ein.

»So kann man es auch ausdrücken«, sagte er.

Nell stapelte die Laptops und stellte sie in den Schrank. Tim schloss ihn ab.

»Bist du in Eile, oder kannst du noch etwas bleiben?«

»Äh …« Nell musste eigentlich nirgendwohin, und Olive würde mit Sicherheit wollen, dass sie dablieb. »Ich habe noch Zeit«, sagte sie also.

»Ich habe heute Abend Aufnahmen mit Film gemacht, und vielleicht hast du Interesse, mir zuzusehen, was ich damit in der Dunkelkammer anstelle?«

»Du lädst mich zu dir in die Dunkelkammer ein? Ohne Anstandsdame?«, zog ihn Nell auf, und Tim wurde rot. Wie süß!

»Ich bin ein absoluter Profi und würde niemals die Dunkelkammer für etwas anderes missbrauchen.«

»Schade«, sagte Nell und zog kokett eine Augenbraue in die Höhe.

Tim ließ seinen Blick langsam über ihren Körper gleiten, was dazu führte, dass ihr Nells Pulsschlag in den Ohren dröhnte. »Das soll nicht heißen, dass ich nicht versucht wäre, bei Ihnen eine Ausnahme zu machen, Miss Marnie«, sagte er leise. »Ich bin auch nur ein Mensch, und Sie sind zum Sterben schön.«

Nell starrte ihn an. Zum Sterben schön? Seit wann das denn? Das mochte auf Olive zutreffen, die mit ihrer dunklen Haut und ihren ungewöhnlichen jadegrünen Augen allen Männern den Kopf verdrehte, aber sie mit ihren kastanienbraunen Locken, ihrer Stupsnase und ihren Sommersprossen konnte sich ja wohl kaum mit ihr messen.

»Das ist wirklich nett von dir«, hob sie an, aber Tim schüttelte nur den Kopf, und seine Augen ließen nicht von ihr ab.

»Das ist nicht nett, Nell, das entspricht der Wahrheit«, sagte er mit sanfter Stimme, und Nell schluckte, denn ihr wurde wieder bewusst, wie sexy er war. »Du bist wunderschön.«

Nell hätte beinahe einen Witz darüber gemacht, dass er wohl zu viel Zeit in der Dunkelkammer verbrachte, was offenbar schlecht für seine Augen war, doch sie verkniff es sich gerade noch rechtzeitig. Wieso genoss sie nicht einfach ein Kompliment von einem so gut aussehenden Mann? Es war besser, als wenn Alex sie als schön bezeichnete, um es dann gleich wieder zurückzunehmen.

»Danke«, sagte sie.

Tim zwinkerte ihr zu. »Gern geschehen.« Er hielt ihr seine Hand hin, und sie folgte ihm aus dem Klassenzimmer über den Flur zu einem fensterlosen, kleinen Raum, den er zur Dunkelkammer umfunktioniert hatte. Dort, in der samtenen Finsternis, ließ er sie nicht los, sondern zeichnete ganz sanft mit seinem Zeigefinger ihre Handfläche nach, und zwar so nachdrücklich, dass Nell am ganzen Körper Gänsehaut bekam.

Nell war sich nicht sicher, was sie dazu veranlasste, das zu tun, was sie als Nächstes tat. Vielleicht lag es an dem Geruch der Entwicklerflüssigkeit, der sie zurückversetzte in ihre unbeschwerten Studententage. Oder vielleicht auch daran, dass sie sich in der Dunkelheit sicher fühlte, denn plötzlich verspürte sie die Waghalsigkeit und Unbekümmertheit einer Achtzehnjährigen. Obwohl sie Tim kaum sehen konnte, vermochte Nell sein Lächeln in der Finsternis zu spüren, und jede einzelne Zelle ihres Körpers war sich bewusst, wie nahe er ihr war. Bevor ihr Verstand wieder einsetzen konnte, stellte sie sich auf die Zehenspitzen und berührte seine Lippen ganz leicht mit den ihren.

Für den Bruchteil einer Sekunde rührte sich Tim nicht. Doch dann zog er sie näher an sich heran und erwiderte ihren Kuss, erst sanft, dann mit einer zunehmenden

Dringlichkeit. In der Schwärze des Raums waren ihre Sinne schärfer. Nell schlang ihre Arme um Tims Hals und zog ihn enger an sich, als der Kuss tiefer wurde. Seine Hände glitten zu ihrer Taille hinunter und schoben sich unter ihren Pullover, wo seine Finger der Biegung ihres Rückgrats folgten und verheißungsvolle Versprechen auf ihre nackte Haut zeichneten. Die Intensität ihres Kusses trieb sie vorwärts, und Nells Hüfte machte eine schmerzvolle Bekanntschaft mit der Tischkante und stieß dabei einen Stapel Entwicklerschalen um, der krachend zu Boden fiel.

»Tut mir leid!«, keuchte sie.

»Wieso? Mir nicht …«

Nell bekam einen Lachanfall. Es war witzig, mit jemandem zu sprechen, den man nicht sehen konnte. Ein bisschen so, als würde man mit dem *Unsichtbaren Mann* herumknutschen.

»Nicht wegen des Kusses, du Dummerchen! Wegen der Schalen!«

»Das ist nicht so wild«, sagte Tim gleichgültig. »Warte mal …« Sie vernahm ein schlurfendes Geräusch, dem ein Klicken folgte, und dann war der Raum mit einem Mal in ein orangefarbenes Schummerlicht getaucht. »So ist es besser!«

Schade, Nell hatte das Küssen im Dunkeln eigentlich ganz gut gefallen.

Tim lächelte sie an. »Ich wusste doch, dass es einen Grund gibt, warum ich die traditionelle Fotografie so liebe.«

Nell grinste. »Ja, ich glaube, ich werde von jetzt an

auch Film bevorzugen. Fängst du deine Laborübungen eigentlich immer so an?«

»Nein, aber vielleicht sollte ich das ab jetzt tun«, sagte Tim. »Aber jetzt mal im Ernst: Darf ich dich zum Essen einladen? Heute Abend kann ich nur leider nicht, weil ich noch einen Kurs gebe, aber wie wäre es am Wochenende?«

Nell hatte es sehr gefallen, in der Dunkelkammer geküsst zu werden. Es war das Erotischste, was ihr seit langer Zeit passiert war, und sie hoffte, dass sie bald wieder da anfingen, wo sie aufgehört hatten.

»Tim, ich würde die Einladung sehr gern annehmen, aber an diesem Wochenende klappt es bei mir leider nicht.«

»Keine Panik, dieses Wochenende ist für mich eigentlich auch ein bisschen ungünstig. Ich verkaufe mal wieder meine Seele und spiele den Hochzeitsfotografen.«

Nell wusste nur zu gut, was er meinte. »Geht mir auch so. Ich habe es dieses Mal mit einem echten Brautmonster zu tun. Katerina war schon wieder so hysterisch am Telefon, und ich …«

»Katerina?«, unterbrach Tim sie. »Die glaubt wohl, dass sich alle verschworen haben, um ihre Hochzeit zu ruinieren.«

»Du scheinst sie ja zu kennen.«

Tim nickte und verzog das Gesicht. »Ja, leider. Sie war es, die mich am Telefon so angekläfft hat, als ich bei dir im Laden war. Ich mache die Fotos für sie. Hey, das bedeutet, dass wir den ganzen Samstag zusammen sein werden! Und wenn wir uns nicht den Bauch mit Fingerfood vollschlagen, dann könnten wir ja hinterher noch etwas essen gehen. Was hältst du davon?«

»Ich glaube, nach einem ganzen Tag mit Katerina werde ich eher einen Drink brauchen, als etwas zu essen«, sagte Nell.

»Mehr als *einen* Drink, das steht fest.« Tim nickte eifrig. »Wie wäre es, wenn wir hinterher noch ins West End gehen und es uns so richtig gutgehen lassen?«

Nell lächelte. »Klingt prima. Was für ein Zufall, dass wir beide für dieselbe Hochzeit beauftragt wurden!«

»Das ist kein Zufall«, sagte Tim mit fester Stimme, »das ist Schicksal.«

Und als er mit seinen himmelblauen Augen auf sie herabblickte, musste Nell zugeben, dass da vielleicht doch etwas zwischen ihnen war. Ihre Lippen trafen sich erneut, und sie fragte sich, ob Tim vielleicht recht hatte und sie das Schicksal wirklich zusammenbringen wollte. Mit einem Mal konnte sie Katerinas Hochzeit kaum erwarten.

Kapitel 16

Nell vollendete das große Gesteck aus rosafarbenen und lila Rosen, das in der Vorhalle von St. Michael Wache halten würde, und trat einen Schritt zurück, um ihr Werk zu bewundern.

Perfekt, lobte sie sich.

Da es allerdings bereits das zehnte seiner Art war, das sie für Katerinas Hochzeit angefertigt hatte, war dies keine große Überraschung – Nell konnte es vermutlich inzwischen schon im Schlaf! Außer den großen Gestecken hatte sie die Kirche noch mit rosafarbenen und lila Kränzen geschmückt, und die dunklen Eichenbankreihen waren mit grünen und purpurnen Bändern behängt. Es sah wirklich umwerfend aus.

Nell, Olive und Craig waren schon vor Tagesanbruch auf den Beinen gewesen, hatten seitdem ohne Unterbrechung gearbeitet, und waren erst jetzt – gerade einmal eine halbe Stunde vor dem Eintreffen der Braut – fertig geworden. Nell fühlte sich wie erschlagen. Sie konnte keine Rosen und keine Bänder mehr sehen. Falls noch einmal eine Braut sie anrufen und in letzter Minute um Hilfe anflehen sollte, würde sie ihr mit einem schallenden »Nein« antworten, egal wie viel Geld sie ihr auch bieten mochte. Es war ein fürchterlicher Stress gewesen, innerhalb von vier Tagen die Blumen zu beschaffen, die Gestecke und Kränze anzufertigen, sie zur Kirche zu karren und alles zu dekorieren. Die Ringe unter ihren Augen sprachen Bände. Die einzige Wiedergutmachung für ein solches Gefühl der Erschöpfung wäre ein großer, fetter Scheck, den sie später erhalten würde. Katerinas Hochzeit war keineswegs die Art von Billigveranstaltung, die sie erwartet hatte, sondern hatte sich als ein Ereignis entpuppt, mit dem sich durchaus den Royals Konkurrenz machen ließ. *Every Blooming Thing* würde einen anständigen Gewinn dabei erzielen.

Das Komische war, dass das hier wahrscheinlich ihre letzte Hochzeit sein würde. Der Laden wäre bald verkauft, und die ständige Sorge um Gewinne und Verluste würde der Vergangenheit angehören.

Die Hochzeit fand in einer hübschen mittelalterlichen Kirche in einem kleinen, abgeschiedenen Dorf in Buckinghamshire statt, das einem Krimi von Agatha Christie entsprungen zu sein schien. Der Friedhof mit seinen von Flechten bewachsenen Grabsteinen, die wie Kraut und Rüben durcheinanderstanden, das samtige Gras und das hübsche Schwinggatter wirkten wie gemalt. Selbst das Wetter spielte ausnahmsweise einmal mit, der wolkenlose Himmel präsentierte sich in einem prächtigen Blau, und es ging nur ein leichter Wind.

Den Eltern der Braut gehörte das atemberaubende Pfarrhaus im Georgianischen Stil nebenan, und auf ihrem Rasen war ein großes Zelt aufgebaut, das an eine Baisertorte erinnerte. Wenn alles nach Plan lief, kümmerten sich

Olive und Craig dort gerade um die Tischdekoration und fünf weitere große Gestecke. Nell hakte diese Punkte im Geiste auf ihrer To-do-Liste ab und stieß einen erleichterten Seufzer aus. Die Hochzeitsgesellschaft hatte ihre Reversanstecker, Braut und Brautjungfern ihre Sträuße, und die Kirche und Empfangsbereiche waren mit Blumen geschmückt. Das war's. Alles erledigt. Zeit sich zu entspannen. Auf der anderen Seite des Dorfangers gab es einen hübschen kleinen Pub, in dem ein großes Glas Pinot auf sie wartete.

»Na, wer ist das wohl?« Zwei starke, warme Hände legten sich auf ihre Augen, und ein köstlicher Schauer überkam Nell, als sie sanft gegen einen muskulösen Körper gedrückt wurde.

»Tim!« Sie wirbelte herum und lachte ihn an. »Wie geht's dir? Und wie geht's Katerina?«

Er hob die Augen zum Himmel. »Sie kriegt ungefähr alle zehn Sekunden einen Anfall, aber ansonsten ganz gut. Die Fotos bei der Ankleide waren ein Albtraum. Sie hat beinahe einen Schreikrampf gekriegt, als ich eine Aufnahme von ihr ohne Make-up gemacht habe. Naiv wie ich bin, dachte ich, ich sollte dokumentieren, wie sie sich für die Hochzeit vorbereitet.«

Nell lachte. »Sie wollte sich für die Fotos vorbereiten. Das nennt man dann wohl simulierte Realität.«

Tim schüttelte den Kopf. »Diese Frau ist wirklich sehr anstrengend und erfordert verdammt viel Aufmerksamkeit. Ich hoffe, ihr Verlobter weiß, worauf er sich da einlässt.«

»Ich dachte, Männer mögen anspruchsvolle Frauen.«

Er schüttelte sich theatralisch. »Ich mag eher den Typ Frau, der um sieben Uhr morgens in ein Taxi steigt und es auf der kurzen Fahrt schafft, sich zu schminken, ein Snickers zu essen und drei Anrufe zu erledigen!«

Nell war neugierig, wohin die Sache mit Tim führte. Sie hatte sich mit ihm ein Taxi nach Buckinghamshire geteilt, weshalb er nun ein ziemlich klares Bild von ihrer ganz speziellen Art des Multitaskings hatte. Sie hatten viel Spaß auf der Fahrt gehabt und sich angeregt unterhalten. Und der Kuss in der Dunkelkammer hatte bewiesen, dass die Chemie zwischen ihnen stimmte. Aber bestand von seiner Seite möglicherweise der Wunsch, dass mehr daraus wurde? Er hatte unterwegs mehrmals leicht sein Bein gegen das ihre gepresst, und beim Aussteigen aus dem Taxi hatte er ihre Hand ein paar Sekunden länger festgehalten als unbedingt nötig. Bevor sie anfing, darüber nachzugrübeln, reckte sie sich auf die Zehenspitzen und gab ihm einen sanften Kuss auf die Wange.

»Wofür war der denn?«, fragte Tim.

»Dafür, dass du mir dein Snickers gegeben hast«, erwiderte sie. »Nach dem Gehetze zum Blumenmarkt in aller Herrgottsfrühe hatte ich einen Mordskohldampf.«

»Das war reiner Selbstschutz«, erwiderte er grinsend. »Ich hatte einfach keine Lust, mich mit einer traumatisierten Braut abzugeben, deren Floristin vor Hunger aus den Latschen gekippt ist. Ich bin ein verdammt guter Fotograf, aber selbst ich hätte Probleme, ihre säuerliche Miene auf den Bildern glücklich aussehen zu lassen.«

Nell warf einen Blick auf ihr eigenes Werk. »Ich hoffe,

Katerina wird mit den Blumen zufrieden sein. Ich finde, es ist mir ganz gut gelungen.«

»Ganz gut? Machst du Witze? Es sieht alles super aus«, erwiderte Tim. »Und das ist wirklich ernst gemeint. Ich sage das nicht etwa, weil ich dich so toll finde oder weil ich völlig high bin von den ganzen Heuschnupfentabletten. Ich bekomme eine Menge Hochzeitsblumen zu sehen. Du hast wirklich Talent.«

Nell spürte, wie sie rot wurde, aber sie war sich nicht sicher, ob es daran lag, dass ihm gefiel, was sie geschaffen hatte, oder weil er sie »super« fand.

»Meine Mutter hat mir alles beigebracht. Ich habe ihr immer im Laden geholfen«, sagte sie. »Ich hätte allerdings nie gedacht, dass ich einmal in ihre Fußstapfen treten würde. Eigentlich war es Zufall, dass ich die Floristik zum Beruf gemacht habe. Als meine Mutter krank wurde, habe ich nach und nach immer mehr Bestellungen übernommen, und als sie starb, habe ich den Laden praktisch schon geführt.«

Tim nahm ihre Hand und drückte sie mitfühlend. »Das muss schwer gewesen sein.«

»Ja, das war es. Aber das Komische ist, dass ich den Laden wirklich vermissen werde, sobald er verkauft ist, auch wenn es ursprünglich einmal gar nicht mein Wunsch gewesen ist, als Floristin zu arbeiten. Es hat schon etwas für sich, Tag für Tag von wunderschönen Blumen umgeben zu sein.«

Er nickte. »Du bist künstlerisch veranlagt. Ästhetik ist dir wichtig.«

War das so? Nell hatte ihre Arbeit mit den Blumen nie

als etwas Künstlerisches gesehen, aber vermutlich spielten ein gewisses Gestaltungstalent und ein Auge für Farben dabei schon eine Rolle.

»Der Laden ist die letzte Verbindung zu meiner Mutter«, fügte sie nachdenklich hinzu. »Das Geschäft war eigentlich ihr Ding, und wenn es weg ist, bedeutet das den endgültigen Abschied. Im Laden fühle ich mich ihr nah. Manchmal kommt es mir so vor, als würde sie jeden Moment zur Tür hereinkommen.« Nell seufzte. »Ich bin mir nicht sicher, ob ich damit klarkommen werde, wenn er erst einmal verkauft ist.«

Tim hielt immer noch ihre Hand. Nell gefiel es, die Wärme seiner starken Finger um die ihren zu spüren. Es gab ihr ein Gefühl von Sicherheit und Trost. Er streichelte ihre Handfläche mit seinem Zeigefinger und sagte mit sanfter Stimme: »Du wirst bestimmt traurig sein und dich anfangs etwas verloren fühlen, aber dann wirst du langsam herausfinden, wie deine eigenen Vorstellungen vom Leben aussehen. Es warten aufregende Veränderungen auf dich, und du wirst viele neue Dinge erleben, kannst tun und lassen, was du möchtest!«

Nell schluckte. Da war wieder dieser Kloß in ihrem Hals, diese Angst, die ihr die Kehle zuschnürte, wenn sie an die Freiheit dachte, die auf sie wartete. Sie wusste, dass Tim recht hatte – er wiederholte nur das, was ihr alle anderen auch ständig sagten –, aber was wäre, wenn sie gar keine Veränderungen wollte?

Was wäre, raunte die kleine Stimme tief in ihrem Inneren, *wenn es dir so gefällt, wie die Dinge sind?*

»Das Problem ist, dass ich keine Ahnung habe, was

ich tun soll«, flüsterte sie. »Tim, ich weiß, dass das verrückt klingt, aber ich habe überhaupt keinen Schimmer, wie es weitergehen soll.«

»Ich würde sagen, du spielst erst einmal Fotomodell für mich!« Tim, der immer noch ihre Hand festhielt, wirbelte sie herum, als würde sie mit ihm tanzen. »Über alles andere kannst du dir später Gedanken machen.«

Als er sie losließ, um einige Bilder zu knipsen, lachte Nell. »Ich mache mir Sorgen über den Rest meines Lebens, und du möchtest, dass ich für dich Fotomodell spiele?«

Sie begann, sich wieder für ihn zu erwärmen, und ihre Nervenenden sprudelten wie geschüttelte Cola.

»Manchmal sollten wir den Moment leben und die Gelegenheiten ergreifen, die sich uns bieten.« Tim beugte sich vor, legte seine Hand unter ihr Kinn und hob es sanft in die Höhe. »Das ist einfach wunderschön. Bleib so, rühr dich nicht! Lass uns ausnutzen, wie das Licht auf dein Gesicht fällt.«

Nell war mit einem Mal verlegen. Sie war viel zu klein für ein Fotomodell und einige Kilo zu schwer. Auch wenn sie für den Anlass ein schwarz-pink Ballkleid mit heißen pinkfarbenen Pumps trug, war sie nicht hier, um sich fotografieren zu lassen.

»Entspann dich!«, sagte Tim, der ein Zoomobjektiv aufschraubte. »Versuch dir ein Beispiel an Darius zu nehmen!«

»Also wenn du glaubst, ich würde meine Klamotten ausziehen …«, erwiderte Nell und drohte ihm mit dem Zeigefinger.

»Ich bin Künstler! Ich knipse doch keine Pin-up-Mädchen für irgendein Boulevardblatt«, entgegnete Tim und machte dabei ein gekränktes Gesicht. »Komm schon, Nell, mach mit! Wir haben noch mindestens eine halbe Stunde, bevor die Braut eintrifft. Lass mir doch den Spaß, ein paar Fotos von dir zu machen, bevor ich mich wieder in den Hochzeitspaparazzo verwandeln muss! Du kannst auch selbst ein paar Bilder mit meiner Kamera machen, okay?«

»Eine Nachhilfestunde?«, fragte Nell mit hochgezogenen Augenbrauen.

»Danach wirst du Klassenbeste sein ...«

»Abgemacht«, sagte sie grinsend. »Wo fangen wir an?«

Tim schlang sich die Kamera um den Hals und griff nach ihrer Hand. »Weiter hinten in der Kirche, denke ich. Durch die Buntglasscheiben fällt das Sonnenlicht, und dein Haar wird darin wundervoll aussehen.«

Tim führte Nell durch das Kirchenschiff und machte einige Aufnahmen von ihr. Nachdem er mit der Anzahl der Bilder zufrieden war, reichte er die Kamera an sie weiter und erklärte ihr, wie sie die digitalen Einstellungen nutzen konnte, um ein bestmögliches Resultat zu erhalten. Nell konzentrierte sich auf Strukturen und Muster, indem sie Bilder vom Taufbecken, vom Pult und dem Fliesenboden machte.

Nell hatte das Gefühl, in diesen zwanzig Minuten mit Tim mehr gelernt zu haben als in ihrer gesamten Studienzeit an der Uni. Er war nicht nur ein talentierter Fotograf, sondern auch ein geborener Lehrer. Nell konnte es kaum erwarten, die Fotos auszudrucken, die sie gemacht hatte.

»Lass es uns noch hier drinnen versuchen«, sagte er und zog sie in die Sakristei. Doch sie mussten gleich wieder den Rückzug antreten, weil sie den Pfarrer beim Rauchen einer Zigarette erwischten, was er durch das Schwenken eines Weihrauchfässchens zu verbergen versuchte.

»'tschuldigung!«, rief Tim über die Schulter zurück. »Ihr Geheimnis ist bei uns sicher.«

Sie kicherten wie Schulkinder, als sie die Kirche verließen und ins warme Sonnenlicht hinaustraten. Nell konnte sich nicht daran erinnern, wann sie das letzte Mal so viel gelacht oder so viel Spaß gehabt hatte. Vielleicht hatte Tim ja recht, und es gab keinen Grund, Angst vor der Zukunft zu haben. Als er sie in seine Arme zog, kam Nell zu der Entscheidung, dass die Zukunft wirklich nichts war, wovor man sich fürchten musste.

Sie schloss erwartungsvoll die Augen. Tim mochte nicht Alex sein und auch nicht Darius' offenkundige Reize besitzen, aber er war witzig und talentiert, und sie fand ihn sehr attraktiv.

Gerade als sein Mund nur noch einen Hauch weit von ihren Lippen entfernt war, ertönte das Knirschen von Autoreifen auf Schotter, und ein schnittiger Bentley hielt neben dem Kirchentor.

»Der Bräutigam!« Tim schnappte sich die Kamera und sah betreten drein. »Mist, ich muss los.«

»Jetzt?«, fragte Nell enttäuscht.

»Ich fürchte, ja.« Tim strich ihr eine Locke aus dem Gesicht. »Merk dir, wo wir stehengeblieben sind.«

Und als er sich aufmachte, um seiner Arbeit nachzugehen, die sicherlich viele Stunden in Anspruch nehmen würde, starrte sie ihm nach, die Fingerspitzen an die Lippen gehoben.

Merk dir, wo wir stehengeblieben sind? Sie würde sich für den Rest des Tages auf nichts anderes mehr konzentrieren können.

Kapitel 17

Nells Dating-Checkliste

Befürwortet meine Unabhängigkeit ☑
Ist für mich da, wenn ich ihn brauche ☐

Nell sah zu, wie die Hochzeitsband den Gästen so richtig einheizte: Krawatten wurden gelockert, kunstvolle Frisuren zeigten erste Auflösungserscheinungen, und die Brautjungfern zogen sich verlegen ihre trägerlosen Kleider zurecht. Sie staunte, in welcher Kürze der Zeit sich eine so elegante Gesellschaft in einen angetrunkenen Haufen zu verwandeln vermochte, der sich am Ententanz versuchte!

Normalerweise bekam sie von diesem Stadium einer Hochzeitsfeier nichts mit, aber da sie gemeinsam mit Tim nach Hause fuhr, hatte Nell sämtliche Reden beim Hochzeitsessen über sich ergehen lassen und kam nun auch noch in den zweifelhaften Genuss des Unterhaltungsteils. Aber während sie an ihrem zweiten Glas Champagner nippte, musste sie zugeben, dass Katerinas großer Tag bislang ein voller Erfolg gewesen war. Die Braut hatte wunderschön ausgesehen, der Gottesdienst war sehr ergreifend gewesen, und selbst die Reden hatten genau die richtige Länge und die nötige Prise Humor gehabt. Die Blumen hatten großartig ausgesehen und selbst jetzt, im düsteren Schimmer der weißen Lichterketten, leuchteten ihre Blütenblätter immer noch in kräftigen Rosé- und Violetttönen.

Ja, es war ein großer Erfolg gewesen, und Nell war stolz auf sich und auch auf Olive, die diesen Auftrag für sie an Land gezogen hatte. Zeit mit Tim verbringen zu können war noch ein zusätzliches Plus gewesen. Nachdem Nell ihn einen ganzen Tag lang bei der Arbeit beobachtet hatte, kam es ihr so vor, als habe sie Einblicke in sein Wesen gewonnen, ohne in ihm nur den sexy Lehrer ihres Fotokurses zu sehen. Auch wenn sich Tim viel lieber auf seine künstlerische Arbeit konzentrierte, hielt ihn das nicht davon ab, sich mit ganzer Hingabe den Hochzeitsfotos zu widmen. Nachdem sämtliche formellen Bilder erledigt waren, legte Tim nicht etwa die Hände in den Schoß, sondern machte Porträts von den Gästen und improvisierte gelegentlich, um die Leute zum Lachen zu bringen, oder er schlich sich an, um Schnappschüsse zu schießen. Das waren die Bilder, über die das Brautpaar Wochen später lachen würde, wenn es aus den Flitterwochen zurück war und Zeit hatte, seinen besonderen Tag noch einmal im Geiste zu durchleben. Das würde Nell zumindest tun. Doch nach allem, was sie bisher von Katerina gesehen hatte, besaß diese nicht gerade viel Sinn für Humor.

»Bleib so, das ist wunderschön!« Tim machte ein Foto von Nell und kam zu ihr herüber, um es ihr zu zeigen. Er schirmte das Display mit der Hand vor den Lichterketten ab. »Siehst du nicht toll aus?«

Die Frau mit dem sich um ihr Gesicht lockenden Haar und dem Mund, der aussah wie eine noch nicht aufgegangene Fuchsienblüte, sah in der Tat bezaubernd aus. Sie stand mit einem Champagnerglas in der Hand und ihrem schwarz-pinkfarbenen Ballkleid, das ihr in leichten Falten bis hinunter zu den Knien fiel, neben einer großen Topfpalme. Nell benötigte einige Sekunden, ehe ihr klar wurde, dass dieses Bild sie selbst zeigte.

»Wow. Tim, du hast echt Talent, jemanden wie mich ohne Photoshop so gut aussehen zu lassen!«

»Würdest du bitte mal damit aufhören, dich selbst so schlechtzumachen?« Er schüttelte den Kopf und streckte die Hand aus, um sanft über ihre Wange zu streichen. »Du bist wunderschön, Nell Marnie, und ich glaube, dass …«

Doch was Tim glaubte, erfuhr Nell nicht, denn in diesem Moment wurden sie von Katerina und ihrer Mutter unterbrochen, die beide furchtbar verärgert auf sie zukamen. Die Mutter hatte eine Riesentasche dabei, was Nell dem Anlass gemäß ein wenig seltsam fand. Sie hoffte nur, dass sie sie nicht als Waffe einsetzte, mit der sie jeden traktierte, der sie nervte. Die Braut und ihre furchteinflößende Mutter hatten schon den ganzen Tag über wegen irgendwelcher Lappalien vor sich hin gestöhnt, und bislang war es Nell gelungen, den beiden aus dem Weg zu gehen. Doch nun war sie offenbar an der Reihe, eine Standpauke über sich ergehen zu lassen, auch wenn sie beim besten Willen nicht wusste, wo das Problem liegen könnte.

»Hallo die Damen, Sie sehen bedrückt aus. Was ist denn los?«, erkundigte sich Tim tapfer. »Die Hochzeit ist doch wundervoll!«

O Gott, er musste wohl so in seine Arbeit vertieft gewesen sein, dass er gar nicht mitbekommen hatte, wie das Brautmonster und seine Gruselmutter den größten Teil des Tages damit verbracht hatten, an allem herumzunörgeln. Nell machte sich auf etwas gefasst …

»*Wundervoll*? Soll das ein Scherz sein?« Katerinas Mutter, die ein Brecher von einer Frau mit nur wenig mehr als einem Kinn und den bissig dreinblickenden Knopfaugen einer Schnappschildkröte war, fixierte Tim mit einem finsteren Blick. »Ist Ihnen etwa nicht aufgefallen, dass der Nagellack der Brautjungfern nicht zu ihren Kleidern passt?«

»Oh … äh … ich fürchte nein.« Tim entschied sich verdutzt für die Charmeoffensive, mit der er, wie Nell vermutete, selten scheiterte. »Aber darf ich Ihnen sagen, wie wunderbar Sie beide aussehen? Katerina, Sie sind eine strahlende Braut!«

Leider hatte Tim das Pech, dass sowohl die Braut als auch ihre Mutter gegen seinen Charme immun waren und seine Komplimente sie nur noch wütender machten.

»Machen Sie sich etwa über mich lustig?«, zischte Katerina. »Sehen Sie sich doch nur meine Frisur an! Sie ist viel zu tuntig! Und meiner Mutter haben sie die Haare derartig stark toupiert, dass es aussieht, als würde sie ein Vogelnest auf dem Kopf herumtragen. Diese Styling-Tussis gehören erschossen!«

Nell hatte das unangenehme Gefühl, als befände sie sich in einem herabstürzenden Aufzug. Wenn sie sich über alle Dienstleister zu beschweren anfingen, dann war es nur noch eine Frage der Zeit, bevor auch sie in die Schusslinie geraten würde.

»Aber erst nachdem wir die Band erledigt haben.« Ihre Mutter blickte finster zu den Musikern hinüber, die in seliger Unwissenheit ihres Zorns vergnügt einen Song von Lady Gaga massakrierten. »Was soll dieser Quatsch? Sie hatten uns ›Hochzeitsklassiker‹ versprochen. Nicht diesen modernen Mist!«

Tim schnaubte vor Lachen, was er sogleich als Hustenanfall darzustellen versuchte. Selbst Katerinas Lippen zuckten.

»Aber Ihre Gäste haben so viel Spaß«, sagte Nell. »Schauen Sie doch nur, es wird getanzt und gelacht, und alle amüsieren sich. Es ist eine wunderbare Hochzeit.«

Zwei Knopfaugenpaare richteten sich auf sie. Nell schluckte und machte sich auf eine Nörgelei über die Dekoration gefasst.

»Wenigstens Ihre Blumen waren perfekt«, gab Katerina, wenn auch widerwillig, zu. »Was mich, ehrlich gesagt, überrascht hat, weil sie so billig waren. Ich hatte eigentlich mit einer Katastrophe gerechnet – Mummy hatte deshalb auch vorsichtshalber *Waitrose* in der Hinterhand.«

Ihre Blumen waren billig? Nell war überrascht, dies zu hören, da Katerinas Gestecke zu den teuersten gehörten, die sie jemals angefertigt hatte. Vielleicht hatte sie all die Jahre einfach zu niedrige Preise verlangt, und das war ihr Fehler gewesen. Das nächste Mal würde sie ein paar Nullen mehr verlangen!

Bloß dass es kein nächstes Mal geben würde.

Wie merkwürdig.

»Ja, dem stimme ich zu. Sie haben sehr gute Arbeit geleistet«, sagte die Brautmutter und griff in ihre Handtasche, um einen Umschlag hervorzuziehen, den sie Nell mit einer überschwänglichen Geste überreichte. »Entschuldigen Sie, dass wir Sie nicht im Voraus bezahlt haben.«

»Das ist schon in Ordnung«, erwiderte Nell.

»Ich habe noch ein bisschen was draufgelegt«, fügte sie mit einem übertriebenen Lächeln hinzu. »Als Dankeschön.«

Nell errötete vor Stolz. Wenn diese beiden anspruchsvollen Kundinnen der Ansicht waren, dass sie gute Arbeit geleistet hatte, dann musste ihr wirklich etwas Besonderes gelungen sein.

»Vielen Dank«, hob sie an, als sie den Umschlag öffnete und den Scheck auseinanderfaltete. »Das ist … Oh!«

Nells Gesicht glühte. Aber nicht etwa vor Stolz, sondern vor Verlegenheit. Das war eine unangenehme Situation. Der Betrag, den sie erhalten hatte, war weniger als die Hälfte von dem, was *Every Blooming Thing* für gewöhnlich bei einer Hochzeit berechnete – und schloss bereits das sogenannte großzügige Trinkgeld ein. Nell hasste es, sich mit solchen Dingen befassen zu müssen. Sie redete nicht gern über Finanzen – in dieser Hinsicht war sie eine typische Engländerin –, aber das hier konnte sie unmöglich auf sich beruhen lassen. Sie würde damit Verluste machen, anstatt den hübschen Gewinn einzustreichen, der dazu beitragen würde, ihre Weltreise komfortabler zu gestalten.

»Äh … ich fürchte, diese Zahl ist nicht korrekt«, sagte sie nervös.

»Doch, doch, das stimmt schon so. Es würde uns im Traum nicht einfallen, weniger zu bezahlen«, erklärte Katerina mit Nachdruck. »Nicht wahr, Mummy?«

»Absolut nicht, aber es ist wirklich anständig von Ihnen, uns darauf hinzuweisen.«

O Gott, wie furchtbar peinlich war das denn? Nell räusperte sich. »Die Sache ist die … Also, der Betrag liegt beträchtlich *unter* dem korrekten Preis.«

Die beiden Frauen starrten Nell an.

»Wie bitte?«, sagte Katerina mit einer so eisigen Stimme, dass Nell beinahe Frostbeulen bekommen hätte. »Wollen Sie etwa damit sagen, dass wir Ihnen nicht genügend gezahlt haben?«

»Oh, das ist gewiss nicht mit Absicht geschehen, aber ja, die vereinbarte Summe war um einiges höher. Nach unserem Gespräch dürfte Ihnen meine Assistentin den korrekten Preis genannt haben.« Nell verstummte angesichts der Feindseligkeit, der sie sich gegenübersah. Sie schaute sich nach Tim um, denn sie konnte wirklich etwas Unterstützung gebrauchen, doch der war plötzlich ganz in seine Kamera vertieft und kehrte ihr den Rücken zu.

Aha. Offensichtlich wollte er nicht hineingezogen werden. *Danke für deine Unterstützung,* dachte Nell, als die Brautmutter eine Mappe aus ihrer Tasche hervorzog und darin zu blättern begann. Gut zu wissen, dass du der Typ Mann bist, auf den ich mich verlassen kann, wenn ich ihn brauche.

»Wie können Sie es wagen, mich zu beschuldigen, dass ich Sie übers Ohr hauen will!«, fuhr Katerina sie wütend an.

»Es war gewiss nur ein …«

»Ich bin noch niemals in meinem ganzen Leben derart beleidigt worden!«, schnaubte ihre Mutter.

»Ich habe Sie doch gar nicht beschuldigt!«, rief Nell. »Es ist sicher alles nur ein Missverständnis …«

»Missverständnis? Na, dann werfen Sie mal einen Blick hier drauf, junge Dame! Wir lassen uns doch nicht für dumm verkaufen!« Mit einem Mal war Nell der Zweck der riesigen Handtasche klar. Die Mutter der Braut war derartig pedantisch darauf bedacht, dass die ganze Hochzeit nach Plan verlief, dass sie sämtlichen Papierkram mit sich herumschleppte! Ungeachtet dieser beschämenden Situation kam Nell nicht umhin, beeindruckt zu sein. Das war schon eine extreme Form von Organisiertheit. Die Frau wedelte Nell mit einigen Blättern unter der Nase herum und tippte mit ihrem wurstartigen Finger nachdrücklich auf eine Unterschrift. »Da ist Ihr Angebot, und darunter steht Ihre Unterschrift!«

»Jetzt sagen Sie bloß, Sie hätten das nicht unterschrieben?«, frohlockte Katerina hämisch.

Nell starrte auf das Angebot. Eine lächerlich kleine Summe wurde darin genannt, und es befand sich tatsächlich eine kritzelige Unterschrift auf dem Schreiben.

Aber das hier hatte sie auf gar keinen Fall unterschrieben. Definitiv nicht. Es sei denn …

Es sei denn …

»Als Ihre Assistentin uns vor einigen Wochen angerufen hat, bestand der Sinn des ganzen Auftrags schließlich darin, dass Sie meinen ursprünglichen Floristen unterbieten würden.«

»Wie bitte?« Nell traute ihren Ohren nicht. Was hatte sich Olive nur jetzt schon wieder einfallen lassen? »Meine Assistentin hat *Sie* angerufen?«

»Sie hat mir einen niedrigeren Preis genannt, als ich zahlen sollte. Als ich meinem Floristen davon erzählt habe, ist er ausgestiegen.« Katerina stemmte ihre Hände in die Hüften und starrte Nell an.

Ein Blick auf die Unterschrift hatte gereicht, und Nell war alles klar gewesen. Dieser ganze Schlamassel trug im wahrsten Sinne des Wortes Olives Handschrift. Sie musste Katerina angerufen haben, sobald sie hörte, dass Tim die Fotos für die Hochzeit schoss, hatte die Details herausgefunden und den ursprünglichen Floristen unterboten, damit Katerina den Auftrag stattdessen *Every Blooming Thing* erteilte.

Nell war fuchsteufelswild. So machte man keine Geschäfte. Olive frohlockte wahrscheinlich, weil sie Amor gespielt und sich einen Weg ausgedacht hatte, um Nell und Tim für einen ganzen Tag zusammenzubringen, aber das hatte dem Geschäft Hunderte von Pfund gekostet!

»Ist das jetzt Ihre Unterschrift, oder nicht?«, fragte Katerina gebieterisch.

Nell seufzte. Es war gar nicht daran zu denken, den Versuch einer Erklärung zu unternehmen. Sie hatte bereits jetzt einen unprofessionellen Eindruck hinterlassen und wollte das Ganze nicht noch schlimmer machen. Außerdem war dies dort auf dem Blatt nach Lage der Dinge ihre Unterschrift. Nell blieb nichts anderes übrig, als zu Kreuze zu kriechen.

»Es tut mir wirklich leid. Der Fehler liegt bei mir«, sagte sie mit möglichst kleinlauter Stimme, in der Hoffnung, dass ihre Kundinnen die Sache damit auf sich beruhen lassen würden.

Glücklicherweise waren sich sowohl die Braut als auch ihre Mutter sehr wohl bewusst, was für eine Riesenersparnis sie bei den Blumen gemacht hatten, und versuchten daher gar nicht erst, ihr Glück herauszufordern. Es gab noch das eine oder andere missbilligende Knurren und ein paar mokierende Bemerkungen, aber damit hatte sich der Fall dann auch.

Nell steckte den Scheck ein. Sie war total enttäuscht von Olive und auch von Tim, der sich inzwischen verzogen hatte. Gerade als sie sich auf die Suche nach ihm machen wollte, meldete sich ihr iPhone mit einer SMS.

Hat die Hochzeit mit Tim Spaß gemacht? ;) xx

Olive – wie aufs Stichwort! Nell feuerte sogleich zurück:

Darüber reden wir, wenn ich wieder da bin!

Dieses Mal war sie wirklich zu weit gegangen. Es war eine Sache, jemandem mit ein paar Datingportalen zu helfen, aber eine ganz andere, an einem Auftrag herumzupfuschen, der den Laden Geld kostete. Es war definitiv wieder einmal an der Zeit, die Vorgesetzte herauszukehren. Sie konnten sich so etwas einfach nicht leisten.

»Alles okay?« Nun, da die wütende Braut nebst Mutter verschwunden war, tauchte Tim auf wundersame Weise wieder auf. Nell war sich nicht sicher, ob sie sauer auf ihn war oder auf Olives letzte verrückte Aktion, aber als er ihr die Hand auf die Schulter legte, da hätte sie sie am liebsten weggeschubst.

»Du hättest mir ruhig etwas Rückendeckung geben können«, sagte sie und hasste sich für den gereizten Tonfall in ihrer Stimme.

Tims blaue Augen weiteten sich vor Überraschung. »Ich hatte eher den Eindruck, als ob die beiden Rückendeckung benötigen würden. Du schienst mir voll und ganz in der Lage zu sein, mit ihnen fertigzuwerden. Tut mir leid, ich hatte angenommen, dass es um geschäftliche Dinge geht. Da schien es mir nicht angemessen zu lauschen oder mich gar einzumischen. Ist alles klar bei dir?«

Jetzt kam sich Nell albern vor, weil sie so überzogen reagiert hatte. Tim hatte sie die Sache allein regeln lassen wollen. Hätte er eingegriffen, wäre sie verärgert gewesen und hätte sich bevormundet gefühlt. Schließlich stand ein Mann, der ihre Unabhängigkeit befürwortete, ganz oben auf ihrer Checkliste, also war das hier ganz klar ein Häkchen für Tim.

»Wenn du möchtest, rede ich noch mal ein Wörtchen mit Katerina«, bot er ihr an. »Für dich würde ich es sogar mit dem Brautmonster aufnehmen, auch wenn sie mich mit ihrem Haarschmuck töten könnte!«

Nell musste lachen. Das war wirklich nett von ihm, und sie spürte, wie ihre Wut verrauchte. »Nein, ist schon gut«, sagte sie. »Tut mir leid. Ist ja nicht deine Schuld.«

Um sie herum entwickelte sich der Hochzeitsempfang dank des hohen Alkoholkonsums langsam, aber sicher zu einer wilden Party. Zwei der Brautjungfern tanzten Macarena mit Katerinas Vater, und die Kinder tobten im Zuckerrausch zwischen den Tischen herum. Es war Zeit zu gehen. Ihre Arbeit war getan.

Nell hakte sich bei Tim unter und lächelte zu ihm auf. Er war wirklich ein verdammt gut aussehender Mann, und die Zeit, die sie heute miteinander verbracht hatten, war toll gewesen. Vielleicht, wenn sie erst einmal in dem gemeinsamen Taxi auf dem Rückweg in die Stadt waren, würde er sie noch auf einen Kaffee in seine Wohnung einladen? Und falls sie dann immer noch gut miteinander auskamen, konnte noch wer weiß was geschehen. Bei dem Gedanken daran schlug ihr Magen vor Aufregung einen kleinen Purzelbaum. Was sollte sie ihm antworten, wenn er sie zu sich einlud? Sollte sie ihren Gefühlen trauen? Ihr Puls begann zu flattern.

»Sollen wir uns ein Taxi rufen und von hier verschwinden?«, fragte sie. »Ich glaube, wir sind hier fertig.«

»Ach ja …« Tim blickte verlegen drein und hatte mit einem Mal Probleme, ihr in die Augen zu sehen. »Die Sache ist die, Nell, der Bräutigam hat mir gerade dreißig Pfund bar oben drauf geboten, wenn ich ihn und seine frisch gebackene Ehefrau zum Hotel begleite und einige Fotos schieße, wie er sie über die Schwelle trägt.«

Nell starrte ihn an. Von wegen, er wollte unbedingt

mit ihr allein sein! »Du willst verschwinden? Jetzt gleich?«

»Na ja, genau genommen arbeite ich ja noch. Es macht dir doch hoffentlich nichts aus, oder? Geld regiert nun mal die Welt. Du kannst mich ja ein anderes Mal abschleppen!« Er zwinkerte ihr zu.

Aber Nell fand das alles andere als lustig.

Geld regiert die Welt?

Abschleppen?

Wer hatte denn nur behauptet, dass die Romantik tot sei?

»Du willst also unsere Pläne für dreißig Pfund über den Haufen schmeißen?«

Tim zuckte mit den Schultern. »Ach komm schon, Nell, du bist Geschäftsfrau. Du weißt doch, wie das ist.«

»Und ob ich das weiß«, stimmte sie ihm zu. »Es ist nur … Ich sitze hier am Ende der Welt fest.«

»Aber du kannst doch allein zurückfahren, oder nicht? Ich weiß, dass wir hier in der Pampa sind, aber es gibt hier draußen zumindest Taxen!«

Sie stieß einen Seufzer aus. »Natürlich kann ich das.«

Nell wartete darauf, dass Tim ihr anbieten würde, sich zur Hälfte daran zu beteiligen. Aber nichts geschah.

Da konnte sie wohl lange warten!

Nun, damit hatte er ihr einen gehörigen Dämpfer verpasst! Es würde sie jetzt weitere hundert Pfund kosten, um nach Hause zu kommen.

»Geh nur«, sagte sie mit zusammengebissenen Zähnen. »Geh und hol dir deine dreißig Pfund bar obendrauf.«

Tim wirkte genervt. »Du weißt doch, dass meine Kunst an erster Stelle steht. Du bist selbst ein kreativer Mensch und müsstest das verstehen.«

Nell verstand nur eins, nämlich dass Tim eine totale Enttäuschung war. Er beugte sich zu ihr herab, um sie zu küssen, doch Nell drehte rasch ihren Kopf weg, sodass seine Lippen ihr Ohr streiften, anstatt auf ihrem Mund zu landen. Er hatte ihr sehr deutlich gemacht, wo sie auf seiner Prioritätenliste stand. Sie war bitter enttäuscht von ihm, aber mehr noch von sich selbst, weil sie beinahe geglaubt hatte, er könne jemand Besonderes sein.

Nachdem er gegangen war, holte Nell ihr Smartphone aus ihrer Handtasche und scrollte durch ihre Kontakte. Es gab nur einen einzigen Menschen, mit dem sie jetzt reden wollte. Nur einen Mann, auf den sie sich immer verlassen konnte und der sie niemals im Stich lassen würde.

Kapitel 18

Alex' warmherziges Lachen erfüllte den ganzen Wagen.

»Das ist wirklich zum Piepen!«, rief er und schlug mit der Handfläche auf das Lenkrad. »Da steht also die Mutter der Braut vor dir, ganz aufgeplustert in ihrer Selbstgerechtigkeit, weil sie sich für so unglaublich großzügig hält, während du starr bist vor Entsetzen, denn sie hat dir nicht einmal die Hälfte von dem bezahlt, was dir zusteht!« Alex standen vor Lachen die Tränen in den Augen, als Nell ihm die Geschichte von der Hochzeit erzählte. Sie waren beinahe zu Hause, und er hatte auf der ganzen Fahrt fast nur gelacht.

»Ich weiß wirklich nicht, was daran so lustig sein soll«, schimpfte Nell. »Die Frau sah aus wie eine Walküre! Sie hätte mich wahrscheinlich zu Hackfleisch verarbeitet, wenn mir nicht gerade noch rechtzeitig klar geworden wäre, dass das alles auf Olives Mist gewachsen ist.«

»Natürlich, vergessen wir nicht Olive, die unglaubliche Kupplerin von Olde London Town, die ihre Finger überall im Spiel hat. Hackneys Antwort auf Droll, den Kobold aus unser aller Lieblingsstück von Meister Shakespeare!«

Nell verzog das Gesicht. »Den Liebeszaubersaft habe ich mir aber schon aus den Augen gewischt, soweit es Tim angeht. Er hat mich wegen mickriger dreißig Kröten hängen lassen! Ist das nicht unglaublich?«

»Der Typ ist ein Idiot. Kein Mann, der bei klarem Verstand ist, würde so was tun«, erwiderte Alex galant.

»Ja, sicher.« Nell starrte aus dem Autofenster auf die vorbeiziehenden Straßen – endlose Reihenhäuser mit zugezogenen Vorhängen, wobei hin und wieder heimeliges Licht durch einen Spalt aufs Pflaster fiel. Dahinter waren Familien und verliebte Paare, die sich auf Sofas zusammenkuschelten, fernsahen oder zu Abend aßen. Paare wie Alex und Maria – das wurde ihr schmerzlich bewusst –, die vermutlich gern einen gemütlichen Abend daheim verbracht hätten, wenn sie nicht in ihrer Panik angerufen und ihnen einen Strich durch die Rechnung gemacht hätte.

»Jetzt mach dich nicht selbst so schlecht.« Alex klang auf einmal ernst. »Der Typ muss wirklich eine totale Pfeife sein, dass er dich so behandelt.«

»Na ja, ist wohl besser, dass ich es jetzt schon herausgefunden habe«, sagte Nell und zuckte mit den Schultern. Natürlich war sie enttäuscht von Tim, aber im Vergleich zu der beklemmenden Angst, Alex für immer zu verlieren, fiel das für sie kaum ins Gewicht. Ihr Stolz war verletzt, mehr nicht. Welche Frau wollte schon gern die Erfahrung machen, dass ein paar Zehner verlockender waren als sie selbst. Sie gab sich Mühe, ihrer Stimme einen heiteren Tonfall zu verleihen. »Vermutlich hat Olive schon wieder ihren nächsten Schachzug geplant und mich bereits zum Frühstück fürs Speeddating angemeldet!«

Alex grinste zu ihr hinüber und bog von der zweispurigen Straße in Richtung Nells Wohnung ab.

Zeit mit Alex zu verbringen war immer so mühelos, stellte Nell fest, tausend Mal weniger stressig als mit David oder Tim. Alex kannte sie in- und auswendig, es bestand keine Notwendigkeit, eine hochtrabende Unterhaltung zu führen oder zu versuchen, ihn zu beeindrucken. Trotz all seiner Schwächen – oder vielleicht gerade wegen ihnen – war Alex ihr ältester Freund. Sie vertrauten einander ihre Geheimnisse seit der Grundschule an, und er wusste alles von ihr: dass sie sich die Zähne unter dem Warmwasserstrahl putzte bis zu der Tatsache, dass sie eine Knopfphobie hatte. Genauso wie sie wusste, dass er keine Tomaten mochte und bei dem bloßen Gedanken an Blut praktisch schon in Ohnmacht fiel.

Natürlich gab es ein Geheimnis, das Nell ihm nicht verriet, und das war die Wahrheit über das, was sie für ihn empfand. Sobald sie diesen Geist aus der Flasche lassen würde, könnte sie ihn niemals wieder hineinstopfen. Das würde alles verändern, und ihre ungezwungene Freundschaft wäre für immer verloren. So wie die Dinge jetzt standen, konnte sie ihn mit reinem Gewissen auf einen Kaffee zu sich einladen, ohne dass ein Fragezeichen dahinterstand, ob etwas Unangemessenes geschehen könnte.

Während Alex einen Parkplatz suchte und Nell die Tür zu ihrer Wohnung aufschloss, dachte sie über ihre gemischten Gefühle in Bezug auf ihre platonische Beziehung nach. Sie wünschte sich so sehr, dass Alex sie küsste, aber dieser Zug war vor langer Zeit abgefahren. Sie hatte ihre Chance vertan, ihm klarzumachen, was sie für ihn empfand, und wie immer den Mund gehalten und nichts unternommen. Sie drehte seufzend den Schlüssel herum. Sie würden immer Freunde sein, und sie würde ihn immer lieben, und damit hatte sich der Fall.

Nell ging in die Küche, schlüpfte aus ihrem Mantel und schaltete die Lichterkette mit den kirschroten Herzen ein, die oben an der Decke hing. In das warme karmesinrote Licht getaucht, füllte sie den Wasserkocher und holte eine Schachtel mit Alex' Lieblingsgebäck aus dem Schrank. Als Teenager hatte er es geschafft, nur mit der Zunge ein ganzes Plätzchen in seinem Mund herumzudrehen, was auf Partys immer gut angekommen war, und sie hatte ständig einen Vorrat für ihn parat – nicht dass Alex heute mit dreißig noch die gleiche Nummer abzog wie mit dreizehn, aber er tunkte immer noch gern Plätzchen in seinen Tee.

Das dumpfe Zuschlagen der Wohnungstür sagte ihr, dass Alex eingetroffen war und es sich gemütlich machte. Ohne dass er sie darum bitten musste, bereitete Nell eine Tasse mit starkem Tee und einem gestrichenen Löffel Zucker zu und trug diesen zusammen mit dem Gebäck ins Wohnzimmer, wo Alex ausgestreckt auf dem Sofa lag und fernsah. Genau das musste er schon an unzähligen Abenden getan haben, und der Anblick seines blonden Haarschopfs auf der Sofalehne war ihr so vertraut wie die Wiederholung der Sitcom aus den Achtzigerjahren, die er sich ansah. Doch heute Abend war sich Nell bewusst, dass diese Zeit mit Alex dem Ende zuging.

»Danke, Nell!« Alex strahlte sie an, als hätte sie ihm gerade einen Lottoschein mit sechs Richtigen überreicht und nicht etwa eine Tasse. Nachdem er einen Schluck genommen hatte, fügte er hinzu: »Du machst den besten Tee der Welt.«

»Etwa besser als Maria?« Nell konnte sich die Frage einfach nicht verkneifen.

Alex verzog das Gesicht. »Du hast doch selbst schon ihren Tee getrunken! Er schmeckt wie Spülwasser. Sie mag ja die besten Mojitos jenseits von Mexiko mixen, aber wenn's um Tee geht, braucht sie Nachhilfe«, witzelte er. Er nahm ein Plätzchen und tunkte es nachdenklich ein. »Vielleicht könntest du ihr ja mal eine Lehrstunde geben? Oder beim Hennenabend zum Tee einladen!«

»An diesem Abend werden wir ganz bestimmt keinen Tee trinken …« Ehrlich gesagt, hatte Nell überhaupt noch keine Ahnung, was genau sie tun würden. Als Trauzeugin hatte sie die zweifelhafte Ehre, den Junggesellinnenabschied für Maria zu organisieren, was sie bislang unter *Später erledigen* abgelegt hatte. Der Junggesellinnenabschied bedeutete, dass die Hochzeit wirklich stattfinden würde, und es fiel ihr zunehmend schwer, das zu akzeptieren. Aber eine Sache war sicher: Es würde reichlich Alkohol fließen. Anders würde sie es gar nicht überstehen, wenn sie zusehen musste, wie der Mann, den sie liebte, ihre beste Freundin heiratete.

»Ich traue mich gar nicht zu fragen, was ihr anstellen werdet«, sagte Alex. »Aber falls es auch nur annähernd an das herankommt, was Jase für mich geplant hat, dann viel Glück damit. Ich werde wahrscheinlich eine ganze Woche brauchen, um den üblen Kater wieder loszuwerden, bevor ich heiraten kann!«

»Glaubst du, dass du mir als verheirateter Mann auch immer noch aus der Klemme helfen wirst?«, platzte Nell heraus.

Alex sah sie betrübt an. »Nell, es täte mir leid, wenn du noch mal von so einem Vollidioten wie diesem Tim enttäuscht werden solltest, aber ich fürchte, ich könnte nicht mehr alles stehen und liegen lassen, um zu dir zu eilen. Durch die Hochzeit wird sich vieles verändern. Und dazu gehört sicherlich auch, so spät noch hier allein bei dir zu sein.«

Nell hatte einen Kloß in der Größe eines Fußballs im Hals und starrte zu Boden, um sich wieder zu fassen.

»Ich werde es vermissen«, flüsterte sie schließlich.

»Ich auch.«

Ein merkwürdiges Schweigen breitete sich aus. Für einen Moment schien die Zeit stillzustehen, und die Luft war zum Schneiden dick. Nell versuchte die Verlegenheit zu verscheuchen, indem sie sich zwang, ihrer Stimme einen fröhlichen Klang zu verleihen. »Zumindest musst du bei Maria nicht befürchten, dass sie sich in ein Brautmonster verwandelt. Sie scheint das Ganze ja ziemlich cool anzugehen.«

»Ja, total entspannt. Ich glaube, sie hat noch nicht einmal ein Kleid ausgesucht oder sich Gedanken über die Sitzordnung gemacht.« Er tunkte ein weiteres Plätzchen in seinen Tee. »Ich dachte eigentlich, dass sie das Ganze mit etwas mehr Begeisterung anpacken würde, aber so ist M nun mal, sie geht eben locker mit allem um.«

Da musste Nell ihm zustimmen. Maria brachte nichts aus der Fassung. Ob sie Theaterstücke inszenierte, die PR für große Handelsmarken erledigte oder ihre eigene Hochzeit organisierte – sie schien durch alles mit einer beneidenswerten Seelenruhe hindurchzusegeln, während sich die Dinge um sie herum wie von selbst ergaben. Manche Leute waren eben glücklich dran!

»Erinnerst du dich noch an den Tag, als wir uns alle kennengelernt haben?«, fragte sie ihn. »Es kommt mir vor, als sei das schon eine Ewigkeit her. Wer hätte vor zehn Jahren gedacht, dass wir so lange Freunde bleiben und du einmal Maria heiraten würdest?«

»Also ich nicht«, sagte Alex. Er schaute dabei nicht auf, schien in den Anblick seines Plätzchens vertieft zu sein, sodass Nell sein Gesicht nicht sehen konnte. Die Antwort kam ihr allerdings komisch vor.

»Maria ist eine Naturgewalt«, fuhr er fort. »Wenn sie sich einmal etwas vorgenommen hat, dann kriegt sie es meist auch hin. Sie hat es ja sogar geschafft, mich auf die Bühne zu bekommen, weißt du noch?«

»Klar weiß ich das noch! Ich habe schließlich den Fotobeweis, wie du in Strumpfhosen den Demetrius gegeben hast. Vielleicht sollte ich Jason das Bild geben – das wäre doch ein gefundenes Fressen für deinen Junggesellenabschied!«

»Da er als Lysander auch Strumpfhosen trug, glaube ich nicht, dass er sich trauen würde, etwas damit anzufangen. Wenn ich mich recht erinnere, hatte Maria das

Ganze angezettelt. Allerdings sind bei Jason ja nie besonders große Überredungskünste nötig, wenn ein hübsches Mädel beteiligt ist.«

»Wenn ich mir überlege, dass wir vermutlich nie in der Theatergruppe gelandet wären, wenn ich nicht darauf bestanden hätte, dem Fotoclub beizutreten«, sagte Nell nachdenklich und schlug die Beine unter, um es sich bequemer zu machen. »Sonst wären wir auch nie Maria oder Jason begegnet. Ist es nicht komisch, wie das Leben manchmal von einer Sekundenbruchteil-Entscheidung abhängt?«

»Und wenn ich dir nicht an die Uni gefolgt wäre, dann hätte ich …«

Was?

»Was hast du gerade gesagt?« Nell starrte Alex an. »Du bist mir an die Uni *gefolgt*? Das ist mir ja ganz neu!«

Alex fuhr sich mit der Hand durch die Locken. Seine Wangen waren so rot wie das Trikot von Manchester United. »Komm schon, Nell, du musst das doch gewusst haben! Alle anderen haben es jedenfalls mitgekriegt.«

»Was soll denn das? Versuchst du etwa, die Geschichte umzuschreiben, Al?« Nell wollte nichts davon wissen. »Du bist nach Southampton gegangen, weil du nicht die nötigen Noten für Exeter hattest.«

Aber Alex schüttelte den Kopf. »Ne, das war gelogen. Ich hatte schon die Noten für Exeter, aber ich wollte bei dir sein.«

Nell starrte ihn an. Der Kloß in ihrem Hals wurde noch größer. »Du wolltest bei mir sein? Wieso?«

»Du willst also, dass ich es laut ausspreche?« Alex

stöhnte. »Ach Nell, war das denn nicht sonnenklar? Ich war bis über beide Ohren in dich verknallt.«

Nell presste die Lippen aufeinander, damit ihr kein Schrei entfuhr. Sie traute ihren Ohren nicht. »Was? Verknallt? In mich? Seit wann das denn?«

Alex schenkte ihr ein trauriges Lächeln. »Seit wir sechs waren, glaube ich. Du hast Freddie Knight umgestoßen, weil er gemein zu mir war.«

»Er hatte es verdient«, sagte Nell tonlos.

»Ja, das hatte er«, stimmte ihr Alex zu. »Na, jedenfalls konnte ich den Gedanken nicht ertragen, so weit von dir entfernt zu sein, als die Bewerbungsformulare eintrafen. Deshalb habe ich so getan, als würde mein Notendurchschnitt nicht für Exeter reichen.« Er nahm einen Schluck von seinem Tee. Offenbar war er sich gar nicht bewusst, dass Nell kurz davor war zusammenzubrechen. »Glücklicherweise habe ich bald begriffen, dass du kein Interesse hast, ansonsten hätte ich mich wirklich zum Affen gemacht.«

Nell hatte das Gefühl, als hätte ihr jemand einen Boxhieb in die Magengrube versetzt.

»Ich hatte ja keine Ahnung«, flüsterte sie.

»Natürlich nicht.« Alex hatte sich wieder gefangen und schenkte ihr ein strahlendes Lächeln, das sich allerdings nicht in seinen Augen wiederfand. »Ich habe ja nie darüber gesprochen. Ich hatte viel zu viel Angst, unsere Freundschaft zu zerstören, und ich habe schließlich mitbekommen, dass du nicht das Gleiche wie ich empfunden hast. Du hast es mir ja auch zu verstehen gegeben.«

Wann hatte sie das jemals getan?

Doch dann erinnerte sie sich:

»Willst du nicht wenigstens beitreten, um mir Gesellschaft zu leisten? Tu's für mich!«, hatte er sie angefleht.

»Nein, Al, tut mir leid, aber ich habe kein Interesse.«

Es war beim Erstsemestertag vor zehn Jahren gewesen. Er hatte sie gebeten, zusammen mit ihm der Theatergruppe beizutreten, und sie hatte ihm eine Abfuhr erteilt. Diese eine spontane Bemerkung hatte alles kaputt gemacht.

»Und dann bin ich Maria begegnet«, sagte Alex. »Und der Rest ist Geschichte.«

Wieder machte sich Stille breit. In der Ferne war das Heulen einer Sirene zu vernehmen. Einen Krankenwagen könnte sie jetzt gut gebrauchen, dachte Nell, denn ihr Herz war in tausend Stücke zersprungen. Allerdings hatte sie nicht mehr viel Hoffnung auf Heilung. Erfahren zu müssen, dass Alex einmal etwas für sie empfunden hatte und sie schon seit Jahren ein Paar hätten sein können, wenn sie ihn auch nur im Geringsten ermutigt hätte, war an Ironie nicht zu überbieten. Hätte sie doch nur den Mut gehabt, ihm auf dem Erstsemestertag zu erzählen, was sie für ihn empfand, dann wäre jetzt alles anders. Aber nein, sie hatte ja wie immer gezaudert, und dann hatte sich dieser hinreißende Wirbelwind namens Maria ihn gekrallt.

Und der Rest war Geschichte.

Nell hatte das Gefühl, sich jeden Moment übergeben zu müssen. Auf jeden Fall war sie den Tränen nahe, und die Versuchung war schrecklich groß, ihm zu gestehen, welche Gefühle sie für ihn hegte – was sie aber natürlich nicht tun konnte, weil sie damit zehn Jahre zu spät dran war. Sie konnte es jetzt nicht ertragen, in Alex' Nähe zu sein; denn das Bedürfnis, sich in seine Arme zu stürzen, war einfach zu groß.

»Alex, ich bin fix und fertig, ich muss einfach ins Bett«, sagte sie mit abgewandtem Gesicht und stand auf. »Du findest ja allein raus.«

»Ja, klar. Hey, ist alles in Ordnung?« Alex war um sie besorgt, und Nell fühlte sich furchtbar, als sie den Kopf schüttelte und ihn abwies. Es gab nichts, was er sagen oder tun konnte, um sie zu trösten, denn Nell wusste, dass die Dinge vermutlich niemals wieder in Ordnung sein würden. Es war an der Zeit, sich mit einer Zukunft ohne ihn abzufinden.

Die Liebe ihres Lebens war weg. Und dabei hätte alles ganz anders laufen können.

Kapitel 19

Nells Dating-Checkliste

Besitzt eine gewisse Reife ☑

Nell hatte sich ins Hinterzimmer zurückgezogen und gab vor, mit der Planung für Marias Junggesellinnenabschied beschäftigt zu sein, während sie in Wahrheit so zu tun versuchte, als ob sie die Unterhaltung mit Alex vom Vorabend nicht total aus der Spur geworfen hätte. Aber sie versagte auf der ganzen Linie, weil sie einfach an nichts anderes denken konnte. Gleich nach dem Aufwachen war ihr wieder bewusst geworden, wie nahe sie ihrem Glück einmal gewesen und wie weit sie nun davon entfernt war. Von außen betrachtet, war das Leben immer noch so wie vor seinen Worten, bevor er ihr geschildert hatte, wie verliebt er einmal in sie gewesen war. Aber aus ihrer Perspektive hatte sich alles geändert.

Das hättest du *sein können*, flüsterte die hinterlistige kleine Stimme in Nells Ohr. *Wenn du nur bereit gewesen wärst, etwas zu unternehmen, dann hättest du diejenige sein können, die er nun heiratet.*

Nell schüttelte den Kopf, als versuche sie, die Stimme abzuschütteln. Das war doch alles total falsch. Maria war ihre beste Freundin, und solche Gefühle für Alex zu hegen war Nells größter Verrat an ihrer Freundschaft.

Aber du hast ihn doch zuerst gekannt!, gab die Stimme zu bedenken. *Eigentlich hat er doch dir gehört, bevor er sie getroffen hat.*

»Verdammt!«

Nell vergrub das Gesicht in den Händen. Das war doch alles völliger Schwachsinn. Natürlich hatte sie kein Vorrecht auf Alex gehabt. Egal wie sie es auch hin und her drehte, Nell kannte die Wahrheit: Sich nach dem Verlobten ihrer besten Freundin zu verzehren war so ziemlich das Schlimmste, was es überhaupt gab. Würde diese lästige Stimme doch nur endlich die Klappe halten! Sie hatte sich eine Tasse Kamillentee gemacht, um ihre Nerven zu beruhigen, aber ganz offensichtlich hatte das nichts gebracht. Vielleicht hätte sie sich für Wodka entscheiden sollen!

Das Schlimme war, dass Nell nicht umhinkam, der Stimme in ihrem Kopf in mancher Hinsicht zuzustimmen. Sie ging wirklich nur ungern Risiken ein und war kein Fan von Veränderungen, weshalb sie den Freitagabend immer noch im *Bell* verbrachte und im Blumenladen arbeitete. Ihr Fehler war ganz eindeutig, dass sie damit beschäftigt gewesen war, sich an die Vergangenheit zu klammern, während alle anderen zugesehen hatten, dass sie mit ihrem Leben weiterkamen.

War es da ein Wunder, dass sie sich zurückgelassen vorkam?

Nell stöhnte und zwang sich, ihre Aufmerksamkeit wieder auf den Computer zu richten. Sie war nicht gerade weit gekommen, aber wenn sie in den Laden hinausginge, müsste sie Olive wegen der Preisverhandlung zur Rede stellen. Sie war sich sehr wohl bewusst, dass sie sich ihre junge Assistentin irgendwann einmal vorknöpfen musste, aber nicht gerade jetzt. Nell fühlte sich nicht imstande, es mit einer weiteren Konfrontation aufzunehmen, wo sie sich doch gerade mitten in einer Debatte mit ihrem Gewissen befand.

Sie wandte sich wieder der Webseite zu, die sie entdeckt hatte. Maria kochte leidenschaftlich gern, und daher hatte Nell sich gefragt, ob sie nicht für tagsüber einen erstklassigen Cordon-bleu-Kochkurs mit den Mädels organisieren sollte, bevor sie weiterzogen in einen ebenso erstklassigen Nachtclub, um ein paar Cocktails zu trinken.

»Kein Wunder, Craig, dass du solche Muskelpakete hast, wenn du dauernd so schwere Kisten trägst«, sagte Olive mit durchdringender Stimme und riss Nell damit aus ihren Gedanken. Ein lautes Kichern folgte, und dann fiel etwas Schweres zu Boden. Nell runzelte die Stirn. Wehe, wenn das die Kiste mit den Fotoalben gewesen war, die sie als Ostergeschenke bestellt hatte.

Sie widmete sich wieder ihren Überlegungen zum Junggesellinnenabschied und griff nach einem Stift, um sich ein paar Berechnungen zu notieren. Sie wollte nicht gleich das ganze Budget für eine einzige Kochveranstaltung verpulvern.

»Kannst du mich auch tragen? O Craig, lass mich wieder runter! Das kitzelt!« Olives kokettierendes Kichern war nicht gerade hilfreich für Nells Konzentration.

»Nein! Nein! Das geht nicht!« Kreischen ertönte und torpedierte Nells Versuche, sich im Kopfrechnen zu üben.

»Craig, nein!« Wieder ein Kreischen und ein dumpfer Aufschlag. Nell hoffte, Craig hatte Olive fallen gelassen und nicht etwa die Lieferung. Himmel noch mal, das hier war ein Geschäft! Und auch wenn Nell es verkaufte, sollten sie sich trotzdem wie Profis benehmen. Olive verhielt sich gerade eher, als sei dies der Aufenthaltsraum einer Schule.

Nach zwei weiteren Schreien gab Nell das Rechnen auf und schmiss frustriert den Stift hin. Also schön. Dieser Krach brachte das Fass zum Überlaufen. Sobald sich Nell Olive zur Brust genommen hatte, weil sie Craig nach wie vor an der Nase herumführte, würde sie sie auch wegen des lächerlich niedrigen Preises für Katerinas Hochzeit zur Rede stellen. Dank ihrer Mitarbeiterin hatte der Laden einen beträchtlichen finanziellen Verlust erlitten – ganz zu schweigen davon, dass es total unprofessionell gewesen war, den anderen Floristen zu unterbieten. Nell konnte beides nicht auf sich beruhen lassen. Sie musste Olive in Erinnerung rufen, dass sie immer noch ihre Chefin war. Sie sich vorzuknöpfen war nur eine weitere Sache, die Nell aufgeschoben hatte.

Aber damit war jetzt Schluss.

Sie würde die Sache angehen.

Auf der Stelle.

Nell wollte gerade aufstehen, verharrte dann aber, als sie ein leises Klopfen an der Tür vernahm. Sie nahm einen tiefen Atemzug, um sich für die Konfrontation zu wappnen.

»Herein!«, rief sie und versuchte dabei, den scharfen Tonfall ihrer ehemaligen Schuldirektorin nachzuahmen. »Aber ich bin nicht in Stimmung für irgendwelchen Nonsens. Also falls du vorhaben solltest, diese Dating-App auf meinem Smartphone zu installieren, dann …«

Ein Gesicht schaute hinter der Tür hervor. »Ich glaube, das wäre nicht ganz in meinem Interesse …«

Das war nicht Olive.

»David!« Nell sprang überrascht auf und warf dabei den Becher mit dem kalten Kamillentee um. Die gelbe Flüssigkeit hinterließ Spuren auf ihren Notizen und ihrer Jeans. Na großartig. Jetzt sah sie aus, als hätte sie sich in die Hose gemacht. Was hatte sie nur getan, dass das Universum sie derart hasste?

»Mit dir hatte ich nicht gerechnet. Was für eine nette Überraschung!«

David lächelte sie an. Nell fand, dass er ein wunderschönes Lächeln hatte – ein bisschen schief, aber ganz warm, und dabei erschien ein total süßes Grübchen in seiner linken Wange.

»Hier, nimm meines …« David griff in seine Tasche und zog ein perfekt gebügeltes und gefaltetes schneeweißes Stofftaschentuch hervor. »Keine Sorge, es ist sauber!«

Aber deshalb machte Nell sich keine Sorgen, sie war nur so verblüfft, ein Stofftaschentuch zu Gesicht zu bekommen. So kurz vor einem Nervenzusammenbruch stehend und selbst immer nur mit Papiertaschentüchern ausgestattet, fand sie das schwer beeindruckend.

»Danke«, sagte sie, während sie es entfaltete und damit ihre durchnässte Jeans abtupfte.

»Gern geschehen. Also abgesehen davon, dass ich dich vor dieser gefährlichen, unberechenbaren Teetasse retten wollte, bin ich nur vorbeigekommen, um dich wissen zu lassen, dass ich den Vertrag für den Verkauf des Ladens fertig habe. Wenn's dir recht ist, könnten wir schon nächste Woche zum Abschluss kommen, dann ist die ganze Sache hoffentlich innerhalb eines Monats unter Dach und Fach.«

»Innerhalb eines Monats?«, fragte Nell erstaunt. Das ging alles viel schneller, als sie erwartet hatte.

»Ich bin tüchtig, nicht wahr?«, sagte David grinsend. »Aber leider kann ich nicht den ganzen Ruhm dafür einheimsen, denn es ist Mr. Stanley Stalks, dem sehr daran gelegen ist, die Dinge voranzutreiben.«

Nell blickte sich in ihrem kleinen Hinterzimmer um. Hier war ihr alles so vertraut. Wie viele Stunden hatte sie als Kind hier verbracht und ihre Hausaufgaben gemacht, während Elsie im Laden arbeitete? Es war ihr zweites Zuhause gewesen, und sie kannte jeden Kratzer im Anstrich, jede Blase in dem alten, sich lösenden Linoleum, und sie war die Einzige, die mit dem launischen Schloss an der Hintertür zurechtkam und die wusste, dass man erst mit der Handfläche unten gegen den Rahmen schlagen musste, um das Fenster zu öffnen. Vermutlich hätte sie diese Dinge in Ordnung bringen lassen können, aber aus irgendeinem Grund hatte sie nie das Bedürfnis dazu verspürt. Das waren die Eigenarten, die *Every Blooming Thing* ausmachten. Mit einem Mal erschien ihr die Vorstellung, niemals wieder hier zu sitzen, gar nicht mehr so befreiend, sondern sie verspürte eine große Traurigkeit.

»Da bleibt mir nicht mehr viel Zeit, um alles zu regeln«, sagte Nell und setzte sich, um gegen die aufsteigende Panik anzukämpfen. War sie wirklich dazu bereit, den Laden, der so lange eine wichtige Rolle in ihrem Leben gespielt hatte, so schnell herzugeben?

»Genau das habe ich Mr. Stalks auch gesagt«, stimmte ihr David zu. »Und er hat angeboten, noch einmal fünftausend Pfund auf den ursprünglich ausgemachten Preis draufzulegen, um damit mögliche Unannehmlichkeiten abzudecken, die ein schneller Verkauf verursachen könnte.«

Fünftausend Pfund?

»Befindet sich unter diesem Laden etwa eine Ölquelle?«, fragte Nell.

David zuckte mit den Schultern. »Mr. Stalks scheint einfach nur sehr interessiert daran zu sein, dieses Geschäft zum Abschluss zu bringen. Hier, schau mal.«

Er hielt ihr den Vertrag hin, und Nell blätterte ihn nachdenklich durch. »›Versessen‹ trifft es wohl eher«, murmelte sie.

Alles schien bereit zu sein, damit der Verkauf glatt über die Bühne gehen konnte. Stanley Stalks war offenbar sehr fleißig gewesen und David sehr sorgfältig. Seine Professionalität machte ihn attraktiv. Er besaß wirklich eine gewisse Reife – genau wie es auf ihrer Checkliste stand.

Sie blickte unter ihren Wimpern zu David empor. »Du

scheinst mir in dieser Sache auch sehr engagiert zu sein. Hättest du mir den Vertrag nicht auch per Post oder mit einem Boten schicken können, anstatt ihn mir persönlich vorbeizubringen?«

»Na schön, ich gebe zu, dass es eine gute Entschuldigung war, um dich wiederzusehen«, gab er zu und sah sie mit seinen dunklen Augen aufmerksam an.

David war wirklich süß, und sie fühlte sich geschmeichelt, dass er sich so viel Mühe gemacht hatte, einen Grund zu finden, sie wiederzusehen. Nell musste endlich zusehen, dass sich in ihrem Leben etwas bewegte, sie weiterkam, sich weiterentwickelte. Vielleicht war David genau der Mann, mit dem sie dies verwirklichen konnte. Ein »richtiger« Erwachsener mit einem »richtigen« Job – ein David Jaffe würde sie bestimmt nicht wegen dreißig Pfund bar auf die Hand irgendwo sitzen lassen.

»Du brauchst keine Entschuldigung. Ich freue mich immer, dich zu sehen«, sagte sie und wurde mit einem Lächeln belohnt, das so viel Wärme ausstrahlte, dass es an ein Wunder grenzte, dass keine ihrer Blumen welkte.

»Dann muss ich wohl auch nicht zu meinem nächsten Vorwand greifen? Die Blumen für den Hochzeitstag meiner Eltern?«

»Also, so weit würde ich nun auch wieder nicht gehen. Geschäft ist Geschäft … Selbst wenn ich hier nur noch für ein paar Wochen das Sagen habe«, sagte Nell lachend.

Sie führte David in den Laden und holte ihr Musterbuch hervor, um einige Ideen mit ihm durchzugehen.

Olive versuchte auf nicht gerade sehr subtile Art und

Weise, ihr Gespräch mitanzuhören. Nell schickte sie und Craig kurzerhand los, um einige Besorgungen zu erledigen, damit sie in Ruhe mit David flirten konnte. Äh ... sie meinte natürlich, damit sie in Ruhe *die Bestellung mit ihm durchgehen* konnte! Aber während er durch die Seiten blätterte, wurde schon bald klar, dass er nicht wirklich an den Blumen interessiert war. Er hätte eine Margerite wohl kaum von einem Rittersporn unterscheiden können, weil er viel zu sehr damit beschäftigt war, sich mit Nell zu unterhalten, als einen richtigen Blick auf die Fotos der Blumengestecke zu werfen. Wenn er die Seiten umblätterte, streiften seine Finger hin und wieder die ihren. Nell war sich zwar nicht hundertprozentig sicher, aber sie vermutete, dass er das mit Absicht tat ...

»Also, was soll es denn nun sein?«, fragte sie schließlich, nachdem sie sich so viele verschiedene Beispiele für Gestecke und Sträuße angesehen hatten, dass selbst sie verwirrt war.

David bedachte sie mit einem glühenden Blick aus seinen braunen Augen. »Ein Abendessen zu zweit?«

»Äh ...« Nell war so irritiert, dass sie sich nicht sicher war, ob sie die Einladung annehmen sollte.

»Und dieses Mal ohne Grammatikstunde – versprochen!«

Nell schüttelte den Kopf. »Konzentrier dich auf die Blumen!«, befahl sie ihm.

»Wie kann ich mich auf die Blumen konzentrieren, wenn du in meiner Nähe bist?« Er stieß ein Stöhnen aus. »O Gott, wie abgedroschen war das denn?«

»Ziemlich. Und jetzt konzentriere dich … Welche Blumen möchtest du?«

Er stöhnte wieder. »Ich habe wirklich keine Ahnung. Am besten irgendetwas Edles und Besonderes. Meine Eltern gönnen sich nicht viel, da möchte ich sie einmal verwöhnen.«

Das machte ihn nur noch sympathischer, fand Nell, und sie blätterte erneut durch das Buch, bis David sich etwas Aufwendiges und Teures ausgesucht hatte.

»So, können wir uns jetzt über etwas wirklich Wichtiges unterhalten?«, fragte er und nahm ihre Hand, um ihrer beider Finger ineinanderzuverschlingen, was sich gut anfühlte.

»Würdest du mich am Samstag zur Silberhochzeit meiner Eltern begleiten?«, fragte er.

Nell grinste. Das klang so offiziell.

»Ich soll also deine Eltern kennenlernen?«, neckte Nell ihn. »Ist das nicht noch etwas zu früh?« Na schön, vielleicht war sie noch nicht ganz so erwachsen wie David.

Aber der stieg sogleich darauf ein. »Also, jetzt wo wir uns geküsst haben, müssen wir natürlich heiraten. Da ist es doch nur fair, wenn sie dich vorher kennenlernen.«

Nell lachte schallend. Sie mochte seinen Humor. Das war ein weiteres Häkchen für ihn. Es machte wirklich Spaß, Zeit mit ihm zu verbringen.

»Aber wenn's dir nichts ausmacht, würde ich gern darauf verzichten, noch heute Abend unsere Hochzeitsblumen auszusuchen«, fuhr David fort. »Ich möchte vermeiden, dass wir an Altersschwäche sterben, bevor wir meine Eltern treffen.«

»Lass mich mal nachsehen, ob ich Zeit habe. Falls wir da gerade für eine Hochzeit gebucht sind, muss ich passen.«

Nell zog ihre Hand aus der seinen und ging zur Theke hinüber, um in ihrem Terminkalender nachzusehen. Erleichtert stellte sie fest, dass sie an dem Wochenende keinen Auftrag übernommen hatte. Da war nur die Party der McGraths zum einundzwanzigsten Geburtstag ihres Sohnes eingetragen, aber das war kein Problem. Craig würde die Blumen gleich als Erstes ausliefern, und mehr war dann nicht zu tun.

»Das haut bei mir hin, ich komme gern mit«, sagte Nell.

»Klasse!« David strahlte sie an. »Und jetzt werde ich mich besser wieder auf den Rückweg zur Kanzlei machen, denn eigentlich sollte ich arbeiten.«

Nell gab ihm einen flüchtigen Kuss auf die Wange, und für einen Sekundenbruchteil glaubte sie, er würde sie an sich ziehen und richtig küssen. Vielleicht hatte er das auch vor, aber da sich Olive und Craig ausgerechnet diesen Moment ausgesucht hatten, um wieder zurück in den Laden zu kommen, bekam sie gar nicht erst die Gelegenheit, es herauszufinden. Nell winkte David zum Abschied zu und hoffte, dass Olive zu beschäftigt damit gewesen war, sich zu unterhalten, um zu bemerken, was beinahe vor ihrer Nase passiert wäre. Sobald er weg war, notierte Nell die Bestellung für Davids Blumen.

Aber natürlich hatte sie sich falsche Hoffnungen gemacht. Nell würde eher heute noch zum Mars fliegen, als dass es sich Olive entgehen ließe, auf die Anwesenheit eines attraktiven Mannes im Laden anzuspielen.

»Was hatte denn der sexy Anwalt hier verloren?«, lauteten ihre ersten Worte. »War er etwa auf der Suche nach seiner Unschuld?« Sie wackelte mit den Augenbrauen. Offenbar hielt sie das für höchst amüsant.

»Sehr witzig.« Nell war nach der Sache mit der Hochzeit immer noch sauer auf Olive und hatte nicht vor, mit ihr über ihr Liebesleben zu sprechen – egal wie amüsant es auch in ihren Augen sein mochte.

»Olive, wir müssen über das reden, was bei Katerinas Hochzeit passiert ist«, sagte Nell. »Stimmt es, dass du absichtlich einen anderen Floristen unterboten hast?«

»Ja, aber …«

»Kein ›Aber‹, Olive! Du hast dir auf hinterhältige Weise einen Auftrag von einem anderen Blumenhändler ergaunert. So ein Verhalten ist total unprofessionell und wirft ein schlechtes Licht auf uns. Du hattest kein Recht, solch eine Entscheidung zu treffen!«

Olive blickte aufmüpfig drein. »Als Tim an jenem Tag hier im Laden war, habe ich zufällig mitbekommen, wie er mit Katerina gesprochen hat. Es schien mir eine gute Gelegenheit zu sein, damit ihr euch besser kennenlernt, also habe ich später auf die Wahlwiederholungstaste gedrückt und mit ihr gesprochen.«

»Du hast eine Verabredung für mich arrangiert? Das macht es nur schlimmer, nicht besser!«, sagte Nell. »Ich weiß, du hast es mit den besten Absichten getan, aber durch solch heimtückische Methoden bekommt *Every Blooming Thing* einen schlechten Ruf. Das ist mein Ernst,

Olive. Es ist eine schwerwiegende Angelegenheit. Eigentlich müsste ich disziplinarische Konsequenzen ziehen.«

Olives Augen weiteten sich vor Empörung. »Soll das jetzt etwa eine Abmahnung sein? Nur weil ich versucht habe, dir zu helfen? Na, vielen Dank auch!«

Nell war sich darüber im Klaren, dass sie ihre Assistentin eigentlich tatsächlich abmahnen sollte, brachte es aber nicht fertig. Was nicht nur daran lag, dass sie nun einmal schrecklich schlecht darin war, rigoros durchzugreifen, sondern auch, weil sie Olive noch beibringen musste, dass der Laden nicht erst in einigen Monaten den Besitzer wechseln würde, sondern schon in wenigen Wochen.

Wie um alles in der Welt sollte Olive, die seit ihrem fünfzehnten Lebensjahr hier aushalf, mit der Neuigkeit klarkommen, dass sie ihre erste und bislang einzige Arbeitsstelle verlor? Sie mischte sich zwar in alles ein, aber sie ging völlig in ihrer Arbeit auf – Nell konnte sich nicht einmal mehr daran erinnern, wann Olive zum letzten Mal Urlaub genommen, geschweige denn, krankgefeiert hatte. Sie würde am Boden zerstört sein.

Aber Nell hatte am eigenen Leib erfahren, dass es nur ins Verderben führte, wenn man Dinge hinausschob. Sie holte tief Luft und bereitete sich auf das Schlimmste vor.

»Nein, Olive, das ist keine Abmahnung. Aber nur, weil ich weiß, dass du es gut gemeint hast.«

»Puh!«, schnaufte ihre Assistentin. »Einen Moment lang dachte ich sogar schon, ich kriege meine Kündigung!«

Nell schluckte schwer. Sie würde tatsächlich ihre Kündigung bekommen. Aber nicht aus diesem Grund.

»Die Sache ist die …«, begann Nell und senkte ihre Stimme.

»O Gott, was ist los?«, fragte Olive. »Ist jemand gestorben?«

»Nein!« Nell hob beschwichtigend die Hände, um sie zu beruhigen. »Nichts dergleichen. Es geht wirklich um … um deine Kündigung.«

Olive ließ sich gegen die Wand sinken, ihre Beine schienen sie im Augenblick nicht mehr tragen zu können.

»Also, der Grund, warum David hier war …« Nell war sich bewusst, dass sie auf den Punkt kommen sollte, aber das hier war das erste Mal, dass sie jemandem eine schlechte Nachricht beibringen musste. Und das gelang ihr nicht sehr gut. »David war hier, um mir zu sagen, dass es mit dem Verkauf des Ladens vorangeht. Sogar schneller als erwartet«, fügte sie hinzu und machte sich auf einen Ausbruch vesuvischen Ausmaßes gefasst. »Innerhalb des nächsten Monats wird schon alles über die Bühne gebracht sein.«

Craig blickte besorgt drein. »Das geht jetzt aber wirklich schnell.« Er biss sich auf die Lippe und sah kurz zu Olive hinüber, die nicht im Mindesten betroffen zu sein schien.

Nell nahm an, dass sie sich in einer Art Schockzustand befand und es vermutlich gar nicht richtig aufgenommen hatte. »Es tut mir so leid, Olive. Wir müssen schon jetzt damit beginnen, das Geschäft abzuwickeln.«

»Okay«, sagte Olive, stand auf und ging an Nell vorbei ins Hinterzimmer.

Nell hatte damit gerechnet, dass Olive aufgebracht sein würde, aber nun kam es ihr so vor, als ob ihr Hirn ausgesetzt hatte.

»Äh … Olive? Alles in Ordnung?«

»Ja, sicher!«, zwitscherte sie. »Möchtet ihr einen Kaffee?«

Nell und Craig tauschten einen Blick, und er zuckte mit den Schultern. Offenbar war er ebenso verwirrt von Olives Reaktion – oder besser gesagt dem Fehlen derselben – wie Nell.

»Ach, jetzt schaut mich doch nicht so an, als würde ich jeden Moment einen hysterischen Anfall bekommen!«, sagte Olive leichthin. »Das kommt ja jetzt nicht gerade überraschend. Mir geht's gut. Es wird sich schon was ergeben.«

»Aber klar«, stimmte ihr Craig, ganz die treue Seele, zu. »Du bist eine tolle Floristin.«

»Allerdings!«, beeilte sich Nell zu sagen. »Und ich werde dir ein erstklassiges Arbeitszeugnis ausstellen.« Dazu müsste sie nicht einmal lügen, denn trotz Olives unentwegten Verkuppelungsversuchen war sie eine großartige Angestellte. »Jeder, der dich einmal bekommt, kann sich glücklich schätzen.«

Die Ladentür öffnete sich, und hereinspaziert kam Stanley Stalks, der in Wachsjacke und Kaschmirschal und glänzenden Dubarry-Stiefeln ganz dem Bild des erfolgreichen Geschäftsmannes entsprach.

»Sollten mir die Ohren klingen?«, erkundigte er sich

mit einem breiten Grinsen. »Ich bin gerade zufällig David begegnet, und er sagte mir, dass er den Vertrag vorbeigebracht hat. Ist so weit alles in Ordnung?«

Während er sprach, streckte er Nell die Hand hin. Sie schüttelte sie höflich und fragte sich, warum er hier auftauchte. Wenn es um irgendwelche Details ging, war das doch sicherlich Davids Job, oder? Stanley musste nicht extra von Hampstead nach Hackney kommen.

»Alles wunderbar«, erwiderte sie. »Mich plagt nur etwas die Nervosität. Es ist ja noch so viel zu tun. Aber ich bin auch aufgeregt und freue mich!«

»Sehr gut.« Stanleys Blick wanderte von Nell zu Olive. Die hatte sich von Craigs Seite gelöst und schlüpfte in ihren Mantel. »Bist du so weit, Löwenmäulchen?«

Wie bitte? *Löwenmäulchen*? Was war denn hier los? Setzte heute denn bei jedem das Hirn aus?

»Jawohl, mein Schatz.« Olives glänzendes Haar verschwand zum Teil unter einer flippigen gehäkelten Baskenmütze, und sie trat auf Stanley zu, stellte sich auf die Zehenspitzen und küsste ihn auf die Lippen.

Nell starrte sie mit offenem Mund an. Sie schaute zu Craig hinüber, dem es ebenso erging.

Was zum Teufel war denn hier los? Hatte ihr jemand was in den Kamillentee getan, oder war Olive etwa wirklich dem schmierigen Charme von Stanley Stalks erlegen und hatte ihn da eben etwa mitten im Laden geküsst?

Olive wandte sich Nell zu. »Ich würde jetzt gern meine Mittagspause machen, wenn das okay ist. Wir sehen uns dann in einer Stunde.«

Stanley hakte sich ihren Arm unter und legte besitzergreifend seine Hand auf die ihre.

»Wenn du den Laden führst, kannst du dir deine Arbeitszeiten selbst einteilen«, sagte er zu Olive. »Und alles so verändern, wie du es willst.«

In Nells Kopf drehte sich alles. Olive sollte den Laden führen?

»Du kannst sogar den kleinen Lieferjungen behalten, wenn du willst.«

Nell schäumte vor Wut. Das sah Stanley Stalks ähnlich – über Craig zu reden, als gehöre er zum Inventar.

Die Glocke bimmelte, als Stanley und Olive durch die Tür auf die Straße hinaustraten. Sie waren bereits in eine Unterhaltung vertieft, und aus der Art und Weise, wie Olive Stanley anlächelte und wie sie sich innig küssten, bevor sie in den Range Rover stiegen, schloss Nell, dass sie sich offensichtlich schon näher kannten.

Craig schien am Boden zerstört, als er dies sah. Armer Junge.

Aber Nell war einfach nur verwirrt. Offenbar hatte sich Olive bereits einen hübschen neuen Job bei Stanley Stalks an Land gezogen. Warum bloß hatte sie nichts davon erzählt? Wie lange war das wohl schon so geplant?

Mit einem Mal fanden die fehlenden Puzzleteilchen ihren Platz. Es war gar nicht Jason, mit dem sich Olive heimlich getroffen hatte. Es war Stanley! Ob die Sache wohl erst seit Kurzem lief, oder hatte ihre Assistentin die ganze Zeit schon in aller Stille ihre eigenen Ziele verfolgt?

»Ich kann das einfach nicht glauben!«, schäumte Nell und lief erregt im Laden auf und ab. »Die ganze Zeit über, als sie mich dazu ermuntert hat, an Stanley Stalks zu verkaufen, wollte sie mir überhaupt nicht dabei helfen, mein Leben zu verändern, mich weiterzuentwickeln und aus meinem alten Trott herauszukommen. Der Grund war einzig und allein, dass er ihr versprochen hatte, sie hier zur Geschäftsführerin zu machen! Verräterin!«

Nell kam sich betrogen vor. Für sie war Olive immer wie eine Schwester gewesen. Aber wenn sie mit ihren Vermutungen richtiglag, hatten die beiden gemeinsame Sache gemacht, um ihr den Laden abzuluchsen.

Craigs sonst so arglos dreinblickendes Gesicht wirkte bekümmert. »Aber Nell, du wolltest den Laden doch nicht mehr. Und Olive liebt ihren Job über alles. Vielleicht dachte sie, dass dies die beste Lösung sei. Du weißt doch, wie hilfsbereit sie ist.«

»Also, wenn du damit meinst, dass sie sich gern in fremde Angelegenheiten einmischt, dann hast du wohl recht!« Nell durchquerte den Laden zum vierten Mal. »Hör endlich auf, dich für sie einzusetzen, Craig! Sie hat uns beide für blöd verkauft. Kein Wunder, dass sie so scharf darauf war, dass ich verkaufe und auf Reisen gehe. Aber weißt du was? Ich habe große Lust, den Verkauf abzublasen!«

»Das solltest du nicht tun«, versuchte Craig sie zu besänftigen. »Du willst den Laden doch ebenso sehr verkaufen, wie Olive ihn führen will. Es ist für beide Seiten ein Gewinn, oder nicht?«

Nell ließ sich gegen die Theke sinken. Das Herz pochte

in ihrer Brust, während sie versuchte, ihre Wut hinunterzuschlucken. Es fiel ihr nicht leicht. Wahrscheinlich würde sie davon Verdauungsbeschwerden bekommen.

Aber Craig hatte recht. Es mochte vielleicht Olive gewesen sein, die ihr – von eigenen Motiven getrieben – den Floh ins Ohr gesetzt hatte, aber Nell musste sich wirklich dringend verändern. Sie hatte sich nach langer Zeit endlich eingestanden, dass sie sich niemals für eine Karriere in der Floristikbranche entschieden hätte, wenn es ihr nicht aufgedrängt worden wäre.

»Mag sein«, sagte sie. »Aber ich kann es überhaupt nicht leiden, wenn ich das Gefühl habe, übertölpelt worden zu sein. Ganz besonders nicht von jemandem, den ich als Freundin betrachtet habe.«

»Das kann ich sehr gut verstehen«, sagte Craig. »Ich bin auch nicht gerade begeistert. Aber ich bin mir sicher, dass Olive uns alles erklären wird, wenn sie zurückkommt.« Er kam zu Nell herüber und legte ihr eine Hand auf die Schulter. »Sieh es doch mal positiv. Der Verkaufspreis des Ladens ist anständig. Damit muss dir doch eine ziemliche Last von den Schultern genommen worden sein, wo du ihn eigentlich nicht mehr gewollt hast. Und jetzt setz dich doch einfach mal für einen Moment hin. Ich mache uns beiden einen Tee, ja?«

»Hast du nichts Stärkeres?«, erkundigte sich Nell mit einem schwachen Lächeln, als sich Craig daranmachte, den Wasserkocher zu füllen und die angeschlagenen Becher zu schrubben. Während er den Tee zubereitete und sie aufzuheitern versuchte, obwohl ihm sein eigener Schmerz ins Gesicht geschrieben stand, dachte Nell, dass

Craig wirklich einer der nettesten Jungs war, die sie kannte. Falls Olive tatsächlich den widerlichen Stanley bevorzugte, dann hatte sie eigenartige Vorstellungen von der Liebe.

Nell seufzte. Was brachte es schon, wütend zu sein. Craig hatte im Grunde genommen ja recht. Olive war mit Herz und Seele Floristin, und Nell wollte *Every Blooming Thing* nicht mehr.

Oder wollte sie den Laden vielleicht doch noch?

Nun, da das Ganze Wirklichkeit wurde, war sich Nell nicht mehr so sicher.

Kapitel 20

Nells Dating-Checkliste

Besitzt eine gewisse Reife ☐

Nell war beeindruckt von dem kleinen Luxushotel an der Floral Street im Zentrum von London, das David für die Feier zur Silberhochzeit seiner Eltern gebucht hatte. Es strotzte nur so vor schlichter Eleganz und dezentem Luxus und kostete sicherlich ein Vermögen. Die gebohnerten Böden glänzten, teure Duftkerzen erfüllten die Luft mit einem Hauch von Honig und Sandelholz, und überall standen geschmackvolle, antike Möbel herum. Die Tatsache, dass David gewillt war, so viel Geld für seine Eltern auszugeben, sagte eine Menge über seine Großzügigkeit und die Wertschätzung, die er seiner Familie entgegenbrachte. Nach dem knauserigen Tim tat es gut, einem Mann zu begegnen, der Zeit und Geld für die Menschen übrig hatte, die ihm etwas bedeuteten.

»Das ist wirklich ganz reizend«, sagte sie zu ihm und blickte sich in dem holzgetäfelten Salon um, in dem die Feier stattfinden sollte. Das Sonnenlicht strömte durch die Schiebefenster und tauchte die gebohnerten Holzböden und die prachtvollen Teppiche in ein rosiges Licht. In der Ecke waren Leute vom Partyservice damit beschäftigt, ein üppiges, erlesenes Büfett mit Appetithappen aufzubauen. Allein der Anblick der aufgehäuften prallrosa Garnelen mit Knoblauch-Mayonnaise-Dip und des unglaublichen Käsekuchens, der buchstäblich aus Stilton, Cheddar und cremig-weichem Brie gemacht war, ließ Nell das Wasser im Mund zusammenlaufen.

»Danke, das freut mich. Es ist ein kleines Refugium für mich, und ich hoffe sehr, dass es meinen Eltern auch gefallen wird«, sagte David. »Sie gehen nicht so oft aus, deshalb habe ich nach einer Lokalität gesucht, die sie nicht einschüchtert.«

»Also in dem Fall ist das hier perfekt«, sagte Nell. »Man hat das Gefühl, in einem Landhaus zu sein, und deine Eltern können auf einem dieser bequemen Sofas Platz nehmen und sich mit ihren Gästen unterhalten. Ich wette, sie werden begeistert sein.«

»Du sagst immer genau das Richtige, Nell Marnie.« Er beugte sich vor und gab ihr einen Kuss auf die Wange, wobei seine Lippen nahe genug an ihrem Mundwinkel waren, dass sie ein köstlicher Schauer überlief.

Plötzlich war da ein Knistern zwischen ihnen, und jede Zelle von Nells Körper schien wie Brause zu sprudeln. David war nur einen Kuss weit entfernt, und es wäre so einfach gewesen, einen Schritt nach vorn in seine Arme zu tun. Es war schwer zu sagen, was verführerischer auf sie wirkte: David in seinem gut geschnittenen Anzug mit dem kurz geschnittenen Haar, das seine wohlgeformten Wangenkochen und seine sherryfarbenen Augen gut zur Geltung brachte, oder das Büfett! Glücklicherweise hielt sie Craig, der gerade eintraf, davon ab, sich womöglich lächerlich zu machen. Er hatte die Arme voller Kisten, in denen sich neben Davids Blumen auch noch eine Überraschung aus Rosen und Lilien befand, die Nells Beitrag zu den Feierlichkeiten darstellte.

»Gerade noch rechtzeitig!« Nell war erleichtert, dass die Lieferung wohlbehalten angekommen war, schließlich hatte sie sich bis in die Puppen damit abgeplagt.

»Tut mir leid! Der Verkehr war furchtbar. Ich dachte schon, ich komme nie aus Stepney raus!«, entschuldigte sich Craig.

»Haben die Blumen den McGraths gefallen?«, fragte Nell. Sie hoffte es sehr. Nach dem Fiasko mit dem Blumenbild des lächelnden Großvaters hatte sie sich besondere Mühe gegeben, diesen Auftrag gut hinzubekommen. Diese ganzen Witze über Betonschuhe und Autobahnüberführungen waren nicht ganz so lustig, wenn man um vier Uhr in der Früh mit pochendem Herzen aufwachte.

Craig zuckte mit den Schultern. »Keine Ahnung. Olive hat gesagt, ich soll die Kisten nur bei der Sekretärin des Gemeindezentrums abgeben, aber unbedingt dafür sorgen, dass ich pünktlich hier bin.«

Na, da schien sich ihre Assistentin ja ausnahmsweise mal am Riemen gerissen zu haben, dachte Nell erleichtert. Vielleicht versuchte sie sich ja jetzt, wo sie wusste, dass sie den Laden bald führen würde, der Herausforderung zu stellen. Nell war zwar immer noch sauer darüber, wie sie den Verkauf zu ihrem eigenen Nutzen beeinflusst hatte, aber wenn diese zusätzliche Verantwortung bedeutete, dass ihre Assistentin sich nun aus Zeitgründen nicht mehr in anderer Leute Liebesleben einmischte, dann war das in der Tat ein Silberstreif am Horizont.

Craig wollte als erfahrener Lieferant gleich damit beginnen, die Blumen auszupacken, aber David hielt ihn davon ab.

»Nein, nein, lass nur«, sagte er. »Mach du dir noch einen schönen Samstag. Ich krieg das mit Nell schon allein hin.«

»Wirklich?« Craig sah zu Nell hinüber, und sie nickte ihm zu. »Na gut, wenn du das so willst.«

David lächelte. »Und ob ich das will. Denn dann habe ich deine Chefin ganz für mich allein, bevor es mit der Feier losgeht.«

Da die Leute vom Partyservice fertig waren und Craig wieder verschwunden war, hatten Nell und David den Raum für sich. Sie begannen gemeinsam die Blumen auszupacken und sie in den klobigen Keramikvasen zu arrangieren, die Craig mitgeliefert hatte. Gelegentlich berührten sich dabei ihre Finger, und Nell dachte einige Male, dass David sie küssen würde. Die Erinnerung an den Gutenachtkuss war ihr noch in frischer Erinnerung, und sie musste zugeben, dass sie unbedingt herausfinden wollte, ob er wirklich so gut war, wie dieser erste Kuss verheißen hatte. Er würde bestimmt bald loslegen, denn schließlich hatte er sich all diese Mühe gemacht, um mit ihr allein zu sein, was sie unglaublich süß und romantisch fand.

»Das hier ist wirklich eine gute Idee, um Zeit miteinander zu verbringen«, bemerkte sie, als sie die letzte Vase auf eine Anrichte stellte und zurücktrat, um ihr Werk zu bewundern.

»Das ist wohl wahr, aber ich fürchte, ich kann es mir nicht als Verdienst anrechnen, darauf gekommen zu sein, denn es war die Idee deiner Assistentin, deine Dienste für diesen Anlass in Anspruch zu nehmen«, gab er zu. »Sie ist ziemlich beharrlich, wenn sie sich einmal etwas in den Kopf gesetzt hat, nicht wahr?«

»So kann man es auch nennen«, erwiderte Nell. Sie war enttäuscht, dass Davids romantische Geste von Olive eingefädelt worden war. Sogar sehr enttäuscht. Es nahm dem Ganzen den Glanz.

David schmunzelte. »Ärgere dich nicht darüber, Nell! Ich schwöre dir, ich wäre selbst darauf gekommen. Und wenn Olive nicht mit diesem fabelhaften Vorschlag an mich herangetreten wäre, hätte ich definitiv einen Weg gefunden, dich für mich allein zu haben.« Mit diesen Worten trat er auf sie zu und küsste sie.

Das bloße Gefühl von seinem Mund auf ihren Lippen setzte tief in ihrem Inneren eine Kettenreaktion des Verlangens in Gang. Als seine Zunge die ihre erforschte, da schlang sie ihre Arme um seinen Hals und erwiderte den Kuss, der genauso wundervoll war wie der draußen vor ihrer Wohnung.

Aber wieder einmal war es Alex, der wie ein Schatten in ihrem Hirn lauerte. So großartig dieser Kuss auch sein mochte, wäre er wohl imstande, Nell davon zu befreien?

Es blieb ihr nur eins übrig: es zu versuchen. Sie zog

David enger an sich, verdrängte alle anderen Gedanken und gab sich diesem Moment hin, diesem Kuss, der hoffentlich nie enden …

»Da bist du ja, David, Liebling! Wir haben dich schon überall gesucht! Oh!«

David sprang von Nell weg, als hätte man ihm einen Stromschlag versetzt. Ohne seine Arme, die sie umfingen und hielten, geriet Nell kurz ins Taumeln, ehe sie ihr Gleichgewicht wiedererlangte. David schoss mit einem Tempo durch den Raum, das jeden Sprinter bei Olympia neidisch gemacht hätte. Nells Herz raste, aber auch wenn sie sich ein bisschen wackelig fühlte, so war dies nichts im Vergleich zu David, der den gleichen Farbton wie die Lilien angenommen hatte, als er das verwirrt dreinblickende grauhaarige Paar im Türrahmen stehen sah.

O nein. Das waren doch nicht etwa …

»Mummy! Daddy! Was macht ihr denn schon hier?«, quiekte er und räusperte sich nervös, bis sich seine Stimme von dem Schock erholt und wieder ihren tiefen Bariton gefunden hatte. »Ihr seid ja früh dran.«

»Wir dachten, du könntest vielleicht etwas Hilfe gebrauchen.« Ein älterer Mann mit Davids festem Blick trat auf sie zu. Die vertrauten Augen strahlten vor Erheiterung und zwinkerten Nell zu. »Aber so, wie's aussieht, kommst du gut zurecht.«

O Gott, Davids Eltern hatten sie erwischt! Nell, die sich mehr wie dreizehn als wie fast dreißig vorkam, spürte, wie sie rot wurde.

»Hallo Mr. und Mrs. Jaffe«, sagte sie. »Freut mich, Sie kennenzulernen.«

»Ebenfalls«, erwiderte Davids Mutter. Nell kam nicht umhin zu bemerken, wie sie sie von oben bis unten musterte.

Wie viel sie wohl gesehen hatten?

»Danke für Ihr Angebot«, fuhr sie fort, »aber wir schaffen das schon.«

»Es ist ohnehin alles erledigt«, fügte David hinzu.

Seine Mutter wirkte nicht überzeugt. »Aber was ist mit dieser großen Kiste da? Muss die nicht auch noch ausgepackt werden? Ich kann euch dabei helfen.« Mrs. Jaffe steuerte mit entschlossenem Gesichtsausdruck schnurstracks auf Nells Meisterwerk zu. »Wir machen uns gern nützlich, nicht wahr, Albert?«

»Hin und wieder schon«, sagte Mr. Jaffe mit einem entschuldigenden Lächeln in Nells Richtung. »Aber heute sollten wir es vielleicht lassen, mein Schatz.«

»Ach was! Wieso das denn?«

»Nein, Mummy! Du verdirbst uns die Überraschung!« David sprang vor die Kiste und versperrte seiner Mutter den Weg. »Du solltest eigentlich in der Bar sein. Ich habe extra Champagner bestellt, damit ihr eure Gäste begrüßen könnt.«

»Ooooh, Champagner? Ist das denn die Möglichkeit? Aber jetzt lass mich erst mal helfen. Du hast doch keine Ahnung von Blumen!«

Davids Gesicht verdüsterte sich. »Was soll das schon wieder? Jedes Mal, wenn ich etwas tue, musst du dich einmischen! Wieso kannst du mich nicht mal etwas allein machen lassen?«

Nell starrte ihn überrascht an.

»Komm schon, Schatz, lass David hier den Rest erledigen, während wir etwas trinken.« Mr. Jaffe legte seiner Frau eine Hand auf die Schulter, und die ließ sich – wenn auch widerwillig – von ihm aus dem Raum führen. »Er ist doch ein großer Junge«, setzte er hinzu.

Sobald sie außer Hörweite waren, begann Nell in einer Mischung aus Nervosität und Erleichterung zu kichern. »Wie peinlich! Sie haben uns beim Knutschen erwischt!«

Aber David schien die Sache überhaupt nicht lustig zu finden. »Meine Eltern lassen mich nie etwas allein machen. Ich bin es langsam leid. Das ist so ungerecht! Wieso müssen sie mich immer wie einen Teenager behandeln?«

Er begann, tatsächlich wie einer zu klingen. Knutschen und Fummeln machte Spaß, Schmollen und Jammern weniger. Im Gegenteil, es war ein totaler Abtörner. Wo war der begehrenswerte Mann geblieben, den sie gerade geküsst hatte? Er schien wirklich urplötzlich durch einen eingeschnappten Teenager ersetzt worden zu sein!

»Hör zu, dies ist doch ein ganz besonderer Tag für deine Eltern«, sagte Nell. »Wieso leistest du ihnen nicht Gesellschaft und trinkst ein Glas Champagner? Ich mache hier schnell noch den Rest. Wir sind ja eh fast fertig.« Sie schenkte ihm ein strahlendes Lächeln. »Geh nur, ist schon in Ordnung. Wir können uns ja später noch treffen.«

David machte für einen Augenblick den Eindruck, als wolle er einen Einwand erheben, besann sich dann jedoch eines Besseren.

»Das machen wir auf jeden Fall«, versprach er, und Nell nickte, obwohl sie sich mit einem Mal gar nicht mehr so sicher war, ob sie Lust dazu hatte. Seit wann war die Partnersuche nur so kompliziert geworden? Sie dachte an Alex und wie leicht es war, mit ihm zusammen zu sein. Die Erkenntnis, dass sie jedoch niemals *wirklich* mit ihm zusammen sein würde, fühlte sich an, als ob jemand Stacheldraht durch ihr Herz zog.

Nachdem sich David in die Bar zu seinen Eltern begeben hatte, öffnete Nell die Kiste, um ihr Blumengesteck hervorzuholen. O Gott, was war das denn? Ihr Mund wurde ganz trocken, und ein grässliches Summen erfüllte ihre Ohren.

Anstelle ihrer kunstvollen Hochzeitstagkreation erblickte sie eine große »21«. Aus Constance-Spry-Rosen.

Die Visitenkarte der McGraths …

O Gott, o Gott, o Gott. Nell musste sich an einer Anrichte abstützen, denn ihr Blut hatte sich in Eiswasser verwandelt. Wenn das hier das Gesteck für die McGraths war, bedeutete das, dass sich das Gesteck für die Jaffes in Stepney befand. Wie um alles in der Welt war das geschehen? Es sah Craig gar nicht ähnlich, Lieferungen zu verwechseln. Nell zog mit zitternden Händen ihr iPhone aus der Tasche und rief im Laden an.

Sie konnte förmlich das belustigte Zwinkern von Olives Augen hören, als sie ihr erklärte, was geschehen war.

»Es hat also funktioniert?«, fragte ihre Assistentin hocherfreut. »Super! Ich wusste, dass es klappen würde. Jetzt musst du David nur noch bitten, dich nach Stepney zu fahren, und ihr könnt noch ein paar schöne Momente miteinander verbringen. Er wird dir garantiert aus der Patsche helfen, wie es ein Ritter ohne Furcht und Tadel tun würde!«

»Was zum Teufel hast du getan?«, kreischte Nell, der angesichts von Olives Dämlichkeit die Worte fehlten. »Dieser verdammte Ritter stand auf *deiner* Checkliste, nicht auf meiner!«

»Aber welche Frau will denn keinen solchen Ritter?« Nells Einwand schien Olive nicht weiter zu beeindrucken.

»*Ich*«, knurrte Nell. »Also, wo sind meine verdammten Blumen?«

»In Stepney«, antwortete ihre nichtsnutzige Assistentin. »Bring David dazu, dich hinzufahren. Nutze die Chance, ihn besser kennenzulernen.«

»Ich brauche keine Chance, in besser kennenzulernen! Ich brauche eine Assistentin, die ihren Job erledigt! Jetzt reicht es mir, Olive! Das bringt das Fass endgültig zum Überlaufen! Wie konntest du nur *absichtlich* eine Lieferung vertauschen und damit den Laden zum Gespött der Leute machen?«

Stille machte sich in der Leitung breit. Schließlich sagte Olive mit leiser Stimme: »Ich dachte, der Laden wäre dir egal, jetzt wo du ihn verkaufen wirst.«

»Natürlich ist er mir nicht egal! Solange ich noch die Besitzerin bin, werde ich natürlich weiter mein Bestes geben. Das bin ich meiner Mutter schuldig. Und unseren Kunden.«

Während sie dies sagte, stellte Nell zu ihrer Überraschung fest, dass ihr der Laden tatsächlich immer noch wichtig war. Sehr wichtig sogar. Eigenartig. Dabei hatte sie sich seit einer Ewigkeit danach gesehnt, ihn loszuwerden. Nell dachte nicht weiter darüber nach, sondern teilte Olive mit, dass sie sich später noch darüber unterhalten würden. Im Augenblick hatte sie Wichtigeres zu tun, nämlich den Karren aus dem Dreck zu ziehen, in den Olive ihn gefahren hatte.

Nell fand David in der Bar, wo er Champagner für seine Eltern und ihre Gäste eingoss und sich von jedermann anhören durfte, wie großartig er doch war. Es war fast so, als ob er gerade die Atomspaltung erfunden und nicht nur eine Flasche Moët geöffnet und ein Hotel gebucht hatte. Nell hätte eigentlich erwartet, dass David jede Minute davon hasste – schließlich war er dreißig und ein erfolgreicher Anwalt –, aber stattdessen saugte er jedes Kompliment begierig in sich auf.

»Ah, da ist sie ja!«, sagte Mrs. Jaffe strahlend. »Daveys reizende Freundin.« Sie wandte sich einer älteren Dame zu, die neben ihr stand, und sagte mit lauter Stimme: »Sie ist unsere kleine Blumenfee.«

Daveys Freundin? Seit wann war das denn offiziell? Sie blickte zu David hinüber und wartete darauf, dass er seine Mutter behutsam verbesserte und ihr erklärte, dass er und Nell nur miteinander ausgingen, aber er lächelte sie bloß ein bisschen herablassend an, während sich die Freundinnen seiner Mutter um Nell scharten. Sie wollte niemanden in Verlegenheit bringen, aber sie war sich nicht ganz sicher, ob sie sich mit alldem wohlfühlte. Und die Art und Weise, wie sie sie für ihre Blumenauswahl lobten, ließ das Ganze eher wie ein Hobby klingen und nicht wie einen Broterwerb.

»Da haben Sie aber Glück, dass sich ein so wundervoller junger Mann wie David um Sie bemüht!«, schwärmte eine ältere Dame und tätschelte Nells Arm. »Er ist so ein guter Fang!«

»Anwalt«, sagte eine andere Frau und nickte eifrig.

Nell wartete, dass David irgendetwas Schmeichelhaftes über sie erwidern würde, doch so wie es schien, konnte sie da lange warten, denn er war offenbar wunschlos glücklich, wie er da neben seiner Mutter saß und die Anhimmelei seiner Person genoss.

»Ja, ich bin wirklich ein Glückspilz«, sagte sie mit einem gezwungenen Lächeln. »David, *Schatz*, dürfte ich dich mal kurz sprechen?«

»Hat das nicht Zeit?«, erwiderte er ein bisschen patzig. »Ich unterhalte mich gerade mit einigen Golffreunden meines Vaters. Sie werden mich nächsten Monat für die Mitgliedschaft vorschlagen.«

»Der beste Ort, um Kontakte zu knüpfen«, sagte ein Mann laut lachend und versetzte ihm einen Schlag auf die Schulter.

»Spielen Sie auch, Liebes?«, erkundigte sich eine andere Frau, die sie freundlicherweise in eine Unterhaltung miteinzubeziehen versuchte, in der es aber leider nur um Birdies und Neuner-Eisen und Handicaps ging, was für Nell wie Chinesisch klang. »Der Club meines Mannes bietet sogar einen Tag an, an dem Frauen auf dem Platz erlaubt sind!«

Nell musste sich ein Kichern verkneifen.

»Es tut mir leid, aber ich habe noch nie Golf gespielt«, erwiderte sie. »Es gibt keine Plätze bei uns in Hackney.«

»Hackney?«, keuchte die Frau, als ob Nell gerade ein Schimpfwort benutzt hätte. »Aber Sie werden doch sicherlich nach Surrey ziehen, nicht wahr? Surrey ist viel schöner. Und wunderbar geeignet, um Kinder großzuziehen.«

Jetzt reichte es Nell. Dafür war das Leben zu kurz. »Entschuldigen Sie, aber ich muss wirklich mit David sprechen«, sagte sie mit fester Stimme und schaffte es, ihn lange genug zur Seite zu ziehen, um ihm mitzuteilen, dass es ein Problem mit dem Gesteck gab. »Ich brauche deine Hilfe«, sagte sie, nachdem sie ihm erklärt hatte, was geschehen war. »Könntest du mich nach Stepney fahren?«

Aber David kam ihr nicht sogleich zu Hilfe, wie sie gehofft hatte. So viel also zu Olives Ritter-ohne-Furcht-und-Tadel-Theorie, dachte Nell.

»Ich kann hier nicht einfach verschwinden, bloß weil deine Assistentin Mist gebaut hat. Wir sind im Begriff das Büfett zu eröffnen, und ich werde eine Rede halten. Kannst du dir nicht ein Taxi nehmen?« Er zog sein Portemonnaie hervor. »Kommst du mit einem Fünfziger hin?«

Sie starrte den Schein an. »Vergiss es. Ich schaffe das schon irgendwie.«

»Jetzt komm schon, Nell, sei ein braves Mädchen, nimm das Geld und spring in ein Taxi. Ich kann jetzt wirklich nicht abhauen. Ich bin schließlich der Ehrengast.«

»Ich dachte, deine Eltern seien die Ehrengäste«, hielt ihm Nell entgegen.

Doch David schüttelte den Kopf. »Jeder will *mich* sehen. Es ist eine Familienfeier, und Dad ist stolz, dass ich ein Juniorpartner bin. Wenn ich Glück habe, klappt das endlich mit Onkel Eric und dem Golfclub. Ich kann nicht einfach so verschwinden … Außerdem hat meine Mutter meinen Anzug vorher noch extra reinigen lassen.«

»Deine Mutter bringt deine Sachen zur Reinigung?« Nell konnte kaum glauben, was sie da hörte.

Er zuckte mit den Schultern. »Dadurch hat meine Sekretärin eine Aufgabe weniger zu erledigen. Die niedrige Miete und der Wäscheservice sind zwei der Vorteile, wenn man zu Hause wohnt.«

David lebte immer noch bei seinen Eltern! Das erklärte auch die perfekt gebügelten schneeweißen Taschentücher. Kein Wunder, dass er sie nicht zu sich nach Hause eingeladen hatte. Es gab keinen größeren Liebestöter, als die Eltern des Angebeteten auf der anderen Seite der Schlafzimmerwand zu wissen.

Nell stand kurz davor, David mitzuteilen, dass sie das Zusammensein mit ihm zwar genossen hatte, aber leider keinen Mann respektieren konnte, dessen Mutter immer noch die Wäsche für ihn erledigte, als der Hotelmanager voller Stolz hereinmarschiert kam und dabei das Blumengesteck emporhielt, das Nell mit so viel Mühe für die McGraths angefertigt hatte.

»Nein … warten Sie!« Aber der Manager ging zielstrebig an ihr vorbei Richtung Jubelpaar.

Es war zu spät. Sämtliche Gäste hatten den großen, blumigen Auftritt bemerkt, und nun hatte Nell keine Chance mehr, das Gesteck außer Sichtweite zu schaffen.

Sie wäre am liebsten im Boden versunken. Da war sie,

die riesige rot-weiße Einundzwanzig in all ihrer falschen Pracht.

Damit war's vorbei. Sie konnte ihren guten Ruf als Floristin in den Wind schreiben. Wenigstens machten die Jaffes einen ziemlich harmlosen Eindruck. Abgesehen davon, dass sie imstande waren, sie zu Tode zu nerven, konnte sich Nell nicht vorstellen, dass sie ausflippten – anders als bei den McGraths, die wahrscheinlich einen Killer auf sie ansetzen würden.

»Es tut mir ja so leid …«, begann sie sich ringsum zu entschuldigen. Doch ihre Stimme ging in den Schreien von Davids Mutter unter.

»Das ist perfekt, einfach perfekt! Was bist du doch für ein guter Junge!«, lobhudelte sie und drückte ihrem Sohn ein dickes rotes Kussmäulchen auf die Wange. »Du hättest es gar nicht besser aussuchen können!«

Nun war Nell total verwirrt. Wäre eine Fünfundzwanzig in diesem Fall nicht sehr viel angebrachter gewesen als eine Einundzwanzig?

»Als dein Vater und ich uns kennenlernten, waren wir gerade mal einundzwanzig«, erklärte sie.

Nell atmete erleichtert auf. Da war sie ja noch mal davongekommen.

»Und seit diesem Tag lieben wir uns«, fügte Mr. Jaffe hinzu.

»Und unsere Liebe wurde noch größer, als unser wundervoller Sohn, der Anwalt, geboren wurde«, ergänzte Mrs. Jaffe.

Darauf brach der ganze Raum in Beifall aus, und David wurde umringt von Freunden und Familienmitgliedern, die ihn alle anzubeten schienen und ein derartig lautes Loblied auf ihn sangen, dass sie damit bei »X Factor« hätten auftreten können.

Nell hatte ein flaues Gefühl im Magen. Was um Himmels willen hatte sie nur in so einem Muttersöhnchen gesehen? Sie mochte ja Single sein, aber so verzweifelt war sie nun doch nicht! Vielleicht war es an der Zeit, diese forcierte Partnersuche aufzugeben. Bisher hatte es ihr rein gar nichts gebracht. Langsam beschlich sie ohnehin der Verdacht, dass all die anständigen Jungs schon längst vom Markt waren. Man musste sich doch nur einmal vor Augen halten, wie schnell sich Maria Alex gekrallt hatte. Ihre Freundin war nicht auf den Kopf gefallen. Anders als sie selbst hatte Maria einen guten Mann sogleich als solchen erkannt.

Nell, die froh war, dass zumindest eine Krise abgewendet war, stieß einen weiteren Seufzer aus und ließ David und seine Familie allein weitermachen. Sie schlich sich mit dem iPhone in der Hand zur Tür hinaus. Ihr war klar, dass sie versuchen musste, die andere Katastrophe abzuwenden. Vielleicht war es ja noch nicht zu spät, die Lage zu retten, oder zumindest, das Gesteck abzuändern.

Ob es nun eine gute Idee war oder nicht, sie beabsichtigte jedenfalls, sich auf den Weg nach Stepney zur Feier der Gangsterfamilie zu machen. Sie brauchte nur noch jemanden, der ihr dabei zur Seite stand.

Kapitel 21

Die Leute werden sich das Maul über uns zerreißen«, stichelte Alex, als Nell in seinen Wagen stieg. »Zweimal in einer Woche? Ich komme mir langsam wie Sir Lancelot vor!«

»Tut mir leid, Al«, sagte Nell, als sie sich den Sicherheitsgurt anlegte. »Ich könnte Olive umbringen. Sie hat eindeutig einmal zu viel Mist gebaut.« Nell schüttelte den Kopf. Sie hatte wieder einmal in der Klemme gesessen, und der einzige Mensch, von dem sie wusste, dass er alles für sie stehen und liegen lassen würde, um ihr zu helfen, war Alex. »Ich schulde dir schon wieder was!«

»Na ja, die Vorstellung, echten Gangstern zu begegnen, war einfach zu verlockend an einem Samstagabend«, witzelte er, aber Nell war nicht zum Scherzen aufgelegt.

Als sie an dem Gemeindezentrum eintrafen, wo die McGraths ihre Party veranstalteten, kam gerade ein Gast heraus, um draußen eine zu rauchen, und der hämmernde Bass und das schrille Lachen, das durch die geöffneten Türen drang, ließen darauf schließen, dass die Party bereits in vollem Gange war. Die McGraths würden wahrscheinlich durchdrehen, wenn sie das falsche Blumengesteck entdeckten. Nell hatte eine Schreckensvision, wie sie alle herausgestürmt kamen, um ihr die Hölle heißzumachen. Wahrscheinlich war es besser, wenn sie das Ganze so schnell wie möglich hinter sich brachte.

Sie warf sich ihre Tasche über die Schulter und stürmte mit Alex auf den Fersen die Treppe hinauf zum Gemeindezentrum. Sie hatte so etwas wie einen vagen Plan im Kopf, der vorsah, dass sie sich unbemerkt unter die Gäste mischte, um an dem Gesteck herumzudoktern. Doch die McGraths hatten sie schon innerhalb weniger Sekunden entdeckt.

Nell schluckte. Es war nicht leicht, den Ausdruck auf ihren Gesichtern zu deuten. War das ein missmutiger Blick? Oder lächelte Molly McGrath sie an? Nells Herz begann zu rasen, als die Familie auf sie zusteuerte, und sie wappnete sich für den unvermeidlichen Zorn, der sich über sie ergießen würde.

»Du hast es also doch geschafft!« Molly McGrath schlang ihre fleischigen Arme um Nell und drohte sie mit der ungestümen Umarmung zu zerquetschen. »Schön, dich zu sehen, Schätzchen!«

Nell, die um ihr Leben fürchtete – aber hoffte, mit einer Rippenquetschung davonzukommen –, spürte, wie sich in ihrem Kopf alles zu drehen begann, was sie dem durchdringenden Geruch von »Eternity for Women« zu verdanken hatte. Sie hatte das Gefühl, mit einer Boa constrictor zu schmusen, die eine Vorliebe für Dior hatte. Aber nichts lag ihr ferner, als sich deshalb zu beschweren! Sie verspürte einfach nur eine unglaubliche Erleichterung, weil die Verwechslung offenbar noch nicht bemerkt worden war. Nell erwiderte die Umarmung.

»Dich auch«, erwiderte sie, mit dem vertraulichen Du, das nach der Begräbnisorgie einfach unvermeidlich gewesen war, und zu ihrer großen Überraschung stellte Nell fest, dass sie es durchaus ehrlich meinte. Diese ungehobelte Familie aus dem East End hatte etwas an sich, das ihr gefiel. Ja, sie waren alle furchterregend, aber ganz offensichtlich liebten sie einander über alles, und für Nell, die selbst keine Familie hatte, war es wunderbar mitanzusehen, wie nah sie sich standen.

Nachdem sie Nell endlich wieder losgelassen hatte, drehte sich Molly ruckartig um und strahlte Alex an. »Deine Kleine hier hat ein Händchen für Blumen. Ich wünschte, unser Opa hätte seine eigene Beerdigung miterleben können!«

Nell zuckte innerlich zusammen. Sie war daran gewöhnt, für Alex' bessere Hälfte gehalten zu werden, doch in Anbetracht seiner Verlobung mit Maria und Nells schlechtem Gewissen, weil sie in den Partner ihrer besten Freundin verliebt war, fühlte sie sich unbehaglich.

Alex dagegen hatte Molly damit ganz und gar nicht auf dem falschen Fuß erwischt.

»Ja, das kann sie«, stimmte er ihr zu und schüttelte die Hand mit den falschen Nägeln, die sie ihm entgegenstreckte. »Aber sie ist nicht meine Kleine.«

»Vielleicht jetzt noch nicht«, sagte Molly augenzwinkernd.

»Nein … wirklich. Wir sind nur Freunde.«

Freunde. Wie konnte einen ein einziges Wort derart verletzen?

»Ihr könnt mich nicht reinlegen! Ich spüre es immer,

wenn die Chemie zwischen zwei Menschen stimmt«, beharrte Molly und stupste Nell an. »Ich irre mich nie!«

»Diesmal schon, Molly. Alex ist mit meiner besten Freundin verlobt«, sagte Nell rasch.

»Oh, scheiße! Natürlich musste ich mal wieder ins Fettnäpfchen latschen!«, stöhnte Molly. »Aber zu meiner Verteidigung muss ich sagen, dass ihr beide wie ein Paar ausseht. Ist eine echte Verschwendung, wenn ihr mich fragt.«

Da stimmte ihr Nell aus vollem Herzen zu, aber es war ihr dennoch peinlich, dass es jemand laut aussprach. Das Letzte, was sie wollte, war, dass sich Alex wegen ihrer Freundschaft unwohl fühlte.

Doch glücklicherweise erwiderte der Mollys Lächeln, und seine ungezwungene, lockere Art ließ jede Unbehaglichkeit rasch wieder verfliegen.

»Das bekommen wir oft zu hören«, sagte er schulterzuckend.

»Nun ja, ob du nun ihr Herzblatt bist oder nicht – jeder Freund von Nell ist uns willkommen«, erklärte Molly ihm. »Sieh dir nur die tolle Tischdekoration an, die sie für unseren Darren gezaubert hat.«

Vermutlich sollte Nell dankbar sein, dass Olive damit nicht auch herumgepfuscht hatte. Sie war jedenfalls total erleichtert, dass das Hauptgesteck noch immer sicher in seiner Kiste verstaut war. Es blieb also noch Zeit, um ihre Haut zu retten.

»Sie hat auch extra noch ein ganz besonderes Gesteck für ihn gemacht. Ich kann es gar nicht erwarten, was unser Puffelchen dazu sagt …«, sagte Molly strahlend.

»Puffelchen« war ein Kerl von über eins achtzig, der ein Bier nach dem anderen an der Bar in sich reinkippte. Die Vorstellung von seiner Reaktion, wenn er ein Gesteck überreicht bekam, das eigentlich für eine Silberhochzeit gedacht war, stimmte Nell nicht gerade fröhlich. Sie musste so schnell wie möglich Schadensbegrenzung betreiben.

»Ich bin extra vorbeigekommen, um noch einmal nach den Blumen zu sehen«, sagte sie.

»Na, das nenne ich Hingabe!« Molly schien beeindruckt. »Die Kisten, die dein Lieferjunge vorbeigebracht hat, stehen dahinten an der Wand. Ich wollte gleich mal einen Blick darauf werfen, aber du weißt ja, wie das ist, wenn man einmal ins Quatschen kommt. Ich bin wirklich gespannt, was du dir hast einfallen lassen.«

»Genieße du nur die Party, und überlass die Blumen mir«, riet Nell ihr.

»Das würde mir nicht im Traum einfallen!« erwiderte Molly fast schon empört. »Das ist Darrens ganz besonderer Tag, und ich bin schließlich seine Mum. Ich kann nicht einfach alles den anderen überlassen. Ich habe sogar die Schnittchen selbst gemacht – Garnelenpaste mit Gurkenscheibchen. Die isst er nämlich am liebsten!«

»Klingt köstlich«, sagte Alex und strahlte Molly an. »Die habe ich auch immer am liebsten gegessen. Meine Oma, Gott hab sie selig, hat sie sonntags zum Nachmittagstee gemacht. Als Kinder konnten wir gar nicht genug davon bekommen! Ich wusste gar nicht, dass man das Zeug immer noch kaufen kann.«

Molly schwoll vor Stolz die Brust. »Ist auch gar nicht

so leicht zu kriegen. Man muss schon wissen, wo man suchen sollte.«

»Und wo ist das?«, fragte Alex und schenkte ihr seine ganze Aufmerksamkeit, ganz so, als ob Garnelenpaste das faszinierendste Gesprächsthema aller Zeiten war.

Alex war ein echtes Genie. Nell war sich sehr wohl bewusst, weshalb er Molly auf dieses Thema ansetzte. Er warf Nell einen kurzen Blick zu, der ihr besagte, dass er sie so lange beschäftigen würde, wie Nell benötigte, um die Sache mit den Blumen in Ordnung zu bringen. Nell hatte die Kiste bereits entdeckt.

Sorge nur dafür, dass sie weiterredet, flehte sie im Stillen, und er nickte ihr kurz zu, als habe er ihre Gedanken gelesen.

Molly plapperte vor sich hin, lachte entzückt und bemerkte gar nicht, dass Nell sich heimlich davonmachte.

Was würde ich nur ohne ihn tun?, fragte sich Nell, als sie sich die Kiste schnappte und damit hinter eine dicke Säule verschwand. Wenn er erst einmal mit Maria verheiratet war, würde sich alles ändern, und es wäre nicht fair von ihr zu erwarten, dass ihre Freundschaft davon unberührt blieb.

Denk jetzt nicht darüber nach!, ermahnte sie sich. Die Sache mit den Blumen war stressig genug, da musste sie sich nicht auch noch den Kopf über Dinge zerbrechen, die sie nicht ändern konnte.

Das Gesteck war einen Meter breit und dafür vorgesehen, aufrecht zu stehen. Es war wirklich toll, und Nell war sehr stolz auf ihr Werk – sie wünschte nur, dass es keine Fünfundzwanzig wäre!

Sie blickte um die Säule herum, um zu sehen, ob sich Molly immer noch von Alex ablenken ließ, bevor sie die Fünfundzwanzig in eine Einundzwanzig verwandelte, indem sie die Fünf rasch zu einer Eins zurechtzupfte. Das hier waren definitiv keine Constance-Spry-Rosen, aber daran ließ sich jetzt nun nichts mehr ändern. Sie konnte nur hoffen, dass es niemand bemerkte, und falls doch, müsste sie die Jahreszeit als Entschuldigung vorschieben!

Nell war ganz benommen vor Erleichterung, als sie sich wieder der Gruppe anschloss, wo Alex gerade am Ende einer seiner Anekdoten angelangt war. Die McGraths warteten mit gespannten Gesichtern.

Schallendes Gelächter ertönte, gefolgt von den Worten: »… und dann ist Nell in den Teich gefallen!« Was nur noch mehr Heiterkeit auslöste.

»Alex!«, kreischte Nell. Nicht schon wieder *die* Geschichte! Sie setzte eine verdrossene Miene auf. »Du alte Petze! Plauderst du etwa wieder mal aus der Schulzeit?«

»Hallo, Nell! Während du dich *um die Blumen gekümmert hast*, habe ich uns ein bisschen mit alten Uni-Geschichten die Zeit vertrieben«, erklärte Alex. Sein Gesichtsausdruck verriet ihr, dass er keine andere Wahl gehabt hatte, als die schweren Geschütze aufzufahren. Molly musste wohl kurz davor gewesen sein, ihr zu Hilfe zu eilen, was eine Katastrophe gewesen wäre. Aber trotzdem war dies eine der Geschichten, die eigentlich nicht für die Ohren der McGraths bestimmt war.

»Hör jetzt bloß nicht auf«, flehte Molly. »Du wolltest

uns gerade erst den besten Teil erzählen. Das ist wirklich saukomisch.«

Tatsache? War es das? Nells Erinnerung daran sah ganz anders aus.

»Alex übertreibt wahrscheinlich mal wieder«, protestierte sie. »Ich hatte nur ein bisschen zu viel getrunken und bin in den Teich gefallen, das ist alles.«

Doch eigentlich war die Wahrheit natürlich sehr viel komplexer.

Sie feierten die erfolgreiche Aufführung des Sommernachtstraums *auf dem Grundstück des Basset House, einer eleganten Villa im Queen-Anne-Stil, die nun als Studentenwohnheim diente. So wie eine einst wunderschöne, doch in die Jahre gekommene Frau in weichem Licht immer noch schön aussieht, versteckten die hereinbrechende Dämmerung und die funkelnden Lichterketten bröckelnde Backsteinreihen und die Wunden hässlicher Notausgänge. Das Haus hätte genauso gut auch neu sein können und die lachenden Gäste, die sich in ihren prachtvollen Gewändern auf dem Rasen drängten, Lords und Ladys statt betrunkener Studenten in Shakespeare-Kostümen.*

Nell stand allein am Zierteich. Eine Bierflasche mit Newcastle Brown Ale baumelte in ihrer Hand. Sie sah zu, wie der Mond ein perlweißes Licht über die vom Unkraut erstickten Tiefen warf. Lachen, das von der kühlen Oktoberbrise getragen wurde, drang an ihr Ohr. Die Party war in vollem Gange, und es floss reichlich billiger Alkohol. Alle amüsierten sich prächtig.

Bis auf sie.

Nell zitterte und schlang sich die Arme um den Körper. Sie trug ein schulterfreies Kleid, und es war verrückt, hier draußen in der kalten Nachtluft zu stehen, deren eisige Finger auf den bevorstehenden Winter deuteten und in ihr nacktes Fleisch zwickten. Aber das war immer noch besser, als drinnen zu sein, wo Maria und Alex waren.

Zusehen zu müssen, wie er sich auf und abseits der Bühne in Maria verliebte, war die schmerzvollste Erfahrung, die Nell jemals gemacht hatte. Natürlich war es wunderbar mitzuerleben, wie glücklich er war, wie er vor Liebe strahlte, nur dass er diese Gefühle eben nicht für sie hegte – und das war die reinste Folter.

Aber dennoch vermochte Nell nicht wegzusehen. Eigentlich sollte sie die beiden sich selbst überlassen und sich auf ihr eigenes Leben konzentrieren, sich auf ihr Studium stürzen und sich vielleicht selbst ein bisschen austoben. Da musste sie sich gar nicht lange umsehen – Jason ließ diesbezüglich andauernd ziemlich eindeutige Bemerkungen fallen –, aber irgendwie schaffte sie es nicht, die nötige Begeisterung dafür aufzubringen. Welchen Sinn hatte das? Schließlich war er nicht Alex. Welchen Sinn hatte überhaupt irgendetwas ohne ihn?

Nell hätte sich am liebsten im Teich ertränkt. Welch ein Pech, sich genau in dem Moment bewusst zu werden, dass man in seinen besten Freund verliebt war, als der sich gerade in jemand anders verliebte! Aber vielleicht war es auch eher ein Fall von schlechtem Timing. Wenn sie nur den Mut gehabt hätte, Alex zu sagen, was sie für ihn empfand, dann wäre er vielleicht jetzt mit ihr statt mit Maria da drinnen auf der Tanzfläche und würde sie an sein Herz drücken und zärtlich ihren Mund küssen!

Nell stöhnte, nahm einen Schluck von dem Bier und verzog das Gesicht angesichts des Geschmacks. Sie mochte eigentlich kein Newcastle Brown, aber als arme Studentin durfte sie nicht wählerisch sein. Außerdem schien es ihr zum gegenwärtigen Zeitpunkt das Beste zu sein, sich zu betrinken.

Scheiß drauf. Nell kippte das Bier hinunter.

»Hey, Vorsicht! Das Zeug ist verdammt stark.«

Die Stimme aus der Dunkelheit ließ sie zusammenzucken. »Wer ist da?«

»Tut mir leid, ich wollte dich nicht erschrecken.« Wie einer der Kobolde aus dem Theaterstück trat Jason scheinbar aus dem Nichts auf sie zu. Sein Lächeln, von einem strahlenden Weiß in der Dunkelheit, war so gefährlich wie das von Droll.

»Hast du auch gar nicht.« Nell starrte ihn wütend an. Ihr Herz hämmerte in ihrem Brustkorb, als spielte es darin Xylophon. »Musst du dich so anschleichen?«

Jason zuckte mit den Schultern. »Hab ich gar nicht. Du warst nur mit deinen Gedanken meilenweit weg.« Er sah sie genauer an und runzelte die Stirn. »Du siehst traurig aus. Was ist los?«

»Gar nichts. Mir geht's gut.«

»Oje, wenn eine Frau das sagt, dann meint sie damit genau das Gegenteil. Und was das ›Mir geht's gut‹ angeht, so bedeutet dies immer Ärger für jeden Mann.«

Nell briet ihm eins über.

»Nein, schon klar, war total blöd von mir zu fragen.

Natürlich ist alles paletti, und es geht dir gut. Deshalb sitzt du ja auch hier draußen in der Kälte und besäufst dich.«

Nell musste wider Willen lachen. Wenn man es so ausdrückte, klang das, was sie gesagt hatte, schon ein bisschen lächerlich. Sie tauschte ihr Bier gegen seinen Cidre ein, was sie des Öfteren auf Partys machte, und sie setzten sich für eine Weile ans Ufer des Teichs, wo sie schweigend vor sich hintranken.

Jason roch toll, nach etwas Würzigem – ein sehr intensiver Duft –, und das Mondlicht tanzte über sein Gesicht hinweg. Er steckte sich eine selbst gedrehte Zigarette an und erfüllte die Luft mit einem Tabakgeruch, sodass sich in Nells Kopf alles zu drehen begann. Er sah aus wie ein gefallener Engel, dem die eigene Zügellosigkeit zum Verhängnis geworden war und die Tatsache, dass er nicht versuchte, weitere Informationen aus ihr herauszuholen, führte dazu, dass Nell mit einem Mal plötzlich nach Reden war.

Gott, dachte sie, Jason wäre ihr Verderb, wenn sie scharf auf ihn wäre.

»Also, wenn du es unbedingt wissen willst, jemand hat mir das Herz gebrochen«, platzte sie heraus.

Jason sagte nichts, nahm nur einen tiefen Zug von seiner Zigarette.

»Ich bin todunglücklich«, fügte sie hinzu, für den Fall, dass er den Ernst ihrer Lage unterschätzte. »Untröstlich. Ich werde mich vermutlich zu Tode grämen.«

»Weh mir … Rann nie der Strom der treuen Liebe sanft«, zitierte Jason.

»Verarsch mich nicht.«

»Tue ich ja gar nicht.« Er sah sie von der Seite an. »Mir geht's genauso. Mir hat auch jemand das Herz gebrochen.«

»O nein«, erwiderte Nell. »Versuch's erst gar nicht. Darauf falle ich bestimmt nicht rein. Dazu kenne ich dich zu gut, schon vergessen?«

»Autsch, Nell, das tut mir auch weh«, witzelte Jason. »Aber vielen Dank dafür, dass du angenommen hast, ich würde versuchen, dich anzubaggern. Zu deiner Information: Es hat mir wirklich jemand das Herz gebrochen.« Jason blickte zum Mond hinauf. »Ich glaube, ich werde niemals drüber wegkommen.«

Nell gab ein Schnaufen von sich. Vor zwanzig Minuten hatte Jason noch heftig mit Titania rumgeknutscht und damit Oberon verärgert und auch Zettel durcheinandergebracht. Das war wohl kaum das Verhalten von jemandem, der todunglücklich war. Das sollte sie wirklich am besten wissen. »Tut mir leid, aber du benimmst dich nicht gerade so, als ob du untröstlich wärst.«

»Ach, gibt es da etwa bestimmte Verhaltensmuster? Und wie sehen die aus? In eisiger Kälte allein im Dunkeln rumsitzen und sich zulaufen lassen? Gemein zu jedem sein, der zu helfen versucht?«

Nell begann zu lachen. Das traf es ziemlich genau. »Na schön, sagen wir mal, ich glaube dir. Wer ist denn die Glückliche?«

Jason schüttelte den Kopf. »Geheimsache. Sorry. Und wer ist bei dir der Glückspilz?«

Nell schüttelte ebenfalls den Kopf. Sie konnte es ihm

unmöglich sagen. Schließlich war er Alex' bester Freund. »Auch Geheimsache.«

Sie sahen einander an und begannen zu lachen. Jason stieß seine Flasche gegen Nells.

»Auf die, die wir insgeheim lieben«, sagte er.

»Darauf trink ich«, stimmte Nell ihm zu.

Die wohltuende Stille, die zwischen ihnen herrschte, wurde in diesem Moment auf unsanfte Art und Weise von Maria unterbrochen, die wie ein blonder Wirbelwind mit einem sie anschmachtenden Alex im Schlepptau über den Rasen gesaust kam.

»Da seid ihr ja! Seid ihr verrückt geworden, Leute? Es ist saukalt hier draußen!«

»Wenn du nur wüsstest, wie verrückt«, murmelte Jason so leise, dass nur Nell es hören konnte. Was in aller Welt war nur heute Abend mit ihm los?

»Ich kann's kaum erwarten, die Bilder von der Aufführung zu sehen«, plapperte Maria in seliger Unwissenheit weiter vor sich hin. »Können wir jetzt schon einen Blick darauf werfen?«

Nell schaute sich nach ihrer Kamera um, konnte sie aber nirgendwo entdecken. Sie erhob sich taumelnd, begann den Boden abzusuchen, aber in der Dunkelheit war nichts zu erkennen.

»Oh, nein! Ich habe meine Kamera verloren!«

Alex trat vor und legte ihr eine Hand auf die Schulter. Seine Berührung war ihr so vertraut und nun doch so fremd, dass Nell erstarrte.

»Nell, du hast sie um den Hals hängen«, sagte er lachend.

Tatsächlich? *Nell blickte auf ihre Brust herab, was in ihrem betrunkenen Zustand ausreichte, um sie aus dem Gleichgewicht zu bringen.*

Sie versuchte sich mit ausgestreckten Armen wieder zu fangen, doch es half nichts.

Millisekunden später spürte sie das Wasser des eiskalten Teichs über sich zusammenschlagen. Als sie zitternd und nach Luft keuchend wieder auftauchte, war das Erste, was sie vernahm, Jasons Stimme, der ihr zuflüsterte: »Was für Narren diese Sterblichen doch sind!«

»Ich bin wirklich bloß über meine eigenen Füße gestolpert, weil ich einen Schwips hatte, und musste dann ein unfreiwilliges Bad nehmen«, beharrte Nell mit einem verlegenen Lächeln in Mollys Richtung. »Und am nächsten Tag bin ich im Bett einer Freundin aufgewacht, und Ozzie Osbourne hat ein Konzert in meinem Kopf gegeben. Nicht gerade eine tolle Geschichte.«

Aber das Gelächter um sie herum bewies das Gegenteil. Ganz offensichtlich waren die Leute anderer Ansicht.

»Es steckte noch ein bisschen mehr dahinter«, setzte Alex an, doch der Blick, den Nell ihm zuwarf, ließ ihn verstummen, und glücklicherweise wurde Molly McGrath vom Geburtstagskind abgehalten, weitere unangenehme Fragen zu stellen, denn Darren klopfte gegen sein Bierglas und rief: »He Leute, haltet mal die Klappe!«

»Unser Darren will eine Rede halten.« Molly strahlte vor Stolz. »Lasst Daz was sagen!«

»Ich habe keine Ahnung, warum sich Shakespeare

jemals die Mühe mit *Freunde, Römer, Landsleute* gemacht hat«, flüsterte Alex Nell ins Ohr. »*He Leute, haltet mal die Klappe* ist doch viel effektiver!«

Nell biss sich auf die Lippe, um das Kichern zu unterdrücken, das wie Blasen in einem Wassersprudler in ihr aufstieg.

»Ich find's klasse, dass ihr gekommen seid«, sagte Darren und ließ den Blick über seine Lieben wandern. »Und dass Ma und Pa mir so eine tolle Party schmeißen, freut mich wirklich riesig. Ich hätt's toll gefunden, wenn Granddad noch mit dabei gewesen wäre. Lasst uns das Glas auf Tommy heben!«

»Auf Tommy!«, riefen alle im Chor, und Devin McGrath wischte sich eine Träne aus dem Auge.

»Es gab nur eins, was Granddad mehr geliebt hat als West Ham United, und das war seine Familie«, fuhr Darren fort. »Nichts bedeutet uns McGraths mehr als die Familie. Und deshalb ...«, fügte er hinzu und kramte dabei in seiner Anzugtasche herum, »wollte ich euch Arschlöcher auch alle heute hier dabeihaben!«

Lautes Gelächter ertönte.

»Denn ich wollte, dass ihr zuseht, wie ich das hier tue.«

Das Lachen erstarb, als die Leute vor Aufregung und Überraschung nach Luft schnappten, weil Darren niederkniete, eine kleine Schachtel hervorholte und einen gewaltigen Diamantring in die Höhe hielt.

»Kylie«, rief er in die Menge hinein.

Eine Sexbombe mit wasserstoffblondem Haar stöckelte in High Heels nach vorn. Sie hielt sich die Hand vor den Mund. Offenbar war sie im Begriff, in Tränen auszubrechen.

»Ich liebe dich«, sagte Darren. »Willst du mich heiraten?«

»Ahhhhhhhh«, ertönte es von der Partygesellschaft.

Dann gab es eine Pause. Kylies Augen weiteten sich, und ihr glänzender Mund formte ein kleines, überraschtes O.

»Daz«, keuchte sie, »ich weiß gar nicht, was ich sagen soll!«

»Sag Ja«, erwiderte er lachend. »Und mach schnell, Schätzchen, meine verdammten Knie killen mich!«

»Ja! Ja! Ja!«, kreischte Kylie, und dann schwang Darren sie auch schon ausgelassen im Kreis herum, und der ganze Raum brach in begeisterten Beifall und Jubelrufe aus.

Verglichen mit anderen Heiratsanträgen war der hier zwar nicht gerade der romantischste, von dem Nell jemals gehört hatte, aber es bestand kein Zweifel daran, dass die beiden jungen Leute glücklich waren und sich ihre Freunde und die Familie aufrichtig mit ihnen freuten. Nells Augen füllten sich mit Tränen. Wenigstens würde Kylie ihr Happy End bekommen.

»Sie sind ja eigentlich noch sehr jung dafür«, bemerkte Alex, nachdem sich die Aufregung gelegt hatte und Kylie damit beschäftigt war, allen den Ring zu zeigen.

Devin McGrath blickte verdutzt drein. »Die beiden sind einundzwanzig, Mann! Da hatten Moll und ich schon Sandra!«

»Im East End heiraten wir jung«, erklärte Molly. »Außerdem ist das bei Darren und Kylie eine Sandkastenliebe. Seit sie dreizehn sind, geht das schon mit den beiden. Wieso soll man warten, wenn man weiß, dass man füreinander bestimmt ist? Wenn der Mensch, den du mit einundzwanzig liebst, die größte Liebe deines Lebens ist, wieso noch warten?«

»Wie wahr«, stimmte ihr Alex zu. »Ich habe definitiv zu lange gewartet.«

Das brach Nell das Herz, denn Alex dachte natürlich an Maria, die er schon seit so langer Zeit liebte.

Wohingegen Alex dieser Mensch für Nell war.

Sie wandte den Blick ab und gab sich Mühe, den Schmerz hinunterzuschlucken, der ihr die Kehle zuschnürte. Das hier war einfach unerträglich. Je eher sie das Land verließ und mit ihrem Leben vorankam, desto besser wäre es. Für alle Beteiligten.

Kapitel 22

»Wie ist es gestern mit David gelaufen?«, begrüßte Olive, die am Tresen stand und unbekümmert im Auftragsbuch blätterte, sie am nächsten Morgen im Laden. Ihr bloßer Anblick reichte aus, um Nell noch gereizter zu machen, als sie ohnehin schon war.

Olive hatte gut lachen. Für sie war es leicht, einfach so dazustehen und selbstzufrieden dreinzublicken, denn im Gegensatz zu Nell, die gestern voller Panik durch London gedüst war, hatte ihre Assistentin einen geruhsamen Tag verbracht, ein paar Gestecke und Sträuße angefertigt und Craig dabei herumkommandiert.

Das Blut rauschte in Nells Ohren, und sie feuerte sogleich aus beiden Läufen.

»Also, wenn du es unbedingt wissen willst, er ist ein erbärmliches Muttersöhnchen, und selbst wenn er der letzte Mann auf dieser Erde wäre, würde ich nicht mit ihm zusammen sein wollen! Als ich entdeckt habe, dass die Gestecke *auf wundersame Weise* an die falsche Adresse geliefert worden waren, wollte er nichts damit zu tun haben. Ich musste den armen Alex anrufen.«

Olive stand da wie ein begossener Pudel. »Oh.«

»Ja, *oh*«, sagte Nell. »Dein kleiner Plan, uns Zeit zu

zweit zu verschaffen, war eine totale Bauchlandung. Ernsthaft, Olive, du setzt den Ruf des Geschäfts aufs Spiel mit deiner Einmischerei. Das muss endlich aufhören.«

Olive warf sich mit einer beleidigten Miene das glänzende Haar nach hinten über die Schulter. »Das kann dir doch egal sein. Du verkaufst den Laden doch sowieso an Stanley!«

O Mann, wollte sie es einfach nicht verstehen?, dachte Nell. »Natürlich ist es mir nicht egal. Und das sollte es dir auch nicht sein, da du ihn ja offenbar in Zukunft führen wirst! Wenn *Every Blooming Thing* erst einmal den Ruf weg hat, unzuverlässig zu sein, dann musst du demnächst zusehen, wie du das wieder änderst. Und eins kannst du mir glauben: Es ist verdammt schwer, sich einen guten Namen zu machen.«

»Du hast ja recht.« Olive gab sich geschlagen und hielt zum Zeichen der Kapitulation die Hände in die Höhe. »Es tut mir leid, Nell, ich wollte nur helfen. Ich werde mich von jetzt an zurückhalten.«

»Wirklich?« Das klang zu gut, um wahr zu sein, und Nell wagte kaum ihren Ohren zu trauen.

»Oh, ihr Kleingläubigen! Ja klar, hab ich doch gerade gesagt, oder?« Olive wirkte kleinlaut, sodass Nell das Herz in die Hose rutschte. Was hatte sie denn jetzt nur schon wieder angestellt? »Da wäre nur noch eine Sache, die erledigt werden muss«, fuhr ihre Assistentin fort, machte sich dabei am Auftragsbuch zu schaffen und zog ein ausgedrucktes Blatt hervor, das sie Nell reichte. »Diese einzelne rote Baccara-Rose müsste geliefert werden.«

»*The Marriott Inn*, Holloway Road. Dillon holt sie ab«, las Nell.

Ihr Herz plumpste in ihre Mary Janes. Bitte nicht schon wieder so eine sinnlose Unternehmung! »Kann Craig das nicht erledigen?«

»Der ist mit anderen Lieferungen beschäftigt«, erwiderte Olive und hielt ihr eine lange, schmale Schachtel hin, die eine einzige rote Rose enthielt. »Und Stanley wollte gleich noch vorbeikommen.«

Nell schnappte sich die Schachtel und schaute in ihrem Portemonnaie nach, ob sie ihre Oyster-Card dabeihatte.

»Holloway Road? Da bist du mir aber was schuldig«, sagte sie.

Um ehrlich zu sein, war Nell irgendwie doch ganz froh, aus dem Laden rauszukommen und Olive für eine Weile nicht zu sehen. Seit Stanley preisgegeben hatte, dass Olive den Laden für ihn führen würde, hatte sie sich unwohl gefühlt. Es kam ihr fast so vor, als hätten sie einen Spion in ihrer Mitte, was albern war, denn schließlich war es ja Nells Entscheidung gewesen, an Stanley zu verkaufen.

Aber sobald sie in der Holloway Road angekommen war, erhielt Nell eine SMS von Olive:

Kunde hat Adresse geändert! Lieferung bitte an Kings Cross Station unter der Ankunftstafel. Dillon wird sie dort abholen. Danke! xOx

Nun musste sie sich wieder in die Tiefen der Londoner U-Bahn stürzen, um eine einzige lächerliche Blume abzuliefern! Nell war versucht, einfach aufzugeben und dem Kunden eine Erstattung zukommen zu lassen. Hätte sie Olive nicht vorhin erst über die Wichtigkeit belehrt, die Kundschaft zufriedenzustellen und das Möglichste zu tun, um den guten Namen von *Every Blooming Thing* zu bewahren, hätte Nell ihr sogleich eine SMS zurückgeschickt und ihr mitgeteilt, dass sie die Sache vergessen konnte. Aber so, wie die Dinge lagen, musste sie wohl oder übel die Zähne zusammenbeißen und die verdammte Blume abliefern. Sie machte sich mit einem Seufzer wieder auf den Weg in den Untergrund. Was tat man nicht alles fürs Geschäft!

Zehn Minuten später stand Nell in der vollen Bahnhofshalle und fragte sich, ob ihr Engagement für einen Laden, der ihr nur noch wenige Wochen gehören würde, nicht ziemlich unangebracht war. Es wäre untertrieben zu behaupten, dass sie sich ein bisschen albern vorkam, während sie unter der Ankunftstafel herumhing und mit ihrer Rose wedelte. Um sie herum drängten sich die Menschenmassen in Richtung Bahnsteige oder starrten wie gebannt auf die Informationstafeln. Allein der Gedanke an all die Reisen und all die Pläne, die buchstäblich vor ihren Augen verwirklicht wurden, reichte aus, um Nell anzuspornen, endlich das Ticket für ihre Weltreise zu buchen. Hier gab es sogar noch mehr Beweise dafür, dass das Leben ohne sie weiterging. Es war an der Zeit, die Sache endlich selbst in die Hand zu nehmen.

Sie war derart in Gedanken vertieft, dass sie ein kräftiger Klaps auf die Schulter zusammenzucken ließ.

»Tut mir leid! Ich wollte Sie nicht erschrecken!« Ein großer Mann mit lockigem rotem Haar grinste auf sie herab und streckte seine Hand aus. »Ich bin Dillon, und Sie müssen wohl Nell sein?«

»Ja, das bin ich.« Nell ließ zu, dass er ihre Hand nahm, und war völlig verblüfft, als er sie an seine Lippen hob und küsste.

Äh, soviel sie wusste, schrieben sie das Jahr 2014 und nicht etwa 1420! Was für eine seltsame Art für einen Kunden, sich ihr vorzustellen. Aber es gab ja nun einmal solche und solche … Sie wünschte nur, dass ihr nicht immer die falsche Sorte über den Weg laufen würde!

»Hier ist Ihre Rose.« Nell reichte ihm die Blume und wartete auf ihre Bezahlung. Eine persönliche Lieferung von Hackney nach Kings Cross und das auch noch an einem Sonntag – das musste ja wohl ein kräftiges Trinkgeld wert sein.

»Sie sehen hübsch aus«, bemerkte Dillon und ließ seine Augen gemächlich über Nells Körper wandern. »Wirklich toll.«

Nell trug lediglich Jeans und ein locker fallendes rotes Oberteil. »Ich kleide mich immer so für die Arbeit«, erklärte sie.

»Arbeit?« Dillons bleiche Augenbrauen hüpften bis in seinen Pony hinauf.

Nell nickte. »Angesichts dessen, was ich mache, glauben die Leute manchmal, ich würde schlampig herumlaufen. Aber ich lege schon Wert auf ein gepflegtes Äußeres.« Dann fügte sie scherzhaft hinzu: »Aber keine Sorge, das schlägt sich nicht in dem Preis nieder, den ich verlange.« Das war ja jetzt wohl ein Wink mit dem Zaunpfahl! Bezahl endlich, Dillon!

»Du meine Güte, das ist nicht ganz das, was ich erwartet hatte.« Er wurde rot.

Der arme Kerl, dachte Nell. Es war schon schlimm genug, so blass zu sein, ohne dabei noch andauernd rot zu werden. Um ihn zu beruhigen, sagte sie: »Ich möchte nicht unverschämt klingen, Dillon, aber eigentlich ist es mir lieber, wenn mich meine Kunden bezahlen, bevor ich liefere. Hatten wir uns schon auf einen Preis geeinigt?«

Dillon schluckte. »Wie wär's, wenn wir erst noch etwas trinken gehen und uns unterhalten?«

Nell starrte ihn an. Das war jetzt wirklich schräg. War das etwa eine Anmache?

»Ich gehe grundsätzlich nicht mit Kunden aus«, sagte sie in dem Versuch, ihm eine freundliche Abfuhr zu erteilen. »Dafür fehlt mir einfach die Zeit.«

»Äh … verstehe.« Dillon fing sich wieder, räusperte sich und fügte mit einem nervösen Lachen hinzu: »Also sozusagen *Nell-du-Jour*, wie? Haha!«

Nell war ratlos. Vielleicht war es an der Zeit, ihm eins auf die Rübe zu geben? Dillon sah zwar harmlos aus, aber man wusste ja nie. Echte Psychopathen wirkten meist wie ganz normale Leute.

Sie stand kurz davor, ihm mitzuteilen, dass sie wieder zurück zur Arbeit musste und seine Rose mitnehmen würde, wenn er nicht langsam dafür bezahlte, als Dillon herausplatzte: »Hören Sie, Nell, bitte nehmen Sie das nicht persönlich, aber es waren Freunde von mir, die mich bei *mysinglemate.com* angemeldet haben. Ich war eher auf der Suche nach etwas … Romantischerem.«

Nell starrte ihn an. *Mysinglemate.com*?

»Und Sie sind wirklich viel hübscher als auf dem Foto«, fuhr er fort, »aber ich glaube nicht, dass ich mit einer

Frau Ihres Gewerbes zusammen sein könnte. Ich fürchte, dafür bin ich ein wenig zu konservativ.«

Nun war Nell an der Reihe, peinlich berührt zu sein. Allerdings war es für sie gleich doppelt schlimm. Zum einen war er nie ein Kunde gewesen, und all ihre Aufforderungen, sie zu bezahlen und dazu noch die Tatsache, dass sie sich hier in Kings Cross herumtrieb, hatten ihm einen völlig falschen Eindruck vermittelt. Und zum anderen: Wie konnte Olive es wagen, in ihrem Namen Mitglied einer Dating-Webseite zu werden, obwohl ihr Nell dies in aller Deutlichkeit untersagt hatte?

»Nur die Ruhe, Dillon, ich bin Floristin«, sagte sie. »Keine Nutte!«

»O mein Gott!« Dillons Gesicht hatte nun dieselbe Farbe wie Nells Oberteil. »Tut mir leid, Nell! Da muss ich was total missverstanden haben.«

Obwohl sie stinksauer auf Olive war, spürte Nell, wie ein Lachen in ihr aufstieg. Oder war es vielleicht nur Hysterie? Sie hielt eine Hand in die Höhe, um ihn davon abzuhalten weiterzureden.

»Und ich fürchte, dass ich auch kein Mitglied irgendeiner Dating-Webseite bin. Da hat sich jemand einen kleinen Scherz mit uns erlaubt, und diesen jemand werde ich schon sehr bald erwürgen! Ich dachte, ich wäre hier, um Blumen abzuliefern und nicht etwa zu einer Verabredung mit einem Unbekannten.«

»Also haben Sie mich gar nicht ausgewählt?«

Nell schüttelte den Kopf. »Nein. Tut mir leid.«

»Ich wusste, dass Sie viel zu hübsch sind, um Interesse an mir zu haben«, sagte Dillon traurig. Er wirkte total geknickt, und Nell wurde nur noch wütender auf Olive. Wann würde sie nur endlich begreifen, dass durch ihr ständiges Einmischen Leute verletzt wurden? Menschen waren keine Spielzeugfiguren. Sie hatten Gefühle.

Nell entschuldigte sich noch einmal bei ihm, überreichte ihm die Rose als Abschiedsgeschenk und schritt durch die Halle davon.

Sie hatte keine Ahnung, wie sie nach Hause gekommen war, aber als sie in den Laden stürmte, da knallte sie die Tür so fest zu, dass das ganze Gebäude zitterte. Sehr gut. Nell hoffte, dass es Olive auch zum Zittern brachte. Sie hatte lange genug Rücksicht genommen und Verständnis gezeigt, aber damit war jetzt Schluss. Die nette Nell gehörte der Vergangenheit an!

Olives Gesicht, das wie ein bekümmerter Mond über dem Tresen schwebte, wurde kalkweiß.

»Scheiße. Er hat dir nicht gefallen. Lag es an seinen roten Haaren?«

Nell konnte nicht anders. Sie flippte aus.

»Du willst es einfach nicht kapieren, oder? Hör auf, dich in mein Leben einzumischen! Ich hatte dir ausdrücklich gesagt, dass Internetdating für mich nicht in Frage kommt, und was tust du? Genau das Gegenteil! Hast du überhaupt eine Ahnung, wie peinlich das für mich gewesen ist? Und auch für ihn? Wie konntest du das nur machen, Olive?«

In Olives großen grünen Augen schimmerten Tränen. In all der Zeit, in der sie zusammengearbeitet hatten, hatte Nell sie noch niemals angeschrien. Als Craig ihre lauten Stimmen hörte, tauchte er aus dem Hinterzimmer auf.

»Ist alles in Ordnung?«, fragte er.

»Nein, ist es nicht!«, tobte Nell. Sie griff nach dem Stapel mit dem Schreibkram und den Bestellungen, zog daraus die Zeitschrift mit Nells Dating-Checkliste hervor und schmiss sie in den Abfalleimer.

»Das blöde Ding kann mal als Erstes verschwinden«, fauchte sie. »Und dann sieh du zu, dass du mein Profil von dieser Webseite löschst!«

»Du hast ein Profil für Nell erstellt?«, fragte Craig. Die Enttäuschung auf seinem sonst so heiteren Gesicht zu sehen war wahrscheinlich das Schlimmste von allem und ging Nell mehr an die Nieren als ihre eigene Beschämung und Dillons Verzweiflung.

»Es tut mir wirklich leid, Nell. Ich dachte, ich würde dir damit helfen«, sagte Olive. Zwei Tränen liefen ihr über die Wangen und tropften auf den Fliesenboden. »Er kam mir so nett vor und hatte geschrieben, dass er die Fotografie liebt. Was, wenn Dillon die Liebe deines Lebens gewesen wäre und du ihn nie getroffen hättest? Ich wollte dem Schicksal nur unter die Arme greifen!«

»Tu mir den Gefallen – lass es!« Nell kochte vor Wut, und die Worte strömten nun aus ihrem Mund wie heiße Lava aus einem Vulkan. Sie konnte sie einfach nicht mehr länger zurückhalten. Dieser Entscheidungskampf war längst überfällig. »Du hast das Geschäft total vernachlässigt, weil du versucht hast, Amor zu spielen, was kein Wunder ist, da du ja mit einem Typen zusammen bist, der dich sowieso zur Geschäftsführerin machen wird. Also kein Grund sich zu verausgaben, nicht wahr, Olive? Wieso solltest du dir die Mühe machen, dich wie ein Profi zu benehmen und dich auf dein Handwerk zu konzentrieren, wenn du einfach nur mit ihm schlafen musst, um befördert zu werden?«

»Nell!«, rief Craig. »Rede nicht so mit Olive!«

Nell wirbelte zu ihm herum. »Herrgott noch mal, Craig! Wach auf! Wenn du nur mal für eine Minute aufhören würdest, ihr nachzulaufen, dann würdest du vielleicht endlich begreifen, was hier los ist!« An Olive gerichtet, fügte sie hinzu: »Gehörte das hier etwa alles mit zu deinem wohldurchdachten Plan? Hast du mit Stanley zusammengearbeitet und zugesehen, dass es hier nicht mehr so gut läuft, damit mehr Leute seinen Internetbestellservice nutzen? Gehörte das alles mit zu deinem Plan, Geschäftsführerin zu werden?«

»Natürlich nicht!«, rief Olive und versuchte ein Schluchzen zu unterdrücken.

Nell zuckte mit den Schultern. »Vielen Dank, dass du hinter meinem Rücken Geschäfte mit Stanley Stalks gemacht hast.«

»Aber das habe ich doch gar nicht hinter deinem Rücken gemacht! Ich wollte ja mit dir darüber reden!« Olive war jetzt auch wütend, ihre Augen funkelten, und sie hatte die Hände in die schmalen Hüften gestemmt. »Ich habe die Initiative ergriffen und dafür gesorgt, dass mein Leben die richtige Richtung nimmt, anstatt einfach nur mitzuschwimmen und darauf zu hoffen, dass etwas passiert …«

»Wie ich, meinst du wohl?«

»Wenn du dich angesprochen fühlst …«, erwiderte Olive.

»Also hast du dafür gesorgt, dass du deine Schäfchen

ins Trockene bringst?« Nell wusste, dass sie gemein war, aber sie konnte einfach nicht anders, es war so, als habe sie die Kontrolle über ihre Zunge verloren.

»Und was ist so falsch daran?«, schoss Olive zurück. »Ich habe ja hautnah erlebt, was passiert, wenn Leute nur auf ihrem Hintern sitzen und nichts tun.«

Nell öffnete den Mund, um ihr etwas zu entgegnen, aber Olive war noch nicht fertig. »Nell, kannst du denn nicht sehen, dass du dich in einer Tretmühle befindest und nicht mehr rauskommst? Es tut mir wirklich leid, dass deine Mutter so früh gestorben ist und dass der Mann, den du liebst, eine andere heiraten wird, aber die Frage ist doch: Was wirst du deshalb unternehmen?«

»Ich …«

»Hast du angefangen, deine Weltreise zu planen? Oder war das auch nur so dahingesagt?«

Nell dachte oft über die Reise nach, aber wirklich etwas Konkretes unternommen, nein, das hatte sie noch nicht.

»Großer Gott, Nell! Wach endlich auf! Aber wenn du unbedingt nur dasitzen und darauf warten willst, dass etwas geschieht, meinetwegen! Doch ich bin nun mal nicht so. Mein Platz ist auf dem Fahrersitz, nicht auf dem Beifahrersitz wie bei dir!«

»Und da hast du gedacht, du schläfst dich mal nach oben, stimmt's?«

Mit einem Mal war die Atmosphäre aufgeladen. Nell und Olive starrten einander an.

»Du solltest mich gut genug kennen, um zu wissen, dass es sich so nicht zugetragen hat.«

Das Entsetzen über die Worte, die sie einander gerade an den Kopf geworfen hatten, war spürbar. Es waren Worte wie Giftpfeile gewesen. Wenn dieses Gift erst einmal den Blutstrom ihrer Freundschaft erreicht hatte, würde es sich ausbreiten, und es gäbe kein Heilmittel mehr dafür.

»Raus aus meinem Laden«, sagte Nell schließlich, nachdem sie nicht mehr so heftig zitterte und ihre Stimme wiedergefunden hatte. »Ich will dich hier nie wieder sehen.«

Olive holte ihre Jacke unter dem Tresen hervor. »Soll mir recht sein. Wenn ich das nächste Mal herkomme, werde ich den Laden übernehmen. Dann werden wir ja sehen, ob du es tatsächlich in ein Flugzeug geschafft hast oder ob du immer noch im Pub verfaulst und dich nach Alex verzehrst.«

»Raus«, wiederholte Nell. Der Kummer darüber schnürte ihr zwar die Kehle zu, aber sie würde Olive niemals die Befriedigung verschaffen, sie weinen zu sehen. Erst als sich die Ladentür hinter ihr und dem ihr hastig folgenden Craig geschlossen hatte, erlaubte sie sich den Luxus von Tränen.

Ihre Mutter war tot, Alex heiratete Maria, der Laden war so gut wie verkauft, und Olive – der Mensch, der für sie immer wie ein Familienmitglied gewesen war – hasste sie. Plötzlich schien es nicht mehr viel zu geben, was Nell an diesen Ort band.

Australien, ich komme!

Kapitel 23

Nells* neue *Dating-Checkliste

Mag spontane Weltreisen! ☐

Nell stieg die letzte Treppe zu Jasons schickem Loft hinauf und blieb für einen Moment auf dem Treppenabsatz stehen, um zu verschnaufen. Vielleicht sollte sie das mit der Dating-Checkliste vergessen und sich stattdessen lieber darauf konzentrieren, fit zu werden? Wie sollte sie um die Welt reisen, um Abenteuer zu erleben, wenn sie schon die drei Treppen zur Wohnung ihres Freundes total fertigmachten? Es war wohl an der Zeit, Tims Fotokurs sausen zu lassen und lieber ein paar Stunden Step-Aerobic zu belegen – das hätte zumindest noch den Zusatznutzen, dass sie immer cool und gelassen bei Jason eintraf, statt nach Luft japsend und schwitzend.

»Du meine Güte, sieh dich nur an, knallroter Kopf und keuchend! Eigentlich sehen die Frauen immer nur so aus, wenn sie meine Wohnung *verlassen*«, bemerkte Jason, als er die Tür öffnete, um Nell hereinzulassen.

Sogleich wurde ihr Geruchssinn von Take-away-Essen,

Alk und männlicher Verwahrlosung attackiert, und sie verdrehte die Augen.

»Jede anständige Frau, die einen Blick auf den Zustand dieser Behausung wirft, würde sofort auf der Fußmatte kehrtmachen.« Sie rümpfte die Nase und schnüffelte. »Indisch?«

»Natürlich! Naan, Keema-Curry und Vindaloo, runtergespült mit ein paar Bierchen«, bestätigte Jason. Er half ihr aus der Jacke und fügte hinzu: »Das Essen der Champions … oder von Jungs, die einen Junggesellenabschied planen.«

Nell drohte ihm mit dem Zeigefinger. »So plant man den aber nicht!«

»Machst du Witze? Genau so und nicht anders! Bier und Curry werden eine wichtige Rolle bei dem ganzen Prozedere spielen, das ist gewissermaßen eins der Gesetze der Physik. Neben dem Fesseln des Bräutigams an einen Laternenpfahl oder dem Verfrachten desselben auf eine Ärmelkanalfähre!«

Nell hoffte, dass er nur scherzte, aber das wusste man bei Jason nie. Die Hochzeit war so kurzfristig geplant worden, dass die Junggesellinnenabschiedsparty und ihr männliches Pendant beide am Abend vor dem großen Tag stattfinden würden, weshalb keine Zeit mehr bliebe, um den Bräutigam zu retten oder den Schaden wiedergutzumachen, den der Trauzeuge angerichtet hatte.

»Jetzt schau nicht so besorgt drein, Trauzeugin, ich nehm dich ja nur auf den Arm«, sagte Jason. »Die Fähre zur Isle of Wight ist viel billiger.«

Sie knuffte ihn in den Arm. »Im Gegensatz zu dir

nehme ich meine Rolle als Organisatorin sehr ernst. Wieso sonst würde ich uneingeladen zu einem trauten Männerabend erscheinen? Ich muss dringend das Hochzeitsquiz für das Brautpaar fertig kriegen, und dazu muss mir der Bräutigam ein paar Fragen beantworten.« Mit strenger Stimme fragte sie ihn: »Alex ist doch hoffentlich noch ansprechbar, oder? Du hattest mir versprochen, dass ich es heute erledigen kann.«

Jason legte eine Hand auf sein Herz und machte ein gekränktes Gesicht. »Was hast du nur für eine schlechte Meinung von mir, Nell Marnie.«

»Ich kenne dich einfach zu gut.«

»Wenn du meinst.«

Jason führte sie in den großen, offenen Wohnbereich und zeigte auf Alex, der sich auf einem der riesigen schwarzen Ledersofas flegelte und wie gebannt auf ein Fußballspiel schaute, das gerade auf dem gewaltigen Plasmafernsehbildschirm lief. Freud hätte sicherlich das eine oder andere zu all den Geräten von beträchtlicher Größe in Jasons Wohnung zu sagen gehabt, dachte Nell, aber auf keinen Fall wollte sie ihn darauf ansprechen. Sie traute ihm glatt zu, dass er versuchen würde, den Vater der Psychoanalyse auf der Stelle zu widerlegen! Als sie das letzte Mal eine Äußerung von ihm angezweifelt hatte, war es um ein unbedeutendes Handlungsdetail in *Star Wars* gegangen. Nell konnte sich gar nicht mehr genau daran erinnern, was es gewesen war – ihre Meinungsverschiedenheit hatte eigentlich mehr mit zu viel Cidre als mit George Lucas' Plot zu tun gehabt –, aber Jason hatte darauf bestanden, dass sie sich das ganze DVD-Boxset anschauten, um ihr zu beweisen, dass er recht hatte. Wenn es um Richtig oder Falsch ging, nahm er es immer äußerst genau. Aber vielleicht machte ihn ja gerade das zu einem so guten Anwalt.

»Nell ist da, um uns auf die Finger zu schauen«, verkündete Jason, griff nach der Fernbedienung und schaltete den Fernseher aus. »Mach dich auf was gefasst.«

Alex blickte auf, und ein Strahlen ging über sein Gesicht, als er sie sah. Nell konnte nicht anders, ihre Lippen erwiderten sein Lächeln wie von selbst, und ihr Magen schlug Purzelbäume. Sie wusste, dass es hoffnungslos war und sie sich herbemüht hatte, um den Junggesellinnenabschied seiner Verlobten zu organisieren, aber sie liebte ihn einfach über alles. Sie dachte ständig an ihn und fürchtete, dass sich das niemals ändern würde.

»Hallo Nell! Komm her, und setz dich.« Alex klopfte auf den Platz neben sich, und Nell ließ sich wie betäubt neben ihn auf das Ledersofa sinken, schlüpfte aus ihren Schuhen und schlug die Beine unter. Während Jason ihr ein Glas Wein holte, zog sie ihr Notizbuch aus der Tasche und kramte einen Stift hervor.

»Oh, oh!«, rief Alex lachend. »Du meinst es ja wirklich ernst!«

»Na, und ob!« Nell klickte den Kugelschreiber und hielt ihn über der Seite bereit. »Es gibt viel zu tun.«

Alex musterte sie mit seinen indigoblauen Augen. »Entspann dich, Nell, trink erst mal was. Das hat doch Zeit.«

Nein, hatte es nicht. Sie wollte es hinter sich bringen, bevor ihr Herz zerbrach wie dünnes Eis auf einer Pfütze.

Nell schaute auf die Seite hinab, damit dieser nervenzermürbende Blick nicht bis in ihr zerbrechendes Herz schauen konnte, schrieb *Hochzeitsquiz* und unterstrich es zweimal. Jetzt hatte sie etwas, worauf sie sich konzentrieren konnte, anstatt darüber nachzudenken, wie richtig es sich anfühlte, so nah neben Alex zu sitzen, dass ihr Knie seinen Oberschenkel berührte und sie das herrlich aromatische Aftershave riechen konnte, das er immer trug. Das alte Lynx Java Aftershave aus Uni-Tagen war nur noch eine ferne Erinnerung, aber wenn sie es nur noch ein einziges Mal schnupperte, würde sie das schneller in jene Tage zurückkatapultieren, als sie *Zeitmaschine* sagen konnte. Sie schluckte all diese Gefühle hinunter und sagte betont fröhlich: »Sollen wir loslegen?«

»Müssen wir das wirklich? Können wir uns nicht erst noch über andere Dinge unterhalten? Hast du dich wieder mit Olive vertragen?«, fragte Alex, aber Nell ließ sich nicht ablenken.

»Was ist Marias Lieblingsfarbe?«

»Blau«, erwiderte Alex. »Das war aber zu leicht, Nell. Selbst ihr Auto ist blau und die Kleider der Brautjungfern.«

»Und die Hochzeitsblumen«, sagte Nell und nickte. »Und euer neues Sofa.«

Ihre Blicke begegneten sich, und sie lachten.

»Wenn du mich überrumpeln willst, dann musst du schon andere Geschütze auffahren«, sagte er warnend. »Frag mich irgendetwas, was ich nicht über sie weiß. Glaub mir, da gibt es so einiges.« Alex seufzte. »Seit Kurzem sogar jede Menge.«

Nell war überrascht. Konnte es nach all der Zeit, die die beiden nun zusammen waren, wirklich noch etwas geben, was Alex nicht über Maria wusste? Sie selbst wusste alles über ihn, und dabei waren sie nicht einmal ein Paar.

»Zum Beispiel?«, fragte sie gebannt.

Alex zuckte mit den Schultern. »Keine Ahnung. Vergiss es einfach wieder, ich wollte bloß mal widersprechen. Ist wohl nur Muffensausen vor der Hochzeit.«

Während er dies sagte, bemerkte Nell zum ersten Mal, dass Alex abgenommen hatte. Er war zwar schon immer schlank gewesen, aber nun hing ihm das T-Shirt locker um die Schultern, und da waren dunkle Ringe unter seinen Augen. Mit einem Anflug von Besorgnis fragte sie sich, ob sie womöglich so in ihre eigenen Dramen vertieft gewesen war, dass sie gar nicht bemerkt hatte, dass ihren alten Freund auch Probleme plagten. Sie wollte ihn gerade fragen, ob alles in Ordnung war, als Jason mit einem Glas Wein und zwei Flaschen Bier zurückkam.

»Schon alles für die Party organisiert? Geht das mit den Playboy-Häschen klar? Werden sie aus LA einfliegen?« Er stellte die Getränke auf dem schicken gläsernen Couchtisch ab, ließ sich in den verstellbaren Lehnstuhl fallen und strahlte sie beide an. »Oder wie wär's mit einer Schaumparty im Stripclub? Das Spearmint Rhino wäre dafür toll geeignet!«

»Ich glaube, solche Glanzstücke sparen wir uns lieber für deinen Junggesellenabschied auf«, entgegnete Alex mit einem Lächeln.

Ein seltsamer Ausdruck huschte über Jasons Gesicht. Für eine Millisekunde dachte Nell, es bedrücke ihn etwas, aber sie musste sich wohl getäuscht haben, denn er lachte schon wieder und verkündete, dass er sich nie an die Kette legen lassen würde.

»Ignoriere ihn einfach«, sagte Nell mit Nachdruck zu Alex. Sie tippte ihren Stift auf das Notizbuch. »Dann beantworte mir doch mal Folgendes: In welchem Outfit sieht Maria besonders sexy aus?«

Alex blickte sie entgeistert an. »Was ist denn das für eine Frage? Darauf fällt mir nichts Vernünftiges ein. Wie wäre es mit ›Maria ist so wunderschön, sie sähe sogar in einem Kartoffelsack sexy aus‹?«

Nell war enttäuscht. »Also, das ist eine ziemlich lahme Antwort, Al! Sie wird denken, dass du nie darauf achtest, was sie trägt.«

»Tue ich auch nicht. M sieht in allem toll aus.«

Jason schüttelte den Kopf. »Wir reden hier gerade von deiner Zukünftigen, Alter. Wenn du das hier versemmelst, wird sie sich daran erinnern, bis dass der Tod euch scheidet!«

»Da soll noch mal einer behaupten, die Romantik sei tot!«, witzelte Alex.

Aber Jason meinte es ausnahmsweise einmal ernst. »Sag doch einfach, in einem Kostüm aus Shakespeares Zeiten.«

»Spinnst du, Alter? Seit wann läuft Maria denn mit einem weißen Mühlsteinkragen herum?«

»Na, sie trug doch so ein Kostüm, als ihr euch zum ersten Mal begegnet seid!«, rief ihm Jason ungeduldig in Erinnerung. »Das wirst du ja wohl nicht vergessen haben, oder?«

Der Ausdruck auf Alex' Gesicht besagte, dass er genau das getan hatte.

Mit einem Mal war die Luft von einer seltsamen Spannung erfüllt, und Nell sagte rasch: »Vielleicht sollte ich auf die Frage verzichten. Wie wäre es mit: Was gefällt dir an Maria am besten?«

»Ihr hübsches Gesicht?«

Nun begann Nell sich doch ein wenig Sorgen zu machen. »Al, das ist wirklich eine bescheuerte Antwort. Du liebst Maria doch nicht nur, weil sie hübsch ist.«

»Natürlich nicht.« Alex massierte sich mit den Handballen die Schläfen. »Tut mir leid, Nell, ich bin einfach nicht gut in solchen Dingen.«

»Wie wäre es mit: *wie sich beim Lachen ihre Sommersprossen kräuseln*?«, schlug Jason vor.

Alex nickte begeistert. »Ja, das ist viel besser. Danke, Mann! Du kannst das richtig gut.«

Die Männer waren hoffnungslos. Kein Wunder, dass sie nach etlichen Bierchen inmitten von Jasons Unordnung nicht mehr klar denken konnten. Sie gab das Quiz auf – schließlich war es sinnlos, wenn Jason all die Antworten lieferte –, überließ sie ihrem Bier und ihrem Fußball und begann ein bisschen Ordnung in das Chaos zu bringen. Sie holte sich eine Abfalltüte aus der Küche und machte sich daran, den Berg von Lieferkartons neben dem Sofa abzutragen. Dabei entdeckte sie eine hübsche Clutch aus Seide.

»O mein Gott, was macht die denn hier?« Nell traute ihren Augen nicht. Marias Armani-Tasche lag hier in Jasons Wohnung unter einem Stapel alter Pizzakartons, in denen teilweise noch Essensreste vor sich hin gammelten. Kein Wunder, dass sie sie nicht hatten finden können!

Alex stieß einen Pfiff aus. »Gehört die einer deiner Eroberungen?«

Jason lachte. »Muss wohl! Vielleicht liegt sie auch noch irgendwo da drunter!«

Nell konnte nicht anders und briet ihm mit der Clutch eins über. Der metallene Verschluss verursachte ein sehr zufriedenstellendes Geräusch.

»Au!« Jason rieb sich die Stirn und starrte sie wütend an. »Wofür war das denn? Hast du etwa gerade ein Frauenproblem?«

»O nein, weißt du, wie mein Problem heißt? *Männer!*«, schoss Nell zurück. Manchmal nervte es sie, wenn Jason wieder mal das Großmaul spielte. In Wahrheit war er nämlich gar nicht so.

»Ich liebe es, wenn du so resolut bist! Schlägst du mich noch mal?«

Nell hob die Tasche noch einmal drohend, und Jason duckte sich theatralisch.

»Ich sollte dich damit eigentlich krankenhausreif prügeln«, knurrte sie. »Das hier ist Marias einzige Armani-Clutch. Die, die ich mir schon seit Wochen ausborgen will. Was zum Teufel hat sie hier zu suchen?«

Jason blinzelte. »Was weiß ich! Bist du dir sicher, dass es ihre ist?«

»Natürlich bin ich mir sicher. Das ist eine original Armani, ein Klassiker!«

»Wie ist die denn hierhergekommen?«, wunderte sich

Alex. »Maria muss sie wohl letzte Woche dabeigehabt haben, als wir bei dir waren.«

Jason zuckte mit den Schultern. »Vermutlich. Tut mir leid, Mann. Wenn ich gewusst hätte, dass sie hier ist, hätte ich sie vorbeigebracht.«

Nell starrte ihren Freund an. Sie fühlte sich unbehaglich, denn etwas stimmte hier nicht.

»Nein, warte, jetzt fällt's mir wieder ein! Maria hatte die Tasche an dem Abend mit, als wir zusammen im Pub waren, es ihr so schlecht ging und ich sie nach Hause gefahren habe«, sagte Jason. »Sie muss sie im Auto vergessen haben, und ich habe sie wohl mit nach oben genommen und dann nicht mehr daran gedacht. Du kannst sie dir doch immer noch ausleihen, oder?«

Nell seufzte. »Dafür ist es jetzt ein bisschen zu spät, Jase. Und außerdem riecht sie nach Pizza.«

»Ahh, *Eau de Pizza*«, sagte Alex. »Eins meiner Lieblingsparfüms. Nur noch übertroffen von Curry. Maria trägt übrigens keins davon. Sie bevorzugt … äh …«

»Chanel N°5«, riefen Nell und Jason wie aus einem Munde.

»Das wollte ich ja auch gerade sagen«, protestierte Alex.

»Dieses kleine Juwel werden wir auch aus dem Quiz herauslassen«, versicherte ihm Nell. »Hört zu, wie wäre es, wenn wir die Abschiedsparty für die Braut hintanstellen und uns ganz auf den Junggesellenabschied konzentrieren?«

»Vorschlag angenommen«, sagte Jason. Er reichte Nell sein iPad. »Da gibt's einen Ideenordner in *Pages*. Am besten tippst du unsere Einfälle da gleich rein, während wir uns unterhalten.«

»Bin ich jetzt deine Sekretärin?«

Er zwinkerte ihr zu. »Ist doch eine Beförderung – von der Putzfrau zur Sekretärin!«

»Ich würde dir ja wieder eine verpassen, aber diese arme Tasche hat schon genug gelitten.« Nell hockte sich auf die Sofalehne und öffnete *Pages*. »Also schön. Aber ich rede und tippe, und ihr zwei hört nur zu.«

»Jawohl, Fräulein«, sagte Jason grinsend. »Und wann wird der Rohrstock rausgeholt?«

Nell ignorierte ihn. »Hier sind meine Ideen für den Junggesellenabschied. Da die Hochzeit in Somerset stattfinden wird, könntet ihr euch in einer Fressbude in Bath zum Frühstück treffen, anschließend zum Paintballspielen zu dieser Anlage fahren, die ich in der Nähe von Wells gefunden habe, und dann den Abend in einem Club in Bristol verbringen.«

»Toll, damit wäre der Junggesellenabschied ja geregelt«, sagte Jason und rieb sich die Hände. »Sauber, Nell. Mail mir einfach die Details«, zu und hol uns doch noch zwei Bier!«

»Woran ist deine letzte Sklavin eigentlich gestorben?«, erkundigte sich Nell. Jason mochte ja als Anwalt ein Ass sein, aber im Vergleich zu ihm besaßen selbst Faultiere mehr Eigeninitiative.

»An zu viel Sex«, erwiderte Jason, ohne zu zögern, was ihm einen weiteren Schlag mit der Clutch einbrachte.

»Du kommst doch mit, oder?«, fragte Alex an Nell gewandt. »Du bist schließlich meine älteste Freundin, und ohne dich würde mir bei meinem Junggesellenabschied was fehlen!«

»Wir können doch an so einem Tag kein Mädel mitnehmen!«, protestierte Jason. »Auch wenn's bloß Nell ist.«

»Vielen Dank, Jason!«, sagte Nell. »Ich kann sowieso nicht. Ich gehöre mit zum Damenkränzchen, schon vergessen? Feinste Cocktails und erlesene Kochkunst stehen bisher auf dem Programm …« Nell graute es jetzt schon. Wie sollte sie einen ganzen Tag durchstehen und so tun, als freue sie sich für Maria, während ihr innerlich zum Heulen zumute war? Das würde ihr vermutlich nur mit jeder Menge Alkohol gelingen.

»Kannst du nicht die Kocherei sausen lassen und stattdessen zum Paintballspiel mitkommen? Ich fände es wirklich toll, wenn du dabei wärst.« Alex klang ziemlich verzweifelt, und Nell war gerührt. »Komm schon, Nell«, drängte er sie, »du bist eine furchtbare Köchin, du lässt doch sogar Wasser anbrennen! Paintball ist viel mehr dein Ding. Vielleicht kannst du sogar Jason abschießen.«

»Wie könnte ich da widerstehen? Also schön, beim Paintballspiel bin ich dabei«, sagte Nell und strahlte, obwohl es in ihrem Inneren vor Kummer und Selbstverachtung brodelte. Alex sah nur den Kumpel in ihr, jemanden, mit dem er herumalbern und abhängen konnte. Die gute, alte Nell! Sie war eine von den Jungs, nicht wahr? Sie hatte bestimmt total Lust, mit der Gotcha-Waffe rumzuballern! Nell wusste, dass sie von hier wegkommen und sich ein neues Image zulegen musste. So etwas durfte ihr nie wieder passieren. Sie würde weiterziehen und vielleicht eines Tages einen Mann treffen, der sie als Frau sah und nicht nur als Kumpel.

Zumindest hoffte sie das. Eins wusste sie allerdings mit Sicherheit: Dass sie ihn nicht im *Bell* oder in Jasons Wohnung finden würde.

»Ich habe übrigens Neuigkeiten für euch«, platzte sie heraus. »Der Verkauf meines Ladens wird aller Voraussicht nach in zwei Wochen abgeschlossen sein, und sobald alles geregelt ist, werde ich auf Weltreise gehen.«

»Hey, das ist ja toll! Alle Achtung!«, rief Jason. Er hob seine Flasche, um ihr zuzuprosten. »Auf Nell Marnie und ihre neuen Abenteuer!«

Doch Alex schien bei Weitem nicht so begeistert wie sein Trauzeuge.

»Wer begleitet dich denn?«, fragte er und blickte dabei besorgt drein. »Du willst doch nicht etwa allein reisen?«

»Doch natürlich.«

Alex' Stirnrunzeln vertiefte sich.

»Wird schon alles gut gehen«, versprach Nell. »Es gibt jede Menge wirklich gute, billige Hotels, und ich werde größtenteils die Touristenziele abklappern. Ich glaube, ich starte in den USA, leihe mir vielleicht einen Wagen und fahre von New York nach Key West.«

»Hammer!«, sagte Jason.

»Wann wirst du denn wieder nach Hause kommen?«, fragte Alex. Ihre Blicke trafen sich, und es kostete Nell all ihre Selbstbeherrschung, um sich nicht in seine Arme zu werfen, ihm ihre Liebe zu gestehen und ihm zu versichern, dass ihr Zuhause dort war, wo immer er sich gerade aufhielt.

Stattdessen holte sie tief Luft und tat den ersten kleinen Schritt auf ihrer Reise zu einem Neuanfang. »Das weiß ich nicht«, sagte sie gedehnt und wendete den Blick ab. »Es gibt hier eigentlich nichts mehr für mich, wofür es sich zurückzukommen lohnt.«

»Was?«, sagte Alex. »Aber … » Ganz offensichtlich fiel ihm nichts ein, um ihr zu widersprechen.

»Kann sein, dass ich gar nicht mehr zurückkomme«, setzte sie hinzu.

Und als sie diese Worte aussprach, wurde Nell zum ersten Mal bewusst, dass dies tatsächlich der Fall sein könnte, und sie verspürte einen faustdicken Kloß in der Magengrube. Ihre Tage mit ihren Freunden, mit Alex in London neigten sich dem Ende entgegen.

Es würde ihr zwar das Herz brechen, sie zurückzulassen, aber es war endlich an der Zeit, etwas auf eigene Faust zu unternehmen.

Kapitel 24

Nell sah zum fünften Mal auf ihre Uhr und versuchte, die Ungeduld zu unterdrücken, die wie Dampf in einem geschlossenen Kochtopf in ihr aufstieg. Ein Blick auf die elegante Uhr über dem antiken Empfangstresen bestätigte ihr, dass es keine merkwürdigen Aussetzer im Raum-Zeit-Kontinuum gegeben hatte und sie tatsächlich seit fünfundzwanzig Minuten vor David Jaffes Büro saß.

Sie stieß einen Seufzer aus. Wenn das Davids Art war, ihr zu zeigen, dass ihr Verschwinden von der Silberhochzeit seiner Eltern ihn verärgert hatte, dann hatte er es ihr hiermit mehr als deutlich gemacht. Sie war nur froh, dass sie sich dieses Mal nicht die Mühe gemacht hatte, sich aufzubrezeln, sondern in Jeans und Pullover aufgetaucht war. Nicht einmal High Heels hatte sie angezogen, war stattdessen in ihre ausgelatschten, treuen Ugg-Boots geschlüpft.

So bin ich nun mal, dachte Nell entschlossen, *und wenn David das nicht gefällt, dann hat er eben Pech gehabt!* Er hatte ja wohl selbst nicht gerade den besten Eindruck hinterlassen.

Sie war kurz davor aufzugeben, als Stanley Stalks völlig ungeniert und mit einem selbstgefälligen Lächeln, obwohl sie wegen ihm hatte warten müssen, aus Davids Büro geschlendert kam. Nell, die nicht damit gerechnet hatte, ihn hier zu sehen, brachte sein Auftauchen für einen Moment aus dem Gleichgewicht. Sie hatte den Schock über die Enthüllung, dass Stanley Olives geheimnisvoller Mann in ihrem Leben war, immer noch nicht ganz verdaut. Ebenso wenig wie den Verrat ihrer Assistentin. Seit ihrem Streit hatte sie nicht mehr mit Olive gesprochen. Soweit sie sich erinnern konnte, war dies die längste Zeit, in der sie nicht auf irgendeine Weise miteinander in Kontakt gestanden hatten.

Selbst als Nell Stanley die Hand schüttelte, fragte sie sich, wie lange er und Olive das Ganze wohl schon geplant hatten. Gott, sie mussten sie ja für so naiv gehalten haben!

»Ah, die überaus reizende Nell! Schön wie immer!«, sprudelte es einer Ölquelle gleich aus ihm heraus, als er ihre Wange küsste und ihre Finger mit seinen klebrigen Händen festhielt. Als er sie endlich losließ, kostete es Nell große Überwindung, ihre Hand nicht an ihrer Jeans abzuwischen.

»Endlich ist der große Tag gekommen«, verkündete er strahlend. »Ich kann Ihnen gar nicht sagen, wie glücklich ich heute Morgen bin, Nell. Sie haben die richtige Entscheidung getroffen.«

Hatte sie das? Mit einem Mal war sich Nell da gar nicht mehr so sicher. *Every Blooming Thing* war zwar nicht wirklich ihr Ding gewesen, aber das Herzblut ihrer Mutter war in den Laden geflossen, und ihn nun an Stanley Stalks zu übergeben, fühlte sich an, als ob sie ihn dem Kinderfänger aus *Tschitti Tschitti Bäng Bäng* überlassen würde. War sie wirklich dazu bereit?

»Es ist für uns alle ein Ereignis, das unser Leben verändern wird«, fügte Stanley hinzu. »Dies ist für mich der Beginn der nächsten Phase meines Unternehmens, und ich bin mir sicher, dass auch auf Sie wunderbare Dinge warten.«

Das war der Moment, in dem Nell der Ernst der Situation wie eine Abrissbirne traf. Elsie war mit Leib und Seele Floristin gewesen, und auch wenn es sich Nell nicht selbst ausgesucht hatte, so hatte dieser Laden eine große Rolle in ihrem eigenen Leben gespielt, hatte sich wie eine beharrliche Kletterrose durch ihre Tage geschlängelt und um ihr Herz gerankt. Sie war darin groß geworden, er war wie ein zweites Zuhause für sie, hier fühlte sie sich wohl wie in ihren ältesten Ugg-Boots und Sportklamotten, und hier kannte sie jedes quietschende Dielenbrett und jedes klemmende Fenster.

Und sie kannte auch die anderen Ladenbesitzer – kaum ein Tag verging, ohne dass sie mit Jacob Rubenstein plauderte, Mikal zuwinkte, wenn der in seinem Taxi vorbeifuhr, oder einen Kaffee mit Sally aus dem Biocafé trank. Und dann waren da noch die Kunden, die sie näher kennengelernt hatte, zum Beispiel den alten Mann, der seiner Frau immer noch jede Woche einen Strauß Freesien kaufte, obwohl die bereits seit zwei Jahren tot war, oder den Baptistenpfarrer, der immer treu und brav die Kirchenblumen bei Nell bestellte. Sie gab ihnen seit Jahren zwanzig Prozent Rabatt auf ihre Rechnungen.

Würde sich Stanley auch die Mühe machen, ihnen Nachlässe zu gewähren, oder wären die Geschäfte mit ihnen für ihn zu unbedeutend, um sich überhaupt Gedanken darüber zu machen? Nells Herz flatterte wie ein Vogel im Käfig gegen ihre Rippen. Sie mochte diese Menschen, und obwohl sie Wut auf Olive hatte, so hing Nell doch auch an ihr. Was würde geschehen, wenn Stanley ihrer überdrüssig wurde? Würde Olive ihren Job verlieren? Und was wäre mit Craig? Sie konnte sich nicht vorstellen, dass Stanley sehr erpicht darauf sein würde, ihn zu beschäftigen, wenn er erst einmal herausgefunden hatte, dass Craig bis über beide Ohren in seine Freundin verliebt war.

Konnte sie sie wirklich alle dem schmierigen Stanley Stalks ausliefern?

Das Zimmer schien sich zu drehen, und da war ein Rauschen in Nells Ohren. Sie spürte, wie Panik in ihr aufstieg, und für den Bruchteil einer Sekunde glaubte sie, in Ohnmacht zu fallen. Vielleicht hatte sie sich dieses Leben nicht ausgesucht, aber es war nun einmal ihr Leben, und möglicherweise hätte sie sich auch dafür entschieden, wenn sie vor die Wahl gestellt worden wäre.

»Auf jeden Fall war es mir ein Vergnügen, Geschäfte mit Ihnen zu machen«, schloss Stanley, schlüpfte in seinen teuren Wollmantel und schlang sich einen Kaschmirschal um den Hals. Er blickte so selbstzufrieden drein, dass Nell den entsetzlichen Drang verspürte, ihn damit zu erdrosseln, und sie musste ihre Hände zu Fäusten ballen.

Er rief David über die Schulter hinweg zu: »Sie haben

einen tollen Job gemacht, mein Junge. Wir sehen uns dann später noch bei einem Glas Champagner oder zwei.«

Und mit dieser letzten Bemerkung verließ er vergnügt die Kanzlei. Nell starrte ihm hinterher. Sie hatte das Gefühl, gerade aus einem Windkanal herausgetreten zu sein. Es kam ihr alles so unwirklich vor.

»Tut mir leid, dass du warten musstest.« David stand im Türrahmen. In dem dunkelgrauen Anzug, der purpurroten Krawatte und mit seiner Brille erinnerte er an eine sexy Ausgabe von Clark Kent. Aber egal, wie umwerfend er heute auch aussehen mochte, sie verspürte nicht das geringste Verlangen, noch einmal mit ihm auszugehen. Sein Verhalten am letzten Wochenende hatte jegliches aufkeimende Gefühl für ihn auf so wirksame Weise zerstört wie der Frost die jungen Triebe.

»Ist nicht schlimm«, log sie.

Er hielt ihr die Tür auf, und sie schritt in sein Büro und nahm dort Platz. David schob Papiere auf seinem Schreibtisch hin und her und versuchte sich dabei an einer hochtrabenden Unterhaltung, die jedoch schon bald zum Erliegen kam. Er räusperte sich verlegen.

»Wie geht es dir denn so?«, fragte er.

»Gut.« Nell hatte es eigentlich dabei belassen wollen, doch sie konnte nicht widerstehen und fügte hinzu: »Und wie ging es deinen Eltern, als du sie heute Morgen verlassen hast?«

David blickte sie vorwurfsvoll an. »Es geht ihnen gut, danke der Nachfrage. Auch wenn es dich angesichts deines sarkastischen Untertons nicht wirklich interessieren dürfte. Sie fanden dich übrigens ganz reizend, und die Blumen haben ihnen wirklich sehr gefallen.«

Offenbar hatte ihre Bemerkung ihn gekränkt, und Nell kam sich deshalb engstirnig und gehässig vor. Er wohnte also zu Hause bei seinen Eltern und liebte sie – was war denn schon dabei? Das waren doch keine schlechten Eigenschaften. In mancherlei Hinsicht waren sie sogar großartig … nur eben nicht bei einem potenziellen Partner.

»Entschuldige, das war unangebracht.« Sie schüttelte den Kopf.

Er atmete vernehmlich aus. »Ich habe wirklich ein schlechtes Gewissen, weil ich dir nicht ausgeholfen habe, Nell, aber ich musste einfach dableiben. Wenn ich noch einmal in der Situation wäre …«

»Würdest du genauso handeln«, beendete Nell lächelnd den Satz. »Das ist schon in Ordnung, David. Ich bin deshalb nicht mehr sauer. Du hast das getan, was für dich und deine Eltern das Richtige war.«

»Aber ich hätte es besser handhaben sollen«, erwiderte er. »Und das tut mir wirklich leid.«

Er schob einen Papierstapel ineinander und reichte ihn Nell zusammen mit seinem Mont Blanc über den glänzenden Schreibtisch hinweg. »Bitte schön, das sind die endgültigen Schriftstücke. Lies dir nur alles genau durch, und wenn du damit einverstanden bist, datiere und unterschreibe sie.«

Nell biss sich auf die Lippe und blickte auf die dicken, cremefarbenen Papierseiten in Juristensprache hinab. Sie rechnete halb damit, dass Mephisto ihr über die Schulter schauen und sie drängen würde, ihre Seele zu verkaufen, denn genauso fühlte es sich gerade an. Der dicke Kugelschreiber lag schwer in ihrer Hand. Sie spürte, wie ihr kalter Schweiß zwischen den Schulterblättern ausbrach.

Es war so weit. Der Moment war gekommen. In dem Augenblick, in dem sie dieses Dokument unterzeichnete, würde sich ihr Leben für immer verändern.

Der Kugelschreiber schwebte über dem Papier.

Weshalb zögerte sie denn noch? War der Zweck der Übung nicht, ihr Leben zu verändern? Nells Finger zitterten, und gerade als sie unterschreiben wollte, bemerkte sie einen anderen Namen, der unter Stanleys eleganter, fließender Handschrift gekritzelt war.

»Was ist das denn? Warum hat noch jemand unterschrieben?«

David bedachte sie mit einem – wie sie fand – herablassenden Lächeln, was sie tierisch nervte. Es hätte nur noch gefehlt, dass er ihr geraten hätte, sich darüber nicht den hübschen Kopf zu zerbrechen.

»Es ist eine gesetzliche Vorschrift, dass *alle* Besitzer den Vertrag unterschreiben, um ihn rechtlich bindend zu machen.«

»Ja, David, das verstehe ich ja auch. Vielen Dank für die Erklärung. Aber wer ist diese andere Person?« Nell schaute genauer hin. »Diese *Donatella Carmichael*?«

»Oh, habt ihr euch noch nicht kennengelernt? Donatella ist Stanleys Frau.«

Nell starrte ihn an. »Seine *Frau*? Bist du dir da ganz sicher?«

»Aber natürlich. Ich habe den Papierkram für eine

rechtlich vollzogene Namensänderung erledigt, als Stanley seinen Nachnamen in Stalks geändert hat. Er fand, das sei gut für den Markenaufbau.« David lehnte sich zu ihr herüber, als verrate er ihr ein Geheimnis. »Sie war sich da nicht so sicher und hat ihren Ehenamen behalten.«

In Nells Kopf drehte sich alles. Stanley war verheiratet.

»Du meine Güte, Nell! Du scheinst ja total geschockt zu sein! Du hast doch nicht etwa geglaubt, dass ›Stalks‹ sein richtiger Name ist, oder? Ein Blumenlieferant, der ausgerechnet Stengel heißt?«

Genau in diesem Moment fielen Nell eine Menge Namen ein, die zu Stanley gepasst hätten, und Stalks war himmelweit vom Anfang ihrer Liste entfernt.

»Und sie ist wirklich seine *Ehefrau*?« Nell musste sich da ganz sicher sein. »Stanley Stalks ist verheiratet?«

»Sie sind seit fünf Jahren meine Klienten«, sagte David geduldig. »Er vergöttert sie. Nennt sie sein Löwenmäulchen.«

Löwenmäulchen! Genauso hatte er Olive auch genannt.

Nell ließ den Kugelschreiber fallen.

»Hey, was ist denn los?«, fragte David.

»Ich kann das nicht unterschreiben.« Nell schob den Vertrag über den Schreibtisch zurück. Ohne weiter nachzudenken, sprang sie auf und trat den Rückzug an. Das Adrenalin raste durch ihren Körper wie Lewis Hamilton durch Monaco.

»Aber das ist doch ein fantastischer Deal!«, sagte David. »Wo ist das Problem?«

»Das Problem ist, dass ich Stanley Stalks nicht traue«, sagte Nell. Gott, es tat gut, das endlich einmal laut zu sagen. Sie hätte auf das mulmige Gefühl in ihrem Bauch hören sollen. Das Ganze war einfach zu schön, um wahr zu sein. Wenn Stanley Stalks gelogen hatte, was seine Frau anging, worüber hatte er dann wohl noch gelogen?

Nell fixierte den entsetzten David mit einem entschlossenen Blick und fügte hinzu: »Es ist mir egal, wie fantastisch der Deal ist, David, aber ich kann das Geschäft meiner Mutter unmöglich einem Mann verkaufen, dem ich nicht traue. Das werde ich nie im Leben tun.«

Und mit diesen Worten marschierte sie aus dem Büro hinaus.

Stanley Stalks konnte sich auf was gefasst machen. Es war an der Zeit für ein paar ehrliche Antworten.

Kapitel 25

Nell war nur in den Laden gekommen, um einige Sachen abzustellen, aber zu ihrer Überraschung traf sie Olive dort an.

»Keine Sorge, ich bleibe nicht lange«, sagte ihre ehemalige Assistentin und kniff die Augen zusammen. »Ich hole nur meine Sachen ab.«

Ihre Habseligkeiten türmten sich gefährlich nah am Tresenrand, und an der Tür waren einige Kisten gestapelt, damit Craig sie wohl in seinen Wagen laden konnte.

Nell war sprachlos. Der Laden war plötzlich voller komischer Lücken, wie ein Mund, aus dem einige Zähne gezogen worden waren, und es sah einfach nur falsch aus. Olive war seit ihrem fünfzehnten Lebensjahr hier gewesen. Sie würde die größte Lücke hinterlassen.

»Hör zu, Olive, so muss es nicht sein.« Nell spürte Panik in ihrer Magengrube aufsteigen. Wie war nur alles so kompliziert geworden?

Olive betrachtete sie mit einem kühlen Blick. »Ach, nein? Ich glaube, du lässt uns beiden keine andere Chance. Du hast sehr deutlich gemacht, wie du empfindest.«

»Ich habe eine Menge Dinge gesagt, die ich nicht hätte sagen sollen«, gestand Nell ein. »Und das bedauere ich,

Olive, das bedauere ich wirklich sehr. Ich weiß, dass du nur versucht hast zu helfen. Es war mir bloß peinlich, und ich war wütend. In letzter Zeit hatte ich einfach viel um die Ohren.«

»Du meinst, du drehst durch, weil Alex Maria heiratet.« Olive schüttelte den Kopf. »Aber das ist nicht meine Schuld. Lass deinen Frust nicht an mir aus!«

Es war an der Zeit, Abbitte zu leisten.

»Ich weiß, und es tut mir wirklich leid. Ich wünschte, wir hätten uns nicht gestritten. Und ich möchte wirklich nicht, dass du gehst.«

Olive schüttelte den Kopf. »Es ist zu spät, Nell. Ich habe mich entschieden. Und es bringt ohnehin nichts mehr für die letzten paar Wochen. Ich werde zurückkommen, wenn der Laden Stanley gehört.«

Nell wollte ihr von den Geschehnissen in der Kanzlei erzählen, doch gerade als sie dazu ansetzte, kam Craig hereingeeilt und blickte nervös in ihre Gesichter.

»Ich wollte nur die restlichen Kisten abholen«, erklärte er und schien sich dabei sichtlich unwohl zu fühlen. »Aber wenn ich noch irgendwelche Lieferungen für dich erledigen soll, Nell, dann könnte ich das nachher noch machen.«

Dass Craig so angespannt war, brach ihr das Herz. »Ich weiß, dass du für niemanden Partei ergreifst, Craig«, versicherte sie ihm. Und an Olive gewandt, sagte sie: »Und ich weiß, dass du sauer auf mich bist. Das kann ich dir nicht verdenken. Aber bevor du gehst, habe ich dir noch etwas zu sagen.« Nell schluckte. Sie hasste solche Unterhaltungen. »Ich fürchte, es wird dir nicht gefallen.«

Olive verschränkte die Arme und hob trotzig das Kinn.

»Meinst du nicht, dass du mir schon genug an den Kopf geworfen hast? Was habe ich denn sonst noch falsch gemacht?«

Nell schüttelte den Kopf. »Dabei geht's nicht um dich. Na ja, indirekt schon, schätze ich. Es geht um Stanley Stalks.«

Olives Augenbrauen wanderten in die Höhe.

»Ich weiß nicht, wie ich dir das beibringen soll, aber er ist verheiratet!«, sagte Nell.

Für einen Moment wurde es totenstill im Laden.

»Das ist ja wohl das Mieseste, was mir je passiert ist!« Zwei rote Flecken erschienen auf Olives Wangen. »Wie kannst du nur so gehässig sein? Ich hätte nie gedacht, dass du zu der Sorte gehörst, die Lügen verbreitet, nur um jemandem was heimzuzahlen. Das ist wirklich unterste Schublade!«

»Ich wünschte, es wäre nur Gehässigkeit«, sagte Nell mit ausgebreiteten Armen, um ihr begreiflich zu machen, dass sie nichts zu verbergen hatte. »Aber das ist es nicht! Ich war gerade bei David in der Kanzlei, um den endgültigen Vertrag für den Verkauf des Ladens zu unterzeichnen, und dabei habe ich gesehen, dass Stanleys Frau auch unterschrieben hat.«

Craigs Augen waren kugelrund geworden, und er blickte zwischen den beiden Frauen hin und her, wusste offenbar nicht, wie er sich verhalten sollte.

»Er ist ein verheirateter Mann, Olive«, sagte Nell mit beruhigender Stimme. »Er hat dich angelogen.«

Olive ballte ihre Hände zu Fäusten. »Du bist hier die Lügnerin! Er würde so was nicht tun.«

»Hat er aber«, entgegnete Nell grimmig. »Und ich habe es auch erst nicht glauben wollen, aber David hat darauf beharrt. Er kennt die beiden schon lange.«

»Aber warum sollte er so was tun? Was hat er davon?«, blaffte Olive. »Gott, das ist doch krank! Wie kann man nur so tief sinken? Ich hätte nie gedacht, dass du versuchen würdest, Stanley und mich auseinanderzubringen!«

»Da gibt es nichts auseinanderzubringen, du Dussel!«, schoss Nell zurück. »Er ist mit einer anderen verheiratet. Ich habe ihre Unterschrift gesehen!«

Aber Olive hörte ihr gar nicht zu. »Das muss ein Missverständnis sein. Ich bin mir sicher, dass Stanley das erklären kann.«

Nell war gespannt, wie sich der aalglatte Mr. Stalks da herauswinden würde. Der Freundin eine plausible Erklärung für die Existenz einer Ehefrau zu liefern dürfte etwas knifflig werden. Sie wollte Olive gerade mitteilen, dass der Verkauf des Ladens geplatzt war, als der Mann, um den es ging, zur Tür hereingestürmt kam.

Stanleys sonst immer so gepflegtes Äußeres hatte ein wenig gelitten. Die Haare standen ihm an manchen Stellen zu Berge, als sei er nur hastig mit den Händen hindurchgefahren, und sein teurer Mantel war falsch geknöpft. Woher auch immer er gerade gekommen sein mochte, er hatte es höllisch eilig gehabt. Als seine Augen von ihr zu Olive und wieder zurückwanderten, wusste Nell ganz genau, warum er so gehetzt war.

Er wollte Schadensbegrenzung betreiben. »Da ist etwas ganz furchtbar schiefgelaufen«, keuchte er.

»Ich wusste es!« Olive warf Nell einen triumphierenden Blick zu, doch ihr Lächeln erstarb, als ihr klar wurde, dass nicht sie es war, mit der Stanley sprach. Tatsächlich schien er gar nicht mehr wahrzunehmen, dass sie sich noch im Raum befand, denn er richtete seine ganze Konzentration auf Nell.

»David hat gerade angerufen«, erklärte er. »Er hat mir gesagt, dass Sie sich weigern, den Verkauf des Ladens durchzuziehen. Was soll denn das, Nell? Das wollen Sie doch gar nicht. Das weiß ich! Sie sind doch froh, den Laden loszuwerden.«

»Aber nicht an jemanden, dem ich nicht vertraue«, entgegnete Nell.

Ein Muskel zuckte in Stanleys Wange. »Halten Sie einfach Ihren Teil der Abmachung ein, ja?«

Nell schüttelte den Kopf. »Das Geschäft ist geplatzt.« Die Worte waren so süß wie Honig auf ihrer Zunge, und mit einem Mal fiel eine Riesenlast von ihr ab, der sie sich zuvor überhaupt nicht bewusst gewesen war, und sie kam sich so viel leichter vor.

Sie würde den Laden behalten!

»Nell, bitte! Soll ich etwa drum betteln?«, bedrängte Stanley sie. »Tut mir leid, dass ich Ihnen nichts von meiner Frau erzählt habe, aber …«

»Es stimmt also?« Olives Stimme war leise, aber irgendwie hörten sie sie alle. »Du bist verheiratet?«

»Ja schon, aber nur auf dem Papier«, sagte Stanley wegwerfend. »Ich kann das erklären.«

»Was für ein Pech für Sie, dass Nell es genau auf diesem Papier gesehen hat«, brummte Craig, die Hände zu Fäusten geballt.

»Du bist verheiratet?«, fauchte Olive. »Wie konnte dir dieses kleine Detail nur entfallen?«

»Ich fühle mich einfach nicht verheiratet«, antwortete er und warf beiden Frauen ein gewinnendes Lächeln zu, welches diese geflissentlich ignorierten. »Meine Frau und ich leben getrennt«, sagte er an Olive gewandt, die ihn mit steinerner Miene ansah. »Wir sind Geschäftspartner, das ist alles. Die Ehe besteht nur noch formal.«

Nell verdrehte die Augen. Wie vieler Klischees wollte sich dieser Mann noch bedienen? Gleich würde er Olive bestimmt noch vorjammern, dass ihn seine Frau einfach nicht verstand.

»Du musst mir glauben«, flehte er, streckte den Arm aus und griff nach ihrer Hand. »Bitte, Löwenmäulchen, bitte!«

Einen furchtbaren Moment lang sah es so aus, als ob Olive ins Wanken geraten könnte. Das durfte Nell auf gar keinen Fall zulassen.

»Hör nicht auf ihn, Olive«, sagte Nell. »Er nennt seine Frau auch Löwenmäulchen.«

»Stimmt das?«, fuhr Olive ihn an und zog ihre Hand weg.

»Herrgott noch mal!«, platzte es aus ihm heraus. »Und wenn schon? Wieso könnt ihr Frauen einfach nicht Geschäft und Gefühle voneinander trennen? Der Kauf dieses Ladens hat rein gar nichts damit zu tun, wie ich Donatella oder dich nenne! Ich brauche den Laden! Ich habe große Pläne damit.«

»Donatella?«, fragte Olive mit aufgerissenen Augen. »Wer zum Teufel ist Donatella?«

»Seine Frau«, sagte Nell. »Das stimmt doch, oder Stanley? Und Sie leben ganz und gar nicht von ihr getrennt, Sie haben Olive nur dazu benutzt, um an das ranzukommen, was Sie unbedingt haben wollen.«

Stanley fuhr wütend herum. Seine Augen funkelten vor Zorn, und Nell wich hastig einen Schritt zurück.

»Ich glaube, ich habe es lange genug auf die nette Tour versucht«, zischte er. »Aber jetzt reicht's mir! Seit Monaten schleiche ich auf Samtpfoten um Sie herum, damit Sie verkaufen, aber Sie sind ja nicht zur Vernunft zu bringen – nicht einmal, als ich einen guten Preis angeboten habe oder Sie den Großteil Ihres Blumenbestands verloren hatten.«

Nell blieb für einen Moment die Luft weg. Aber natürlich. Jetzt ergab alles einen Sinn. »Sie haben am Klimatisierungssystem herumgespielt und dafür gesorgt, dass all meine Blumen verwelken!«

Er antwortete nicht, aber sein Gesicht sprach Bände.

»Du hast mich von Anfang an nur benutzt«, flüsterte Olive. Ihr Gesicht war gerötet, und Tränen standen ihr in den Augen. »Wie konntest du nur?«

»In der Liebe, im Krieg und im Geschäftlichen ist alles erlaubt«, erwiderte Stanley schulterzuckend. »Ach, jetzt komm schon. Du hast doch nicht etwa geglaubt, dass es mir ernst gewesen ist? Mal ganz ehrlich, was soll ein Mann wie ich mit einer kleinen Verkäuferin anfangen?« Sein Mund verzog sich zu einem höhnischen Grinsen. »Also ich wusste ja, dass du eine romantische Ader hast, aber ich hätte dich nie für so blöd gehalten!«

Mit einem Mal regte sich etwas am Rande des Geschehens. Zu Nells Überraschung durchquerte Craig den Raum mit drei großen Schritten. Da er immer so still und bescheiden war, hatte sie ihn als klein und schmächtig angesehen, doch nun erkannte sie, dass er in Wahrheit drahtig und stark war. Die ganze Schlepperei, die er tagtäglich erledigte, hatte natürlich seine Kraft und seine Muskeln aufgebaut. Olive hatte sich in der falschen Ecke umgeschaut!

»Wagen Sie es ja nicht, so mit Olive zu reden«, sagte Craig mit heiserer Stimme und baute sich vor Stanley auf. »Sie ist die wundervollste, wunderschönste, perfekteste Frau, die ich je getroffen habe!«

»Dann haben Sie wohl noch nicht viele getroffen«, sagte Stanley spöttisch.

»Entschuldigen Sie sich bei ihr!«, forderte Craig ihn auf.

Stanley lachte. »Zwingen Sie mich doch!«

Für einen Moment schien die Zeit stillzustehen, sich zu sammeln und dann mit einem Mal auf schnellen Vorlauf zu schalten, denn einen Augenblick später lag Stanley Stalks ausgestreckt auf dem Fliesenboden.

»Au«, Craig rieb sich die Faust. »Hätte nicht gedacht, dass das so wehtut.«

»Ich glaube, ihm hat's weher getan«, sagte Olive. »Das hoffe ich wenigstens.«

»Stehen Sie schon wieder auf, Stanley«, sagte Nell. »Schauen Sie sich ihn doch an. Wollen Sie wirklich, dass überall herumposaunt wird, dass Sie mein kleiner Lieferjunge auf die Bretter geschickt hat?«

Craig öffnete den Mund, um gegen die Beschreibung

seiner Person zu prostieren, schloss ihn aber wieder, als er Nells strengen Blick sah.

Stanley rappelte sich auf und sah sie böse an. »Ich bin nur ausgerutscht. Ihr Boden ist feucht.«

Olive gab ein Prusten von sich.

»Wie schon gesagt, der Deal ist geplatzt«, erklärte Nell mit fester Stimme. »Ich will Sie hier nicht mehr sehen.«

Stanley rieb sich das Kinn, starrte sie wütend an und hastete dann zur Tür hinaus.

Nell atmete langsam und zittrig aus. Sie hatte gar nicht bemerkt, wie angespannt sie war. Ihre Beine fühlten sich wie Pudding an, und ihr Herz raste. Gott sei Dank hatte sie nicht den Vertrag unterschrieben. Die Vorstellung, dass der Laden ihrer Mutter beinahe in die Hände eines so verlogenen Menschen wie Stanley gefallen wäre, der ihn wirklich nicht verdient hatte, war unerträglich.

»Alles in Ordnung, Olive?«, fragte sie und schloss sie in die Arme.

»Mir geht's gut«, sagte sie. »Hab ihn schon vergessen.«

Olive löste sich aus Nells Umarmung und wandte sich Craig zu. »Du warst unglaublich«, sagte sie zu ihm.

Er schenkte ihr ein schüchternes Lächeln.

»Ein echter Ritter ohne Furcht und Tadel«, stimmte ihr Nell zu und schob clevererweise noch hinterher: »Stand das nicht auf deiner Checkliste, Olive?«

Sie nickte. »Allerdings. Aber auch *reich*, *Sportwagen*, *fünf Jahre älter*, *eigene Wohnung* und *eigenes Geschäft*.«

»Also, ich habe immerhin ein Unternehmen für Zustelldienste«, gab Craig zu bedenken, sah dabei aber wie ein begossener Pudel aus. Es war ein bisschen so, als ob Sir Lancelot ein Ritterfräulein rettet, nur um dann zu hören zu kriegen, dass seine Rüstung nicht genug glänzte!

»Wen interessiert schon eine blöde Checkliste!«, rief Olive, warf sich in Craigs Arme und küsste ihn ausgiebig und heftig. Im ersten Moment stand Craig nur perplex da, doch dann zog er sie an sich und erwiderte den Kuss.

Nell presste ihre Hände ineinander. Diese beiden waren wie füreinander geschaffen! Gott sei Dank hatte Olive endlich gesehen, was sie die ganze Zeit direkt vor ihrer Nase gehabt hatte, und das, bevor es zu spät war.

Nell ließ Olive und Craig allein und zog sich ins Hinterzimmer zurück, wo sie sich ein Glas Wasser eingoss. Die Auseinandersetzung mit Stanley hatte sie aufgewühlt, und sie zitterte. Ein Glas Londoner Kranwasser war zwar jetzt nicht gerade das, was sie brauchte – Wodka wäre ihr willkommener gewesen –, aber es war nun einmal alles, was sie hatte, und Nell trank es langsam, bis sie sich ein bisschen ruhiger fühlte.

Der Deal hatte sich erledigt, und sie war wie bei einem Leiterspiel mit einer überraschenden Wendung wieder so weit wie zuvor. Sie hatte immer noch Schulden, die Miete musste gezahlt werden, und ihr Kreditkartenrahmen war wieder mal ausgereizt. Stanley hatte ihr einen Ausweg aus alldem geboten, aber es war ein Teufelspakt gewesen, und Nell wusste, dass sie ihm *Every Blooming Thing* niemals verkaufen würde. Sie musste ihre Möglichkeiten noch einmal überdenken und darauf hoffen, dass sich ein anderer Käufer finden würde. Falls ihr dies nicht gelingen sollte, säße sie in der Falle, und das war kein schöner Gedanke. Ihre Pläne zu reisen und noch einmal neu zu beginnen waren in Gefahr, zunichtegemacht zu werden, und wie sollte sie dann nur mit Marias und Alex' Hochzeit klarkommen?

Auch wenn der Deal mit Stanley geplatzt war, sie musste sich trotzdem ein neues Leben aufbauen.

Die Frage war nur, wie um alles in der Welt sie das nun anstellen sollte.

Kapitel 26

Wie sich herausstellte, musste Nell all ihre Sorgen um *Every Blooming Thing* erst einmal auf Eis legen. Die wenigen Tage bis zur Hochzeit waren derart mit Planungen und Vorbereitungen und der Arbeit im Laden angefüllt gewesen, dass sie kurz vor einem hysterischen Anfall gestanden hatte. Und wenn Olive nicht zugestimmt hätte zurückzukommen, wäre sie gar nicht in der Lage gewesen, nach Somerset zu fahren und zu ihren Freunden zu stoßen.

»Ziehen Sie niemals – NIEMALS – zu irgendeinem Zeitpunkt Ihre Masken aus!«, rief ihnen der Einweiser, der wohl mal Ausbilder beim Militär gewesen sein musste, in der ersten Pause noch einmal in Erinnerung.

Während die Sonne an den Klettergerüsten gleichenden nackten Bäumen emporkletterte, zitterte Nell in einem Wäldchen außerhalb von Wells vor sich hin und lauschte dem Mann nur mit einem Ohr, während sie E-Mails auf ihrem iPhone beantwortete.

»Und nicht vergessen, das erste Team, das sich die Flagge des gegnerischen Teams schnappt, hat gewonnen.«

Das war an einem so frostigen Morgen wie diesem, an

dem ihre halb gefrorenen Finger in Handschuhen steckten, leichter gesagt als getan.

Hilfe! Habe mich verfahren! Wo war das Hotel noch mal? Bin an der M5 Nähe Bridgewater! Amy xx

Die verzweifelte SMS stammte von einer panischen »Henne«, die auf dem Weg zum Junggesellinnenabschied war. Nell wollte ihr gerade eine Antwort simsen, als sie eine weitere SMS bekam – dieses Mal von Maria.

Lass uns noch mal den Ablauf durchgehen! Ich weiß nicht mehr, was wir wann machen! xMx

Nell bedauerte es bereits, dass sie sich von Alex hatte überreden lassen, an dem Paintballspiel der Jungs teilzunehmen. Es gab noch so viel zu organisieren, dass sie eigentlich keine Minute erübrigen konnte, geschweige denn einen ganzen Vormittag verplempern, um dabei zuzusehen, wie sich erwachsene Männer in Neunjährige verwandelten, die schreiend und jauchzend herumsprangen und sich mit Farbkugeln beschossen.

Nell musste sicherstellen, dass alle »Hennen« pünktlich bei der Kochveranstaltung eintrafen, war für das Organisieren der Taxis zuständig, die sie anschließend alle in die Cocktailbar bringen würden, und musste sich darüber hinaus noch um den gesamten Blumenschmuck für die Hochzeit kümmern. Sie war schon vor dem Paintballspiel erschöpft gewesen, aber nun taten ihr auch noch zahllose Stellen an ihrem Körper weh, wo sie von Farbkugeln getroffen worden war. Unter ihrer Jacke und ihrer Kampfhose würde sie schon bald grün und blau sein, was bestimmt ganz toll zu ihrem Hochzeitsoutfit passte!

Sie zog sich die Handschuhe mit den Zähnen aus und schickte eine SMS an Amy, um ihr noch einmal den Namen des hübschen ländlichen Hotels zu nennen, in dem sie übernachteten. Anschließend rief sie Maria an.

»Hallo Süße, wie läuft's?«, meldete die sich. Sie klang fröhlich und gut gelaunt. Aber dazu hatte sie ja auch allen Grund, dachte Nell. Die »Hennen« verbrachten den Vormittag mit Schönheitsbehandlungen und Bucks Fizz in einem Spa, bevor sie sich die Haare und die Nägel machen ließen. Das klang sehr viel verlockender als Nells Vormittag, die in der Eiseskälte herumstand und sich mit Farbkugeln beschießen ließ. Um sich hiervon wieder zu erholen, benötigte sie mindestens *eine ganze Woche* in einem Spa.

»O super!«, sagte Nell und hoffte, dass sie munterer klang, als sie sich fühlte. »Ist ein Riesenspaß. Die Jungs amüsieren sich blendend.«

»Klar tun sie das«, sagte Maria lachend. »Und wir lassen es uns hier so richtig gut gehen. Ich hatte eben eine Hot-Stone-Massage und ein Zucker-Peeling. Es war himmlisch!«

»Glaub ich dir gern.« Nell war sich nicht sicher, ob sie jemals wieder Gefühl in ihren Fingern haben würde. »Also, bevor sie mich wieder als Zielscheibe benutzen, wollte ich dir nur schnell erzählen, was heute ansteht: Du wirst mit den Mädels im Spa zu Mittag essen, und anschließend werdet ihr alle in drei vorbestellten Taxis zur Kochschule rüberfahren. Dort stoße ich dann zu euch.«

»Ich will dir aber nicht in die Quere kommen, wenn du lieber bleiben möchtest!«

»Haha, wirklich lustig! Nein, glaub mir, ich kann es kaum erwarten, etwas über die Zubereitung von kulinarischen Köstlichkeiten zu lernen. Mir fehlt wohl das nötige Y-Chromosom, das Paintball so aufregend macht.« Als sie sich nach den Jungs umsah, die sich bei der Aussicht darauf, in dieser Kälte weiter aufeinander schießen zu dürfen, blendend zu amüsieren schienen, gelangte sie zu der Ansicht, dass sich die Frage, ob Veranlagung oder Umwelt den Menschen prägten, damit wohl erledigt hatte.

»Und nach dem Kochen folgt dann der Cocktailkurs, stimmt's?«, fragte Maria.

»Genau. Aber erst essen wir noch das, was wir gekocht haben, und stürzen uns anschließend ins Nachtleben«, ergänzte Nell. »Schon Bock drauf?«

»Klingt ziemlich anstrengend«, erwiderte Maria. »Ein Teil von mir würde am liebsten früh zu Bett gehen, anstatt durch die Clubs zu ziehen.«

Das verblüffte Nell. Maria war für gewöhnlich als Erste auf der Tanzfläche und verließ sie meist erst wieder in den frühen Morgenstunden. Nell und Alex waren diejenigen, die es vorzogen, sich im Pub zu entspannen, während Jason und Maria gern das Tanzbein schwangen und Party machten. Wenn ihrer besten Freundin nicht danach war auszugehen, dann war das äußerst ungewöhnlich und ein wenig besorgniserregend.

»Ist alles okay bei dir, M?«, fragte sie.

Eine kleine Pause entstand. Dann ertönte ein Seufzer. »Ach, ignoriere mich einfach« sagte Maria. »Ich bin eine Schlaftablette. Ich glaube, der ganze Stress mit der Organisation der Hochzeit hat mich fertiggemacht, das ist alles. Durch die Clubs zu ziehen wird bestimmt lustig.«

»Klar wird es das«, stimmte Nell ihr zu. »Aber ich warne dich schon mal vor: Vermutlich werde ich mich heute Abend nicht mehr bewegen können. Für galantes Benehmen ist kein Platz beim Paintball, und ich bin ein sehr leichtes Ziel. Jason hat mich schon zweimal getroffen!«

Maria lachte. »An Jason ist nicht gerade ein Kavalier verloren gegangen! Also, schnapp ihn dir! Zeig ihm, was eine echte Powerfrau draufhat!«

»Keine Sorge, hab ich schon! Er hat furchtbar gejammert.«

»So ein Weichei«, höhnte Maria. »Oh, ich höre gerade, dass es Zeit ist für meine Mani-Pedi. Wir sehen uns dann beim Kochen. Viel Spaß noch!«

Nell lächelte immer noch, als sie den Anruf beendete, denn es war ihr natürlich nicht entgangen, wie geschlechtstypisch die Aktivitäten der beiden feiernden Gruppen ausgefallen waren! Sie steckte sich das Handy in den BH, von dem sie glaubte, dass es unter all den Schichten und der Schutzweste der sicherste Platz vor einem Paintballschaden war, zog ihre Handschuhe an und bereitete sich darauf vor, den Kampf wieder aufzunehmen.

»Los geht's! Aufs Schlachtfeld!«, schrie der Einweiser.

Die meisten Teilnehmer rannten sogleich los in den abgezäunten Bereich. Nell folgte ihnen langsam.

»Du scheinst die Nase voll zu haben«, bemerkte einer von Alex' Freunden mitleidig. »Warum bloß hat Alex darauf bestanden, dass du mit uns spielst?«

Es war Chris, einer von Alex' Kollegen, dem sie schon ein paarmal begegnet war. Chris hörte sich gern reden und bestand darauf, seine Ansichten mit jedem zu teilen. Nell hatte heute bereits seine Meinung zur Eurozone, zur Zuwanderung und zu der Frage, welche Partei in der Lage war, das Land zu führen, vernehmen dürfen.

»Ich hatte ihm auch schon gesagt, dass wir lieber alle gemeinsam sticken sollten, aber er wollte ja nicht auf mich hören«, erwiderte sie trocken.

Chris lachte prustend.

»Aber du schlägst dich tapfer«, dröhnte er. »Du machst das gar nicht schlecht. Du hast Jason voll erwischt.«

Sie musste unwillkürlich lachen. »Ich möchte ihm schon seit Jahren eine verpassen!«

»Mein Gott, wenn sämtliche Frauen, die sauer auf mich sind, heute hier mit Gotcha-Waffen rumliefen, würde ich wohl das Handtuch schmeißen«, sagte Chris grinsend. »Alex kann von Glück sagen, dass ihr beide Freunde seid, sonst würde er bestimmt auch was abkriegen, oder?«

»Er kommt nur deshalb so glimpflich davon, weil er der Bräutigam ist«, erklärte Nell ihm. »Ich hätte aus Sandkastenzeiten noch einige Hühnchen mit ihm zu rupfen!«

»Ich hatte ganz vergessen, dass ihr euch schon ewig kennt. Das erklärt auch, warum er ständig über dich spricht.«

Alex sprach ständig über sie? Nells Interesse an dem Gespräch stieg urplötzlich um ein Vielfaches. Auch wenn sie wusste, dass er außer Reichweite und auf ewig für sie verloren war, stockte ihr das Herz.

»Er sagt, dass du ihn immer zum Lachen bringst. Er erzählt ständig diese Geschichte, wie du in den Teich gefallen bist«, sagte Chris. »Ich wünschte, ich hätte dich mit all dem Unkraut auf dem Kopf sehen können! Haha!«

Sie brachte Alex also zum Lachen. Na toll. Bei dieser blöden Geschichte kam sie sich immer furchtbar blamiert vor, und sie spürte die Kränkung heute noch. Wenn Alex den wahren Grund für ihren Sprung in den Teich wüsste, hätte er vermutlich nicht mehr seine helle Freude daran.

Nell wandte ihr Gesicht ab, damit Chris nicht sehen konnte, wie nah ihr die Sache ging, und schluckte den Kloß in ihrem Hals hinunter. Das war genau der Tritt in den Hintern, den sie benötigte, um die nächsten beiden Tage zu überstehen. Alex sah in ihr die gute, alte Nell, die Kumpelfreundin, mehr nicht, und sie täte gut daran, dies nicht zu vergessen.

»Nächste Runde! Nächste Runde!«, ertönte die Stimme von David Jaffe. Als Nell eingetroffen war, hatte sie erst gar nicht glauben können, dass er auch hier war. Aber als Freund von Jason war er natürlich auch mit Alex befreundet. Nell versuchte sich von ihm fernzuhalten.

»Kommt schon, ihr zwei!«, forderte David sie auf. »Alex und Jase suchen gerade die Teams aus. Gebt Gas!«

Das ließ sich Chris nicht zweimal sagen und rannte über die Lichtung zu den anderen.

»Na, amüsierst du dich?«, erkundigte sich David höflich.

»Und wie. Ich habe mir sämtliche Fingernägel abgebrochen, bin von oben bis unten voll Matsch und Farbspritzern und am ganzen Körper so grün und blau, dass ich morgen aussehen werde, als hätte ich einen Boxkampf hinter mir. Keine Ahnung, wieso ich das bisher noch nie ausprobiert habe!«

»Du Ärmste«, sagte David mitfühlend. »Aber ich weiß ein gutes Mittel: Ein heißes Bad und ein Drink werden dir später helfen, das kannst du mir glauben!«

»Hmm.« Nell war nicht davon überzeugt. Sie schulterte ihre Waffe und folgte David zum Rest der Truppe. Jason und Alex stritten sich beim Aussuchen ihrer Teams. Das musste wohl irgend so ein atavistisches Macho-Ding sein – oder es lag am Hochzeitswahnsinn!

»Hast du noch einmal darüber nachgedacht, ob du den Laden nicht doch an Stanley verkaufen willst?«, fragte David betont beiläufig, als sie zu den Teams stießen. »Er ist immer noch sehr daran interessiert.«

»David, wir sind nicht hier, um über Geschäfte zu reden«, teilte ihm Nell völlig unbeeindruckt mit. In den letzten Tagen hatte David mehrere Nachrichten im Namen von Stanley hinterlassen, die sie allesamt ignoriert hatte.

Er breitete seine Hände aus. »Sorry, Nell, aber versuchen darf man's doch!«

Das sah sie allerdings anders. Und die Tatsache, dass David nicht zu begreifen schien, warum sie sich geweigert hatte, an Stanley zu verkaufen, bestätigte Nell nur, dass es richtig gewesen war, nichts mit ihm anzufangen.

»Du kannst Stanley Stalks ausrichten, dass ich meinen Laden niemals an ihn verkaufen werde. Tut mir leid, dass du so viel Arbeit hineingesteckt hast«, fügte sie hinzu. »Es ist ja nicht deine Schuld, dass dein Klient ein Scheißkerl ist.«

Er stieß einen resignierten Seufzer aus. »Also schön. Aber meiner Ansicht nach begehst du einen großen Fehler.«

Nell zuckte mit den Schultern. Welcher Fehler könnte größer sein, als Alex nichts von ihren Gefühlen für ihn erzählt zu haben, als sie noch die Chance dazu gehabt hatte? Die Zukunft des Ladens war ein Problem, mit dem sie sich bald beschäftigen musste, aber im Augenblick musste sie erst einmal zusehen, dass sie die Hochzeit hinter sich brachte.

»Du bist in meinem Team«, teilte David Nell resigniert mit. »Versuch wenigstens, interessiert auszusehen. Wir müssen diesen Vollidioten Chris besiegen.«

»Danach geht's zurück in die Höhlen, und unterwegs müssen noch ein paar Mammuts dran glauben, richtig?«, witzelte sie.

Aber für David war Paintball offenbar kein Spaß. Er nahm das Spiel überaus ernst und hatte sogar seine eigene Gotcha-Waffe mitgebracht. Falls dies ein Versuch sein sollte, um Nell zu beweisen, dass er ein echter Kerl war, so war er damit kläglich bei ihr gescheitert. Nun war er für sie ein Muttersöhnchen, das seine Freizeit mit Kriegsspielen verbrachte.

»Also gut, Leute«, sagte David mit gedämpfter Stimme zu seiner versammelten Truppe. »Wir müssen um jeden Preis unsere Flagge verteidigen! Einige von euch werden sich vielleicht zum Wohle des Teams eine Kugel einfangen, aber wir werden diese Schlacht gewinnen, okay?«

»Okay!«, stimmten ihm die anderen zu und klatschten einander ab. Nell stieß ein Stöhnen aus. Während sie ihrem Team hinterherlatschte, fragte sie sich, ob sie nicht einen Fluchtversuch wagen sollte. Ihr Wagen war nicht weit entfernt, und sie könnte spätestens zur Mittagszeit bis zum Hals in einem herrlich duftenden Schaumbad liegen …

Sie wollte gerade in Richtung Bäume losstürmen, als David auf sie zugejoggt kam und ihr einen schützenden Arm um die Schultern legte.

»Bleib bei mir, ich passe auf dich auf«, versprach er. »Wir können diese Schlacht gewinnen, das weiß ich!«

Nell gab nach und ließ es zu, dass er ihr eine strategische Position zuwies und ihre Waffe lud. Kurze Zeit später lag sie inmitten von Gestrüpp nur wenige Meter von der Flagge auf dem Bauch und wartete auf Davids Signal, um auf die zwei Mitglieder des gegnerischen Teams zu schießen, die sich ihnen näherten.

In dem Moment läutete ihr Handy.

»Nell, schalt das Ding aus! Wir befinden uns mitten im Gefecht«, zischte David.

Farbkugeln pfiffen gefährlich nah an ihnen vorbei. Das war ja wohl Handyeinsatz unter extremen Bedingungen!, dachte Nell.

»Ich muss da rangehen!«, zischte sie zurück. »Ich glaube, es ist Amy. Sie hat sich verfahren.«

»Soll sie doch sehen, wie sie klarkommt. Feuer! Feuer! Feuer!« David ließ eine Kugelsalve los. »Schieß schon, Nell!«

Aber Nell war damit beschäftigt, ihr iPhone aus dem Büstenhalter zu fischen und einen Blick auf die verpassten Anrufe zu werfen. Und Amy hatte tatsächlich zweimal angerufen und eine Nachricht hinterlassen, um ihr zu sagen, dass sie immer noch irgendwo in Bridgewater rumgurkte.

»Tut mir leid, ich muss einen Anruf machen. Es geht um die Mädels«, erklärte sie.

»Ist mir völlig egal! Feuer! Feuer!« David ließ eine weitere Salve los. »Mach schon, Nell! Schieß! Das ist ein Befehl!«

»Ein Befehl? Spinnst du?« Nell hatte die Nase voll.

Sie sprang auf, bedeutete ihren Gegnern, dass sie eine Auszeit nahm, und rief Amy zurück.

»Nell, bist du verrückt geworden?« David schäumte vor Wut. Er machte den Eindruck, als stünde er kurz davor, einen Anfall zu bekommen.

»Hallo Amy«, sagte Nell und wich einer Kugel aus, die an ihrem Ohr vorbeiflog. »Hey!«, schrie sie den Mann an, der auf sie geschossen hatte. »Das hier ist ein wichtiger Anruf!«

»Sorry«, rief der zurück.

Nell hörte, wie David sich über sie mokierte.

»Nell«, schrie Amy ins Telefon, »ich habe keine Ahnung, wo ich bin.«

Obwohl sich ihre Gegner galanterweise Mühe gaben, sie in Ruhe zu lassen, feuerten sie, was das Zeug hielt, auf Nells Teamkollegen. Innerhalb weniger Sekunden waren David und die anderen mit Farbe bespritzt. Nell versuchte all das auszublenden, während sie Amy Richtung Hotel lotste, aber es fiel ihr weitaus schwerer, die wütenden Schwingungen zu ignorieren, die David aussandte. Sie drehte ihm den Rücken zu, konzentrierte sich darauf, Amy über die Landstraßen zu dirigieren, und gab sich alle Mühe, den Farbkugeln und den Schmerzensschreien der Getroffenen keine Beachtung zu schenken.

»Wo zum Teufel bist du?«, fragte Amy. »Das klingt, als wärest du im Krieg.«

»Stimmt haargenau! Au!« Eine Kugel traf Nell an der Schulter und haute sie um. Ehe sie sich versah, lag sie mit pochender Schulter und grünem Glibber besprenkelt auf dem Rücken im Matsch.

»Nell! Nell!« Amys verzweifelte Stimme ertönte schrill aus dem Handy, das Nell im Fallen instinktiv umklammert hatte. »O mein Gott, was ist denn los?«

»Ich spiele Paintball«, keuchte Nell. Verdammt, selbst das Atmen tat weh! Gab es wirklich Leute, die das hier zum Vergnügen machten?

»Paintball? Wenn du es dir im Spa gut gehen lassen könntest? Bist du irre?«, erwiderte Amy.

»Vermutlich ja«, sagte Nell seufzend. Sie hatte es eigentlich getan, um mit ihrem guten Freund vor seiner Hochzeit Zeit zu verbringen. Aber Alex war der Mann der Stunde, und sie hatte ihn kaum zu Gesicht bekommen.

Sie rappelte sich wieder auf und versuchte sich, so gut es ging, abzuklopfen, wobei sie Davids wildes Gestikulieren, mit dem er sie dazu bewegen wollte, wieder in Deckung zu gehen, geflissentlich übersah und sich noch einmal ganz der Aufgabe widmete, Amy dabei zu helfen, zu den anderen »Hennen« zu stoßen. Wenn das hier nicht Alex' Junggesellenabschied gewesen wäre, hätte sie sich schon längst abgeseilt.

»Vielen Dank auch«, sagte David kochend vor Wut, nachdem sie das Gespräch beendet hatte.

»Tut mir leid«, erwiderte Nell. Sie sah, wie aufgebracht er war, und auch wenn sie es nicht verstand, so hatte sie dennoch ein schlechtes Gewissen deswegen. »Ich musste den Anruf einfach erledigen.«

»Das ist der Grund, warum man Frauen nicht an die vorderste Front lassen sollte!«, johlte Chris. »Mach dir nichts draus, Alter! Ich hätte dich auf jeden Fall erwischt!«

»Du hast mich nicht erwischt!«, schnaubte David.

»Und ob ich das habe! Deine ganze Schulter ist voll mit gelber Farbe«, erwiderte Chris triumphierend.

»Das war ein Spritzer von dem Baum, den du getroffen hast!«

»Das ist doch völliger Schwachsinn! Die Flugbahn stimmt haargenau«, entgegnete Chris, der offenbar gern bereit war, eine CSI-mäßige forensische Analyse der Schießerei vorzunehmen.

»Sieh dir doch den Baum an«, hielt David dagegen. »Die Anordnung der Farbspritzer wird zweifelsfrei beweisen, dass du den Stamm getroffen hast, nicht mich.«

Nell ertrug es nicht mehr länger, auch nur ein weiteres Wort zu hören. Wieso merkten sie denn nicht, wie lächerlich sie sich benahmen? Das hier war ein Spiel, Herrgott noch mal! Sie ließ die beiden allein weitermachen und ging zum Pausenbereich zurück. Obwohl die Sonne schien, war die Luft immer noch kalt, und an den Stellen, an denen sie getroffen worden war, spürte sie einen klopfenden Schmerz. Sie hatte genug und machte sich auf die Suche nach Alex, um sich zu verabschieden, sah sich aber gleich schon wieder mit einer weiteren Auseinandersetzung konfrontiert.

Was war denn nur heute mit allen los? Es schien fast so, als wäre das Konkurrenzdenken der Männer durch das Paintballspiel ein bisschen zu sehr angeregt worden. Alex und Jason waren die besten Freunde, aber heute hatten sie sich pausenlos gezankt.

»Du nervst schon den ganzen Morgen!«, rief Alex. »Was zum Teufel ist denn nur los mit dir?«

Jason antwortete nicht, aber sein stolzes Gesicht, das Nell halb im Profil zugewandt war, verdüsterte sich vor Wut, und er holte aus, um zuzuschlagen.

Alex duckte sich. Dann packte er Jason um die Taille und drängte ihn zurück.

»Hört auf!«, rief Nell entsetzt. Die beiden Männer hatten sich in all den Jahren ihrer Freundschaft noch nie geprügelt – es sei denn, man zählte ihre Auftritte als Demetrius und Lysander mit hinzu, als sie um Helena kämpften. Was war nur in sie gefahren?

Die beiden begannen mit den Fäusten aufeinander loszugehen. Nell vermochte die Gesichter der beiden Männer kaum wiederzuerkennen. Ohne lange zu überlegen, warf sie sich dazwischen und drängte sie mit all der Kraft, die ihr noch in ihren geschwächten Armen geblieben war, auseinander.

Sie standen mit Nell in ihrer Mitte keuchend da und starrten einander zornig an.

»Seid ihr denn beide verrückt geworden?«, herrschte sie sie an. »Wie könnt ihr euch nur ein paar Stunden vor dem großen Ereignis prügeln?«

»Frag ihn!«, sagte Alex. »Ich habe keine Ahnung.«

Nell blickte Jason an. »Jase?«

Jason zuckte nur mürrisch mit den Schultern.

Sie schaute verärgert von einem zum anderen. »Also mir reicht's langsam. Als hätte ich heute nicht genug um die Ohren. Jetzt entschuldigt euch schon, und benehmt euch wie Erwachsene!«

Die beiden gehorchten, wenn auch nur widerwillig, aber damit musste Nell sich zufriedengeben. Jason kochte immer noch vor Wut, und Alex' Gesicht war ganz angespannt vor Entrüstung. Wahrscheinlich hatten sie sich wegen des Paintballspiels gestritten, dachte Nell erschöpft. Wenn sie geahnt hätte, was für ein Chaos es anrichten würde, hätte sie es nie vorgeschlagen.

»Also, ich muss jetzt los, um mich mit den Mädels zu treffen«, teilte sie ihnen mit. »Versucht doch bitte, euch bis morgen früh nicht gegenseitig umzubringen, ja?«

Und mit diesen Worten ging sie kopfschüttelnd zurück zu ihrem Wagen. Für heute hatte sie die Nase voll von Männern. Was für Idioten! Gott sei Dank wartete nun der männerfreie Hennenabend auf sie!

Kapitel 27

Es war leichter gesagt als getan, Cocktails zu mixen, wenn einem vom Paintballspielen alles wehtat. Nell vermochte kaum den Arm zu heben, um die abgemessenen Zutaten einzufüllen, geschweige denn, den Shaker zu schwingen oder Piña Coladas zu rühren. Es war eine echte Tortur. Während die anderen »Hennen« Riesenspaß dabei hatten, ihre Mischungen in kleine Probiergläser zu gießen, gab sich Nell schließlich damit zufrieden, eine großzügige Menge Wodka in einen guten Schuss Limonade zu geben. Na also. Das war doch gar nicht schlecht. Sie würde ihn *The Paintball* nennen!

Die Aktivitäten der Mädels waren wesentlich entspannender als das, was sich die Jungs antaten, so viel war sicher. Sie hatten den späten Nachmittag in einer Kochschule in Bath verbracht, die einem Promikoch gehörte, und dort ein köstliches Abendessen zubereitet, das sie in seinem wunderschönen Restaurant genossen hatten, von wo aus man die ganze elegante Stadt überblicken konnte.

Mit vollen Bäuchen waren sie dann per Taxi zu einer schicken Cocktailbar im Stadtzentrum gefahren. Alle waren in bester Stimmung, das Geplapper und Lachen wurde mit der Zahl der Probecocktails immer ausgelassener, und auch Nell begann allmählich abzuschalten. Wenn es nach ihr ginge, müsste sie in ihrem ganzen Leben keinen Paintball mehr zu Gesicht bekommen, dachte sie, während sie an ihrem Glas nippte. Sie hoffte nur, dass Alex und Jason ihre Meinungsverschiedenheiten bis morgen aus der Welt geschafft hatten. Es war keine schöne Vorstellung, dass der Bräutigam und sein Trauzeuge ihre Differenzen vor dem Standesbeamten ausfechten könnten.

Aber Nell wurde klar, dass sie sich jetzt darüber keine Gedanken machen konnte. Was auch immer der Grund für die Streitigkeiten zwischen den beiden Männern sein mochte, sie würden das allein in Ordnung bringen müssen.

Sie spürte, wie sich ein Kopfschmerz hinter ihren Augen breitmachte, und es war wahrscheinlich gut, dass ihre sorgenvollen Gedanken in diesem Augenblick durch einen Anruf Olives unterbrochen wurden.

»Wie läuft's mit den Blumen?«, fragte Nell ängstlich. Diese Hochzeit war wahrscheinlich die wichtigste, die sie jemals übernommen hatte, und für Alex und Maria sollte alles perfekt sein. Ihr Herz raste. »Alles in Ordnung?«

»Jetzt mach dich mal locker! Ich habe alles im Griff. Die Blumen sind hier, und sie sehen toll aus«, erwiderte Olive. »Ich bin gerade mit der Dekoration des Trauzimmers fertig geworden, und das war das Letzte, was es noch zu erledigen gab. Jetzt muss ich nur noch die Sträuße im Hotel abgeben und Jason die Reversanstecker bringen, dann sind wir so weit.«

Nell stieß einen großen Seufzer der Erleichterung aus. »Danke, Olive.«

»Keine Ursache«, erwiderte sie. »Ich rufe auch nur an, damit du beruhigt bist und den Hennenabend genießen kannst. Alles läuft nach Plan.«

»Das ist gut zu wissen.« Nell kreuzte die Finger. Olives Zuversicht war manchmal unangebracht, und niemand wusste es besser als Nell, dass die Dinge auch gelegentlich schiefgingen, obwohl sie mit den besten Absichten angetreten war.

»Dann muss ich jetzt mal wieder. Craig sitzt schon im Lieferwagen und hupt. Wahrscheinlich steht er im absoluten Halteverbot!«

Nell starrte nachdenklich ihr Handy an und ließ es wieder in ihre Tasche gleiten. Olive hatte recht: Sie musste lernen, ihr zu vertrauen. Jetzt blieb nichts anderes mehr zu tun, als den Junggesellinnenabschied zu genießen, der bislang ein voller Erfolg gewesen war. Das Hochzeitsquiz inklusive der Antworten von Jason hatte für viel Heiterkeit gesorgt – auch wenn Maria bei den meisten Antworten falschgelegen hatte! Die Braut hatte einen Haufen Reizwäsche geschenkt bekommen, den Morgen mit Schönheitsbehandlungen verbracht und ließ sich nun so viele Cocktails schmecken, wie sie mit ihren besten Freundinnen trinken konnte.

Also, warum machte Maria einen so unglücklichen Eindruck?

Sie lächelte zwar, aber Nell kannte sie besser als alle hier. Maria war nicht glücklich.

Nell ließ noch etwas Wodka in ihr Glas schwappen,

zuckte dabei angesichts der Schmerzen in ihren Armen zusammen und machte sich auf den Weg, um Maria an der Bar Gesellschaft zu leisten.

»Willst du mal etwas von meinem Gesöff probieren?«, bot sie ihr an. »Es ist eine zwar simple, aber doch originelle Zusammenstellung aus Wodka und Limonade.« Sie beugte sich zu ihr hinüber und flüsterte ihr ins Ohr: »Genau genommen ist es eigentlich hauptsächlich Wodka!«

Maria rümpfte ihre hübsche Nase. »Wodka haut mich um! Ich bleibe lieber bei meinem eigenen Gebräu.«

»Was trinkst du denn da?«, fragte Nell. Marias Glas war randvoll mit einer scharlachroten Flüssigkeit, in der einige Kirschen schwammen, die von mehreren Cocktail-Schirmchen vor dem grellen Licht geschützt wurden.

»Irgendetwas Fruchtiges«, erwiderte Maria und wedelte dabei zerstreut mit der Hand.

Sie tranken eine kurze Weile vor sich hin. Von der Bar aus konnte man auf die Stadt herabblicken, die glitzernd unter ihnen lag. Die eleganten, im Halbkreis erbauten Häuserzeilen schlummerten unter dem Sternenhimmel, während ihre Bewohner fein zurechtgemacht durch die Straßen bummelten.

»Es ist wunderschön, nicht wahr?«, bemerkte Maria. »Ich sollte öfter mal auf einen Besuch hier vorbeikommen.«

»Vielleicht wirst du das ja, wenn du verheiratet bist. Alex hat immer davon gesprochen, dass er gern auf dem Land leben würde«, erwiderte Nell.

»Ja, vielleicht«, sagte Maria. Sie schien nicht gerade

begeistert von der Idee. Sie spielte an ihrem Verlobungsring herum, drehte ihn immer wieder um ihren Finger und biss sich dabei mit den Zähnen auf die Unterlippe.

»M«, sagte Nell mit sanfter Stimme, »was ist denn los?«

Maria schüttelte den Kopf. »Gar nichts. Ich bin nur müde. Es ist so viel zu organisieren, das ist alles. Danke für den heutigen Tag. Es war wirklich toll. Und ich freue mich, all meine Lieblingsfrauen um mich zu haben!«

»Und warum siehst du dann so traurig aus?«

Die Braut stieß einen tiefen Seufzer aus. »O Gott, keine Ahnung, Nell. Bammel vor der Hochzeit? Ich habe viel darüber nachgedacht, was so eine Heirat wirklich bedeutet. Es geht dabei ja nicht nur um ein schönes Kleid und hübsche Blumen, stimmt's? Es geht um den Rest meines Lebens. Ich werde für immer mit Alex zusammen sein, und das ist eine ziemlich große Sache.«

In Nells Ohren klang es wie der Himmel auf Erden.

»Aber du liebst ihn doch, oder?«

»Natürlich tue ich das. Gott, wir sind doch schon ewig zusammen! Aber liebe ich ihn auch wirklich? Aus tiefstem Herzen? Was ist, wenn ich Alex nur heirate, weil es der leichteste Weg ist?«

Nell war fassungslos. »Das meinst du doch nicht im Ernst, Maria! Du liebst Alex, das weißt du doch. Das ist nur die Nervosität!«

»Nein, es ist mehr als das.« Maria wandte sich Nell zu, und Tränen schimmerten in ihren Augen. »O Nell, was soll ich nur tun? Ich bin total durcheinander. Das hier soll der glücklichste Tag in meinem Leben werden! Ich sollte mich nicht so fühlen. Ich sollte einen Mann heiraten, weil ich ihn über alles liebe, und nicht etwa, weil ich an ihn gewöhnt bin.« Nun kullerte ihr eine Träne über die Wange. »Ich bin so ein Miststück!«

Nell zog sie in ihre Arme. Sie spürte, wie Marias Herz raste und wie angespannt ihr Körper war, während sie versuchte, gegen die Tränen anzukämpfen.

»Ach M, du bist kein Miststück! Du bist nur völlig durch den Wind. Ich weiß ganz ehrlich nicht, was ich dir raten soll. Ich liebe euch beide.« Nell tat ihre Freundin wirklich schrecklich leid. Maria hatte normalerweise ein sonniges Gemüt und war immer so voller Zuversicht, dass es ein Schock war, sie so aufgelöst zu erleben. Und der Gedanke, dass sie möglicherweise kurz davor war, einen Fehler zu begehen, den sie für den Rest ihres Lebens bedauern würde, war für Nell einfach unerträglich.

»Vielleicht …«, sagte sie zögernd, »… wäre es das Beste, die Hochzeit zu verschieben. Oder du solltest zumindest mit Alex reden und ihm sagen, was du empfindest.«

»Nein, nein, das kann ich nicht machen.« Maria wich zurück und fächelte sich mit den Händen Luft zu.

»Warum denn nicht? Es klingt ganz so, als seiest du nicht völlig überzeugt.« Je länger sie darüber nachdachte, desto sicherer war sie, dass es das Schlimmste für ihre Freundin wäre, die Hochzeit durchzuziehen.

»Nein, ich kann nicht.« Maria schüttelte entschlossen den Kopf.

»Aber warum denn nicht? Ist es wegen des Geldes, das ihr schon für die Hochzeit ausgegeben habt?«, fragte Nell. »Denn es wäre auf lange Sicht billiger, wenn …«

»Nein, das ist es nicht …« Maria sah Nell mit tränenfeuchten Augen an. »Ich bin schwanger«, flüsterte sie.

Im ersten Moment dachte Nell, sie würde in Ohnmacht fallen. Es war so, als hätte ihr jemand den Boden unter den Füßen weggezogen. Maria war schwanger? Sie erwartete Alex' Baby? Irgendwo in den dunkelsten Tiefen ihres Verstandes, in die sie sich nie gern vorwagte, fiel eine Tür ins Schloss.

»Und deshalb *muss* ich Alex heiraten, verstehst du?«, sagte Maria, und nun begannen die Tränen richtig zu fließen. »Ich bekomme ein Baby. O Gott, Nell, ich weiß nicht, ob ich dazu bereit bin! Ich habe Angst. Heiraten ist eine Sache, aber ein Kind verändert alles!«

Also darum ging es. Wer könnte besser als Nell die Ängste verstehen, die mit dem Wissen einhergingen, dass das Leben Veränderung bedeutete? O Mann. Jetzt leuchtete ihr alles ein. Ein Baby – was Größeres gab's nicht!

Nell war für einen Moment sprachlos. Maria und Alex bekamen ein Baby. Sie wurden Eltern. Alex würde bald Vater sein. Damit war er für sie endgültig verloren …

»Nell?« Maria blickte besorgt drein. »Was ist los? Du bist mit einem Mal so still. Glaubst du, dass es ein Fehler ist?«

Nell erwachte aus ihrer Schockstarre. »Aber nein … Natürlich nicht! Ich bin nur überrascht, das ist alles! Kein Wunder, dass du keine Lust hattest, durch die Clubs zu ziehen!« Sie versuchte sich zusammenzunehmen. »Wow! Herzlichen Glückwunsch! Wie weit bist du denn schon?«

»Erst im dritten Monat. Aber ich bin die ganze Zeit total erschossen«, sagte Maria. »Dafür, dass dieses kleine Wesen erst die Größe einer Bohne hat, macht es mir schon verdammt zu schaffen. Jetzt sag doch was, Nell! Freust du dich für uns? Oder glaubst du, dass wir einen Riesenfehler machen?«

Nell liebte Maria beinahe so sehr, wie sie Alex liebte. Sie musste sich jetzt einfach für sie freuen, auch wenn ihr eigenes Herz in tausend Stücke zersprang. Sie war nie eine gute Schauspielerin gewesen – dieses Talent war Maria zugefallen –, aber ihr war klar, dass sie nun die beste Vorstellung ihres Lebens abliefern musste. »Aber natürlich nicht, Maria! Das sind wundervolle Neuigkeiten! Was für ein tolles Hochzeitsgeschenk für Alex. Ich wette, er freut sich wahnsinnig!«

Maria betupfte ihre Augen und schenkte Nell ein müdes Lächeln. »Ja, ja, klar tut er das. Das ist einer der Gründe, warum ich weiß, dass es richtig ist, Alex zu heiraten. Er wird für mich und das Baby da sein, stimmt's? Er wird uns nicht im Stich lassen oder versuchen, sich vor der Verantwortung zu drücken wie…« Sie verstummte, wandte den Blick ab, und ihre schmalen Finger zupften an ihrem Kleid herum. »Wie es so manch anderer tun würde«, beendete sie den Satz.

»Natürlich wird er das nicht.« Nell hatte keine Ahnung, woher sie die Kraft nahm, um so glücklich und begeistert zu klingen, während sie innerlich über ihren Verlust heulte. »Ihr werdet beide tolle Eltern sein. Es wird eine große Veränderung, das ist klar, aber auch ein aufregendes Abenteuer! Irgendwann wirst du auf das hier zurückblicken und darüber lachen. Du leidest gar nicht am Hochzeitswahnsinn – es sind die Schwangerschaftshormone!« Nell sprang auf. »Ich glaube, wir brauchen jetzt Champagner.«

Oder besser gesagt, *sie* brauchte Champagner. Oder auch etwas Stärkeres. Etwas viel Stärkeres. Mit einem Mal wollte sie sich nur noch bis zur Besinnungslosigkeit betrinken. Aber da das im Moment ja leider nicht möglich war, blieb ihr nichts anderes übrig, als die Hochzeit irgendwie durchzustehen.

Maria griff nach ihr und erwischte sie am Ärmel. »Nein! Ich will jetzt kein großes Trara. Die Schwangerschaft soll erst noch für eine Weile ein Geheimnis bleiben. Sonst denkt doch jeder, dass wir heiraten *mussten*.«

War es denn nicht so?, dachte Nell. Sie hegte den starken Verdacht, dass es morgen keine Hochzeit geben würde, wenn da nicht ein Baby unterwegs wäre.

»Okay. Wir machen das, was du für richtig hältst«, sagte sie mit sanfter Stimme.

Sie umarmte Maria noch einmal. Egal, wie elend es Nell auch im Augenblick gehen mochte, womit Maria gerade zu kämpfen hatte, war noch einmal ein ganz anderes Kaliber. Sie musste sich zusammenreißen und für ihre Freundin da sein. Egal, wie weh es auch tun mochte.

»Hey!«, ertönte ein Schrei von der anderen Seite der Bar. »Maria, wieso weinst du?«

Es war Amy. Sie sprang von ihrem Barhocker und rannte auf die Braut zu. Alle anderen Hennen, die wie sie noch mit Cocktailmixen beschäftigt gewesen waren, folgten ihr.

»Was ist denn los?«, gurrte Gabby, eine große Blondine mit einem dreckigen Lachen.

»Na, das hier ist ihre letzte Nacht in Freiheit, das ist los«, sagte Clare, eine von Marias Kolleginnen. »Oder vielleicht ist ihr auch gerade erst klar geworden, dass ihr mit der Hochzeit unser toller Chef, Jonny, endgültig durch die Lappen geht!«

»Igitt!« und »Bääääh!« ertönte es sogleich lauthals von Marias anderen Kolleginnen.

»Geht's dir gut?«, fragte Amy.

Maria warf Nell einen panischen Blick zu.

»Sie ist einfach nur überwältigt, das ist alles«, sagte Nell.

Maria verzog das Gesicht. »Ich habe euch doch alle so lieb!«

Dem folgte ein großes Umarmen und Geschluchze, versetzt mit zahllosen Bekundungen (»Wir haben dich doch auch lieb!«), und Nell war dankbar, dass sie inmitten des Gedränges etwas mitschluchzen konnte – wenn auch aus einem ganz anderen Grund. Der Gedanke, vor ihrer besten Freundin einen Nervenzusammenbruch zu erleiden, war einfach zu schrecklich, um es in Betracht zu ziehen. Maria war kein Dummkopf, und wenn sie sich wegen der Schwangerschaft nicht so schlecht gefühlt hätte, wäre ihr auch aufgefallen, dass mit Nell etwas nicht stimmte, und sie hätte keine Ruhe gegeben, bis sie ihr die Wahrheit entlockt hätte. Und das wäre eine Katastrophe gewesen.

Nell wünschte Maria alles Glück der Welt, aber sie wollte nun einmal den Mann heiraten, den Nell liebte, und es war ziemlich offensichtlich, dass sie so ihre Zweifel daran hatte, ob sie ihn wirklich so liebte, wie Alex es verdient hatte. Normalerweise wäre ihre Vorgehensweise klar gewesen: Wenn Maria Zweifel hatte, legte sie für gewöhnlich erst mal alles auf Eis, und das hätte sie in diesem Fall auch getan, um sicherzustellen, dass sie Alex aus den richtigen Gründen heiratete. Doch nun war ein Kind unterwegs, und das änderte alles.

Eine Träne kullerte über Nells Wange und wurde von irgendjemandes Ärmel aufgesaugt. Ihr Herz schmerzte mehr als ihre Prellungen.

Wie kam es nur, fragte sie sich traurig, dass das Leben mit einem Mal so kompliziert geworden war?

Kapitel 28

Als Nell ihren Kopf schließlich auf das Kissen bettete, war es weit nach drei Uhr in der Früh, und sie war physisch und psychisch am Ende. Ihr Körper schmerzte von all den Treffern der Farbkugeln und dem Herumgehopse im Club, aber das war nichts im Vergleich zu dem Schmerz in ihrem Herzen, den sie körperlich spürte, ganz so, als ob jemand seine Hand darum gelegt hatte und mit aller Kraft zudrückte.

Jetzt, da sie endlich allein war, konnte Nell ihren Tränen freien Lauf lassen. Ihr Körper wurde von heftigem Schluchzen geschüttelt, und sie vergrub das Gesicht in den Händen. Sie weinte, weil es für sie nun keine Hoffnung mehr auf eine gemeinsame Zukunft mit Alex gab und weil der eine Frau heiratete, die nur halbherzig bei der Sache war, und auch – und das war am schlimmsten zu ertragen – weil diese sein Kind unter dem Herzen trug und ihn zum Vater machen würde.

Nell hatte noch niemals in ihrem Leben einen solch schrecklichen Schmerz empfunden.

Sie war sich nicht sicher, wie lange sie geweint hatte, als sie sich schließlich irgendwann aufsetzte und – wenn auch zittrig – tief Luft holte. Ihre Augen fühlten sich geschwollen an und ihre Kehle ganz wund, aber sie hatte all ihre Tränen vergossen. Sie ging ins Bad und zuckte beim Anblick der bleichen, rotäugigen Erscheinung zusammen, die ihr niedergeschlagen aus dem Spiegel entgegenstarrte.

Das sieht aber nicht so toll aus, Nell.

Sie spritzte sich Wasser ins Gesicht und presste sich ein kühles, feuchtes Flanelltuch auf die geschwollenen Lider. So, das war schon besser. Nun hatte ihr Spiegelbild nicht mehr so große Ähnlichkeit mit einem Frosch. Nell packte den Rand des Waschbeckens mit beiden Händen, um sich abzustützen. Nach all der Heulerei kam sie sich wie durch die Mangel gedreht vor und war wackelig auf den Beinen wie ein neugeborenes Fohlen. Sie fühlte sich total erschöpft, und die Aussicht auf den bevorstehenden langen Tag erfüllte sie mit Verzweiflung. Sie sollte wirklich etwas schlafen, aber der Gedanke daran, im Bett zu liegen und zu versuchen, nicht an Alex zu denken, war die Hölle.

Vielleicht wäre es gut, einmal nach den Blumen zu sehen. Das würde sie auf andere Gedanken bringen. Die ganze Hochzeitsgesellschaft übernachtete in einem kleinen Luxushotel außerhalb von Bath, und Olive hatte die Reversanstecker und die Sträuße vor ein paar Stunden am Empfang abgeliefert. Nach Stanley Stalks List mit dem verstellten Klimatisierungssystem lebte Nell in ständiger Angst, dass ihre Blumen bei falscher Temperatur aufbewahrt werden könnten. Um ihres Seelenfriedens willen wäre es keine schlechte Idee, einen kurzen Blick in den Keller zu werfen, um sich davon zu überzeugen, dass alles seine Ordnung hatte. Außerdem konnte sie auf diese Weise noch etwas Luft schnappen.

Nell schob ihre Füße in ihre Ugg-Boots, zog sich einen Kapuzenpulli über den Pyjama und verließ das Zimmer. Der Korridor lag still da, und nur die Notbeleuchtung war eingeschaltet. Im ganzen Hotel war es ruhig, und die anderen Gäste schliefen hinter verschlossenen Türen. Nell tappte die Treppe hinunter ins Foyer, das glücklicherweise verlassen dalag, denn sie war nicht gerade begeistert von der Vorstellung, dass sie andere Gäste ohne Schminke und in ihrem alten schottengemusterten Pyjama sehen könnten. Falls der Mann an der Rezeption überrascht war, dass ihn eine besorgte Floristin mitten in der Nacht bat, nach ihren Blumen sehen zu dürfen, so war er Profi genug, sich nichts anmerken zu lassen, und wenige Minuten später hatte sich Nell versichert, dass alles in Ordnung war. Erleichtert machte sie sich gähnend wieder auf den Rückweg. Mit einem Mal freute sie sich auf ihr Bett.

»Nell!«

Alex saß allein an der Hotelbar, und ihr Herz vollführte bei seinem Anblick einen Hüpfer. Vor ihm stand ein fast leeres Whiskeyglas, und der halb vollen Flasche Jack Daniel's nach zu urteilen war dies nicht sein erstes. Sie verspürte einen schmerzhaften Stich, als sie sah, wie traurig er aussah. Niemand sollte in der Nacht vor seiner Hochzeit traurig sein.

»Komm, setz dich zu mir«, sagte er und winkte sie zu sich herüber.

Nell deutete auf die Sachen, die sie anhatte. »Dafür habe ich wohl kaum die richtigen Klamotten an.«

»Quatsch, du siehst toll aus. Tust du doch immer. Außerdem ist es ja nicht so, dass ich dich noch nie im Pyjama gesehen hätte.«

»Ich mache mir ja auch keine Gedanken wegen dir! Außerdem heiratest du in neun Stunden. Solltest du nicht versuchen, etwas zu schlafen?«

Er streckte die Hand aus und umfasste die ihre. Nell überlief ein wohliger Schauer, als sich seine Finger um die ihren schlossen.

»Ich werde noch genug Zeit zum Schlafen haben in unseren Flitterwochen auf den Malediven. Aber dann wirst du nicht da sein. Keine Widerrede, Nell! Ich bin der Bräutigam, und das bedeutet, dass du tun musst, was ich sage.«

Nell lachte. »Also, das habe ich ja noch nie gehört.« Sie nahm trotzdem Platz, denn wenn dies die letzte Gelegenheit war, um vor der Hochzeit noch einmal Zeit mit Alex allein zu verbringen, dann musste sie die einfach ergreifen. Gott sei Dank war es dunkel in der Bar. Er würde ihre verheulten Augen gar nicht bemerken. »Aber nur einen Kleinen für mich.«

Alex goss ihr einen großzügigen Doppelten ein und reichte ihr das Glas. Nell nahm einen Schluck davon und stieß ein Keuchen aus, als der Alkohol einer Kugel gleich in ihre Blutbahn schoss. »O Mann, Al. Der ist aber stark!«

Er zuckte mit den Schultern. »War ein langer Tag.«

»Wie war denn der Rest eures Junggesellenabschieds? Gab's noch mehr Schlägereien?«

Alex lächelte matt. »Ach ja. Die Sache tut mir leid.«

Nell musterte ihn über ihr Glas hinweg. »Worum ging

es eigentlich? Ich habe noch nie erlebt, dass du dich mit Jason gestritten hättest, geschweige denn geprügelt.«

Aus irgendeinem unerklärlichen Grund hatte Nell das Gefühl, dass sehr viel mehr dahintersteckte, aber was es war, konnte sie nur vermuten. Alex wirbelte den Whiskey nachdenklich in seinem Glas herum. »Ich habe nicht den leisesten Schimmer. Jase war in letzter Zeit etwas komisch, aber ich dachte, das hätte mit dem Arbeitsdruck zu tun oder weil er irgendwelchen Ärger mit Frauen hat – bei Jase gibt's ja ständig irgendein Drama. Aber bis morgen wird sich das schon gelegt haben. Du kennst ihn ja, er ist nicht der Typ, der über etwas brütet.«

Sprachen sie vom selben Mann? Nell schüttelte erstaunt den Kopf. Ihr Freund mochte gern den oberflächlichen, materialistischen Frauenhelden geben, aber es war eben nicht mehr als eine Rolle, die er spielte. Nell vermutete schon lange, dass der echte Jason der war, mit dem sie in jener Nacht, als sie in den Teich gefallen war, geplaudert hatte. Da sie schon seit Jahren mit ihm befreundet war, wusste sie, dass er durchaus sehr verschlossen sein konnte, auch wenn er diese Seite selten offenbarte.

»Bist du dir da sicher?«, fragte sie schließlich. Da war ein nervöses Flattern in ihrem Bauch – aber das konnte auch am Whiskey liegen.

»So sicher wie ich mir dieser Tage überhaupt bei irgendetwas sein kann«, antwortete Alex schulterzuckend. Seine Stirn legte sich in Falten, und sie sehnte sich danach, ihre Hand auszustrecken und sie wegzustreicheln. »Ach Nell, wann ist nur alles so kompliziert geworden?«

Genau das hatte Nell auch gedacht.

Die Unterhaltung, die sie früher am Abend mit Maria geführt hatte, lag ihr auf der Seele, aber sie war sich nicht sicher, ob sie überhaupt schon von dem Baby wissen durfte. Es wäre ihr lieber, wenn Alex es ihr selbst sagte. »Ich schätze, als wir alle erwachsen wurden«, erwiderte sie.

Er lächelte. »Ja, da hast du wohl recht.«

Sie schwiegen beide eine Weile und hingen ihren Gedanken nach. Alex goss sich mehr Whiskey ein, während Nell an ihrem nippte. Sie war jetzt müde, und ihre Lider wurden schwer, aber Alex zeigte nicht die geringste Bereitschaft, Feierabend zu machen.

»Chris scheint ja sehr angetan von dir zu sein«, sagte er schließlich. »Er hat mich gelöchert, um an deine Telefonnummer zu kommen.«

»O Gott! Bitte sag mir, dass du sie ihm nicht gegeben hast!«, sagte Nell entsetzt. »Ich musste in letzter Zeit mehr als genug furchtbare Dates ertragen.«

»Natürlich habe ich sie ihm nicht gegeben. Also wirklich, ein bisschen Urteilsvermögen besitze ich auch!«

»Es ist schon schlimm genug, dass du ihm die Geschichte mit dem Teich erzählt hast. Wann wirst du endlich damit aufhören, sie unter die Leute zu bringen?«

»Wie wär's mit niemals?« Alex grinste und prostete ihr zu. »Jetzt komm schon, Nell, du musst zugeben, dass es eine tolle Geschichte ist.«

»Ich bin gestolpert und in den Teich gefallen. Na und? Das war vor zehn Jahren.« Nell zuckte bei dem Gedanken daran immer noch innerlich zusammen. Whiskey und Kummer waren eine sehr gefährliche Mischung, und sie hoffte, dass sie sich nicht noch schlimmer blamiert hatte, als es ohnehin schon der Fall gewesen war. Aber er hätte es ihr doch bestimmt gesagt, wenn sie sich total zum Affen gemacht hätte, oder?

Falls dies der Fall gewesen sein sollte, so gab Alex nichts preis. »Mir kommt es so vor, als sei es erst gestern gewesen«, erwiderte er gedehnt. »Gott, das war eine wirklich gute Zeit, stimmt's?«

Nun war es Nell, die ihm zuprostete. »Die beste. Auch wenn ich zugeben muss, dass der Abend mit meinem Sturzflug in den Teich nicht zu meinen Favoriten zählt. Wenn mich Maria nicht nach Hause geschafft und ins Bett gesteckt hätte, wäre ich wahrscheinlich an Unterkühlung gestorben. Du heiratest eine wundervolle Frau, Al. Sie hat mir damals eine total süße Nachricht hinterlassen.«

»Nell, das war nicht Maria.« Alex starrte sie an und schüttelte langsam den Kopf. »Das war ich.«

Was?

»Ich habe dich nach Hause gebracht. Ich habe mich um dich gekümmert. Maria hat weitergefeiert. Du kennst sie doch, sie hat eine Schwäche für gute Partys.«

Nell hatte das komische Gefühl, als ob das ganze Blut mit einem Mal aus ihrem Körper weichen würde. In ihrem Kopf drehte sich alles. »Du warst das? Aber was ist mit der Nachricht?«

»Sie war 'ne böse Sieben in der Schule«, rezitierte er mit leiser Stimme und blickte ihr dabei im Halbdunkel in die Augen. *»Und ist entsetzlich wild, obschon so klein.«*

»Ein Sommernachtstraum«, flüsterte Nell. »Die Zeile auf dem Zettel damals und die Nachricht, die du mir am Valentinstag hinterlassen hast, sind beide aus dem *Sommernachtstraum!«* Sie konnte das Pochen ihres Herzens hören, und ihre Gedanken überschlugen sich. All die Jahre hatte sie geglaubt, dass es Maria gewesen war, die sich so rührend um sie gekümmert hatte, dabei war es Alex gewesen. »Du warst es wirklich!«

Er sah sie an und richtete seinen Blick dann auf einen entfernten Punkt am hinteren Ende des Foyers, als könne er es plötzlich nicht mehr ertragen, ihr in die Augen zu sehen. »Oh, Nell! Natürlich war ich es.«

Ihre Müdigkeit war mit einem Mal verflogen, und sie war wie aufgedreht, während sie in Gedanken mit einer Geschwindigkeit, um die selbst Einstein sie beneidet hätte, all die Geschehnisse zusammenzählte. Alex hatte sich gegen die Uni seiner Wahl entschieden, um bei ihr sein zu können. Sie waren als Freunde gemeinsam durch dick und dünn gegangen. Er war derjenige, der ihr diese süße Nachricht hinterlassen hatte. Hatte er sie also tatsächlich auch einmal geliebt?

Erneut machte sich Schweigen zwischen ihnen breit. Irgendwo im Hotel schlug eine Uhr viermal. In zwei Stunden wurde es hell, und die Hektik des Hochzeitstages stand ihr bevor. Nell verspürte wieder diesen Kloß in ihrer Kehle. So hätte sie sich Alex' Hochzeit niemals vorgestellt …

Alex musste wohl in die gleiche Richtung gedacht haben. »Ich wollte immer, dass du an meinem Hochzeitstag neben mir stehst«, sagte er leise.

Nell starrte ihn erschrocken an. Meinte er damit etwa als seine zukünftige Frau oder nur als Freundin, die ihm zur Seite stand? Nell traute sich nicht, die Frage zu stellen aus Angst, die Antwort nicht zu verkraften. Denn egal wie sie auch ausfiel, es wäre zu schmerzvoll, sie jetzt zu vernehmen. Es ging nicht mehr nur um Alex und sie. Bald schon wäre da ein Baby, ein Baby, das es verdient hatte, eine Mutter und einen Vater zu haben. Egal wie weh es ihr auch tat, Nell wusste, dass sie keine andere Wahl hatte, als beiseitezutreten.

Eins musste sie allerdings wissen, denn es hatte sie seit ihrer Unterhaltung mit Maria nicht mehr losgelassen.

»Alex, willst du Maria heiraten? Liebst du sie? Liebst du sie *wirklich*?«

Er leerte sein Glas und atmete langsam aus.

»So einfach ist das nicht. Nicht in unserem Alter.« Er lächelte, und obwohl seine Augen von Lachfältchen umgeben waren, war es ein trauriges Lächeln, das ihr das Herz brach, denn sie wusste, dass er an das Baby dachte. »Es ist kompliziert, es ist beängstigend, aber letztlich ist es das Richtige.«

Er tut immer das Richtige.

Nells Augen füllten sich mit Tränen, denn hatte dies nicht ganz oben auf ihrer blöden Checkliste gestanden? Und jetzt wünschte sie sich so sehr, dass Alex gerade dieses Kriterium nicht erfüllen würde. Natürlich würde er Maria heiraten. Sie war seine Langzeitfreundin und erwartete sein Kind. Er wäre nicht der Mann, den Nell liebte, wenn er sich anders entscheiden würde.

Nell versuchte, sich ihren Kummer nicht anmerken zu

lassen, sprang vom Barhocker, ergriff Alex' Hände und zog ihn auf die Füße. »Komm schon, es ist Zeit fürs Bett. Du heiratest in ein paar Stunden!«

Er warf einen sehnsüchtigen Blick auf die Whiskeyflasche. Doch dann seufzte er und nickte. Sie gingen langsam zusammen die Treppe hinauf und den Korridor an den Zimmern der Hochzeitsgäste entlang. Zum ersten Mal in ihrem Leben fiel Nell nichts ein, was sie ihm hätte sagen können, und die Unbehaglichkeit schritt mit ihnen wie eine dritte Beteiligte.

Sie blieben vor Nells Zimmer stehen, und sie blickte ihn unter schweren Lidern an. All die verpassten Chancen und die unausgesprochenen Worte schwebten wie Geister zwischen ihnen.

»Dann gute Nacht«, sagte Alex leise.

»Gute Nacht«, flüsterte Nell.

Er legte eine Hand auf ihre Schulter, beugte sich vor und küsste sie auf die Wange. Nell roch seinen würzigen Duft, diesen ganz besonderen Alex-Duft, und ihr schwirrte der Kopf. Dieser Kuss war gefährlich nah an ihrem Mundwinkel, und es kostete sie all ihre Kraft, nicht einfach den Kopf ein Stückchen zu drehen und seine Lippen zu finden. Es ließ sich nicht leugnen, dass da eine sexuelle Spannung in der Luft lag, und mit einem Mal wusste Nell ohne jeden Zweifel, dass Alex genauso empfand wie sie.

Er liebte sie.

Aber jetzt war es zu spät. Viel zu spät.

»Gute Nacht, Alex«, sagte sie leise. »Wir sehen uns dann nachher.«

Mehr musste sie nicht sagen. Er verstand sehr gut, was sie damit meinte, nickte und trat zurück. Es war nur ein winziger Schritt, aber damit öffnete sich ein gähnender Abgrund zwischen ihnen, was ihre Freundschaft anbelangte.

»Schlaf gut, Nell.«

Er wandte sich ab, und Nell öffnete mit zitternden Fingern ihre Tür. Sie wusste, dass sie nun mit Sicherheit keinen Schlaf mehr finden würde.

Kapitel 29

Hör damit auf, es sieht wirklich alles ganz toll aus.« Olive versetzte Nells Hand einen Klaps, als diese nach einem weiteren Strauß griff, um ihn neu zu arrangieren. »Ich habe eine Ewigkeit damit verbracht sicherzustellen, dass alles perfekt ist. Du solltest mir ausnahmsweise einmal vertrauen.«

»Das tue ich ja«, versicherte ihr Nell. »Es ist bloß, weil …«

»Alles für Alex' und Marias großen Tag perfekt sein soll. Jaja, ich weiß.«

Genau genommen war dies nicht der wirkliche Grund. Es war vielmehr so, dass es für Nell augenblicklich die einzige Möglichkeit zu sein schien, all die Gedanken, die ihr durch den Kopf schwirrten, zu bändigen, wenn sie sich darauf konzentrierte sicherzustellen, dass die Dekoration in dem Raum, der das Trauzimmer darstellte, perfekt war und die Sträuße aus weißen und blauen Rosen und dem luftig leichten Schleierkraut ihren eigenen hohen Erwartungen entsprachen. An Schlaf war nicht mehr zu denken gewesen, nachdem Alex sie auf dem Korridor zurückgelassen hatte. Und als sie dann doch einmal eingenickt war, hatten sie wirre Träume von Teichen und

Babys und explodierender Farbe gequält. Ihre Augen fühlten sich sandig an, da war ein pochender Kopfschmerz hinter ihren Schläfen, und der ganze Körper tat ihr weh von dem verfluchten Paintballspiel.

Aber all dies war nichts im Vergleich zu dem quälenden Wissen, dass der Mann, den sie liebte, in nur wenigen Minuten eine Frau heiraten würde, die sich nicht sicher war, was sie für ihn empfand. Und es kam noch erschwerend hinzu, dass die Chance bestand, dass Alex Nell ebenso sehr liebte wie sie ihn. Lieber würde Nell Chris erlauben, sie den ganzen Tag mit Farbkugeln zu beschießen, als auch nur einen weiteren Schritt durch dieses Tal des Jammers gehen zu müssen.

»Du siehst furchtbar aus«, sagte Olive vergnügt. »Das muss ja ein Monsterkater sein, den du da hast. Wie viele Cocktails hast du denn getrunken?«

»Gar nicht so viele. Drei oder vier vielleicht«, entgegnete Nell und fügte in Gedanken hinzu: *Und einen doppelten Whiskey.* Zusammen mit einem gebrochenen Herzen und einer Handvoll Geheimnisse ergab das einen perfekten Kummercocktail.

»Das reicht nicht aus, um dich so fertig aussehen zu lassen. Man könnte meinen, du würdest den Blumenschmuck für ein Begräbnis machen und nicht für eine Hochzeit!«

»Hmm«, murmelte Nell. Sie zupfte gerade ziemlich lustlos an einer Schleife herum. Olive hatte recht. Die Bouquets und die Blumenanstecker hatten sich wunderbar gehalten und wurden von manikürten Fingern gehalten oder an Revers angesteckt, und ihr blieb wirklich nichts anderes mehr zu tun, als zuzusehen, wie ihre beiden besten Freunde einen Riesenfehler begingen.

Olive neigte den Kopf zur Seite und musterte Nell nachdenklich. Ihrem scharfen Blick entging nichts. »Es sei denn … es ist gar kein Kater.«

Nell spürte zu ihrem Entsetzen, wie ihr Tränen in die Augen schossen. O Gott. Sie durfte jetzt nicht weinen. Nicht vor der Hochzeit. In der Kirche könnte sie sich wenigstens durchmogeln und behaupten, es seien Freudentränen, aber wenn sie jetzt schon die Fassung verlor, gäbe es dafür keine Entschuldigung. Sie biss sich fest auf die Lippe. Na super. Als täte ihr nicht schon genug weh!

»Es ist Alex, nicht wahr?«, sagte Olive leise. »Komm schon, Nell, mir kannst du es doch erzählen. Ich weiß es doch eh schon. Es ist immer Alex gewesen.«

Leugnen war zwecklos. Warum auch. Es war eh zu spät. »Ich liebe ihn, Olive. Von ganzem Herzen. Alex ist der Richtige.«

»O scheiße«, sagte Olive, was Nell unwillkürlich zum Lachen brachte. »Scheiße« traf es nicht mal annähernd. Das hier war das Schlimmste überhaupt, was passieren konnte: Sie liebte den Verlobten ihrer besten Freundin, den Vater von deren Kind, den Mann, der in jeder Hinsicht für sie tabu war. Schlimmer hätte es wirklich nicht kommen können. Was war sie nur für ein schrecklicher Mensch, dachte Nell. Auch wenn sie Maria nicht in körperlicher Hinsicht betrogen hatte, so hatte sie es doch tausend Male in ihrem Herzen getan.

»Mach schon«, sagte Nell. »Ich warte.«

»Worauf?«

»Auf deinen üblichen Spruch, dass ich erst eine Menge Frösche küssen muss, bevor ich meinen Prinzen finde und dass ich mich zu sehr an die Vergangenheit klammere.«

Aber Olive blickte nur traurig drein. »Tut mir leid, wenn du das Gefühl hattest, ich würde dich belehren, Nell. Ich glaube nicht, dass ich im Augenblick eine Expertin in Sachen Romantik bin – nicht nach dem, was mit Stanley Stalks passiert ist. Außerdem habe ich selbst miterlebt, wie du bist, wenn Alex in der Nähe ist: Du strahlst dann wie die Oxford Street zur Weihnachtszeit.«

War es wirklich so offensichtlich?

»Wenn du es unbedingt wissen willst, ich finde, dass du recht hast: Alex ist der Richtige für *dich*, nicht für Maria.«

Nell unterdrückte ein Schluchzen und vermochte kein Wort herauszubringen.

Olive nahm ihre Hand. »Du musst es ihm sagen, Süße. Bevor es zu spät ist.«

Nell starrte sie an. Sie konnte kaum glauben, was sie da hörte. »Ernsthaft? Glaubst du das wirklich?«

»Absolut. Du darfst nicht zulassen, dass er Maria heiratet, Nell! Nicht wenn du ihn wirklich liebst. Und nicht, wenn du glaubst, dass er dich auch liebt.«

Nell schüttelte den Kopf. »Das kann ich ihm nicht sagen«, entgegnete sie. »Niemals.«

»Blödsinn! Natürlich kannst du das.«

Nein, dachte Nell traurig, das konnte sie nicht. Denn hier war noch ein anderer Mensch beteiligt, ein unschuldiger kleiner Mensch, der es verdient hatte, dass seine Eltern von Beginn an gemeinsam für ihn sorgten. Das durfte Nell nicht kaputtmachen.

Olives Gesicht leuchtete mit einer freudigen Überzeugung, wie man sie für gewöhnlich bei religiösen Fanatikern sah. »Es wird nicht leicht werden, aber du schaffst das schon. Denk nur an *Vier Hochzeiten und ein Todesfall*, als der taube Bruder in Gebärdensprache sagt: *Ich vermute, der Bräutigam hat Zweifel!*«

»Es ist zu spät«, sagte Nell leise.

»Nein, ist es nicht!«

»Doch, ist es.«

Olive stemmte eine Hand in ihre Hüfte. »Es ist erst dann zu spät, wenn …«

»Maria ist schwanger.«

»Oh.«

Das brachte Olive zum Schweigen. Was noch nie vorgekommen war.

»Das verkompliziert die Sache allerdings«, sagte sie schließlich.

»Nein, es macht sie unmöglich! Ich kann gar nichts sagen. Maria hat mir bereits gestanden, dass sie kalte Füße bekommen hat, die Hochzeit aber wegen des Babys durchziehen wird. Und gestern Nacht hat Alex das Gleiche durchblicken lassen. Hier geht es nicht mehr nur darum, was ich empfinde. Hier steht eine Familie auf dem Spiel.«

»Aber sie können doch nicht heiraten, nur weil sie schwanger ist! Wer macht das denn heute noch? Wir leben schließlich im 21. Jahrhundert und nicht mehr im Mittelalter!«

Nell zuckte mit den Schultern. »Es steht uns nicht zu, darüber zu urteilen. Es ist ihre Entscheidung, und sie haben sich beide entschieden, die Sache durchzuziehen.«

Olive blickte entsetzt drein. Offensichtlich verkniff sie sich die vielen Argumente, die sie nur zu gern vorgebracht hätte, und umarmte Nell stattdessen.

»Dann bringen wir das Ganze mal hinter uns«, sagte sie. »Im Foyer gibt's Champagner. Ich glaube, wir könnten beide ein Gläschen vertragen.«

Nell war ganz ihrer Meinung, auch wenn ihr ein Becher mit Schierling passender zu sein schien. Sie blickte sich noch ein letztes Mal im Raum um. Die Blumendeko war perfekt, die Farben genau wie Maria sie sich gewünscht hatte, und das Grün und die Bänder, die durch die Rückenlehne der Stühle geschlungen waren, hoben das zarte Indigoblau der Rosenblätter hervor. Jedes einzelne Gesteck war mit Sorgfalt geplant und geschaffen worden. Daran teilzuhaben, wie zwei Menschen, die ihr die liebsten auf der Welt waren, heirateten, hätte eigentlich einer der glücklichsten Tage in Nells Leben werden sollen, aber stattdessen war es für sie einer der schlimmsten.

Nell und Olive bewegten sich Arm in Arm auf die angelehnte Tür zu. Als sie diese öffneten, standen sie zu ihrer Überraschung plötzlich Alex und Jason gegenüber.

O scheiße.

Ein Blick in ihre bestürzten Gesichter sagte Nell, dass sie alles mitangehört hatten.

O nein, lieber Gott, bitte nicht!, dachte sie, während sich ein eisiger Dolch des Grauens zwischen ihre Schulterblätter bohrte. Bitte mach, dass sie nichts von der Unterhaltung gehört haben! Besonders nichts davon, als ich beinahe herausgeschrien habe, dass Maria Zweifel hat. Und was die Stelle anging, als sie zugegeben hatte, dass sie unsterblich in Alex verliebt war? Allein der Gedanke, dass er es mitbekommen haben könnte, reichte aus, dass Nell am liebsten sofort ins nächste Flugzeug gesprungen wäre.

Einen schmerzlichen Moment lang war die Stille geradezu greifbar, bevor sich Jason Alex zuwandte und mit einer angespannten, kalten Stimme sagte: »Glückwunsch, Mann. Ich hatte keine Ahnung, dass Maria schwanger ist.« Er hielt ihm die Hand hin.

Alex zögerte einen Augenblick, bevor er sie schüttelte. »Wir wissen es noch nicht lange«, war alles, was er dazu sagte.

Sie hatten tatsächlich alles gehört. Nell wäre am liebsten im Boden versunken.

Jason starrte Alex an. »Wie lange?«

Sein Ton war so eisig, dass Nell fast erwartete, dass ihre Blumen welkten. In seiner Wange zuckte ein Muskel, und er hatte die Hände zu Fäusten geballt. Sie runzelte die Stirn. War Jason sauer, weil sie es ihm nicht erzählt hatten? Eine solche Reaktion erschien ihr allerdings ein bisschen überzogen.

Alex blickte verwundert drein. »Keine zwei Monate. Wir hatten noch nicht mal die erste Ultraschalluntersuchung. Wir haben nichts gesagt, weil wir erst sichergehen wollten, dass das Kind gesund ist.«

Jason nickte. »Verstehe.«

Ihre Blicke trafen sich, und Nells eigene Qual spiegelte sich in seinen Augen wider. Was zum Teufel ging hier vor?

»Alex hat mir auch nichts erzählt«, sagte sie rasch. »Ich hab's von Maria erfahren und das auch nur, weil ich versucht habe, ihr gestern Abend Cocktails einzuflößen. Da blieb ihr keine andere Wahl.«

»Wir hatten vor, es bei der Hochzeitsfeier offiziell zu machen. Ich wollte es den Menschen, die ich am meisten liebe, erzählen, wenn wir alle zusammen sind«, erklärte Alex.

Jason nickte. »Natürlich.«

Da war er wieder, dieser seltsame Unterton. Nell hatte keine Ahnung, was los war, aber da es nur noch zwanzig Minuten bis zur Hochzeit waren, blieb ihr nicht genug Zeit, um es herauszufinden. Aber sie war inzwischen ohnehin von allem, was in letzter Zeit auf sie eingestürzt war, derart am Boden zerstört, dass sie es gar nicht erst versucht hätte, selbst wenn ihr genügend Zeit geblieben wäre. Mit der Entschuldigung, sich um die Blumen kümmern zu müssen, ließ sie die beiden Männer, die in ihre Unterhaltung vertieft waren, allein. Sie hoffte nur, dass ihre Worte nicht noch mehr Schaden angerichtet hatten.

Es war so weit. Nur noch fünf Minuten bis zur Trauung. Die Hochzeitsgäste waren inzwischen im Trauzimmer versammelt, und Maria stand vor dem Spiegel in der Damentoilette und betrachtete sich kritisch mit einem finsteren Blick. Nell hatte keine Ahnung, warum, denn ihre Freundin sah noch schöner aus als sonst. Marias Hochzeitskleid war ein schlichtes, weißes Futteralkleid aus Seide, das sich von zwei schmalen Schulterträgern wie ein Wasserfall ergoss und dabei ihre atemberaubende

Figur umschmeichelte und wunderbar zur Geltung brachte. Noch war keine verräterische Rundung ihres Bauches auszumachen, und sie sah herzzerreißend schön aus. Der Schnitt des Kleides lenkte den Blick auf ihre glatten Schultern, den schwanenähnlichen Hals und ihre überraschend vollen Brüste, die wie zwei Karamelleiskugeln aus dem bogenförmigen Ausschnitt hervorschauten.

»Meine Titten haben eine Körbchengröße zugelegt«, jammerte Maria, als sie Nells Blick bemerkte. »Tatsache! Ich bekomme kaum Luft, weil dieses Mieder so verdammt eng sitzt. Bitte sei ehrlich, Nell! Sehe ich aus wie ein Pin-up-Girl?«

Mit ihrem prachtvollen blonden Haar, das sich zu einer eleganten Hochsteckfrisur auf ihrem Kopf türmte, in die Rosen eingeflochten waren, sah Maria eher wie eine zum Leben erweckte griechische Göttin aus und war damit so weit von einem Pin-up-Girl entfernt, wie es nur eben möglich war.

»Du siehst absolut hinreißend aus«, beruhigte Nell sie. »Alex ist wirklich ein Glückspilz.«

Maria gab ein Schnauben von sich. »Alex wird mein Kleid gar nicht bemerken. Er bekommt nie mit, was Leute anhaben.« Sie verstummte für einen Moment und fügte verbittert hinzu: »Es ist eigentlich pure Verschwendung. Was soll die ganze Aufbrezelei überhaupt, wenn sich dein Zukünftiger nicht die Bohne dafür interessiert?«

Offenbar lagen die Nerven der Braut blank. »Komm schon, M, du weißt, dass das nicht stimmt«, versuchte sie Nell zu beruhigen. »Alex liebt dich. Deshalb ist es ihm egal, was du trägst. Er liebt eben die Frau unter den Klamotten.«

Besänftigt trug Maria einen weiteren Spritzer Chanel N°5 auf und lächelte Nell im Spiegel an. »Wie sehen meine Blumen aus?«

»Wunderschön. Olive hat sich selbst übertroffen. Es ist alles bereit.«

»Ist Alex schon da?«, fragte Maria und setzte nach einem kurzen Zögern hinzu: »Und Jason auch?«

»Ja, beide.« Zumindest hoffte Nell, dass sie noch da waren.

Jason schien wirklich gekränkt zu sein, dass er der Einzige aus ihrem Quartett gewesen war, der nichts von dem Baby gewusst hatte, und Nell konnte ihn auch irgendwie verstehen. Sie hatten seit zehn Jahren so ziemlich alles miteinander geteilt, von schäbigen Studentenbuden über Zigaretten bis zu ihren Freizeitaktivitäten. Bei etwas so Großem nicht eingeweiht zu sein musste einem schon einen Stich versetzen. Aber übertrieb er es nicht ein wenig?

Um sich selbst und die Braut von dem Gerede über die Männer abzulenken – die ihre Probleme vielleicht gerade unten miteinander ausfochten –, sagte sie betont fröhlich: »Ich glaube, du bist bereit. Und hast du auch für etwas Altes, etwas Neues, etwas Geborgtes und etwas Blaues gesorgt? Das dürfen wir nicht dem Zufall überlassen!«

Maria nickte. »Blaue Blumen, Baby – wenn das nicht was Neues ist, dann weiß ich's nicht –, und ein geborgtes Strumpfband von meiner Mutter. O scheiße. Ich habe was Altes vergessen!«

»Leidest du etwa schon an Schwangerschaftsdemenz?«, zog Nell ihre Freundin auf, aber die fand das gar nicht lustig.

»Ich wollte eigentlich meine Armani-Clutch nehmen, aber ich habe sie immer noch nicht wiedergefunden.«

Nell schlug sich mit der Handfläche gegen die Stirn. »Das habe ich dir ja noch gar nicht gesagt! Ich habe sie neulich abends unter einem Haufen alter Pizzakartons bei Jason entdeckt. Wie um alles in der Welt ist sie denn da hingekommen?«

Maria blickte verblüfft drein. »Keine Ahnung.«

»Jason meint, dass du sie an dem Abend, als er dich vom *Bell* nach Hause gefahren hat, vergessen hast. Dir ging's damals nicht gut, und er hat dich vom Pub mitgenommen, weißt du noch? Er hat die Tasche im Wagen gefunden und dann einfach in der Wohnung vergessen.« Nell hatte Jasons Erklärung wiedergegeben, aber sie hatte ihrer Ansicht nach mehr Löcher als ein Schweizer Käse. Und dazu noch eine gewaltige Schlucht, die größer war als der Grand Canyon. Ihr graute fast schon vor der Antwort, als sie mit gedehnter Stimme hinzufügte: »Aber das stimmt nicht, oder, M? Zu dem Zeitpunkt hast du sie schon vermisst, denn das war der Abend, an dem ich dich gebeten habe, sie mir zu leihen.«

Maria vollführte eine ungeduldige Bewegung mit ihrer Hand. »Herrgott noch mal, Nell, was soll denn das? Ist das hier ein schlechter Agatha-Christie-Krimi? Ich habe keine Ahnung, wann ich das verdammte Ding verloren habe. Hör auf, mir dämliche Fragen zu stellen. Ich bin schon gestresst genug!«

Nell erwiderte überrascht: »Sorry, ich habe mir bloß Gedanken darüber gemacht, weil es mir komisch vorkam.«

Marias Hände kneteten den fließenden Stoff ihres Kleides. Offenbar war sie schrecklich nervös. Nell schenkte ihrer Freundin ein strahlendes Lächeln. Das hier war Marias Hochzeitstag, wenn sie unbedingt irgendwelche Geheimnisse bewahren wollte, warum nicht? So wie sie vier sich in letzter Zeit benommen hatten, wäre sie nicht die Einzige. Sie tat so, als sei die Sache vergessen, und sagte fröhlich: »Du hast doch deinen Verlobungsring, der ein Familienerbstück ist und den Alex nur an deine Ringgröße hat anpassen lassen!«

»Klasse, Nell!« Maria strahlte wieder. »Damit wäre das ja geklärt.« Doch dann erstarb ihr Lächeln mit einem Mal, ihr Gesicht nahm eine eigenartige Farbe an, sie presste sich eine Hand an den Mund und nuschelte: »O Gott, Nell, ich muss kotzen. Verdammte Morgenübelkeit!« Sie stürzte ins Bad und begann auf mitleiderregende Weise zu würgen.

»Kann ich was für dich tun?«, fragte Nell. Erbsengrün stand der Braut nicht besonders gut und passte auch nicht zum Rest der Farbzusammenstellung. Außerdem war es ein verräterisches Zeichen, dass sie schwanger war. Wenn sie Maria eine bessere Freundin gewesen wäre und zuletzt mehr Zeit mit ihr verbracht hätte, wäre Nell schon vor Wochen draufgekommen, was los war. War die Schwangerschaft einer der Gründe, warum sie sich einander entfremdet hatten, oder – und dieser Gedanke reichte aus, dass sie am liebsten zur zweiten Toilettenkabine gestürzt wäre – hatte Maria gespürt, dass Nell etwas für Alex empfand?

»Könntest du bitte runtergehen und dem Standesbeamten Bescheid sagen, dass ich mir gerade die Frisur richte oder irgendwas in der Art?«, bat sie Maria. »Ich benötige noch ein paar Minuten, um mein Make-up in Ordnung zu bringen und mir die Zähne zu putzen.«

»Kein Problem«, erwiderte Nell. »Wir sehen uns dann unten.«

Maria antwortete nicht, denn sie war viel zu sehr damit beschäftigt, gegen die Übelkeit anzukämpfen, daher ließ Nell sie allein und kehrte wieder ins Trauzimmer zurück. Die anderen Hochzeitsgäste saßen erwartungsvoll auf ihren Plätzen, und Jason und Alex standen vorn beieinander und warteten. Nell ging schnurstracks auf die beiden zu, um sie wissen zu lassen, dass sich die Braut ein wenig verspäten würde.

»Unpässlich?«, fragte Alex, keineswegs überrascht.

Nell nickte. »Wird gleich wieder vorbei sein.«

»Maria geht's nicht gut?« Jason blickte empört von einem zum anderen. »Sollte nicht einer von euch bei ihr sein?«

»Ist nur Morgenübelkeit«, erwiderte Alex mit gedämpfter Stimme. »Die hat sie jeden Tag, Jase. Kein Grund, sich Sorgen zu machen. In ein paar Minuten ist sie wieder auf dem Damm.«

»Ich kann ja wieder raufgehen«, bot Nell an.

»Nein, das ist wirklich nicht nötig, sie schafft das schon allein. Sie hat ein paar Ingwerplätzchen in ihrer Tasche. Die scheinen ihr zu helfen. Nutzen wir den Moment, um uns zu entspannen und Nells schöne Blumen zu bewundern.« Alex lächelte Nell an, aber die ließ ihn nicht so leicht davonkommen.

»Wenn dir meine Blumen so gut gefallen, warum hast du dann vor Kurzem bei Stanley Stalks gekauft, um Maria einen Strauß zu schicken?«, fragte sie.

Alex starrte sie an. »Hast du zu viel Champagner getrunken? Ich habe noch nie in meinem Leben bei Stanley Stalks gekauft. Das wäre doch … Verrat!«

»Schon gut, Alex. Ich habe deshalb keine schlaflosen Nächte. Du musst mir nichts vorspielen«, erwiderte Nell ruhig. »Ich habe den Strauß gesehen, den du ihr ins Büro geschickt hast.«

Aber er schaute sie immer noch verwirrt an. »Nell, ich habe keinen Schimmer, wovon du da redest. Ich habe Maria noch nie Blumen ins Büro geschickt! Du weißt doch, dass so was nicht mein Ding ist! Ich warte, bis wir zusammen sind, oder bitte dich, etwas vorbeizuschicken.«

Das stimmte. Aber wenn Alex seiner Verlobten gar nicht diese Blumen mit dem süßen Shakespeare-Zitat geschickt hatte, wer war es dann gewesen?

Und mit einem Mal fiel der Groschen. Eigentlich war es doch so verdammt offensichtlich gewesen, dass Nell beinahe laut gelacht hätte. Aber klar! Wieso hatte sie nur so lange gebraucht, um darauf zu kommen? *Rann nie der Strom der treuen Liebe sanft* hatte auf der Karte gestanden, und das war eine Zeile, die Lysander im *Sommernachtstraum* sprach.

Und wer hatte Lysander damals in der Schauspieltruppe an der Uni gespielt?

Und wer hatte Marias Clutch in seiner Wohnung gehabt?

Beide Male lautete die Antwort Jason.

Mit einem Mal veränderte sich die Atmosphäre. Jason und Nell standen einander gegenüber, und sie begriff endlich, worauf er vor all diesen Jahren in der Nacht am Teich angespielt hatte. Jason Chambers liebte Maria. Das hatte er immer getan, genauso wie sie immer schon Alex geliebt hatte. Wäre es nicht so tragisch, wäre es wohl komisch gewesen – ganz so, als ob sich Droll auf ihre Kosten einen Scherz erlaubt hätte.

Was für Narren diese Sterblichen doch sind!, dachte sie.

Jason schluckte. »Ich muss mal an die frische Luft.«

»Ich auch«, stimmte Nell ihm hastig zu.

Alex betrachtete sie beide mit zusammengekniffenen Augen. »Dann werde ich wohl allein auf die Braut warten müssen, oder?«

Ihm blieb keine andere Wahl, denn Jason war bereits mit staksenden Schritten aus dem Raum verschwunden, und Nell folgte ihm hart auf den Fersen. Draußen angekommen erhöhte sie das Tempo und versuchte dabei, ihre Gefühle zu beherrschen. Sie wollte auf keinen Fall die Fassung verlieren – nicht hier und nicht jetzt.

»Jason!«

Er fuhr herum. »Was willst du, Nell? Ein volles Geständnis? Ich sehe dir doch an, dass du dir schon alles selbst zusammengereimt hast.« Er presste die Kiefer aufeinander. »Ja, ich liebe Maria. Ja, das tue ich schon seit vielen Jahren. Und ja, das Ganze hier macht mich total fertig. Zufrieden?«

Nell sah mit einem Mal alles nur noch verschwommen. »Wie sollte ich, Jason? Natürlich bin ich nicht zufrieden. Es tut mir in der Seele weh, dass du so unglücklich bist, aber du musst akzeptieren, dass Maria Alex heiratet. Sie tut das Richtige, Jase. Immerhin erwarten die beiden ein Kind.«

Jason sah sie traurig an. »Wirklich? Bist du dir da so sicher?«

»Und ob ich mir da sicher bin! Ich habe doch gerade selbst gehört, wie sie sich übergeben hat. Die arme Maria, sie ist …« Sie verstummte, als sie seinen Gesichtsausdruck sah.

»Ich rede nicht von der Schwangerschaft, Nell«, sagte er. »Ich meinte, ob du dir sicher bist, dass *die beiden* ein Kind bekommen? Maria und Alex?«

Mit einem Mal herrschte Schweigen, und der Raum begann sich um Nell zu drehen. Sie starrte Jason an, den gut aussehenden, witzigen, zynischen Jason, mit dem sie sich schon eine Studentenbude geteilt hatte, den sie fast jedes Wochenende sah und von dem sie geglaubt hatte, ihn in- und auswendig zu kennen. Da war ein Ausdruck auf seinem Gesicht, der ihn wie einen völlig Fremden aussehen ließ, und Nell fühlte sich verloren. Alles veränderte sich und das so schnell, dass ihr ganz schwindelig dabei wurde.

»Was willst du damit sagen, Jason?«

Er sah sie mit zusammengekniffenen Augen an, die zu glänzen schienen. Waren das etwa Tränen?

»Es könnte sein, dass Marias Baby überhaupt nicht von Alex ist.« Als er Nells schockierten Gesichtsausdruck sah, senkte er seine Stimme und blickte sich um, als wäre ihm erst jetzt bewusst geworden, dass sie mitten in einem überfüllten Foyer standen. »Ich weiß, ich hätte nie mit ihr schlafen dürfen. Aber wir haben es auch nur ein einziges Mal getan.«

»Wie konntest du nur, Jason?«, zischte Nell. »Alex ist dein bester Freund!«

Jason blickte in die Luft. »Sie ist nun mal die Richtige für mich. Ist es immer schon gewesen. Ich liebe sie, und ich weiß, dass sie mich auch liebt.«

Mehr musste er gar nicht sagen. Nell verstand ganz genau, was geschehen war, und obwohl sie sein Verrat an Alex schockierte, war sie komischerweise nicht wirklich überrascht. Hatte Jason Maria nicht immer schon vergöttert? Mit einem Mal schienen sich sämtliche Puzzleteile zusammenzufügen.

»Jason! Maria heiratet Alex. Sie liebt Alex! Sie erwartet sein Kind. Du kannst so was nicht sagen!« Nell hielt sich die Ohren zu und wich zurück. Jason verwandelte sich vor ihren Augen in einen Fremden, und das war furchteinflößend. Ihr enger Kreis, ihre Vierer-Clique, verflüchtigte sich gerade wie die Rauchspuren des Feuerwerks am Guy Fawkes Day.

»Und ob ich das kann, und ich tue es auch. Wir hatten das nie geplant, und es tut uns auch schrecklich leid, Alex zu verletzen, das kannst du mir glauben, aber als ich Maria zum ersten Mal geküsst habe, da wusste ich es einfach. Aber in Wahrheit habe ich es schon immer gewusst. Ich bin schon so lange in sie verliebt.« Jasons Gesicht fing plötzlich an zu leuchten, und Nell war er noch niemals so lebendig vorgekommen wie in diesem Augenblick. Der lakonische, zynische Jason, der Mann mit dem stacheligen Humor, der einem Kaktus alle Ehre machte, war verschwunden, und an seine Stelle war ein lebhafter, strahlender Mensch getreten, der, wie sie zugeben musste, ganz offensichtlich über beide Ohren verliebt war.

»Aber das ist falsch«, sagte sie mit eindringlicher Stimme. »Sie sind im Begriff zu heiraten.«

»Glaubst du etwa, das wüssten wir nicht? Wir hatten das doch nicht geplant! Es ist einfach so passiert. Angefangen hat es an dem Abend, an dem sie sich wegen dieser Theateraufführung vom *Sommernachtstraum* mit Alex gestritten hatte. Erinnerst du dich noch daran?«

Nell nickte schwach. Es hatte deshalb so richtig bei ihnen geknallt. Ein Silvesterfeuerwerk war nichts dagegen, wie Maria reagiert hatte, als Alex sie versetzt hatte.

»Ich habe die Situation nicht ausgenutzt, falls du das glauben solltest«, fuhr Jason fort. »Wir haben uns das Stück angeschaut und irgendwann in Erinnerungen an die gute, alte Studentenzeit geschwelgt, und dabei ist mir herausgerutscht, dass ich sie liebe.«

»Herausgerutscht?«, kreischte Nell. »Herrgott noch mal, Jason!«

»Ich weiß, dass es schlimm ist«, erwiderte Jason. Seine Unterlippe zitterte. »Aber Maria empfindet genauso. Das weiß ich. Sie will mit mir zusammen sein.«

Jetzt war es Nell, die das Bedürfnis verspürte, sich übergeben zu müssen. Sie kam sich vor, als hätte man sie in einen schrecklichen Albtraum katapultiert. Alex wartete im Trauzimmer, Maria frischte ihr Make-up auf, und all ihre Freunde und die Familie waren versammelt, um mitzuerleben, wie sie sich das Jawort gaben. Eigentlich hätte es ein perfekter Tag sein sollen, aber der entschlossene Ausdruck auf Jasons Gesicht und die Tatsache, dass Maria ihr nicht die Wahrheit gesagt hatte, ließ nichts Gutes ahnen. Nell hatte keine Ahnung, wie sie aus diesem Schlamassel wieder herauskommen wollten.

»Was, wenn das Kind, das sie erwartet, von mir ist?« Jasons graue Augen waren beinahe schwarz vor Entschlossenheit. »Ich werde auf keinen Fall tatenlos zusehen.«

»Du kannst gar nichts tun«, sagte Nell. »Die beiden werden heiraten.«

»Maria liebt mich, und wir sollten zusammen sein. Ich hatte keine Ahnung, warum sie plötzlich einen Rückzieher gemacht und sich mit Alex verlobt hat, aber jetzt, wo ich das von dem Baby weiß, ergibt es einen Sinn. Sie hat Angst.«

Das sollte sie auch, dachte Nell düster. Maria hatte ein schlimmes Durcheinander angerichtet und ihre Freundschaft wahrscheinlich für immer zerstört. Es tat ihr so leid für Alex.

»Die Hochzeit wird stattfinden, Jason. Ich habe erst vor ein paar Minuten mit Maria gesprochen, und sie hat darauf beharrt, dass sie Alex heiraten will. Er zwingt sie nicht dazu.«

»Nein, aber sie zwingt sich selbst dazu.« Jason schlug mit der Faust in seine flache Hand. »Sie glaubt, das Richtige zu tun, dabei liegt sie total falsch. Ich wette, sie heiratet Alex nur, weil sie weiß, wie ich mich in der Vergangenheit benommen habe. Komm schon, Nell! Ich habe nicht gerade den besten Ruf, oder?«

»Na ja, gegen dich war Casanova der reinste Waisenknabe«, sagte Nell in der Hoffnung, dass ihre Witzelei die Stimmung ein wenig anheben würde.

Aber nichts dergleichen geschah. Jason tigerte jetzt auf und ab und wurde von Sekunde zu Sekunde aufgeregter.

»Maria gehört zu mir! Und falls das mein Kind sein sollte …« Er verstummte und schüttelte den Kopf. »Ich werde nicht beiseitetreten und so tun, als wäre ich nicht der Vater. Kommt nicht in Frage.«

Jetzt schwirrte Nell der Kopf, und ihre Gedanken jagten schneller im Kreis als ein Mixer auf der höchsten Stufe. Alex war vielleicht gar nicht der Vater? Maria liebte Jason? Und Frauenheld Jason war gleichermaßen verknallt in sie? Die Welt war aus den Angeln gehoben, und Nell war sich nicht sicher, ob sie mit dieser neuen Ordnung umgehen konnte. Was zum Teufel sollten sie nur tun? Wie konnte die Hochzeit unter diesen Umständen stattfinden? Sie geriet in Panik. Maria würde jeden Augenblick die Treppe herunterkommen. Es blieb ihnen keine Zeit, ihre eigene Version einer trashigen TV-Sendung zu veranstalten.

»Jason«, zischte sie, »reiß dich zusammen! Egal was du oder ich auch empfinden mögen, die Show muss weitergehen!«

Er schenkte ihr einen mitleidigen Blick. »Das hier ist kein Theaterstück. Das hier ist das wirkliche Leben, und es ist ein beschissenes Chaos!«

Nell starrte ihn an. Ihr Hals war vor Kummer wie zugeschnürt. »Jason, entweder du unterstützt diese Verbindung oder du verschwindest«, sagte sie drohend.

Jason atmete tief durch. Dann ließ er seine Hand in die Westentasche gleiten und zog zwei glänzende Goldringe hervor, die er Nell reichte.

»Wie soll ich jetzt noch den Trauzeugen spielen? Es war vorher schon schlimm genug – ich hasse mich dafür, was ich Alex angetan habe –, aber jetzt ist es noch schlimmer. Ich kann einfach nicht dastehen und zusehen, wie sie heiraten. Ich bin mit alldem fertig.«

Er drängelte sich mit verdächtig feuchten Augen an ihr vorbei und bahnte sich einen Weg durch die Gäste. Dabei bewegte er sich so schnell, dass niemand den schmerzlichen Ausdruck auf seinem Gesicht zu sehen vermochte, aber Nell hatte einen Blick darauf erhascht, und es hatte ihr für einen Moment den Atem verschlagen, denn sie hatte ihn selbst schon im Spiegel gesehen, wenn sie darüber nachdachte, wie es sein würde, Alex zu verlieren.

Ihre Finger schlossen sich um die Ringe. Nell wusste nicht, was sie davon halten sollte, aber sie war ohnehin viel zu bestürzt, um klar zu denken.

Doch eine Frage drängte sich ihr dennoch auf: Eigentlich konnte diese Hochzeit doch unmöglich stattfinden, oder?

Kapitel 30

»Dies ist der Teil der Zeremonie, bei dem ich immer ein bisschen nervös werde«, sagte der Standesbeamte mit einem Lächeln. »Es ist mir zwar noch niemals passiert, dass jemand Einwände gegen eine Eheschließung erhoben hätte, aber es gibt ja immer ein erstes Mal – auch wenn ich sehr hoffe, dass dies nicht heute geschehen wird!«

Gedämpftes Lachen war in dem Hotelraum zu vernehmen, in dem Alex' und Marias Hochzeit vollzogen wurde. Die Gäste mochten die Bemerkung amüsant finden, aber Nell war nicht zum Lachen zumute und Maria vermutlich auch nicht, obwohl sie deren Gesicht nicht sehen konnte.

Nell begriff, dass dies der Moment war, in dem sie alles ändern könnte. Wäre dies ein Kinofilm, würde sie sich jetzt räuspern, entschuldigen und den schockierten Anwesenden mitteilen, dass sie in der Tat Kenntnis von einem Hindernis hatte, das gegen eine Eheschließung dieser beiden Menschen sprach.

Nell war zwar keine Expertin, wenn es ums Heiraten ging, aber sie war sich ziemlich sicher, dass es ein guter Grund wäre, die Hochzeit platzen zu lassen, wenn die

Braut hinter dem Rücken des Bräutigams mit dem Trauzeugen schlief.

Während Nell panisch überlegte, was sie tun sollte, standen Alex und Maria Seite an Seite vorn am Tisch, und die Blicke ihrer Lieben ruhten dabei mit einem Lächeln auf ihnen. Die Braut sah wunderschön aus – wenn auch ein bisschen blass –, der blumengeschmückte Raum wirkte festlich und elegant, und einige der Hochzeitsgäste zückten schon jetzt schniefend die ersten Taschentücher und betupften sich die Augen. Der Bräutigam wirkte allerdings ein wenig verstört, weil sein Trauzeuge verschwunden war und nun Olive an seiner Stelle dastand.

Die Zeit schien sich zu verlangsamen. Nell blickte sich nach Jason um und fragte sich, ob er aus irgendeiner Ecke hervorspringen würde, um mit Marias Geheimnis herauszuplatzen. Sie selbst wusste bereits, dass sie nichts sagen würde. Dazu hatte sie kein Recht, denn es war schließlich nicht ihr Geheimnis. Das hier war eine Sache zwischen Maria und Jason, und die arme Nell war hin- und hergerissen zwischen ihrer Loyalität zu ihrer besten Freundin und ihrer Liebe zu Alex. Wie könnte sie irgendetwas sagen, das ihm das Herz brechen würde?

Die wenigen Sekunden der Stille kamen ihr wie tausend Jahre vor, und es kostete Nell all ihre Beherrschung, um nicht doch etwas zu sagen. Vielleicht wäre es ja besser. Sie wollte Maria zwar eine gute Freundin sein, aber die hatte schließlich Alex betrogen und ließ ihn diese Hochzeit, wegen der sie beide ihre Zweifel hatten, nur deshalb durchziehen, weil sie schwanger war. Alex würde eine Frau heiraten, die möglicherweise das Kind eines anderen Mannes unter dem Herzen trug. Eine Frau, die ihn nicht so liebte, wie er es verdient hatte.

Nell dagegen liebte ihn über alles! Aber Alex hatte sich nun einmal für Maria entschieden. Und das Baby könnte seins sein. Jason glaubte vielleicht, dass er Maria liebte, aber die hatte deutlich gemacht, wie sie empfand, indem sie sich für Alex entschied. Außerdem kannte Nell nur seine Version der Geschichte. Maria hatte Jason gar nicht erwähnt. Was wäre, wenn Nell nun den Mund aufmachte und die Sache eigentlich ganz anders aussah?

Sie hielt den Atem an und lauschte, wie ihr Blut durch die Adern rauschte. Dann war der Augenblick vorüber.

»Puuuh«, sagte der Standesbeamte lächelnd. »Wir können also fortfahren.«

Die Hochzeitsgäste lachten, aber Nell stimmte nicht mit ein. Hätte sie sich doch äußern sollen? Aber jetzt war es zu spät, um es sich noch einmal anders zu überlegen, denn Maria und Alex gaben sich das Jawort. Nell kam sich vor wie in einem schlechten Traum, als sie den Worten lauschte und zusah, wie Alex die Braut unter dem Beifall der erfreuten Gäste küsste.

Nell versuchte ihren Kummer hinunterzuschlucken und wandte den Blick ab. Alex und Maria waren verheiratet. Amy, die Henne ohne Orientierungssinn, trat mit ihrer Flöte vor die Hochzeitsgesellschaft und stimmte ein Ave Maria an.

Alex und Maria, die jetzt beide über das ganze Gesicht strahlten, bereiteten sich darauf vor, die offiziellen Dokumente zu unterschreiben, die ihnen der Standesbeamte vorlegte. Der Fotograf knipste eifrig vor sich hin, während sie die lieblichen Töne von Amys Musik umfingen.

»Ich unterschreibe zum letzten Mal mit meinem Mädchennamen, denn jetzt bin ich Mrs. Lucas«, flüsterte Maria Alex zu, der sie anlächelte und mit einer schwungvollen Bewegung mit seinem eigenen Namen unterzeichnete.

»Familie Lucas«, sagte er leise.

Nells Herz brach aufs Neue, als sie den stolzen Ausdruck auf seinem Gesicht sah. Wie konnte Maria nur so etwas tun? Natürlich war Nell klar, dass ihre Freundin Ängste quälten und sie einen großen Fehler begangen hatte, aber das war noch lange keine Entschuldigung. *Ich hätte doch etwas sagen sollen,* dachte sie unglücklich, *aber jetzt ist es zu spät.*

»Wenn als Nächstes nun bitte die Trauzeugen unterschreiben würden«, sagte der Standesbeamte.

»Das sind wir!« Olive vibrierte förmlich vor Aufregung. Sie musste ja nicht unbedingt so begeistert dreinblicken, dachte Nell gereizt. »Nach dir, Nell. Du bist ja auch Erste Brautjungfer, da lasse ich dir natürlich den Vortritt.«

»Ich bin die *einzige* Brautjungfer«, knurrte Nell.

»Kein Grund, so brummig zu sein, immerhin durftest du dir dein Kleid selbst aussuchen!«, sagte Maria. »Sieht sie nicht toll aus, Alex?«

»Nell sieht immer toll aus«, erwiderte Alex, ohne Nell anzusehen. Sie hatten sich heute noch kein einziges Mal in die Augen gesehen, denn die Vorgänge der letzten Nacht waren einfach für beide noch zu frisch. Wahrscheinlich dachte er, dass sie sich wegen ihrer Unterhaltung schuldig fühlen würde, aber das stimmte nur zur Hälfte. Nell fühlte sich zwar schuldig, aber der Grund dafür war nicht die Unterhaltung mit ihm.

Sie griff nach dem Stift, unterschrieb mit ihrem Namen und reichte ihn dann an Olive weiter.

»Cool!«, sagte die, unterschrieb ebenfalls und reichte die Dokumente wieder zurück. »Das war's dann wohl.«

Der Fotograf knipste, was das Zeug hielt, und Nell hatte das Gefühl, als ob ihr Gesicht zerspringen würde, weil sie das falsche Lächeln so lange halten musste. Sobald diese Hochzeit vorbei war, würde sie von hier verschwinden, sich irgendwo weit weg mit Wodka volllaufen lassen und nur noch heulen.

Und was dann?, fragte eine kleine Stimme.

Nell seufzte. Sie hatte absolut keine Ahnung, wie es dann weitergehen sollte, nur dass der größtmögliche Abstand zu Alex, Maria und Jason dabei eine wesentliche Rolle spielen würde.

Sie kehrte zu ihrem Platz zurück, und wenige Augenblicke später war die kleine Feier so gut wie beendet. Nell musste nur noch ein paar weitere Male für den Fotografen lächeln, und dann war alles vorbei.

Es war in der Tat alles vorbei, nicht wahr?, dachte sie traurig, während sie Braut und Bräutigam dabei beobachtete, wie sie die begeisterten Glückwünsche ihrer Freunde und Familienmitglieder entgegennahmen. Alex war mit Maria verheiratet, und Nell hatte ihn für immer verloren.

Ob ihre Entscheidung, den Mund zu halten, nun richtig oder falsch gewesen war, machte keinen Unterschied. Alex und Maria waren Mann und Frau, und es war höchste Zeit, dass sie ihre Reise um die Welt antrat. Denn wofür lohnte es sich jetzt noch hierzubleiben?

Nell war bei ihrem zweiten Glas Champagner angelangt und sah zu, wie die Gäste Maria umschwirrten, die blasser aussah als ihr Kleid. Offenbar quälte sie sich – aber ob das nun an ihrem schlechten Gewissen lag oder an der Übelkeit, vermochte Nell nicht zu sagen. Sie hatte der Braut bislang noch nicht gratuliert. Sie brachte es einfach nicht über sich, mit ihrer Freundin zu reden. Jasons Enthüllungen waren noch zu frisch, und sie konnte einfach nicht verstehen, dass Maria in der Lage war, die Hochzeit durchzuziehen, wenn das, was er sagte, stimmte. Während das edle Blubberwasser über ihre Zunge perlte, fragte sich Nell, ob sie ihre Freunde wirklich jemals richtig gekannt hatte. Alles hatte sich verändert, und Olive hatte recht gehabt, Nell hätte schon vor langer Zeit weiterziehen sollen.

»Wo steckt der Bräutigam? Und die andere Trauzeugin?«, unterbrach die ungeduldige Stimme des Fotografen ihre Gedanken, der eine solche Nervensäge war, dass sich Nell beinahe Tim zurückwünschte. »Könnten Sie sie für mich auftreiben? Ich brauche Sie alle noch mal, damit ich meine Fotoserie beenden kann.«

Nell stellte ihr Glas ab und nickte. »Klar.«

Sobald die Fotos fertig waren, würde sie sich verziehen, entschied sie. Alex und Maria würden sich dann ohnehin auf den Weg zum Flughafen machen, und sie war einfach nicht in der Stimmung für eine Party. Es war Zeit, nach Hause zu gehen und sich einmal richtig auszuschlafen. Und dann musste sie einige sehr wichtige Entscheidungen treffen, die ihr Leben verändern würden. Es war endlich Schluss damit, sie rauszuschieben.

Nachdem sie einige vergebliche Runden in dem Raum gedreht hatte, in dem der Hochzeitsempfang stattfand, entdeckte Nell Alex schließlich im Trauzimmer. Er saß allein da, hatte seine Krawatte gelöst, und in seiner Hand baumelte ein leeres Champagnerglas.

»Hallo Nell«, sagte er niedergeschlagen. »Unterhältst du dich gut?«

»Du bist traurig«, stellte Nell fest. Sie waren einander so vertraut, dass sie sogleich spürte, wie unglücklich er war. Da ging es ihm nicht anders als ihr.

Er warf ihr ein müdes Lächeln zu. »Eigentlich hatte ich gedacht, dass ich mich an meinem Hochzeitstag anders fühlen würde.«

Nell erwiderte nichts darauf, setzte sich stattdessen neben ihn und bedeckte seine Hand mit der ihren. Als sie ihre Finger ineinanderschlangen, atmete Alex langsam aus, als hätte er schon sehr lange die Luft angehalten.

»Du weißt, dass ich Maria geheiratet haben, weil ich das Richtige tun musste, oder?«, fragte er leise.

Nell schluckte. Welch eine Ironie, dass sich Alex' Ehrgefühl, das zu den Dingen zählte, die sie am meisten an ihm schätzte, im Endeffekt zum größten Hindernis für eine Beziehung zwischen ihnen entpuppt hatte.

»Du tust doch immer das Richtige«, erwiderte sie mit sanfter Stimme. »Das liebe ich so an dir.«

»Ich liebe dich auch, Nell« sagte er im Flüsterton.

Für einen Moment herrschte Stille. Nell wartete darauf, dass er hinzusetzte »als meine beste Freundin« oder »als meine älteste Freundin« oder etwas vergleichbar Unverfängliches, aber nichts dergleichen geschah. Stattdessen blickten sie seine blauen Augen mit einer solchen Eindringlichkeit an, dass ihr ganz schwindelig wurde.

»Als deine beste Freundin«, sagte sie an seiner Stelle.

Alex schüttelte den Kopf. »Wahrscheinlich ist es total daneben, dir ausgerechnet heute so etwas zu sagen, aber wenn ich es jetzt nicht tue, dann werde ich vielleicht niemals wieder den Mut aufbringen. Du wirst bald weg sein und um die Welt reisen. O Mann, vielleicht sehe ich dich nie wieder.«

»Das wird nicht geschehen«, versprach sie und drückte seine Hand. »Wir werden immer Freunde bleiben, Alex.«

»Nell …« Alex stellte sein Glas ab, legte beide Hände auf ihre Schultern und sagte leise: »Ich möchte nicht nur einer deiner Freunde sein. Das wollte ich nie. Begreifst du denn nicht, dass ich dich *liebe*? Und das schon seit der Schulzeit? Ich habe dich die Hälfte meines Lebens geliebt.«

»Alex, hör auf.« Sie wandte sich von ihm ab, damit er ihre Tränen nicht sah.

»Seit ich zufällig mitangehört habe, wie du Olive erzählt hast, dass du auch so empfindest, leide ich Höllenqualen.«

»Oh, dann hast du es also mitbekommen!«

»Ja, das habe ich.« Er seufzte. »Und es war das Schrecklichste und zugleich Wundervollste, was ich jemals in meinem Leben gehört habe.« Er stieß sie leicht mit dem Ellenbogen an, und so wandte sie sich ihm wieder zu. »Stimmt es denn wirklich?«

»Ja. Ich liebe dich, Alex«, gestand ihm Nell. Sie wischte sich eine Träne von der Wange. »Das habe ich schon immer getan. Aber …«, sagte sie mit stockender Stimme, »es ist zu spät.« Sie blickte verzweifelt in seine indigoblauen Augen. »Da ist ein Baby unterwegs, Alex«, sagte sie heiser.

»Es geht nicht mehr um das, was wir wollen, stimmt's?«, fragte er.

Sie schauten einander traurig an, und Nell wusste sogleich, dass er für sie nun auf immer verloren war. Er war ein ehrenwerter und ehrlicher Mensch, weshalb sie ihn so sehr liebte. Er würde immer das Richtige tun – und genau das musste sie nun auch.

Und das bedeutete, dass ihr nur noch eins blieb: wegzugehen, auch wenn es sie umbrachte.

»Also, da gibt es noch etwas, das du wissen solltest, Alex …«

Nell und Alex, die beide damit rangen, mit ihrem Verlust fertigzuwerden, fuhren herum und sahen die Braut im Türrahmen stehen.

Nell entfuhr ein Keuchen. Maria würde es ihr niemals verzeihen, dass sie ihren Ehemann liebte.

»Tut mir leid, euch zu stören«, entschuldigte sich ihre Freundin und legte dabei unbewusst eine Hand auf den noch flachen Bauch, »aber ich habe euch gesucht. Der

Fotograf ist kurz vorm Durchdrehen, weil er nicht weitermachen kann. Ich wollte euch nicht belauschen.«

Alex blickte schuldbewusst drein. »Maria, es tut mir …«

Aber seine Frau hielt abwehrend eine Hand in die Höhe. »Nein, Alex, ich bin diejenige, die sich bei dir entschuldigen sollte. Du bist ein guter Mann, ein wundervoller Mann und vor allem ein ehrenwerter Mann, der mich geheiratet hat, weil ein Baby unterwegs ist. Mir ist klar, dass du das nicht tun musstest. Ich wusste all diese Dinge über dich, als wir ein Paar wurden.« Sie lächelte traurig. »Wahrscheinlich habe ich mich deshalb so rettungslos in dich verliebt. Du warst anders als die Jungs, die ich kannte. Die meisten von denen interessierten sich nur für eine schnelle Nummer und Bier.«

Jungs wie Jason, dachte Nell bitter.

Doch dann schüttelte sie den Kopf. Nein, das war unfair. Jason hatte immer nur den Aufreißer gespielt, weil er seit Jahren bis über beide Ohren in Maria verliebt war. Mit einem Mal ergaben viele ihrer Unterhaltungen wesentlich mehr Sinn. Auch ihm hatte man das Herz gebrochen. Und er hatte versucht, es wieder zu flicken, indem er mit allem rumgemacht hatte, das einen Rock anhatte. Genauso wie Nell Tim und David benutzt hatte. Aber so etwas funktionierte nicht. Nicht wirklich.

»Und ich wusste auch, dass du Nell geliebt hast«, fuhr Maria fort, und dabei lief ihr eine Träne über die Wange. »Und ich glaube, dass ich in meinem Herzen schon immer gewusst habe, dass eigentlich ihr zwei zusammen sein solltet.«

Also hatte Maria doch von Nells Gefühlen für Alex

gewusst! Und das lange bevor sich Nell diese überhaupt selbst eingestanden hatte.

»Und aus diesem Grund wünschte ich, dass ich dir gleich die Wahrheit gesagt hätte, als ich herausgefunden habe, dass ich schwanger bin.«

»M, du machst mir Angst!« Alex machte Anstalten aufzustehen und sie zu trösten, aber Maria schüttelte den Kopf. »Nein, lass es. Ich verdiene dein Mitleid nicht. Ich muss dir die Wahrheit über dieses Baby sagen …« Sie schluckte, gab sich sichtlich Mühe, sich zu sammeln. »Es ist möglicherweise nicht von dir.«

Alle Farbe wich aus Alex' Gesicht. Er sah so grau aus wie sein Cut.

»Aber natürlich! Jason …« Er schloss für einen Moment resigniert die Augen. »Kein Wunder, dass er sich so seltsam benommen hat. Du bist Jasons geheimnisvolle Frau.«

Bei Maria flossen nun richtig die Tränen. »Es tut mir leid. Es ist einfach so passiert. Aber nur ein einziges Mal, das schwöre ich. Ich fühle mich schrecklich deswegen, und ich weiß, dass es Jason auch so geht und …«

Aber Alex wollte das gar nicht hören. Wenn einen die Verlobte mit dem besten Freund betrog, war man verständlicherweise sauer. »Warum hast du mir das nicht schon früher gesagt, verdammt noch mal? Wir sind jetzt verheiratet, Maria! Da hast du uns ja einen schönen Mist eingebrockt!«

Das war noch untertrieben, wie Nell fand. Scheidung, möglicherweise sogar eine Annullierung, waren möglich, aber das würde nicht so leicht sein. Sie hatten alle das getan, was Nell für gewöhnlich tat: nämlich nichts. Und nun mussten sie zusehen, wie sie die Suppe auslöffelten, die sie sich eingebrockt hatten.

Wenn doch nur jeder so wie Olive wäre!

»Äh ... vielleicht ist der Schlamassel nicht ganz so schlimm, wie ihr glaubt.« Nells Assistentin trat verlegen aus ihrem Versteck hinter der Tür hervor.

»Was soll das heißen?«, fragte Alex.

»Olive«, stöhnte Nell. »Das ist jetzt nicht der richtige Zeitpunkt für eins deiner Spielchen.«

»Ich weiß! Dieses Mal kann ich aber wirklich helfen«, beteuerte sie.

Das dachte sie immer. Aber dabei half sie nicht wirklich, sondern mischte sich nur ein. Nell schloss die Augen. »Was hast du getan?«, fragte sie.

»Ich habe das Gefühl, dass diese Hochzeit nicht ganz legal ist.«

»Und ob sie das ist«, blaffte Alex sie an. »Wir haben die Heiratsurkunde unterschrieben. Die Trauzeugen haben sie unterschrieben. Jetzt können wir nur noch auf eine möglichst unkomplizierte Annullierung hoffen.«

»Ja, schon«, stimmte Olive ihm mit einem breiten Grinsen zu, »aber nehmen wir einmal an, jemand wäre so dumm gewesen, mit dem falschen Namen zu unterschreiben? Was würde beispielsweise passieren, wenn außer Nell noch jemand mit Nell Marnie unterschrieben hätte?«

Wie bitte?

»Wenn es nur eine einzige Trauzeugin gäbe, würde das die Eheschließung nicht ungültig machen?«

»Olive ...«, stöhnte Nell wieder. Könnte das funktionieren? Hatte sich Olives Einmischerei endlich einmal bezahlt gemacht?

»Ich unterschreibe öfter mit deinem Namen als mit meinem eigenen, Nell. Ich kann doch nichts dafür, wenn ich ein wenig durcheinandergekommen bin, oder?«, sagte Olive mit großen Augen, ein Bild der Unschuld.

Nell schaute zu Alex und Maria hinüber. Aber anstatt wütend auszusehen, blickten die beiden hoffnungsvoll drein – als hätte ihnen jemand einen Ausweg aus dieser verfahrenen Situation angeboten.

»Das würde in der Tat einige juristische Fragen aufwerfen«, sagte Alex gedehnt.

Er lächelte. Maria lächelte.

Und Nell hätte Olive ausnahmsweise einmal für ihre Kapriolen knutschen können.

»Der Standesbeamte ist noch da«, rief Olive ihnen in Erinnerung. »Wir könnten also die Sache mit der Unterschrift bereinigen und die Heirat rechtsverbindlich machen, wenn das euer Wunsch ist.« Sie sah Maria an. »Aber ich schätze, die große Frage lautet, ob ihr das tatsächlich tun wollt.«

Maria wandte sich Alex zu. »Ich hatte Angst, ein Kind allein zu bekommen. Aber ein Baby ist kein Grund, um zu heiraten.« Sie wischte sich mit der Rückseite ihrer Hand über die Augen. »Ich möchte keine neue Heiratsurkunde unterschreiben. Du etwa?«

Alex starrte sie an und seufzte. »Ich glaube, wir zwei sollten uns mal irgendwohin zurückziehen und ausführlich unterhalten. Auch wenn wir nicht verheiratet sind, gibt es da eine Menge zu klären, findest du nicht?«

Maria blickte betreten drein und nickte langsam. »Ich werde dir alles erzählen. Das bin ich dir schuldig.«

Alex Augen glänzten verdächtig. Nell hätte ihn am liebsten in die Arme geschlossen, ihn fest an sich gedrückt und ihm gesagt, dass alles wieder gut werden würde, aber ihr war klar, dass das warten musste. Im Augenblick konnte sie ihre Liebe zu Alex am besten dadurch ausdrücken, dass sie ihm den Freiraum gewährte, den er benötigte, um alles mit seiner Frau/Verlobten/Freundin/möglichen Mutter seines Kindes in Ordnung zu bringen.

Nell und Olive standen Arm in Arm da, als Maria und Alex den Raum verließen. Nell starrte ihren Freunden hinterher. Besser gesagt, ihrer Freundin und dem Mann, den sie liebte.

Konnte es wirklich sein, dass Alex sie auch liebte? Und es ihnen vielleicht gelingen würde, durch diesen ganzen schrecklichen Schlamassel am Ende doch noch eine Chance auf ihr Glück zu bekommen? Nell wusste es nicht, aber eines war sicher: Mit Freunden wie Olive an ihrer Seite war alles möglich.

»Da wäre noch eine Sache«, sagte Olive, als sie sich auf den Weg zur Bar machten.

Nell gab ein Stöhnen von sich. »Noch mehr Einmischerei?«

»Nein! Natürlich nicht! Oder zumindest nicht von meiner Seite.« Sie zog ein zusammengefaltetes Stück Hotelpapier aus ihrer Clutch und reichte es Nell.

»Was ist das?«

»Keine Ahnung! Ich hab's nicht gelesen!« Ihre Augen funkelten. »Es ist von Alex.«

Nell schnappte sich den Zettel.

»Er hat es mir vorhin gegeben und mich gebeten, es an dich weiterzureichen. Er sagte, du wüsstest schon, was es bedeutet.«

Nell faltete das Blatt auseinander.

»Sie war ’ne böse Sieben in der Schule;

Und ist entsetzlich wild, obschon so klein.«

Versprich mir, dass du dich niemals ändern wirst!

Ax

Nell presste das Blatt an ihr Herz. Es waren die gleichen Zeilen, die er ihr schon zweimal zuvor hinterlassen hatte. Es hatte sich nichts geändert, und das hier war Alex’ Art, ihr zu sagen, dass sich das, was er für sie empfand, niemals ändern würde, auch wenn sich die Umstände wandelten.

Und trotz allem, was am heutigen Tag geschehen war, lächelte sie.

Epilog

Ein Jahr später

Das kriegen wir schon hin. Kein Grund zur Panik. Wir haben Angebote für jeden Geldbeutel.« Nell klemmte sich das Telefon zwischen Kinn und Schulter und fischte einen Notizblock aus dem Durcheinander von Foto-Utensilien auf ihrem Tisch. Die zukünftige Braut am anderen Ende der Leitung stand wegen der Kosten ihres besonderen Tages kurz vor einem Nervenzusammenbruch, und Nell war entschlossen, sie zu beruhigen – es war eine Sache des Berufsstolzes, in der Lage zu sein, auch Brautmonster besänftigen zu können!

»Wirklich?« Die Stimme der jungen Frau klang ganz zittrig vor Erleichterung. »Ich hatte mir schon solche Sorgen gemacht. Luke und ich haben nicht viel Geld, und ich möchte auf keinen Fall meine Eltern fragen. Wir haben nur ein kleines Budget zur Verfügung.«

»Kleine Budgets sind meine Spezialität«, versicherte ihr Nell und schaute sich im Hinterzimmer des Ladens um, der einmal *Every Blooming Thing* geheißen hatte. Ihr stolzer Blick fiel auf die zahlreichen Dankeskarten, die an der Pinnwand hingen, um dann weiter über die Fotocollagen hinwegzugleiten, die die Wände bedeckten.

»Sie sind meine Lebensretterin!« Die zukünftige Braut

verstummte für einen Moment, als ihr ein Gedanke zu kommen schien. »Sie kennen nicht zufällig einen guten Floristen? Das ist nämlich der nächste Punkt auf meiner Liste.«

Nell lachte. »Wir heißen nicht umsonst *Poses and Posies*, Blitzlicht und Blütenpracht sind gleichermaßen unser Geschäft. Bitte warten Sie einen Moment, ich verbinde Sie mit meiner Kollegin.«

Sie kritzelte ein BM für Brautmonster auf den Notizblock und hielt ihn Olive hin, die ihre Codes aus dem Effeff beherrschte, ihr rasch mit gereckten Daumen signalisierte, dass sie verstanden hatte, und den Anruf annahm. Dabei fing sich das Licht in dem Diamanten des Solitärrings an ihrer linken Hand, und Nell lächelte. Seit Olive sich mit Craig verlobt hatte, schien sich ihr Bedürfnis, die Kupplerin zu spielen, in Luft aufgelöst zu haben, und es hatte ihr gutgetan, sich in die Arbeit zu stürzen.

Es war ein Geniestreich gewesen, Olive einen Teil des Geschäfts zu verkaufen, dachte Nell vergnügt, denn nun kümmerte die sich um den Blumenhandel, während Nell als Fotografin unterwegs war. Und das Konzept ihres nunmehr gemeinsamen Ladens, der Blumen und Fotos aus einer Hand bot, hatte sich bereits als großer Erfolg erwiesen.

Nell war begeistert, dass sie sich ganz auf die Fotografie konzentrieren konnte, während Olive mit Craigs Hilfe den floristischen Teil übernahm. Auf diese Weise hatte sie einen doppelten Vorteil, denn sie konnte endlich wieder die Karriere verfolgen, die sie sich immer erträumt hatte, und dabei gleichzeitig das Vermächtnis ihrer Mutter bewahren. Nell war sich sicher, dass, wo auch immer Elsie Marnie nun sein mochte, sie nun ihre volle Zustimmung hatte.

»Die Post ist da«, sagte Craig, der gerade ins Büro kam und einen Stapel Briefe auf Nells Schreibtisch legte, vergnügt. »Ich mache uns mal einen Kaffee, ja?«

»O ja, das ist eine gute Idee!« Nell strahlte ihn an.

Zu den vielen Dingen, die sie so an *Poses and Posies* liebte, gehörte auch Craigs Verwandlung vom schüchternen Lieferjungen in den selbstbewussten jungen Mann, der seiner Verlobten zur Seite stand, das Geschäft zu führen. Er schien dabei gewachsen zu sein, und sein schlurfender Gang war verschwunden. Nun ging er mit großen Schritten, erhobenen Hauptes und einem Lächeln auf dem Gesicht durch den Laden. Nell war sich ziemlich sicher, dass er dieses Lächeln seit dem Moment trug, als er Stanley Stalks niedergestreckt und Olive zum ersten Mal geküsst hatte. Es war zumindest nicht mehr von seinem Gesicht gewichen, und sie hatte das Gefühl, dass es dies auch nie mehr tun würde.

Sie runzelte nachdenklich die Stirn. Apropos Stanley Stalks, von dem hatte sie schon eine ganze Weile nichts mehr gehört.

Es wurde gemunkelt, dass ihn seine Frau verlassen hatte und er den Floristikbereich seines Unternehmens verkaufen musste, um die Scheidungsangelegenheiten zwischen ihnen zu regeln. Nell hoffte inbrünstig, dass Donatella Carmichael mit harten Bandagen gekämpft hatte. Es hätte keinen besseren Mann treffen können!

Während Olive mit ihrer neuesten Kundin Sträuße und

Gestecke besprach, sah Nell die Post durch. Rechnung, Rechnung, Werbung und … oh, eine Postkarte von Maria und Jason! Ein sonniger Strand strahlte ihr entgegen, der Bände über das neue Leben ihrer alten Freunde sprach, die nun in wärmeren Gefilden in den USA lebten. Die Tage, in denen sie sich jeden Freitag im Bell getroffen und in der Vergangenheit gelebt hatten, waren lange vorüber. Alle hatten sich sozusagen zu neuen Ufern aufgemacht, und manche Ufer waren eben weiter entfernt als andere.

Nell drehte die Postkarte um und überflog sie. Sie freute sich, Neuigkeiten von ihnen zu erfahren. Sie hatte sie, seitdem sie ausgewandert waren, nicht mehr gesehen, aber sie blieben durch Postkarten in Kontakt, und hin und wieder schaute sich Nell die Fotos auf ihrer Facebook-Seite an, wo sie Maria, Jason und Baby Ellie von Rennbooten anlächelten, die drei in puderzuckrigem Sand spielten oder auf der Terrasse eines Restaurants aßen. Es war ein anderes Leben. Aber war die Vergangenheit nicht auch ein anderes Land?

Nell dachte darüber nach, als sie die Rechnungen öffnete und sie ablegte. Nach der Hochzeit, die es gar nicht gegeben hatte, waren Alex und Maria für Stunden verschwunden und hatten sich ausgesprochen. Das Ergebnis war, dass Alex versprochen hatte, für das Baby da zu sein, falls es seins sein sollte, aber akzeptierte, dass Maria Jason liebte.

Und dann hatte er mit einem scheuen Lächeln hinzugefügt, dass die Wege des Schicksals unergründlich waren, weil er selbst Nell liebte. Es war wirklich eine sehr merkwürdige Hochzeit gewesen, und fast etwas wie aus den letzten Szenen des Sommernachtstraums. Nell hatte sich oft gefragt, ob die Feen laut gekichert hatten, als sich die albernen Sterblichen dermaßen in Schwierigkeiten brachten! Dann hatte Alex Nell in seine Arme gezogen und sie geküsst, und sie hatte für eine ganze Weile keinen klaren Gedanken mehr fassen können …

Baby Ellie hatte sich schließlich doch als Jasons Kind entpuppt. Es war eine emotionsgeladene Zeit gewesen, als sie alle auf die Ergebnisse der DNA-Untersuchung gewartet hatten, aber der schwarze Haarschopf war bereits ein verräterischer Hinweis gewesen, und laut Maria hatte Ellies anstrengende Persönlichkeit Jason mit Sicherheit als ihren Vater entlarvt. Alex war nach Ellies Geburt zwei Wochen lang sehr still gewesen, aber Nell wusste, dass er sich trotz der Kränkung für Maria und Jason freute.

Die Freundschaft zwischen ihnen vier wäre niemals wieder wie früher gewesen, und als Jasons Firma ihm anbot, ihn in die USA zu versetzen, da war es für alle eine ziemliche Erleichterung gewesen. Nun hatte sich die Familie Chambers in Los Angeles niedergelassen, Jason genoss seine Beförderung, und seine Frauengeschichten gehörten der Vergangenheit an. Maria war sein stiller Hafen, auf den er gewartet hatte, und zu sehen, wie er mit seiner Tochter umging, hätte auch das härteste Herz zum Schmelzen gebracht. Er liebte Maria wirklich, und Nell freute sich wahnsinnig, dass es nach all den Jahren der Traurigkeit für ihn endlich ein Happy End gegeben hatte.

Apropos Happy End – hier kam Alex, mit dem sie zum Mittagessen verabredet war!

Nells Herz vollführte wie immer einen Hüpfer, als sie ihn sah. Sie wusste, dass sie niemals jemanden so lieben könnte, wie sie Alex liebte. Er war der Richtige für sie.

»Bereit für unser heißes Date?«, fragte er, schlang seine Arme um sie und drückte ihr einen Kuss auf die Lippen. Nells Herz begann schneller zu schlagen, und sie erwiderte den Kuss.

»Meinst du unser heißes Date im Biocafé?«, zog sie ihn auf, als sie sich voneinander lösten. »Oder sollen wir mal etwas ganz Verrücktes tun und unsere Sandwiches mit in den Park nehmen?«

Er zog sie wieder enger an sich. »Oh, ein Sandwich auf einer Parkbank mit dir ist doch tausendmal besser als selbst ein Tisch im kultigen Ivy mit sonst jemandem.«

Nell nickte. Ihr ging es genauso, und sie war noch nie glücklicher gewesen. Alex war ihr ältester Freund und zugleich ihr Lover. Sie waren seit einem Jahr zusammen, und trotzdem fühlte sich immer noch alles frisch und aufregend und vor allem total richtig an.

Sie verließen *Poses and Posies* Hand in Hand und spazierten in den sonnigen Nachmittag hinaus.

Wenn es sich so anfühlte, an der Vergangenheit festzuhalten, dachte Nell mit einem Lächeln, dann würde sie niemals wieder loslassen.

Sara Crowe

Eine naseweise Siebzehnjährige besucht ihre Tante
in ihrem verfallenen Schloss. Was dann kommt,
hätte sie niemals erwartet ...

»Ein überraschendes und ganz besonderes Vergnügen.«
Harpers Bazaar

978-3-453-58050-3

Leseprobe unter **www.heyne.de**

HEYNE